우린 춤추면서 싸우지

우린
춤추면서
싸우지

한채윤
───
에세이

은행나무

일러두기

이 책에 수록된 글의 일부는 ‹한겨레신문›에 연재한 '한채윤의 비온 뒤 무지개'의 글을
수정한 것입니다.

모든 것의 시작은
'시기상조'

시기상조. 아직 적절한 때에 이르지 않았다는 의미다. 세상은 성소수자가 뭔가를 하려고만 하면 시기상조라며 말리는데, 책을 쓰면서 새삼 되돌아보니 인생에 시기상조가 아니었던 때가 있나 싶다. 엄마와 아빠가 생각했던 날짜보다 더 빠르게 자궁 탈출을 시도한 것부터 6살에 초등학교 입학한 것도 그렇다. 스스로 동성애자인 걸 받아들인 건 스물넷이니 늦은 편인데 스물여덟에 '레즈비언 섹스 가이드북'을 턱 하니 낸 건 참으로 빨랐다. 성문화에 있어서는 한국보다 더 개방적이고 앞서 있다고 알려진 일본에도 아직 레즈비언 성생활에 대한 단행본은 없다며 일본어판을 내고 싶다고 연락을 받을 정도였으니 말이다.

잡지 《버디》를 창간할 때도 그렇다. 동성애자를 위한 잡지를 만들면 어떨까 하고 여기저기 자문을 구하러 다닐 때, 나보다 먼저 성소수자 인권운동을 시작했던 분이 말렸다. 20여 년이 넘는 역사를 지닌 여성운동도 이제야 겨우 여성주의 잡지 《이프》를 창간했는데 성소수자 잡지는 시기상조이지 않겠냐며, 차라리 《이프》에 고정 지면을 얻어 꾸준히 목소리를 내면서 먼저 힘을 축적한 뒤에 창간하는 게 낫다고 조언을 했다. (여성주의 잡지 《이프》는 1997년 5월에 창간해서 2006년에 종간한 계간지다.)

일리 있는 말이라서 나도 망설였지만 결국 창간을 결정했다. 너무 이르거나 너무 늦거나 사이에 적절한 때가 있을 텐데, 성소수자를 위한 잡지가 세상에 나오는 게 적절한 때는 과연 언제일지 며칠을 고민했지만 감을 잡을 수 없었다. 뭘 해야 할지 모를 땐 하고 싶은 일을 하면 된다는 원칙에 따라 일단 저질러 보기로 했다. 시대가 정해준 적절한 때가 아니라면 실패로 끝나겠지만, 적어도 하고 싶은 일을 미루지는 않았다는 적기는 맞출 것일 테니.

멋모르고 시작하고 나니, 이후의 모든 것도 시작되었다. 잡지를 만드는 편집자의 경험이, 퀴어문화축제라는 문화 행사를 기획하는 일이, 수천 명의 성소수자가 이용하는 웹 커뮤니티 운영이, 아카이브로 성소수자의 역사 기록을 모으는 일이, 한국성적소수자문화인권센터를 만들어 에이즈를 예방하고 HIV 감염인에 대한 편견을 줄이는 활동부터 성소수자 인권과 관련된 다양한 컨퍼런스와 아카데미 등의 교육 활동, 성소수자의 노후와 장례에 관한 프로젝트까지 성소수자의 삶 전반에 걸친 다양한 의제를 다루는 모든 활동이 모두 '때 이른' 잡지 창간에서 싹을 틔웠다. 글 쓰는 사람, 강의하는 사람으로서의 지금의 삶도 마찬가지다. 잡지의 편집장이라는 위치가 계속 공부하고 연구하고 글 쓰고 발표하고 발언하게 만들었다. 그리고, 급기야 이런 에세이집을 내는데 이르렀다.

사실 이 책은 나올 책이 아니었다. 예전부터 출판사의 에세이 출간 제안은 종종 들어왔지만 그때마다 '제가 무슨 그런 책을'이라며 사양했었다. 그런데 2021년 3월에 은행나무출판사 편집자의 출간 제안 메일이 도착했을 때, 그걸 열어본 날은 좀 이상한 날이었다. 메일을 읽는데 그간의 활동을 정리하는 차원에서라도 한번 글을 써보는 것이 필요하지 않을까 하는 의욕이 갑자기 튀어올랐다. 좋다는 답장을 보내고 첫 번째 미팅까지 자신만만하게 한 뒤, 정작 원고 마감 날짜는 여러 차례 취소하고 미루면서 나는 후회했다. 계약하지 않았어야 했다! 이런 깨달음이 시기상조로 왔으면 좋았을 텐데.

1년 중 그나마 여유가 있는 건 겨울이다. 나는 붕어빵 혹은 잉어빵이라고 불리는 길거리 간식을 좋아한다. 동네에 마침 붕어빵 맛집(정확히는 맛포장마차)도 있다. 맛의 비결은 간단하다. 머리에서 발끝, 아니 꼬리끝까지 팥이 가득 차 있다. 밀가루 반죽은 조금만 부어서 겉은 얇고 바삭하게 굽는다. 붕어빵을 잔뜩 사면

한 마리를 더 끼워주기 때문에 나는 한 번 가면 양손 가득히 받쳐 들고 와야 할 만큼 사서 냉장고에 얼려두었다가 글이 안 써질 때마다 꺼내 먹었다. 지금까지 얼마나 많은 붕어빵을 먹었을지 상상해보시라. 글은 정말 안 써졌고, 사실 거의 대부분의 시간이 글이 안 써지는 시간이었다. 이왕 쓰려면 빛나는 문장으로 감동과 유머를 선사하는 좋은 에세이들이 쏟아지는 이 시대의 흐름에 발맞춰 나도 좋은 글, 멋진 글, 재밌는 글을 쓰면 좋으련만 아무리 애써도 내 능력 밖의 일인 듯했다. 결국, 마음을 비웠다. 잘 쓰려고 애쓰지 말고, 다 쓰려고 애쓰자. 2023년 6월 내 발간이라는 목표를 지키는 것이 이 책의 가장 아름다운 미덕이 되리라 스스로 최면을 걸어 붕어빵과 함께 겨울과 봄의 밤을 보냈다.

그래서 지금 서문을 쓰고 있는 이 순간은, 꽤 감격스럽다. 본문 원고를 다 써야만 쓸 수 있는 글이 서문이니까. 글이 안 써져서 괴로울 때면 서문에 이런 내용을 담아야지 하고 스케치하듯 흘려놓은 낙서들이 있는데, 처음엔 서문 제목을 '견디며 즐기는 삶'이라고 썼다. 성소수자 인권운동으로 요약할 수 있는 지난 이십여 년의 활동은 대체로 즐거웠다. 힘들고 지치고 속상할 때도 많았지만 내가 좋아하는 일을 하며 사는 기쁨과 만족이 있었기에 달아놓은 제목이다. 그런데 20여 년이 넘는 시간들을 정리하는 글을 쓰고, 고치고 또 쓰면서 생각이 달라졌다. 사람들이 떠올랐다. 이 책이 에세이가 아니었다면 아마 좀 더 정확하게 연월일을 쓰고, 사람이나 단체의 이름도 다 나열했을 것이다. 그렇게 쓰자니 글이 자꾸 보고서가 되는 것 같아서 지우고 다시 쓰는 걸 반복할 수밖에 없었다. 그러면서 깨달았다. 시기상조란 말이 때와 관련된 말만이 아님을.

우리가 흔히 쓰는 시기상조는 한자로 時機尙早라고 쓰고 '어떤 일을 하기에 아직 때가 이름'이란 뜻이지만, '상조'의 한자를 서로 돕는다는 의미의 '相助'로 바꾸면 시기상조時機相助는 '서로가 돕는 시기. 평등 세상을 향해 서로 도와가며 나아가기 적당한 때'를 의미한다고 우겨볼 수 있다. 내가 한 일, 내가 느낀 것들을 중심으로 썼지만. 이 책에 담긴 모든 프로젝트와 캠페인, 행사와 활동에는 정말 많은 동료, 조력자, 후원자들이 함께 있었다. 천사라고 불러야 할 분부터 동방의 귀인이나 슈퍼맨이라 해도 손색이 없을 분들이 번개처럼 나타나서 문제를 해결해주곤 했다. 이런 일상적인 기적 없이 지금까지 올 수는 없었다.

그래서 서문에서나마 함께해온 모든 분을 기억하고 있으며 늘 깊은 감사의 마음과 미안함을 느껴왔음을 전하고 싶다. 스물여섯의 내가 무모하게 시작한 일이 때 이르게 시작한 실패로 귀결되지 않고 지금까지 이어져 온 것은 모두 시기상조時機相助 덕분이다. 그분들의 이름을 일일이 밝혀서 조목조목 쓰진 못했지만, 혹여나 이 책을 접하신다면 "앗, 이건 나야!"라고 반갑게 생각해주셨으면 좋겠다.

그리고 지나간 사랑 이야기는 최소한으로 쓰려고 했다. 연애란 두 사람의 엄청나게 치열한 역사가 얽힌 것이고 헤어진 다음엔 서로 기억하는 것이 다를 수밖에 없는 일이다. 그 사랑을 나의 관점에서만 해석하고 글로 남기는 것에 혹 누군가 마음 상할까 조심스럽게 썼지만, 그렇다고 아예 안 쓸 수는 없었다. 결코 빼놓을 수 없는 중요한 내 삶의 일부니까. 혹여 이 글을 보게 된다면 그렇게 많이 웃고 울었던 시간들도 이제 보니 시기상조였을 뿐이라고 토닥일 수 있길 바란다.

그리고, 미래의 독자들에게 드릴 감사의 마음을 여기에 소복이 모아두고자 한다. 책이 인쇄되는 데 쓰일 나무들과 돈을 써서 책을 사보실 분들에게 미안하지 않은 책을 써야 한다는 마음이 컸다. 그런데 이건 2021년 3월에 계약서를 작성한 그때의 한채윤이 짊어져야 할 미안함일 것이다. 책을 세상에 내보내는 지금의 한채윤은 독자들에게 고마움만 잔뜩 짊어지고 가고 싶다.

처음엔 〈한겨레신문〉에 2016년부터 연재했던 칼럼을 묶어서 내자고 시작한 일인데, 쓰다 보니 활동을 시작한 1997년부터 지금까지 여러 매체에 기고한 글과 개인 블로그에 쓴 글들까지 모두 다시 정리하게 되었고, 결국 대부분의 글을 새로 쓰게 되었다.

글을 쓰면서는 내내 지난 20여 년간 늘 따뜻하게 불러주고, 맞이하고 또 귀 기울이며 마음을 열어주신 성교육·성상담 현장의 선생님들, 여성단체와 시민단체, 그리고 종교단체의 활동가쌤들과 혐오 민원에 시달리면서도 인식 전환의 기회를 만들기 위해 애써 오신 공공기관에 계신 분들을 떠올렸다. 사랑과 지지를 받은 만큼 또 조금이라도 도움이 되는 책을 써야지 싶어 욕심내다 보니 책의 분량이 많이 늘어났다.

이 책의 첫 독자로서 원고를 검토해달라고 부탁했더니 원고의 첫 장부터 큰 소리로 깔깔대며 웃어주고, 재밌다며 읽어준 권김현영 님에게 감사드린다. 작게 쪼그라든 자아에 책을 낼 자신감을 불어넣어 주셨다. 또, 원고를 포기하지 않도록 끝없이 독촉과 격려를 보내준 한재현 편집자에게도 감사드린다. 책이 더 늦춰지지 않고 지금이라도 나오게 된 건 다 편집자님 덕분이다.

마지막으로 연말 시상식 수상소감 같아 쑥스럽지만, 이럴 때 아니면 진심을 전하기 어렵기에 애정을 숨기지 않고 남긴다. 이 책을 동료이자 이제는 가족이기도 한 한국성적소수자문화인권센터 활동가들, 비온뒤무지개재단의 헌신적이고 멋진 활동가들과 이사진, 서울퀴어문화축제 조직위원회의 열정적인 사무국과 기획단원들, 트랜스젠더 인권단체 조각보의 차분하지만 강단 있는 활동가들에게 바친다. 지금까지처럼 앞으로도 더 오래도록 함께 춤추면서 싸워나갈 수 있길 바라며.

2023년 6월 16일
한채윤

2부
싸우자는 예쁜 말

3부
전환해야 하는 건 당신입니다

5부
나는 행복하니까 당신도 행복하길

1부

성별교란자의 여행

어느 성별교란자의
탄생

 나의 성별교란은 엄마의 배 속에서부터 시작됐다. 분명 점쟁이는 아들이 태어날 거라고 했단다. 엄마와 아빠는 막내아들을 볼 기대로 가득 찼다. 그 탓일까. 나는 예정일보다 며칠 서둘러 나왔다. 그것도 하필이면 음력 1월 1일, 정월 초하루에.

 지금과 달리 1970년대엔 정부가 음력 설을 철폐해야 할 구습이라 여겨 공휴일로 지정하지 않았다. 그래도 음력 설을 포기하지 않은 사람들이 많았고, 대개 출근과 등교 전에 차례를 지냈다. 우리 집도 차례를 지내서 만삭의 엄마는 힘겹게 음식 준비를 마치고 잠들었다. 그런데 갑자기 새벽에 양수가 터지고 하혈이 시작되었다. 아빠는 급히 근처 조산원으로 뛰어갔다. 나이 지긋한 조산사 할머니는 엄마의 상태를 살펴보더니 얼른 큰 병원으로 데려가라고 했다. 자궁 위쪽에 있어야 할 태반이 아래로 내려와서 아기가 태반을 밀고 나오는 상태라는 것이다. 아빠는 가장 가까운 종합병원으로 엄마를 옮겼다. 조산사의 말대로 진단은 '전치태반'. 엄마는 바로 수술실로 들어갔다.

비상 상황은 아빠에게도 생겼다. 예정에 없던 수술비를 마련해야 하는 숙제가 떨어진 것이다. 아빠가 직장 동료에게 급전을 빌려 허겁지겁 병원으로 돌아왔을 때, 간호사는 아기가 곧 나올 거라며 수술실로 가라고 했다. 당시엔 분만 과정을 보호자가 밖에서 모니터로 지켜볼 수 있었다고 한다. 아빠의 주장에 따르면, 의사가 핏덩어리 아기를 꺼내들었을 때 분명 가랑이에 뭔가 달려 있었다고 한다. 잠시 후, 의사가 밖으로 나와서 "아들 있습니꺼?"라고 묻길래 한 놈 있다고 답했더니 "축하합니다. 딸입니더"라고 할 때도 아빠는 믿지 않았단다. 마음속으론 '그럴 리가 없는데'라고 중얼대면서.

엄마의 실망은 아빠보다 훨씬 컸다. 피를 많이 흘려 수혈에 수술까지 받았는데, 비싼 돈 들여 고생 끝에 낳았더니 딸이라고?! 엄마의 증언에 따르면, 마취에서 깨어나 겨우 정신을 차리는데 간호사가 아기를 옆에 눕히며 딸이라고 말하더란다. 아들도 아닌 넷째를 굳이 낳을 생각이 없었던 엄마는 아기가 그냥 바로 죽어버렸으면 좋겠다고 생각했다고 한다. 나에겐 너무 무시무시한 이야기인데 당시를 회고하는 엄마의 표정이 너무 해맑아서 되레 웃음이 터졌다. 하긴, 없는 살림에 아들인 척하고 슬쩍 태어났으니 엄마의 속상함은 내가 헤아려야지. 대신 점쟁이에게 감사해하기로 했다. 아들이라고 점처 주지 않았다면 나는 세상에 나오지 못했을 테니까. 점쟁이가 미래를 맞추지 못한 것이야말로 가장 신통방통한 일이지 않은가. 이름도 거창한 '제왕절개 수술'로 태어났으니 어찌 보면 영 틀린 것도 아니다.

이런 사연과 관련이 있는지 모르겠지만 엄마는 나에게 위로 언니가 둘이나 있음에도 불구하고 주로 오빠 옷을 물려 입혔다. 돌 사진만 봐도 그렇다. 언니들은 색동 치마에 저고리를 입었는데 나만 한복 바지에 마고자를 입고 찍었다. 영락없는 막내아들 포스였다. 게다가 어린 시절 동네 사람들이 나를 부르던 별명은 '떡두꺼비'였다. 볼살이 유난히 통통해서 붙은 별명이었는데 떡두꺼비 같은 아들을 낳고 싶었던 엄마의 꿈이 반쯤은 성공한 셈 아닌가.

어쩌면 엄마도 이 성별교란을 즐겼을지도 모르겠다. 미취학 아동 시절의 기억에는 사람들이 나의 성별을 헷갈려 한다는 것을 이용해 엄마가 종종 "이 아이가 남자게요? 여자게요?"라고 퀴즈를 내던 장면이 남아 있다. 어른들끼리 인사를 나누다가 엄마 옷자락을 붙잡고 있는 아이를 발견하면 인사치레로 "야는 누굽니꺼? 막내? 아이고 귀엽네" 하고 말을 걸기 마련이다. 이어 적절한 추임새를 넣어야 하는데, 나는 딱 봐서 성별을 알 수가 없으니 "근데 딸입니꺼 아들입니꺼?"라고 묻곤 했다. 그러면 엄마는 바로 알려주지 않고 미스터리한 상황을 일부러 연장시켰다.

초등학교에 입학하던 날도 그렇다. 그날 엄마는 나에게 청바지에 청재킷을 입혀서 학교로 데려갔다. 입학식에 조금 늦게 도착했던지라 운동장엔 이미 배정받은 반에 따라 신입생들이 줄을 서 있었다. 한 학년에 12학급이 넘고, 한 반 인원이 60여 명에 달하던 시절이었으니 작은 운동장은 이미 학생과 학부모로 빼곡하게 들어차 혼잡했다. 엄마는 배정받은 반을 확인한 후 1학년 6반 여학생 줄 맨 끝에 나를 세우곤, 잠시 교무실에 다녀오겠다고 자리를 떴다. 잠시 후, 할머니 한 분이 손녀를 데리고 나타났다. 나를 살펴보더니 "아니 야가, 머스마가 와 여기 서 있노!" 하면서 나를 남학생 줄로 밀어냈다. 그러곤 자기 손녀를 내 자리에 세웠다. 당시만 해도 나는 어마어마하게 부끄러움을 타는 내성적인 아이였던지라 "저 남자 아닌데요"라고 하면 될 일을 남학생 줄로 밀려난 채로 우두커니 서 있었다. 엄마가 돌아와 나를 보더니 "니, 와 여기 서 있노!" 하면서 다시 여학생 줄로 끌어 놓았다. 다행이라고 속으로 한숨 돌리는데 아까의 할머니가 다시 나타났다. 남녀유별의 정의감에 불타는 그 할머니는 "야가 와일카노. 똑바로 줄 서라잉" 하면서 나를 냉큼 남학생 줄로 밀었다. 어쩔 줄 모르고 있으니 엄마가 나타나 여자 줄로 데려다 놓았다. 그러면 또 할머니가 나타나 남자 줄로 밀고….

이렇게 나의 초등학교 입학식은 두 어른에 의해 이리저리 밀려다니다가 끝났다. 여학생도 되었다가 남학생도 되었다가 하면서 말이다. 어느 줄에 서는지가 왜 그리도 중요했었는지는 아직도 모르겠지만.

빨간 하트와
파란 하트의 비밀

　내가 어릴 때 가장 많이 들은 말 중 하나는 "니가 아들이었으면 우리 집에 양자 삼아 갈 텐데"라는 부모님 친구분의 한탄이었다. 떡두꺼비 같은 외모였으니 어느 집에 가나 막내아들로 딱 어울렸을 것이다. 동화책을 보면 어린이의 팔자는 부잣집에 양녀나 양자로 가면서 활짝 피지 않는가. "양자 삼아 갈 텐데"라는 말은 매혹적이었고 나를 설레게 했다. 하지만 아무도 나를 양자로 데려가진 않았다. 그러니 나는 내 성별을 결코 헷갈릴 수 없었다. 아들이 될 수 없다는 걸 아주 잘 알 수밖에 없었으니까.

　아예 대놓고 "니가 고추만 달고 태어났어도"라고 말하는 어른들도 많았다. 처음엔 내가 어떤 중요한 걸 잃어버린 줄 알았다. 하지만 곱씹어 보면 저 말은 고추만 제외하곤 다른 조건은 다 갖추었다는 의미도 된다. 음, 그렇다면? 내가 봐도 나는 옆집, 앞집, 뒷집의 딸들과 닮은 점이 많지 않았다. 아이들도 그걸 알았는지 소꿉장난을 해도 내게 늘 아빠 역할을 맡겼다. 이쯤 되면 나에겐 출생의 비밀이 있을지도 모른다는 생각이 들 법하지 않은가. 만화 〈사파이어 왕자〉처럼 말이다.

〈사파이어 왕자〉는 만화가 데즈카 오사무가 1950년대에 〈아톰〉 다음으로 발표한 만화다. 한국엔 1970년대에 여러 차례 애니메이션으로 방영되었고, 어린이 잡지에 연재되기도 했다. 주인공 사파이어는 실버랜드 왕국의 공주로 태어났는데 왕위 계승권을 지키기 위해 남장을 하고 왕자로서 악당에 맞서 싸우는 인물이다. 나에게 영감을 준 흥미로운 설정은 사파이어가 태어나기 전, 하늘나라에서 벌어진 사건이다. 아기들은 땅으로 내려가기 전에 신이 주시는 하트를 하나씩 받아 먹는다. 빨간 하트를 먹으면 여자아이로, 파란 하트를 먹으면 남자아이로 태어나는데 사파이어는 견습 천사 틴크의 장난으로 빨간 하트와 파란 하트를 둘 다 먹은 채 태어난다. 그 탓에, 아니 그 덕에 사파이어는 (고추가 없는) 공주로 태어났지만 필요할 때는 말도 타고, 칼싸움과 몸싸움도 잘하는 남성성을 발휘할 수 있었다.

아직도 기억이 생생하다. 어린 시절의 나는 안방에 깔아놓은 이불을 반쯤 덮고 앉아서 만화책 책장을 넘기고 있었다. 사파이어가 파란 하트와 빨간 하트를 둘 다 먹는 장면에서 멈칫했다. 가슴이 두근거렸다. '그래, 이거야'라고 속으로 환호성을 질렀다. 언니나 오빠도, 같이 놀던 친구들도 그 만화책을 봤지만 그들은 모를 것이다. 나의 비밀을. 사파이어처럼 두 개의 하트를 꿀꺽 삼키고 태어났단 걸.

만화에선 틴크가 신에게 야단맞고 잘못 들어간 하트를 회수하러 온다. 틴크가 천사의 피리를 불면 파란 하트가 빠져나오는데, 그러면 사파이어가 칼싸움을 잘하지 못하게 된다. 악당에 맞서 싸우며 정의를 지키는 사파이어에게서 힘을 뺏을 수는 없어서 틴크는 번번이 피리 부는 것을 포기한다. 남자다움과 칼싸움 능력이 등치되는 것이니 엄청난 성별 고정관념이 깔린 설정이지만, 나는 그다지 영향받지 않았다. 내겐 고추(페니스)보다 파란 하트가 더 중요하다는 의미로 해석되었으니까. 애초부터 고추를 가지고 태어난 남자들은 대부분 악당이었고 싸움도 사파이어보다 못했다. 즉, '고추 있음+파란 하트' 조합보다 '고추 없음+파란 하트' 조합이 훨씬 더 힘이 센 것이다.

어른들이 자꾸 애석해하는 고추에 대해선 모르겠고, 내가 느낄 수 있는 내 안의 파란 하트만 잘 지키면 된다고 생각했다. 사파이어는 파란 하트를 틴크에게 돌려주고 결국엔 공주로 돌아갔지만, 나의 경우엔 어떤 천사도 내가 두 개의 하트를 가진 걸 눈치채지 못한 듯하니 조용히 있으면 뺏길 일은 없을 것이다.

하지만 사람이 나이가 든다는 건, 어른이 된다는 건 얼마나 슬픈 일인가. 내가 왜 여자답지 않은지를 신령한 힘의 덕으로 밀고 살 수 있으면 좋으련만, 언제까지고 순진무구한 척 그렇게 믿으면서 동화 속에서 살 수는 없다. '저에겐 파란 하트가 있어요'라고 외치면 머리에 꽃을 단 여자가 될 뿐이다. 애초에 폭로될 위험이라곤 없던 나의 비밀은 자연스럽게 묻히고 잊혔다.

그러다 나이 스물여섯에 나는 놀랍게도 비밀을 다시 찾았다. 잡지 《버디》를 만들면서 편집과 인쇄를 알아야 하니 색상의 세계에 대해서도 배웠는데, 종이에 찍히는 수백 가지 색상도 사실은 사이언, 마젠타, 옐로우라는 세 가지 색을 조합해서 만든다는 게 아닌가. 아하. 그렇다면 빨간 하트와 파란 하트 두 개를 훔쳐 먹은 것이 아니구나. 나는 이 두 색깔을 섞은 다른 색깔의 하트 하나를 먹은 거구나. 이제야 마음이 좀 편해졌다. 어른에게도 동화는 필요한 법이다.

성별교란자의
좌충우돌 성장기

또래 여자 친구들과 고무줄 뛰기, 종이인형 놀이, 소꿉장난 하는 것도 좋아했지만 마음 한구석엔 늘 칼싸움과 권총놀이, 딱지치기, 구슬치기를 향한 열망이 있었다. 하지만 동네에서 그 놀이들을 같이할 여자 친구도, 놀이에 껴주는 남자 친구도 없었다. 유일하게 나보다 한 살 어린 사촌이 집에 놀러올 때만 할 수 있었다. 우린 칼을 옆구리에 차기 위해 팬티만 입고 방 안을 뛰어다니며 놀았다. 멀리서 온 손님인데 심심하게 내버려둘 수는 없다는 훌륭한 명분이 있었기에 어른들도 나를 보고 혀를 끌끌 차긴 했지만 딱히 말리거나 야단치진 않았다.

칼싸움이 집에서 금지된 건 초등학교 2학년 때였다. 그럴 만한 사건이 있었다. 여름방학의 어느 날, 그날따라 세 살 터울인 언니가 자기 친구들과 노느라 나랑 놀아주지 않았다. 입이 댓 발 나와 있으니 불쌍해 보였는지 오빠가 놀아주겠다고 나섰다. 나는 오빠랑 큰 종이를 돌돌 말아 칼인 양 들고 중세의 기사들처럼 결투를 펼쳤다. 넓지도 않은 방 안에서 일보전진, 이보후퇴를 반복하며 신나게 칼싸움을 하다가 뒷마당으로 통하는 문에 몸을 기댔다. 그 순간 잠겨 있어야 할 문이 힘없이 열려버렸다.

사건의 전말을 이해하려면 내가 살던 낡은 한옥의 구조를 알아야 한다. 뒷마당이라고 했지만 폭이 1미터가 채 되지 않았고, 연탄아궁이와 장독대, 수도가 있어 세수하고 빨래를 주로 하는 좁은 공간이었다. 연탄 아궁이가 있었으니 당연히 방과 마당은 높은 단차가 있었다. 그러니 문이 열렸다는 건 뒤로 떨어지듯 넘어졌다는 의미다.

내가 떨어지기 바로 직전, 엄마는 삶은 빨래를 헹굴 참이었다. 방금까지 팔팔 끓고 있던 큰 양동이를 들어 수돗가에 탁 내려놓았는데 내가 떨어졌다. 한 치의 오차도 없이 정확하게 엉덩이가 양동이에 끼였다. 만약 양동이가 없었다면 머리가 깨졌을 테니 한편으론 다행이지만, 엉덩이 전체에 큰 화상을 입는 건 피할 수 없었다. 남은 방학 내내 엉덩이에 화상거즈를 붙이고 엎드려 있어야 했다. 엄마는 딸내미가 칼싸움하다가 삶은 빨래가 담긴 양동이에 엉덩이가 끼이는 일은 세상 사람들에게 말도 못 꺼낼 일이라며 한탄했다. 이후로 우리 집에서는 아무도 나와 칼싸움을 해주지 않았고, 나는 대학에 입학해 검도부에 들어가는 것으로 한을 풀었다.

친구들은 어릴 때 립스틱이나 파운데이션 같은 엄마 화장품을 몰래 가지고 놀다가 혼났다고 하지만 나는 달랐다. 물론 엄마의 화장대 앞을 기웃거리며 기회를 엿보지 않은 건 아니다. 나의 관심은 오로지 '콜드크림'이라고 적힌 크고 둥근 통에 있었다. 나는 뚜껑을 열어 크림을 손가락에 살짝 덜어낸 다음 인중에 길게 발랐다. 콧수염을 그리고 싶어서였다. 그러니까 화장이 아니라 분장이 목표였던 셈이다.

콧수염을 그리고 싶었으면 눈썹 펜슬이나 립스틱을 써야 하는 게 아니냐 싶겠지만, 모르는 말씀이다. 둘 중 어느 걸로 해도 지우기가 어렵다. 어린 마음에도 여자아이가 콧수염을 그리고 싶어 하면 이상하게 여기거나 놀릴까 걱정했기에, 거울 앞에서 잠시 나만 감상하고 사라지는 크림을 선호했다. (너무 빨리 사라지는 게 늘 아쉬웠다.)

형제들과 새우깡을 먹을 땐 몰래 몇 개를 주머니에 숨겼다. 나만 더 먹으려는 게 아니라, 혼자 있을 때 담배처럼 물고 아주 조금씩 녹여 먹기 위해서였다. 그때 내가 머릿속으로 빙의한 인물은 클린트 이스트우드였다. 당시엔 〈장고〉, 〈OK 목장의 결투〉, 〈석양의 무법자〉 등 총잡이가 등장하는 서부 영화가 인기였다. 그중에서도 클린트 이스트우드가 미간을 찡그린 채 입술의 한쪽 끝으로 담배를 물고 있는 모습이 너무 멋져 보였다. 목숨이 오가는, 0.1초라도 먼저 총을 뽑아야 살 수 있는 일촉즉발의 순간에도 아무런 동요 없이 담담하게 담배를 피워 무는 여유, 그 자신감에 대한 동경이었다.

영화 〈바람과 함께 사라지다〉를 볼 때도 나는 여자 주인공인 비비안 리가 아니라 남자 주인공인 클라크 게이블에게 눈이 갔다. 그런 남자와 사귀고 싶은 것도, 그런 남자에게 사랑받고 싶은 것도 아니었다. 클라크 게이블이 입은 잘 빠진 슈트가 탐났다. 같은 이유로 TV 드라마로 방영했던 〈원더우먼〉엔 끌리지 않았다. 어깨를 드러내고 가슴과 허리를 강조한 옷이 마음에 들지 않았다. 게다가 머리띠라니. 아악. 너무 싫었다. 저런 옷을 입느니 차라리 초능력이 없는 편이 낫다고 생각했다.

그러니까 남자니 여자니 선호하는 성별의 문제가 아니라 내가 좋아하는 스타일을 주로 남자 배우가 재연하고 있는 게 문제였다. 사람들은 나에게 끊임없이 '남자 같아', '여성스럽지 않아'와 같은 말을 썼다. 머리 모양, 복장, 말투, 걸음걸이, 손동작 등 겉으로 드러나는 모든 것이 판단 대상이었다. 나는 불만이 많았다. 왜 내가 좋아하는 옷들은 죄다 남성복 매장에 있는 것인지. 또 불편했다. 왜 어른들은 내가 좋아하지 않는 옷을 입혀놓곤 이쁘다고 칭찬하는지. 내가 이 세상에 잘 적응하지 못하는 것 같아 불안했다. 그 불안을 어린 나이에 견디려면 어떻게 해야 하겠는가. 고집쟁이가 되는 수밖에 없다.

종이로 하는 칼싸움도, 콜드크림으로 만든 콧수염도, 새우깡을 물고 고독한 서부의 총잡이가 되는 유치한 상상도 접어야 하는 시기가 되었다. 철부지에서 '소녀'가 되어야 하는 그때, 하늘이 나를 도왔다. 내가 중학교에 입학하기 직전 교복자율화 정책이 시행되었고, 덕분에 치마 교복을 입지 않을 수 있었다. 또 그해 여름엔 이선희라는 걸출한 가수가 혜성같이 등장했다. 짧은 머리, 노메이크업과 안경, 넥타이에 바지 차림으로 가요계를 평정했다. 고등학교 2학년 때는 '선머슴' 콘셉트로 강변가요제에서 대상을 탄 이상은이 이선희의 뒤를 이어 인기 가수 반열에 올랐다. 덕분에 나는 이선희와 이상은의 어느 메쯤 있는 걸로 퉁쳐지면서 애써 나를 설명하지 않아도 되는 행운의 청소년기를 보냈다.

형과 아저씨에게
쉼을 권하는 거리

30대 때의 일이다. 한겨울이었다. 회의가 늦어져 지하철 막차를 타고 신림역에 막 내린 참이었다. 바깥으로 나가기 전에 밀어닥칠 추위에 대비해 외투를 단단히 여미고 있는데, 짧은 머리에 앳된 얼굴을 한 청년이 스윽 다가왔다. 무슨 일인지 궁금하려던 찰나, 그의 다정한 목소리가 귓가를 때렸다.

"형. 맥주 기본이 2만 원이에요. 예쁜 아가씨들도 나와요. 형. 놀다 가세요"

허헉!

나는 재빨리 머릿속으로 시뮬레이션을 돌렸다. 여기서 내가 "저 형 아니고 여잔데요"라고 낭랑한 목소리를 낸다면 어떻게 될까? "아이쿠. 죄송합니다. 남잔 줄 알았어요"라고 하거나 "에이

뭐야. 헷갈리게 해가지구선. 재수 없어" 둘 중 하나일 텐데, 첫 번째 상황이라면 그 남자가 머쓱해질 것이고 두 번째 상황이라면 내가 머쓱해질 것이다. 과연 누가 머쓱해질 것인가! 나는 선택했다. 그냥 둘 다 머쓱해지지 말자! 나는 입을 꼭 다물고 고개만 절레절레 흔들었다. 외투 단추를 다 채우고 앞으로 걸어가려는데 그가 이번엔 아예 내 옷소매를 꽉 잡고 끌어당겼다.

"형. 요즘 불경기라 힘들잖아요. 형. 맥주 싸요. 놀다 가요."

안 돼. 끌려가면 안 돼. 여기서 여자인 것이 밝혀지면 둘 다 더욱 민망해진다는 생각에 나는 온 힘을 다해 발을 내디뎠다. 힘을 주는 소리도 새어 나오지 않도록 입은 더욱 꾹 다물었다. 그의 목소리는 이제 읍소로 바뀌었다.

"형. 맥주 좀 팔아주세요. 네? 형. 형. 형!"

이리 애절하게 형을 부르는 소리는 처음 듣는 것 같았다. 너무 매달리니 고개를 푹 숙인 채 걷는 내가 도리어 그를 질질 끌고 가는 형국이었다. 그렇게 2~3미터쯤을 갔다. 마침내 나를 포기하고 그는 또 다른 '형'을 찾으러 갔다. 그제야 안도의 한숨을 내쉴 수 있었다. 위기에서 벗어났음을 속으로 자축하며 상황을 복기했다. '예쁜 아가씨들도 나와요'라는 말이 맘에 걸린다. 그의 애절한 권유는 자신과 같이 술을 마시자는 게 아니었다. 나보고 다른 사람과 술을 마시라고, 그것도 예쁘다는 이유만으로 낯선 사람과 술을 마시라는 읍소였다. 이런 것이 통한다고? 이 명백한 알선

행위가 지하철역에서 이루어진다고? 아하. 조금 전에 내게 닥쳤던 위기는 여자인 것이 들통나는 위기가 아니라, 술과 여자를 일상적으로 거래하는 이 사회의 위기이지 않은가.

사실은 한밤의 지하철역만 아니라 백주대낮 길거리도 마찬가지다. 한번은 이런 일도 있었다. 강의가 있어 대전에 갔는데, 강의 장소가 대전역 근처여서 볕 좋은 주말 오후를 즐길 겸 걸어서 이동했다. 모바일 지도의 안내를 따라 걷다 보니 대로변의 골목길로 들어서게 되었다. 골목 초입에는 3~5층 높이의 건물들이 있었지만 주말이라 아무도 출근하지 않았는지 한적했다. 구멍가게 앞에 나른하게 드러누운 고양이를 지나 좀 더 걸으니 칠이 벗겨진 대문과 세월의 무게를 얹은 듯한 낡은 담벼락이 이어지는 주택가가 나왔다. 아기자기한 정취가 넘치는 거리 구경에 빠져들고 있는데 맞은 편에서 허리가 굽은 할머니 한 분이 천천히 다가왔다. 명백히 나를 향하고 있어서 낯선 방문자에게 무슨 할 말이 있으실까 궁금하여 귀 기울여 들으려고 몸을 낮추었다. 할머니는 친근하게 말씀하셨다.

"쉬었다 가. 아가씨 있어. 들어와."

아차 싶었다. 할머니에게 옷소매를 붙잡히지 않아야겠다는 생각부터 들었다. 나는 바로 굳은 표정을 짓고 고개를 세차게 저었다. 할머니를 따돌리기 위해 재빨리 걷는 데만 집중했다. 하지만 이내 그 할머니만 통과한다고 끝나는 일이 아님을 깨달았다.

다시 큰길로 빠져나올 때까지 네댓 번은 더 붙잡히고 뿌리치는 일을 반복했다.

이럴 때 그냥 "저 여자예요"라고 말해도 되겠지만 나는 이 문제를 성별로 해결하고 싶진 않았다. 여자라고 밝히니 없던 일이 되는 거라면 결국 남자는 해도 된다는 말이 되니까. 남자로 오해받은 채 성구매 의사가 없음을 밝히는 것이 차라리 더 낫겠다 싶었다. "저는 성매매에 반대합니다"라고 말하는 방법도 고려해봤지만 적절치 않았다. 어쨌든 이를 생계 수단으로 삼고 살아가는 분들이 있는데, 진짜 문제를 일으키는 사회 구조를 바꾸는 대신 그들의 면전에 대고 반대한다고 외치는 것이 모욕을 주는 것 말고 무슨 대단한 효과가 있겠는가.

사실 그보다 신경 쓰인 건 '쉬다 가라'라는 말이었다. 성판매를 하는 상대는 분명 일을 하는 것인데 왜 성구매 행위는 쉬는 것으로 포장될까. 대한민국의 남자들은 얼마나 피곤에 절어 지내길래 밤낮으로 어디서든 이토록 자연스럽게 쉼을 권유받는단 말인가. '아가씨 있어'라는 말도 마찬가지다. 그 앳된 얼굴의 청년도, 허리가 굽은 할머니도 아가씨가 있는 곳을 알려주겠다고 내 팔을 잡아당겼다. 그 골목길을 빠져나오면서, 저기 저 많은 집 어느 방에 그 아가씨가 있다는 생각이 들자 기분이 씁쓸해졌다. 있지만 보이지 않는다. 보이지 않지만 누군가는 아가씨가 바로 그 보이지 않는 공간에 있다는 점이 마음에 들어서 '쉬러' 갈 것이다. 평범한 거리에서 감춰진 존재로 산다는 건 가두어진 것 아닌가.

　기억을 더듬어보면 서울역이나 부산역, 전국의 어느 기차역이든 밤늦게 근처를 지나면 "총각, 쉬었다 가"부터 "아저씨, 방 있어요"까지 여러 종류의 말로 붙잡히곤 했는데 최근엔 확실히 이런 일이 줄었다. 세상이 좀 나아진 걸까. 아니다. 형과 아저씨에게 '쉼'을 권하는 방식이 바뀐 것이다. 거리에서 팔을 잡아끄는 대신 컴퓨터와 모바일에서 더 쉽게, 더욱 편리하게 대한민국 남자들에게 쉬라고, 쉬었다 가라고 권한다.

할아버지의
술맛

어릴 때부터 집에 제사가 많았다. 그러니까 지킬 건 다 지키던 집안이었다는 의미. 하지만 위로 언니가 둘이나 있는, 어딜 봐도 요리 같은 건 잘할 기미가 없게 생긴 어리바리 막둥이라 제사 준비를 거든다 해도 콩나물을 다듬거나 튀김 만들 때 밀가루옷을 입히는 정도가 다였다. 제사상에 올리기 전까진 음식에 손대면 안 된다는 예법이 있어도 '철없는 막내' 위치를 활용해 부엌을 오갈 때마다 은근슬쩍 집어 먹는 것도 잘했다. '아들로 태어날 뻔했던 막내'임을 내세워 절을 올릴 때도 소위 '남자 절'을 했다. 어린 맘에도 당최 이해가 되지 않아서였다. '여자 절'은 앉았다 일어설 때 처음부터 끝까지 양손을 이마 앞에 대고 오로지 다리 힘으로만 몸을 일으켜야 하는데, 왜 이런 고난이도 자세를 여자에게만 요구하는가 말이다. 자칫하면 엉덩방아를 찧을 수 있어서 창피당하지 않으려 긴장하게 된다. 마치 여자는 몸이 가볍되 하체는 튼튼해야 한다는 시험을 받는 기분이 들어 더 싫었다. 게다가 예법대로 하자면 여자는 남자보다 절을 두 배 더 해야 한다. 여자 절의 가치는 남자의 절반밖에 안 된다는 건가.

이런 생각은 큰 다음에 했지만, 어릴 때부터 어떤 '쎄함'을 느꼈는지 나는 군이 아빠와 나란히 서서 절하겠다고 우겼었다. 6살인가 7살이었나 차례상 앞에 바짝 붙어서 절하다가 대추가 소복하게 담긴 제기를 머리로 와장창 엎는 사고를 친 후에야 뒤로 좀 물러났었다.

제사에서 멀어진 건 20대 중반에 고향을 떠나 서울로 올라오면서다. 추석과 설날이 아니고서야 기제사에 참석하려고 집에 가는 일은 없었다. 그러던 어느 날, (나의 일기장에 2006년 1월 9일로 기록되어 있긴 하지만) 일이 있어 부산에 내려갔다가 우연히 할아버지 제삿날과 겹쳐 오랜만에 제사를 지내게 되었다. 어릴 때처럼 어리바리하지만 이제는 급한 대로 쓸 만한 엄마의 조수 역할을 맡아 제사를 준비했다. 밤이 깊어지고 친척 어른들도 다 오셔서 제사를 시작할 때가 되자 아버지가 내게 말씀하셨다. "오늘은 네가 제주를 맡아라."

네? 이건 예상에 없던, 아니 유례가 없던 일이다. 집안 장손인 오빠가 갑자기 일이 생겨 못 오긴 했지만, 당연히 아버지나 다른 어른이 하실 줄 알았다. 그런데 나보고 하라고? 사연을 들어보니 아버지를 비롯해 친척 어른들이 모두 상갓집을 다녀왔기 때문에 제주를 맡은 사람이 나밖에 없단다. 제사 예법상 상갓집에 갔다 온 사람은 제주를 맡을 수 없다나. 작업복 삼아 편하게 입고 있던 추리닝에서 얼른 정장으로 갈아입고 제사상 앞에 섰다. 처음 해보는 제주 역할이지만, 그래도 어릴 때부터 어깨너머로 본 것이 있어서 그리 어설프진 않게 향도 피우고, 음식 골고루 드시라고 숟가락, 젓가락의 위치도 바꾸고, 술잔도 돌리고 절도 올렸다. 옆에서 지켜보던 친척 어른들이 한마디씩 거들기 시작했다.

"아고, 할아버지 헷갈리시것다."

"할아버지가 손자가 하나 더 있었던가 하시것네."

처음으로 남자가 아닌 자의 제주 노릇을 보는 것이 재미있었는지 농담을 주고받더니, 결국 평소에도 실없는 소릴 잘하던 분이 결정타를 날렸다.

"그래도 술은 여자가 따라주는 게 맛있다는데 할아버지 술맛 나시것다아."

껄껄거리며 웃는 어른들은 방금 그 말이 얼마나 부적절한지 모르는 것 같았다. 순간 주먹을 불끈 움켜쥐긴 했지만 못 들은 척하고 참았다. 제사 중에 화를 낼 수는 없는 노릇이었다. 술잔을 향 앞에서 세 번 돌리고, 숭늉을 올리고, 지방을 불태웠다. 촛불을 손으로 끄는 제사의 마지막 순서까지 끝내자마자, 나는 보란 듯이 제사상의 술잔을 들어 쭈욱 들이켰다. 원래 제주가 가장 먼저 음복하는 법이니까.

제주를 맡아보니 더욱 확실히 알게 되었다. 이걸 남자만 해야 할 이유가 정말 하나도 없다는 것을. 생식기에 따라 취할 수 없는 자세가 있는 것도 아니고, 누가 하든 문제없다는 걸 증명하지 않았는가. 이런 와중에 집안의 어른들은 나에겐 영원히 재수 없게 남을 말만 제조하셨다. 할아버지의 술맛. 여자가 따라줘야 맛있다는 그 술맛.

어머니, 아내, 며느리, 딸 등 여자들에게 제사상 다리가 휘도록 잔뜩 차리게 해놓곤, 그 노고에 감사하기는커녕 술맛 타령이라니. 아이고, 그럼 지금까지 할아버지 술맛 떨어지게 왜 남자들만 그렇게 주야장천 제주를 맡았단 말인가. 크게 반성부터 하셔야 한다. 그나저나 궁금하다. 만약 이 제사가 할머니 제사였으면 뭐라고 했을까? 할머니의 술맛은 어떻게 맛있게 해드릴 참이었으려나.

아이쿠,
여잔 줄 몰랐어요

내가 20대였던 1990년대에는 길거리에서 모르는 사이라도 담배 한 개비나 담뱃불을 빌리는 일이 흔했다. 남자는 누구나 흡연자여서 주머니에 라이터나 성냥을 챙겨 다닌다는 것이 상식처럼 통하던 때였다. 나 역시 길에서 종종 담뱃불을 빌려달라는 요청을 받았다. 뭐라도 답을 하려면 목소리를 내야 하는데 길 한가운데서 낯선 사람들에게 매번 성별 커밍아웃을 하게 되는 것도 싫었지만, 담배를 안 피우는 것은 나의 개인적 선택임에도 불구하고 여자라서 담배를 안 피운다는 공식을 따르는 것 역시 싫었다. 고심 끝에 여자라서 당연히 없다는 뉘앙스를 띠는 "담뱃불 없는데요"보다는 비흡연자일 뿐임을 강조하며 "담배 안 피워서 없습니다"라고 힘주어 말하곤 했다. 물론 나의 복잡한 계산과는 달리 상대방은 "아이쿠 죄송합니다. 여잔 줄 몰랐어요"라고 미안해했다. 아, 그게 핵심이 아니라니까요. 매번 속으로 비명을 질렀다.

한번은 이런 일도 있었다. 합정에서 회의를 마치고 사무실로 돌아가던 길이었다. 술집이 즐비한 번화가였지만 한낮이라 도리어 사람들의 왕래가 없어 한적했다. 어느 가게 앞을 지나는데 혼자 무거운 물건을 옮기고 있던 아저씨가 나를 불렀다. "거기 학생, 이거 좀 들어줘." 도움을 요청받으면 응당 손을 내밀어야 하는 법. 나는 몸을 돌려 "네. 도와드릴게요"라며 다가갔다. 그런데 그 아저씨, 갑자기 손사래를 치며 "에? 여자였어? 아냐. 아냐. 괜찮아"라고 하는 게 아닌가. 한사코 거절하길래 머쓱해져서 돌아서긴 했지만 기분이 이상했다. 내가 남자로 보였다 해도 물건을 들어줄 힘이 있어 보였으니 말을 걸었을 것이다. 그런데 여자라고 인식한 순간, 절대로 무거운 건 들게 할 수 없다는 엄정한 태도는 과연 무엇인가. 배려인가? 무시인가? 이런 때엔 "아니에요. 여자라도 할 수 있어요"라고 자존심을 보여줘야 할까. "쳇. 남자만 무거운 걸 들 수 있나. 참 고루한 사람이군" 하고 투덜대며 가던 길 가면 되는 걸까. 고민을 하다 보니 이상한 점이 또 발견되었다. 설사 남자라고 해도 낯선 사람에게 부탁할 때는 좀 더 정중해야 하는 거 아닌가. 남자라는 이유만으로 마치 의무인 양 물건을 들라고 해선 안 되지 않는가. 대체 남자들은 서로를 어떻게 대하며 사는 거지?

안산에 살 때는 이런 일도 있었다. 시내버스가 자주 오지 않는 동네에 살아서 가까운 전철역까지 가려면 택시를 탈 것이냐, 자전거를 끌고 나갈 것이냐, 무작정 걸을 것이냐, 버스를 하염없이 기다릴 것이냐를 두고 매번 저울질해야 했다. 그날은 땀에 젖을까 봐 자전거는 포기하고 버스든 택시든 먼저 오는 것을 타려고 정류장 근처를 서성이고 있었는데, 지나가던 트럭 한 대가 내 앞에 섰다. 운전대를 잡은 중년의 아저씨는 내게 전철역까지 태워주겠다고 했다. 히치하이킹의 위험성을 모르는 바는 아니었지만 약속 시간에 늦지 않으려는 마음이 커서 나는 얼른 탔다. 안전벨트를 매며 감사하다고 인사를 했더니 아저씨는 깜짝 놀라며 말했다.

"여자였어요? 미안해요. 여자인 줄 알았으면 타라고 안 했을 텐데 남자인 줄 알고 그랬네요. 허허"

오히려 내게 사과를 하는 게 아닌가. 아하. 나를 상대의 호의를 거절하지 못해 억지로 탄 젊은 여성이라고 생각하신 모양이다. 이분은 꽤나 점잖은 사람임에 틀림없다. 나는 몇 번이나 마침 급했는데 태워주셔서 고맙다고 인사를 했다. 하지만 마음은 복잡했다. 여자로 보였으면 얻지 못할 기회였구나. 여성을 해코지할 생각도 없고 타인에게 친절을 베푸는 이 트럭 기사님은 그래서 오히려 그냥 지나쳐 갔을 테니까. 어떤 성별로 보이느냐에 따라 달라지는 것이 일상생활 곳곳에 이렇게나 많다.

남자로 보이는 외모 때문에 겪은 일 중에 가장 인상 깊은 사건은 강릉으로 가는 밤기차에서의 일이다. 밤늦게 부산에서 출발해 새벽에 강릉에 도착하는 무궁화호 열차를 탔던 날이다. 당시 나는 20대 중반이었고 납득하고 싶지 않은 이별 통보로 괴로워하고 있었다. 경포대 바다에 가서 꺼이꺼이 슬픔을 토해낼 작정으로 탄 기차였다. 어둠을 헤치고 달리는 기차의 객실 안은 승객이 몇 명 없어 고요했고, 가끔 코 고는 소리만 정적을 깰 뿐이었다. 잠들지 못한 채 멍하니 창밖만 바라보고 있는데 앞자리에 혼자 앉아 있던 작은 체구의 아저씨가 몸을 돌려 말을 걸었다.

"혹시 이것 좀 도와주실 수 있으세요? 제가 계산이 잘 안 되어서."

내게 종이 한 장을 내밀었다. 귀찮은 마음이 없진 않았지만 호기심도 들어서, 일단 "네, 뭔데요?"라고 대꾸하며 종이를 들여다봤다. 회비를 거두고 지출한 내역이 어지럽게 적혀 있었다. 어느 부분에서 계산이 막힌 건지 파악하려고 미간을 찌푸리며 집중하는데 아저씨는 흠칫 놀라며 말했다. "아 여자였어요? 미안해요. 남자인 줄 알고. 제가 실례를 했네요."

민망했는지 풀이 죽은 목소리로 말하길래 나는 다급히 괜찮다고 힘주어 말하며 종이를 손가락으로 꽉 잡았다.

"옆에 앉으셔도 되요."

이상한 사람이면 어쩌지 싶은 마음도 있었지만 굳이 이런 것까지 여자라서 도움을 줄 수 없는 게 더 싫어서 그만 착석까지 권하고 말았다.

아저씨는 얌전하게 옆자리에 앉았고, 나는 종이에 적힌 계산을 맞추어봤다. 틀린 건 없었다. 학창 시절 수학 성적이 바닥이었던 내가 계산해도 이리 쉬운 걸 어렵다며 도움을 요청한다고? 이 아저씨, 다른 꿍꿍이가 있는 거 아냐? 그때서야 아저씨 얼굴을 제대로 쳐다봤다. 뽀글뽀글한 파마머리에 단정한 스타일의 잠바를 입었다. 빤히 쳐다보니 수줍음이 그대로 드러나는 표정을 지어서 약간 마음이 놓였다.

"계산은 맞아요. 틀린 건 없는 거 같은데요."

종이를 건네주자 기뻐하며 고맙다고 인사를 했다.

"사실 이게 뭐냐면요."

예상 적중인가. 아저씨는 용건이 끝났지만 순순히 일어날 생각이 없어 보였다. 어떤 모임의 총무를 맡게 되었는데 이런 일은 처음이라 어렵다며 운을 떼더니 인생사를 펼치기 시작했다. 홀어머니와 살았고 어릴 때부터 가난했으며 한때 권투를 했다고 한다. 전설적인 챔피언인 장정구 선수랑 연습한 적도 있다고 자랑스러워했다. (나는 헤어스타일이 닮았다고 맞장구쳤다.) 정말 악착같이 고생하며 돈을 벌어 이젠 좀 잘살게 되었고, 돈 많은 사람들의 모임에도 들어갔는데 배움이 적어서 그런지 어울리는 게 좀 힘들다고도 했다. 여기까지가 계산을 잘 못 하는데 어떻게 모임의 총무를 맡게 되었는지에 대한 사연이었다면 왜 이 밤에 혼자 기차를 탔는지로 이야기가 이어졌다.

아저씨는 얼마 전에 병원에서 암 선고를 받았다고 했다. 이제 좀 살 만해졌는데 죽어야 한다니 너무 답답하지만, 연로하신 어머니가 충격받을까 티를 낼 수도 없어서 바람 쬔다고 나와서 이렇게 기차라도 타고 왔다 갔다 한다고.

마침 먹을거리를 파는 판매원이 카트를 밀며 객실로 들어왔다. 아저씨는 나에게 물었다. 맥주를 사줘도 되겠냐고. 잠시 망설였지만 마시자고 했다. 권투도 했고 악착같이 돈을 벌었다고 하니 필시 한때는 술을 엄청 마셨을 터이다. 아저씨의 제안에서 설사 예전처럼 마실 수는 없더라도 맥주 한 캔 정도는 손에 쥐고 싶은 마음이 느껴졌다. 아니, 이런 핑계가 아니어도 술을 좋아하는 나로선 공짜 술을 마다할 이유가 없었다. 사실은 기차를 타기 전부터 마시고 싶었지만 백수였던 처지에 돈이 없어서 못 마시고 있었을 뿐이었다. 우리는 나란히 맥주를 들고 계속 이야기를 나누었다. 정확하게는 아저씨의 인생사를 들으며 나만 맥주를 들이켰다. 아저씨는 잘 마신다며 그 뒤로 맥주 두 캔을 더 사줬다.

기차는 어느새 중앙선에서 영동선으로 바뀌는 영주역에 도착했다. 아저씨는 내려서 다시 부산으로 내려가는 기차로 갈아타야 한다고 했다. 자기의 두서없는 이야기를 들어줘서 고맙다는 말과 함께 새벽에 강릉역에 내리면 버스가 없을 테니 택시비에 보태 쓰면 좋겠다고 조심스레 5,000원을 내밀었다. 사려 깊은 돈이고, 금쪽같은 돈이었다. 이쯤 되자 나도 답례를 하고 싶었다. 시한부

인생의 답답함을 밤기차로 달래는 아저씨에게 위로를 건네고 싶었다. 가방 안에 이생진 시인의 시집《성산포에서》를 챙겨온 사실이 떠올랐다. 창문을 열어 내게 잘 가라고 손을 흔드는 아저씨에게 시집을 건넸다. 좋아하는 시집인데 선물로 드리고 싶다고. 시집을 받고 환히 웃는 아저씨를 뒤로하고 기차는 출발했다.

25년도 더 지난 일이지만 가끔 생각난다. 그날 아저씨가 한 말은 모두 진짜일까? 너무 드라마틱해서 거짓말 같기도 하지만 무슨 상관이랴 싶다. 아저씨와 나눈 대화는 꽤 재미있고 편안했다. 비록 '남자로 보여서' 시작된 일이고 '여자라서 안 되는 건' 싫어서 진행된 대화였지만 이야기를 나누는 동안에 성별은 아무 상관이 없었다. 그저 남모를 슬픔을 간직한 자들 사이의 유대감만 있을 뿐.

"여자인 줄 몰랐어요"로 겪은 일들은 다양하다. 남자들끼리의 세상을 속속들이 알게 될 정도는 아니지만, 처음부터 여자로 보였을 때는 흔히 경험할 수 없는 세상이기도 하다. 처음부터 여자인 걸 알고 대할 때 벌어지는 일들이라면 글쎄… (일단 한숨부터 쉬자) 비슷비슷한 일들의 반복이다. 시간제 근무를 하러 간 직장이든, 공부를 하러 간 학원이든 친목 도모를 위한 술자리에만 가면 남자들이 술에 취해 '부르스'를 추자고 손을 잡아 끄는 경우가 태반이었다. 마지못해 응하면 어느새 손이 허리에 감긴다.

아니면 밑도 끝도 없는 헌팅. 20대 때 대학 동기랑 공원 벤치에 앉아 이야기를 나누고 있는데 비슷한 또래의 남자 두 명이 다가와 말을 걸었다. 자신들에게 스포츠카가 있으니 함께 드라이브라도 하지 않겠냐고 했다. 친구와 나는 단호히 거절했고 그들은 몇 번이나 더 치근덕대다가 포기하고 돌아섰다. 이해할 수 없는 제안이었다. 남자 둘이 드라이브를 가면 차가 중간에 고장나기라도 하는가. 아! 그러고 보니 언젠가 밤 10시에 뜬금없이 전화해서 남자 둘이 술을 마시려니 재미가 없다며 지금 홍대 쪽으로 나와달라던 어느 중년의 기자도 생각난다. 고작 인터뷰를 한 번 했을 뿐인데 그 과정에서 알게 된 전화번호를 이렇게 활용한 것이다. 아이고, 남자들끼리 드라이브도 잘하고, 술도 잘 마시는 세상이 얼른 와야 할 텐데. 참 큰일이다.

우리들의
슬픈 탈코르셋

한 페미니스트 모임의 요청으로 여성을 위한 건강하고 즐거운 성에 대해 강연을 하기로 했다. 강사 사진이 들어간 강연 홍보물이 배포되었는데 주최 측 트위터에 누군가 이런 질문을 남겼다.

"여성을 위한 섹스인데 왜 냄져가 강의하나요?"

주최 측은 '한채윤 님은 여성이십니다. 한국 최초의 레즈비언 섹스 가이드북 《한채윤의 섹스 말하기》(개정판 《여자들의 섹스북》(이매진, 2019)으로 출간) 저자이기도 하십니다'라고 간결하게 답했다.

남자로 오해받는 일은 종종 있었지만 이번 건은 파장이 있었다. '냄져'라는 말 때문인지 디씨인사이드, 에펨코리아 등 남초 커뮤니티에 저 문답 트위터가 캡쳐되어 퍼져나갔다. 평소 페미니

즘에 반감을 가졌던 이들은 '탈코르셋하자면서 정작 탈코르셋하니 피아식별도 못한다'며 페미니스트를 조롱하느라 바빴다. 하지만 여성 비하를 아무렇지 않게 내던지는 그들도 포스터 속 나를 두고 '깜박 속았다', '남자인 줄 알았다', '진심으로 여자라는 생각이 1도 안 든다' 등의 댓글을 달았으니 피아식별을 못 한 건 마찬가지다. 더 웃긴 건 '강사가 남자랑 한 번도 섹스를 못 해봤을 거 같은데 어떻게 여성을 위한 섹스 강의를 하냐'는 댓글도 여럿 있었다는 점이다. 여성을 위한 섹스가 남자와 하는 섹스인 줄만 아는가. 남초 커뮤니티에서 여자들 혼내주겠다며 '한국 여자들과 섹스해주지 말자'를 해결책으로 제시한 이유를 알겠다. 너네 진심이었구나?

여자를 위한 섹스를 왜 남자가 강의하냐는 질문 자체는 문제가 없다. 다만 누군가의 성별을 근거로 비판하고 싶었으면 적어도 홍보물에 적힌 강사 이름과 이력으로 검색 한 번은 해봤어야 한다. 어쩌면 내가 남자가 아닌 걸 알면서도 모욕을 주기 위해 일부러 '냄져'라는 표현까지 써서 질문을 던졌을 수도 있다. 그전부터 종종 트위터에선 한채윤은 레즈비언인데도 게이와 트랜스젠더 인권을 챙긴다며 조리돌리곤 했으니까. 그렇다면 더욱 안타깝다. 내가 아니라 탈코르셋 운동을 하는 이들에게 돌아가는 화살이 되었으니.

탈코르셋 운동은 2018년부터 한국에서 본격화되었다. 긴 머리를 자르고, 화장품을 쓰레기통에 버리는 인증샷이 SNS를 중심으로 확산되었다. '너도 한번 해봐. 생각보다도 훨씬 좋을 거야. 돈도 절약되고 시간도 아끼고 자유로움을 느끼게 돼'라는 간증이 줄을 이었다. 사회가 정해놓은 여성성을 지키지 않으면 배제되고 사랑받지 못할지도 모른다는 두려움을 이기는 과정으로서 탈코르셋은 의미 있는 실천이다. 탈코르셋을 주도하는 이들은 '지금까지 이 좋은 것을 남자만 하고 살았냐'며 탈코르셋을 찬양했다. 남자들이 여자들의 코르셋을 더 꽉 조이는 역할을 해왔다는 점에서 현실을 꼬집는 말이긴 하다. 그런데 나는 이 말이 속 시원하게 느껴지진 않는다.

　치마, 하이힐, 화장, 긴 머리 등을 거부하는 것을 탈코르셋이라 한다면, 청소년기는 제외한다고 쳐도 나는 1990년대부터 탈코르셋을 했다. 나와 같은 사람들, 소위 레즈비언 부치들로 범위를 넓히면 탈코르셋의 역사를 더 오래전의 과거로 끌어올릴 수도 있다. 하지만 부치를 탈코르셋의 선두주자로 쳐주는 경우를 아직 본 적 없다. 이 좋은 걸 부치들만 하고 살았냐는 말을 들어본 적도 없다. 레즈비언 부치들은 바로 그 특징인 화장 안 함, 바지 입음, 머리 짧음 때문에 감히 남자를 흉내 내는 건방진 여자로 찍히는 괴로운 시간을 견뎌왔다. 역사가 이러한데 부치의 탈코르셋을 '냄겨가 여자들을 위한 강의를 하냐'라는 말로 조롱하다니.

　케이트 본스타인이 쓴《젠더무법자》에 이런 구절이 있다.

케슬러와 맥케냐의 연구에 따르면, 사람들은 타인을 볼 때 여성이라는 단서가 네 개 정도 발견되기 전까지 남성이라는 단서 한 개를 토대로 남성이라고 추론한다고 한다. 남성 아님이 증명되기 전까지는 당연히 남성인 것으로 여겨진다. 그래서 '여사님'으로 불리는 남자는 거의 없는데 '선생님'으로 불리는 여자는 많다.*

이 부분을 읽을 때 내가 무릎을 얼마나 세게 쳤는지 모른다. 다시 강연 포스터의 사진으로 돌아가 보자. 내가 남자처럼 보이기 위해 한 것은 없다. 수염을 그려 넣은 것도 아니고, 넥타이를 매고 양복을 입은 것도 아니다. 그런데도 그리 쉽게 여자가 아니라 남자로 봤다면 인간의 기본값을 남성으로 설정한 그 인식 틀에 여전히 갇힌 것이다.

만약 우리가 충분히 여자로 보이지 않아서 '남자'로 결론이 나는 현실을 바꾸지 못한다면, 탈코르셋을 하더라도 여자로 식별되어야 하는 더 지독한 함정에 빠질 수 있다. 감출 수 없는 큰 가슴이나 화장하지 않아도 희고 부드러운 피부와 같은 특징이 더 강력한 성별 구분의 기준이 될 것이다. 그러니 탈코르셋은 눈에 보이는 화장, 치마, 긴 머리를 벗어던지는 것이 아니라 여성의 범주를

* 케이트 본스타인, 《젠더무법자》, 조은혜 옮김, 바다출판사, 2015, 54쪽.

확장하고 여성에 대한 상상력을 넓히는 것이 되어야 한다. 그래야 인간의 기본값을 여성도 가져올 수 있고, 인간은 두 개의 성별이 아니라 더 다양한 인간으로 살 수 있다.

이런 관점에서 보면 태어나는 순간에 모두가 입을 모아 남성이라 지정했고, 정성껏 아들로 키워진 사람이 스스로 여성임을 밝히며, 자신의 의지로 화장을 하고, 치마를 입고, 하이힐을 신는 것은 코르셋 강화가 아니라 '코르셋 엿먹이기'다. 트랜스젠더는 시스젠더 지정성별 여성들 중심의 탈코르셋 운동의 방해꾼이 아니라 지원군이다.

물론 트랜스젠더 여성이 코르셋을 강화한다고 비난하는 목소리가 나온 맥락이 전혀 없는 건 아니다. 2001년 3월 하리수 씨가 화장품 광고 모델로 등장했을 때 '하리수를 봐라. 남자로 태어난 사람도 노력하니까 저렇게 이뻐지는데 여자인 넌 왜 이 모양이냐' 따위의 말을 하는 남자들이 실제로 많았다. 이 탓에 트랜스젠더 때문에 코르셋이 더 강화되는 것처럼 느껴졌을 수는 있지만, 착각하진 말자. 코르셋을 강화하는 건 '그따위 말'을 한 사람이지 하리수 씨가 아니다. 하리수 씨의 직업은 모델, 배우, 가수였고 외모를 꾸미는 데 있어 다른 연예인들과 다를 바 없었다. 모든 여성 연예인에게 '코르셋 강화범'이란 혐의를 씌워 돌을 던질 게 아니라면 하리수 씨에게도 그래서는 안 된다. 차라리 노력하면 저렇게 이뻐진다고 하니 남성인 당신도 노력 좀 해보라고 되받아쳐 줘야 한다.

탈코르셋 운동을 하면서 트랜스젠더 혐오를 하는 건 앞뒤가 안 맞는 일이다. 그럼에도 트랜스젠더를 자신들이 벗어던진 코르셋을 주워서 입는 사람으로 묘사하는 그림을 그려 트랜스젠더를 조롱하는 이들이 있다. 이런 그림은 누구나 코르셋을 입고 벗을 수 있는 것으로 본다는 점에서 이미 실패한 분석이다. 사회가 여성에게 입히려는 코르셋은 쉽게 입고 쉽게 벗을 수 있는 게 아니다. 머리를 짧게 잘라도, 바지만 입어도, 화장하지 않아도 바로 그런 점이 신경 쓰여서 여성으로 보이도록 말하고 행동하려 애쓰게 만든다. 국가대표 운동선수들에게 '겉은 저래도 속은 천상여자'라는 수식어를 붙이는 걸 숱하게 보지 않았는가.

탈코르셋 운동을 더 대범하게 펼쳐야 한다. 성별 경계를 가지고 노는 여유를 갖고 여성임을 의심당하는 걸 즐길 필요가 있다. 수많은 시스젠더 여성들이 코르셋을 입어왔고 지금도 입고 있듯이, 트랜스젠더 여성이 코르셋을 입는다고 해서 새삼 더 강화될 것도 없다. 또 많은 시스젠더 여성이 탈코르셋의 길을 찾았듯이 트랜스젠더 여성도 탈코르셋을 도모할 것이다. 우리는 개인의 탈코르셋을 넘어 사회가 코르셋을 작동시키는 걸 멈추게 해야 한다. 돌아가는 톱니바퀴에 막대기를 꽂아 멈추게 할 투사들이 많으면 많을수록 좋지 않겠는가. 그러니 손을 잡자. 트랜스젠더를 배제하는 탈코르셋 운동은 실패할 수밖에 없다.

화장실에서 난
숨을 참는다

사찰에서는 화장실을 '근심을 비워내는 곳'이라는 의미를 담아 '해우소'라고 부르는데, 내게 화장실은 근심이 쌓이는 곳이다. 외출했을 때 되도록 화장실에 가고 싶지 않다. 급해서 들어가는 곳인데 제지를 당하거나 머리에서 발끝까지 나를 째려보거나 비명을 지르는 일들이 너무 싫기 때문이다. 남녀 화장실 입구가 나란히 있는 곳에서 내가 나온 곳의 반대편이 여자화장실이라고 생각해서 남자화장실로 직진했다가 놀란 여성이 나를 원망스럽게 바라보거나, 너무 자연스럽게 나의 뒤를 따라 들어오려다 여자화장실 앞에서 갑자기 길 잃은 표정을 짓는 남자들을 볼 때마다 마음이 편치 않다. 다른 사람들을 불편하게 할 의도는 없지만, 그렇다고 외출해서 화장실을 안 갈 수도 없는 노릇이다. 그러니 결국 물을 잘 안 마시는 버릇이 생겼다. 자주 가야만 하는 곳이 있으면 시행착오를 거쳐 이용자가 별로 없는 한적한 화장실을 찾아둔다. 지방 강연을 많이 다니니 서울역, 동대구역, 부산역 같은 곳엔 '나만의 화장실'이 있다.

　　몇 년 전 일이다. 친구들과 함께 있는 자리에서 화장실을 다녀왔는데 한 친구가 예리한 지적을 했다. 바지도 안 내리고 일을 보는 신묘한 기술이라도 있냐며, 화장실을 어떻게 그렇게 빨리 갔다 올 수 있는지 경탄을 섞어서 놀렸다. 나는 평소와 다를 바 없었기에 "응? 이게 빠른 거야?"라고 넘겼지만 처음으로 '속도'를 지적받으니 신경이 쓰였다. 그 후로 화장실에서 내가 어떻게 행동하는지, 유체이탈한 듯이 자신을 관찰하기 시작했다. 그러던 어느 날, 번뜩 깨달았다. "야, 너 왜 숨을 안 쉬니?"

　　나는 화장실에서 너무 자연스럽게 숨을 참고 있었던 것이다. 냄새 때문이 아니다. 이젠 습관이 되어서 내 집 화장실에서도 그러고 있었으니까. 숨을 참고 있으니 당연히 모든 동작이 빨라질 수밖에 없다. 마침 들어간 화장실에 아무도 없으면 동작이 더 빨라진다. 나올 때까지 아무와도 마주치지 않고 비밀리에 임무를 완벽하게 수행하고 싶어서다. 아! 그러고 보니 친구의 지적을 받은 날, 우리가 있던 곳은 장례식장이었다. 장례식장에 갈 땐 검정색 정장을 입으니 더 남자로 오해받는 데다가 장례식장은 연령대가 전반적으로 높아서 성별이분법이 강력하게 작동한다. 자칫 누군가 성별을 혼동해서 소란이 생기면 조문객으로서 상주에게 폐를 끼칠 수도 있으니 더 신경 쓰인다. 그래서 평소보다도 더 민첩하게 몸을 움직였을 것이다.

화장실에서 신경 쓸 곳은 출입구만이 아니다. 손을 씻는 세면대는 화장실 입구와 마주 보게 배치된 경우가 흔하다. 내가 손을 씻는 동안에 들어온 사람은 내 뒷모습만 보고 흠칫 놀라 뒷걸음쳐서 나가거나 매우 의심쩍어 하면서 조심스럽게 천천히 들어온다. 이럴 땐 아무렇지 않은 듯 침착하게 손을 씻어야 한다. 인기척을 느끼고 서두르는 모습을 보이면 상대의 의심만 더 커지기 때문이다.

극장이나 공연장 등 화장실에 사람이 몰리는 곳에서는 (누가 봐도 여자로 보이는) 친구나 애인에게 같이 가달라고 부탁한다. 여자화장실에 들어가려고 줄을 서 있을 때도 곧잘 '남자가 왜 여기 있냐'라는 말을 듣기 때문이다. 남자라면 굳이 줄까지 설까라고 생각하는 것이 상식일 거 같은데 기어이 그걸 뛰어넘는 분들이 있다.

사실 화장실보다 더 혼자 가고 싶지 않은 곳은 목욕탕이다. 목욕탕도 시대의 변화에 따른 대응책 변천 과정이 있다. 아시다시피 목욕탕에 가면 우선 카운터에 돈을 내야 한다. 1980년대엔 목욕비를 내면 주인이 성별에 따라 '오른쪽으로 가세요', '2층으로 올라가세요' 하고 안내했다. 안내대로 움직였다가 남탕에 들어갈 뻔한 이후로 여탕과 남탕 안내판부터 살핀다. 1990년대로 넘어오자 카운터에서 옷장 열쇠를 주는 방식이 도입되었다. 그럼 이제 열쇠가 파란색인지 빨간색인지, 혹 남(男)이라고 새겨진 열쇠가 아닌지 확인하고 '저 여자예요.'를 외치며 바꿔달라고 해야 한다. 카운터에서 나에게 수건을 주는지 안 주는지로 판단했던 시기도 있었다. 남자는 수건을 어차피 많이 안 쓴다고 탈의실 내에 쌓아놓고 자유롭게 쓰게 하고, 여탕은 입장할 때 1인당 2장씩 배분하는 곳이 많았다. 친구와 같이 가도 내 몫의 수건은 안 주는 경우가 있어서 주인이 수건을 몇 장 꺼내는지 숨죽여 지켜보다가 재빨리 '저 여자예요.'라고 말한다. 가끔은 면도기를 줘서 괜찮다고 돌려주기도 하고. 이뿐이겠는가. 언젠가 제주도에 놀러 갔다가 숙소 근처의 동네 목욕탕에 갔는데, 함께 간 애인이 내가 여자라고 증언까지 해주었는데도 불구하고 목욕탕 주인은 여탕 문을 밀고 들어가는 나를 붙잡고 기어이 다시 묻는 게 아닌가. "진짜 여자 맞죠?" 이날은 정말 진심을 다해 크게 화를 냈었다.

이런 우여곡절을 겪고 카운터를 통과하면 탈의실 관문이 기다리고 있다. 들어설 때부터 옷을 다 벗을 때까지 힐끔힐끔 쳐다보는 건 그나마 점잖은 반응이다. 한번은 윗옷을 벗자마자 나이든 여성 한 분이 스윽 다가오더니 다짜고짜 양손으로 내 가슴을 움켜잡았다. "어, 진짜네"라고 혼잣말처럼 읊조리곤 총총히 사라졌다. 미안하다는 말 한마디도 없이. 또 한번은 탕에서 막 씻고 나온 중년의 여성이 목욕을 마치고 옷을 다 입은 나를 보더니 마침 옆에서 수건을 정리하고 있던 세신사에게 호통을 치듯 말했다. "남자를 여탕에 들이면 어떡해!" 두 번이나 반복해서 말하니 지목당한 나보다 세신사가 더 당황했다.

"아니에요. 저분 여자 맞아요"

이 상황은 내 마음을 아주 복잡하게 만들었다. 정말 나를 남자로 오해한 것이 아니라, 남자 같은 여자가 싫어서 면박을 준다고 느꼈기 때문이다. 정말 나를 남자로 생각했다면 본인이 알몸인 채로 한쪽 팔은 옆구리에 올리고 다른 팔로는 손가락질하며 화낼 수 있었을까. 그렇다고 내가 '저를 남자라 생각하셨으면 자기 몸부터 가리셔야죠'라고 말하고 싶은 건 아니다. 나는 여성들이 남자가 자신의 신체를 보는 것 같기만 해도 비명을 지르고 몸을 숨기기 바쁘길 원하지 않는다. 만일 어떤 남성이 여탕에 들어왔다면 몸을 조그맣게 움츠리기보다는 손에 든 수건이라도 집어 던지고 모두 합심해 그놈을 잡는 게 더 낫다. 하지만 그 중년 여성의 호통이 과연 이런 당당한 태도에서 기인한 것인지 확신할 수 없기에 나에겐 봉변의 기억이다.

살아온 날들이 이러하니 탈의실과 샤워실을 이용해야만 하는 수영장이나 헬스장도 모두 심리적 부담이 큰 곳이다. 애인과 함께 등록하고 다니는 게 아니라면 혼자서는 갈 엄두를 내지 못한다. 대신 해외여행을 가면 괜찮다. 요즘 유럽이나 호주, 미국, 캐나다 등에서는 어딜 가나 성중립화장실을 흔히 발견할 수 있다.

화장실에 갈 때 눈치를 안 봐도 되니 얼마나 좋은지.

해외여행을 갈 때 한국인을 위한 패키지여행 상품을 가능하면 선택하지 않으려는 이유도 화장실 때문이다. 아무리 외국이라고 해도 여자화장실에서 한국인을 만나면 놀랍게도 열에 여덟 번 정도는 잔소리를 들으니까. 외국에서 들으면 같은 말인데도 나 역시 조금 더 신경질을 내게 된다. 아, 동네방네 사람들에게 큰 소리로 말해주고 싶다. "생각해보세요. 만약 제가 남자고, 여자화장실에 잘못 들어왔다면 선생님이 저를 보고 놀랄 때 저도 똑같이 놀라지 않겠어요? 저는 가만히 있는데 왜 소리를 지르세요?"

사람들이 성별 고정관념을 바꾸려고 애쓰면 좋을 텐데 세상이 거꾸로 가는 것 같다. 2023년 2월에는 고려대학교 신공학관 건물에는 스마트폰에 애플리케이션을 설치하고 블루투스 기능을 켜서 입구 센서에 대어야 문이 열리는 화장실이 생겼다. 이 화장실에는 '여성안심화장실'이라는 안내판이 붙어 있다. 무엇이 어떻게 안심이 되는 걸까? 저 화장실에선 내가 인증을 받아 들어갔을 때 아무도 놀라지 않는 걸까? 나로서는 목욕탕 카운터에서 여성임을 증명하고 탈의실에 들어간 것과 비슷한 과정일 뿐인데.

더 기가 막힌 건 2023년 6월부터 서울교통공사가 서울지하철 1호선 신설동역 여자화장실에 인공지능 기반 성별 분석 프로그램을 시범 운영한다는 소식이다. 화장실에 들어오는 사람의 체형·옷차림·소지품·행동패턴 등을 분석해서 남자가 들어오면 경고 방송이 나오는 방식이라고 한다. 과연 인공지능은 나를 여자로 인식해줄 것인가? 참으로 두근대는 일이다. 화장실에서 편히 숨 쉬는 미래가 과연 올지 모르겠다.

성별교란이든,
성별비순응이든

교란의 사전적 의미는 '마음이나 상황 따위를 뒤흔들어서 어지럽고 혼란하게 함'이다. 부정적인 뉘앙스가 강하지만 성별이란 단어 뒤에 붙이면 달라진다. 강력한 성별 고정관념이 차별과 혐오를 부추기는 세상에서 성별을 뒤흔들어 깨우면 좋은 일 아니겠는가. '흔들리지 않는 편안함' 같은 건 침대의 미덕으로 남겨두고 말이다.

20대의 일이다. 몇 달 아르바이트를 했던 곳에 인사차 들렀다가, 이전 동료와 밥을 먹게 되었다. 맛있게 식사를 마치고 동료의 차가 있는 주차장으로 갔는데 관리인이 나에게 주차비를 받으려고 했다. "에이, 이런 건 남자가 내는 거야. 여자 친구 주차비 정도는 내줘야지"라는 말과 함께 차주가 지갑을 꺼내는데도 굳이 나에게 와서 손을 내밀었다. 주차비 액수가 크진 않아서 대신 지불하는 건 어렵지 않았지만 남자 친구가 내라는 요구에 응할 수는 없었다. 이미 여자 친구가 있는 나로서는 엉뚱한 사람의 애인으로 취급받는 상황 자체가 불편했고, 당시 남자 친구가 없었던 동료는 뜬금없이 주차장에서 '나는 외로운 솔로일 뿐'이라고 외쳐야 하는 상황이 난감했다. 우리가 주차장 입구에 들어서는 그 짧은 순간에 주차장 관리인은 전지적 작가 시점으로 성별과 관계까지 완벽한 스토리를 짜놓았다. 결국 동료가 주차비를 관리인의 손에 억지로 쥐여주고 나서야 우린 주차장을 빠져나올 수 있었다. 이 과정에서 나는 입을 꼭 다물고 있었다. 목소리를 못 들었으니 관리인은 끝까지 나를 남자라고 생각했을 것이다. 그렇다면 우리를 '신인류의 등장'으로 봤을까? 역시 젊은 세대는 다르다고 혀를 차거나 부러워하거나 둘 중 하나였겠지.

나의 성별교란이 너무 심한가라는 생각을 했던 때가 있었다. 특히 내가 하는 강의가 대부분 일회성 특강이다 보니, 반복해서 쌓이는 경험은 강의실에 들어서는 순간 나의 성별을 궁금해하는 수강생들의 술렁거림이었다. 옆자리 사람과 속닥거리며 내기를 거는 모습도 흔했다. 내가 마이크를 잡고 목소리를 내면 성별을 맞춘 분들의 탄성과 틀린 분들의 한탄이 동시에 터져 나오곤 했다. 초보 강사였던 시절엔 그런 반응이 부담스러웠다. 특단의 조치가 필요하다 싶어 고심 끝에 나는 분홍색 스웨터를 사기로 했다. 고정관념을 깨야 한다는 강의를 하면서 고정관념에 기댄다는 것이 우습긴 하지만 수강생들을 (강사의 성별보다) 강의에 집중하게 할 책임이 먼저라고 생각했다.

분홍색 스웨터를 입고 서울 시내 대학 두 곳에서 연이어 강의를 하게 되었다. 첫 번째 대학은 여대였다. 강의 중에 종종 성별을 오해받는다는 이야기를 했더니 쉬는 시간에 어느 학생의 쪽지가 전달되었다. '강사님은 충분히 여자로 보입니다. 아까 화장실에서 마주쳤는데 저는 전혀 놀라지 않았어요'라고 쓰여 있었다. 나는 속으로 쾌재를 불렀다. 역시 분홍색 스웨터 작전이 먹혔어. 그렇게 의기양양하게 두 번째 대학으로 갔다. 강의를 마치고 질의응답 시간이 되었는데 한 남학생이 손을 들어 질문했다.

"강사님은 왜 그렇게 남자처럼 보이게 옷을 입나요?"

앗! 분홍색을 입었는데? 왜 이번엔 안 통한 거지? 그 순간 깨달았다. 아, 성별은 상대방이 결정하는 거구나. 똑같은 옷을 입었는데도 사람마다 나의 성별을 다르게 판단하는구나. 사람들은 각자 머릿속에 나름의 성별 판단 기준을 가졌구나. 그 기준으로 상대를 스캔한 후 성별을 구별하는구나. 그렇다면 내가 누구에게나 여자로 보이기 위해선 세상 사람 수만큼의 기준에 다 부합해야 할 텐데… 그럼 끝이 없겠구나. 분홍색 스웨터 정도로는 어림도 없고, 결국 화장도 해야 하고 치마도 입어야 하겠구나…라는 깨달음이었다. 작전을 바꾸기로 했다. 완벽하게 맞추지 못할 바에야 아무것도 하지 않는 편이 효율적이지 않겠는가. 어차피 사람들도 자기 마음대로 생각하는데 나라고 내 성별을 내 마음대로 표현하지 못할 게 뭐 있겠는가. 어차피 한 번뿐인 내 인생인데 내 스타일대로 살자 싶었다.

이런 결정을 다른 말로 하자면 '성별비순응Gender Non-conforming'이라고 한다. 말 그대로 사회가 정한 성별 규범을 따르지 않는, 순응하지 않는 이들을 포괄하는 용어다. 성별비순응자에는 자신을 트랜스젠더라고 지칭하는 이들도 있고, 논바이너리, 젠더퀴어, 에이젠더, 젠더플루이드 등 다양한 정체성이 포함된다. 나는 시스젠더지만 사회가 정한 성별규범을 따르지 않는다는 점에서는 성별비순응자이기도 하다. 그래서 내 경험 중에는 트랜스젠더의 삶과 겹치는 부분이 많다. 그리고 바로 그 유사점 때문에 내가 시스젠더로서 특권을 누리고 있음을 부정할 수 없다. 내가 종종 남자로 오해받아 화장실과 목욕탕, 탈의실을 이용하는 데 어려움을 겪는다 해도 나는 주민등록번호 뒷자리가 2로 시작하고 외부생식기 모양이 사회가 여성으로 인정하는 형태로 태어났다는 점을 근거로 나의 성별을 오해한 사람에게 화를 낼 수 있다. 왜 겉모습만 보고 내 성별을 당신 맘대로 결정하냐고 큰소리치면 대부분은 어쩔 줄 몰라 하며 사과한다. 나의 성별비순응에는 든든한 뒷배가 있는 셈이다.

물론 동성애자라는 이유로 차별과 억압을 받는다는 점에서 이성애자들이 가진 특권이 내게 없고, 여성이라는 이유로 성적 비하의 대상이 되거나 폭력의 피해를 입을 우려가 높다는 점에서 남성이 가진 특권 역시 없다. 하지만 그렇다고 해서 시스젠더로서 가진 이 특권이 아무것도 아닌 것은 아니다. 내가 노력해서 얻은 것이 아니기에 더욱 강력한 특권이다.

나는 같은 차원으로 '논바이너리'라는 성별 정체성을 이해한다. 스스로 논바이너리라고 생각해본 적 없다는 사실 자체가 이해의 단초. 나는 남성과 여성 그 어디에도 속하지 않는다는 취급을 오랫동안 받아왔고, 그에 걸맞게 나 역시 그 어디도 닮으려고 애쓰지 않는 삶을 살아왔음에도 불구하고 '저는 여성입니다'라고 말하는 것이 나의 진심이다. 나는 여성이라는 나의 성별 정체성을 좋아한다. 그렇다면 자신을 '논바이너리'라고 명명하는 것도 나와 같은 이유일 것이다. 그 말이 자신에게 가장 부합하고 자신을 가장 잘 설명해준다고 느끼고 그 성별 정체성을 좋아하기 때문이리라.

'논바이너리'라고 하면 여성도 남성도 아니라는 의미이니 그 사람은 분명 외모가 '중성적'일 거라고 기대하는 경우가 많다. 지정성별 여성이 치마 입고 화장한 채 논바이너리라고 밝히면 "네가 무슨 논바이너리냐, 여자로 꾸미고 다니면서"라고 면박을 주고, 지정성별 남성이 화장하고 논바이너리라고 성별 정체성을 밝히면 "트랜스젠더인데 어려운 말 괜히 쓰는 거 아냐?"라고 반문하는 경우가 많다. 논바이너리용 의상이란 게 따로 있지 않다. 모든 의상은 원래 성별과 상관이 없다(없어야 한다). 또한 성별 정체성도 어떤 정해진 방식으로 표현되어야만 하는 게 아니다. 머리 모양과 의상 등 겉으로 드러나는 표현은 개인적인 선호와 취향, 그리고 개성의 영역이다

만약 어느 트랜스젠더 여성이 화장과 치마를 선호한다면 그것 역시 개인의 선택이고 자기만의 표현 방식이다. 문제는 전혀 선호하지 않음에도 화장하고 치마를 입지 않으면 여성임을 부정당하는 일을 너무 많이 겪어서 어쩔 수 없이 치장을 하게 되는 현실이다. 시스젠더인 나도 사람들에게 하도 여자답지 않다는 말을 듣다 보니 여자로 보이기 위해 애쓴 적이 있는데 트랜스젠더는 오죽하랴. 그런데 '여자로 보인다'는 건 쉽지 않은 일이다.

20대 때, 화장실 가는 것이 너무 불편해서 머리라도 기르면 사람들이 나를 여자로 봐줄 거라는 기대로 뒷머리를 어깨까지 내려올 정도로 기른 적이 있다. 이 정도면 괜찮겠지 싶었는데 화장실에서 여전히 비명소리를 들어야 했다. 대체 왜 패싱(내가 원하는 대로 사람들이 나의 성별을 자연스럽게 인식하고 지나는 것)이 안 되는 거냐고 처음엔 분노하다가 내가 간과한 지점이 있음을 뒤늦게 깨달았다. 그 시기는 꽁지머리로 유명했던 대한민국 축구의 대표 수문장인 김병지 선수가, 김종서, 신성우, 이덕진 같은 긴 머리 찰랑거리는 락커들이 유명하던 때였다. 이해되시는가? 성별비순응은

정말 내 탓이 아니다. 나름 순응해보려 했으나 사회가 도와주지 않은 것이다. 내가 여자로 보이겠다고 프로로서 진정성 넘치는 락커들보다 더 찰랑거리게 긴 머리를 유지할 수는 없지 않겠는가.

성별이란 누가 어떤 정보값을 가지고 있는가, 누가 어떤 기준으로 판정하느냐에 따라 얼마든지 바뀌는 그 무엇이다. 헤어스타일이나 화장 여부 등 외모로만 판단하는 사람, 이름을 듣고 추정하는 사람, 주민등록번호로 판정하는 사람, 목소리로 판단하는 사람 등 다양하다. 그런데 이 모든 기준이 간과하는 한 가지가 있다. 바로 나에게 물어볼 생각은 안 한다는 것. 초등학교 입학식에서 그 할머니가 확신에 차서 나를 밀어내고 내 자리에 자기 손녀를 세웠듯이 말이다. 부정적 의미의 성별교란이 있다면 바로 이것이지 않겠는가.

2부

—

싸우자는 예쁜 말

첨부터 싸울 생각은
없었어

1996년은 인터넷이 알려지기 시작한 때였다. 신문에선 연일 인터넷이란 새로운 문명을 찬양하는 기사가 실렸다. 마침 나는 고고학자가 되겠다는 어린 시절의 꿈을 접고 드라마 작가가 되겠다며 고향 부산을 떠나 안산에 있는 큰언니집으로 왔다. 서울에 있는 학원을 다니기 위해서였다. 땅속에 묻힌 인류의 과거를 발굴하던 내가 이제 당대의 트랜드를 누구보다 먼저 따라가야 하는 직업으로 전향한다는 부담감에 언론에서 펌프질하는 인터넷 어쩌고를 외면할 수가 없었다. 하지만 나는 영어를 못하는 걸. 인터넷에서는 영어만 쓸 수 있다는 말에 지레 겁먹고 대신 비스무리한 거라도 하자 싶어 일단 집 근처 전화국에서 PC통신용 단말기를 빌렸다. 천리안, 나우누리, 하이텔 세 개의 통신사가 있었는데 나는 가입비가 제일 싸다는 이유로 별생각 없이 하이텔을 선택했다. 이것이 인생을 바꾸는 선택이 될 줄은 모르고.

시대에 편승하고자 했으나 PC통신은 생각보다 재밌진 않았다. 단말기와 나는 한 방에서 지내긴 했지만 서먹서먹한 관계였다. 여차하면 반납해버릴까 궁리하던 어느 화창한 봄날, 아침햇살이나 쬘까 하고 마당에 나왔는데 우체부가 우편물을 솜씨 좋게 휙 던지고 지나갔다. 하이텔 소식지였다. '이런 것도 나오는군' 하며 할 일도 없던 차에 현관 앞에 쪼그리고 앉아 슬렁슬렁 뒤적거렸다. 얇은 소책자라 손가락에 침을 묻혀가며 성의없이 페이지를 넘기니 금세 마지막 페이지에 도달했다. 뒷표지를 덮으려던 그 순간, 봤다. '하이텔 동성애자 인권 모임 - 또하나의사랑 sg172.'

소식지 마지막 페이지 하단의 정말 작은 박스에 실린 '새로 생긴 별난 모임 소개'라는 코너 속에 적힌 글자였다. 글자 크기도 6, 7포인트밖에 안 됐는데, 글자 뒤로 후광이 비치는 듯 눈에 확 들어왔다. 나는 벌떡 일어나 단말기 앞으로 뛰어갔다. 우리나라에 동성애자 모임이 있다고? 제멋대로 쿵딱거리는 심장을 부여잡으며 단말기 전원을 켰다. 조심스레 "go sg172"를 입력하고 엔터! 오, 맙소사. 정말 있다.

그날 이후 하루 종일 단말기만 붙들고 살았다. 그곳은 너무 놀라웠다. 이 세상에 동성과 사랑하고 헤어진 경험을 가진 사람은 나뿐인 줄 알았다. 그런데 더 있었다. 있는 정도가 아니라 아주 많았다. 처음엔 게시판에 올라온 글만 읽었다. 도서관에서는 찾을 수 없었던 동성애에 관한 온갖 정보와 지식이 거기엔 있었다. '레즈비언'이란 단어도 이때 알게 되었다. 하이텔 외에 다른 통신사에도 동성애자 모임이 있고, '끼리끼리', '친구사이' 같은 동성애자 인권단체도 이미 있다니! 나는 우편으로 받을 수 있는 각 단체의 소식지를 모두 신청했다. 한 번 읽는 게 아니라 마르고 닳도록 탐독했다. 아는 게 생기니 자연스레 고민도 본격화되었다. 나는 레즈비언일까? 아닐 수도 있지 않을까? 그런데 아니라면 나는 어찌하여 진심으로 사랑을 했지? 내가 앞으로 남자를 사랑하게 될 가능성은 없는 걸까? 질문이 꼬리에 꼬리를 물게 되니 눈팅만 하던 게시판에 글도 올리게 되었다. 처음이 힘들지 두 번이 어렵겠는가. 세 번은 더 쉽고 그 뒤로는 셀 수가 없었다. 정모와 번개 등 오프라인 모임에도 열심히 나간 건 두말할 나위가 없다. 나는 게다가 작가를 꿈꾸는 '백수'이지 않은가. 시간도 많았다.

그렇게 1년을 열심히 활동했더니 대표시삽을 맡으라는 제안이 들어왔다. PC통신에선 모임 대표를 '시삽'이라고 불렀다. 여러 명의 부시삽과 한 명의 대표시삽이 있는 구조였고 당시 '또하나의사랑'은 시삽을 6개월 단위로 선출했다. 제안을 받고 생각해보니 나는 부모와 떨어져 지내고 있어서 동성애 관련 자료를 방안에 둘 수 있고, 나가서 돌아다녀도 눈치 볼 일이 없다. 이런 조건을 가진 동성애자는 드물다. 그렇다면 할 수 있는 건 뭐든 해야 하지 않을까 싶었다. 대표시삽을 맡겠다고 했다.

　짧다면 짧은 시간인 6개월 동안 나는 많이 변했다. 대표시삽 임기가 시작된 1997년 7월 1일은 청소년보호법이 발효되는 날이기도 했다. 국민의 삶을 옥죄는 또 하나의 국가보안법이라고 불릴 만큼 검열의 칼을 마구 휘두르는 법이었다. 여타의 동성애자 모임에서는 청소년 회원을 탈퇴시키기 시작했다. 청소년을 가입시켰다는 이유만으로 모임을 폐쇄시킬까 두려웠기 때문이다. 내가 대표시삽이 되자마자 바로 결정해야 하는 사안이 청소년 회원 문제였다. 이때만 해도 '청소년은 한때 동성애에 빠진 것일 수 있으니 대학 가서 동성애자인 걸 인정해도 늦지 않다'고 말하는 성인 동성애자들도 많았다. 하지만 나는 그 생각에 동의할 수 없었다. 더군다나 이미 가입해서 활동하는 청소년을 탈퇴시키면 소외와 배제를 겪는 셈인데, 성인들만 살겠다고 청소년들에게 그런 상처를 줄 수는 없었다. 그래서 회원들을 설득했다. 하지만 대표시삽 혼자 고집부리다가 청소년 유해 모임이라고 찍혀 모임이 폐쇄되기라도 하면 어쩔 거냐는 지적엔 할 말이 없긴 했다. 내가 책임질 수 없는 일을 책임지는 방법을 찾아야 했다. 회원들과 토론을 하고 서로 다른 의견을 사이에서 절충안을 냈다. 기존 청소년 회원은 자격을 유지하되 신규 회원은 더 받지 않기로 결정했다. (몇 년 후 나중에 '버디마을'이라는 회원제 웹 커뮤니티를 만들 땐 청소년 가입을 완전히 열었다. 물론 버디마을 내에서도 반대 의견이 있었지만 이때쯤엔 우리가 싸워야 할 대상이 청소년보호법임을 분명히 인식했기에 고집을 부릴 수 있었다. 청소년보호법에서 하라는 대로 하면 한국에서 동성애자라는 존재가 사라져야만 할 판이었으니.)

동성애자들이 동성애자 커뮤니티에 처음 나오는 것을 은어로 '데뷔'라고 한다. "너는 언제 어디서 데뷔했니?"는 서로 알아가는 단계에서 빠지지 않는 질문이었다. 나는 또하나의사랑에서 데뷔한 것이 지금의 나를 만든 바탕이라고 생각한다. 또하나의사랑은 동성애자, 양성애자, 트랜스젠더 등 다양한 정체성이 어우러지는 모임이었다. 10대부터 40, 50대까지 다양한 연령대의 사람들을 만났고 집안의 압력 때문에 결혼을 앞둔 사람, 결혼 후에 자신의 성적 지향을 깨달은 사람, 이혼을 고민하는 사람 등 여러 상황에 처한 사람들이 올리는 글을 통해 성소수자의 삶의 맥락이 얼마나 복잡하게 얽히는지도 일찌감치 배웠다. 그뿐이겠는가. 나는 레즈비언 커뮤니티의 가장 심오한 논쟁 주제인 펨, 부치 구분을 둘러싼 공방뿐만 아니라 게이들 사이에서 격렬하게 진행되는 에이즈, 콘돔, 애널섹스, 사우나와 찜질방, 오픈릴레이션십, 식성 등에 관한 논쟁도 가까이에서 지켜봤다. 또하나의사랑에서 트랜스젠더와 이성복장선호자들의 모임인 '아니마'가 갈라지는 과정도 경험했다.

레즈비언이 왜 레즈비언 인권운동만 하지 않고 게이와 트랜스젠더 인권까지 챙기냐는 의심과 비난을 종종 받았지만 나에겐 모두를 아우르는 것이 훨씬 자연스러웠다. 《버디》도 LGBT를 아우르는 잡지로 창간했다.

게다가 결정적으로 또하나의사랑은 PC통신 모임 중에서 유일하게 '한국동성애자단체협의회'에 가입해 있었다. 시삽이 되면 인권활동을 해야 했던 것이다. 처음으로 한국동성애자단체협의회에 갔던 날을 아직도 기억한다. 이 척박한 나라에서 동성애자 인권운동을 갓 시작한 데다가 언론에도 나오던 유명한 활동가들을 직접 만나는 자리이니 담담한 척했지만 속으로는 떨렸다. 그 자리엔 이미 1995년에 대사회 커밍아웃을 하고 《누가 성정치학을 두려워하랴》라는 책도 낸 서동진 씨도 있었고, '한국여성동성애자인권운동모임 끼리끼리'를 창립하고 〈송지나의 취재 파일〉에도 출연했던 전해성 씨도 있었다. 게다가 그날의 주요 안건이 여성 비하 발언을 한 모 단체를 어떻게 징계할 것인가라는 민감한 주제였으니 완전 초짜 활동가로서 얼마나 긴장했겠는가.

1997년 여름, 나는 이렇게 상상조차 해보지 않았던 성소수자 인권운동의 한복판으로 들어서게 되었다.

친구에게 필요한 건
오기였다

1998년 2월 16일자 〈중앙일보〉에 「동성애 잡지 국내 첫인사 "헤이 버디"」라는 기사가 실렸다. 사무실 전화가 아침부터 쉴 새 없이 울렸다. 기사 말미에 '구독 신청 02-2323-045, 광화문 우체국 사서함 776호. 하이텔, 천리안, 나우누리 ID BUDDY79'라는 안내가 같이 실렸기 때문이다. 아침부터 저녁까지 문의와 구독 신청 전화를 받느라 밥 먹을 틈도 없었다. 이렇게 보면 굉장히 화려한 시작을 한 거 같지만 그건 아니다. 영광의 날은 이날 하루뿐이었다.

잠시 시간을 거슬러 몇 달 전으로 돌아가보자. 1997년 10월, 나는 성소수자를 위한 잡지에 대한 구상을 시작했다. 《또다른세상》이나 《니아까》 등의 레즈비언 잡지가 있긴 했는데 성소수자 커뮤니티 내에서만 구해볼 수 있는 독립 잡지 형태였다. 나는 LGBT 전반을 다루면서도 출판등록을 하고 전국 서점에서 판매되는 정식 잡지가 필요하다고 생각했다. 그래야 이성애자들도 서점에서 우연히 이 잡지를 발견하고 읽을 수 있을 테니까. PC통신이나 인터넷을 하지 않아서 이 세상에 동성애자는 자기 혼자인 줄 알고 지내는 이들도 접할 수 있을 테니까. 성소수자에 대한 편견을 없애려면 정보와 지식의 습득이 필요한데, 학교나 언론에서는 제대로 다루어주지 않으니 대중적인 형태의 잡지를 만들어 사회 안으로 성큼 들어가야겠다고 생각했다.

주변에 계획을 말했더니 다들 너무 좋다고 했다. 잡지명으론 친구를 의미하는 'BUDDY'를 추천받았다. 세상과 친구가 된다는 의미, 동성애자와 이성애자가 친구가 된다는 의미 등 어떻게 의미를 부여해도 따뜻한 한마디로 귀결되어서 마음에 들었다.

잡지를 만들어본 경험이 있는 건 아니었다. 외국에는 동성애자를 위한 잡지가 있더라는 소문은 들었지만 실제로 본 적도 없었다. 사람들은 출판 경력자도 아닌데 어떻게 그렇게 용감하게 잡지를 창간할 수 있었냐고 묻는데, 사실 몰랐으니까 할 수 있었던 일이었다. 그래서 간혹 《버디》를 재창간할 생각이 없느냐는 질문을 받으면 나는 아주 빠르게 고개를 가로젓는다. 미리 알았으면 절대 시작하지 않았을 일이란 걸 이젠 안다.

하여튼 나는 생소한 영역인 출판계를 파악하기 위해 먼저 《잡지의 역사》, 《출판의 세계》 같은 책을 사서 읽으며 기본 지식을 쌓는 한편, 몇 달 앞서 창간된 페미니스트 저널 《이프》의 사무실을 방문해 귀한 조언을 듣기도 했다. 우리처럼 작은 잡지는 전국 서점에 책을 배본하는 것도 쉽지 않다는 걸 파악하고, 잘 아는 곳도 아니었는데 진보적 출판사라는 것만 믿고 '현실문화연구'란 출판사를 찾아갔다. 사정을 설명하고 유통망을 활용할 수 있게 해달라고 부탁했는데 흔쾌히 오케이를 해줬다. (실제로 《버디》의 판권페이지를 보면 1호부터 9호까지는 발행처가 '현실문화연구'라고 적혀 있다.) 어느 정도 경험을 쌓고 '현실문화연구'에 더 이상 폐를 끼치지 않기 위해 1998년 10월에 드디어 출판사를 설립했다. 한국 최초로 성소수자 관련 도서 전문 출판사임을 천명한 '도서출판 해울'이다. 나는 2004년까지 도서출판 해울을 운영하며 《한채윤의 섹스 말하기》, 《성서가 말하는 동성애》, 《남남상열지사》 등 몇 권의 단행본도 냈다. 《버디》종간 이후 더 이상 출판업은 병행하지 않기로 결정했지만 도서출판 해울의 역사성이 사라지는 것은 아쉬워서 폐업 처리하지 않고 2004년에 성소수자 문학계에서 유명 작가였던 한중렬 씨에게 출판사를 양도했다.(지금까지도 정말 성소수자 관련 도서만 출판하고 있다.)

창간을 결심하고 또 서울 중구 신당동에 1.5평 남짓한 작은 사무실도 계약했었다. 무보증금이었고 책상과 의자 등 기본 사무 집기가 제공되는 곳이어서 초기 비용을 아낄 수 있었다. 몇 달간 아르바이트를 해서 모은 돈으로 산 컴퓨터 한 대를 들고 사무실

문을 열었다. 통장엔 주변의 뜻있는 분들이 모아준 300만 원이 착수금으로 들어 있었고, 금전출납부는 '임대료 300,000원'과 '청소 도구 4,000원' 지출로 시작했다. 창간호는 그로부터 3개월 뒤인 1998년 2월 20일에 세상에 나왔다. 앞서 소개한 〈중앙일보〉 기사를 비롯해서 〈MBC 9시 뉴스〉에도 보도되었고 《버디》 편집팀이 당대 최고 인기 토크쇼였던 〈주병진의 데이트라인〉에 출연하기도 했다.

창간호가 나온 날 밤에 나는 펑펑 울었다. 감격해서? 아니 너무 부끄럽고 속상해서 울었다. 많은 분이 도와주고 애써주었는데도 편집장인 나의 능력 부족으로 잡지의 만듦새가 너무 부족해 보였기 때문이다. 그래서 2호를 만들었다. 좀 더 잘 만들고 싶어서. 또 3호도 만들었다. 사람들이 자꾸 3개월도 못 버티고 망할 거라고 해서 그 말에 지기 싫어서 4호도 만들었다. 어디까지 버틸 수 있는지 끝까지 해보려고 5호도, 6호도 만들었다.

잡지 자체는 이슈가 되었지만 엄청나게 많이 팔리는 것도 아니었고, 광고가 들어오는 것도 아니었다. 한국 최대 서점인 종로교보문고는 "국민의 서점이므로 미풍양속을 해치는 책은 판매할 수 없다"는 이유로 판매를 기부했다. 방송국에서 취재를 나가자 눈치가 보였는지 나중에 《버디》를 입고는 했지만 서가에 비치하지 않고, 직원에게 책을 달라고 부탁하면 어디선가에서 꺼내주는 방식으로 판매했다. 성소수자 잡지를 달라고 말할 수 있는 용감한 독자만이 살 수 있었다. 교보문고의 뒤를 잇는 대형 서점인 영풍문고는 책을 가판대에 올려놓긴 했지만, 서점에서 자체적으로 비닐을 씌워서 내용을 볼 수 없도록 했다. 그래놓곤 동성애 잡지란 걸 모를까 봐 서점에서 자체적으로 '동성애 잡지'라는 스티커를 만들어 붙여놓았다. 동성애를 선정적이라고 생각해서 꽁꽁 감싸면서도 동시에 그 선정성을 이용해 판매는 하고 싶었던 게다.

또 다른 서점은 너무 구석진 곳에 책을 거의 숨겨놓다시피 해서 왜 그러냐고 따졌더니 되레 "이거 청소년이 사 갔다가 부모님한테 들켜서 우리 서점으로 항의가 들어오면 어떡해요"라고 항변했다. 수원 지역 서점에 도서 배본을 총괄하던 업체는 친히 전화를 걸어서 자신의 양심을 지키기 위해 동성애 책은 배본할 수 없다고 통보하기도 했다. 그래서 《버디》를 만들던 시절에 내가 세상에서 가장 부러웠던 것은 서점 앞 창가에 진열된 잡지들이었다. 내가 낸 잡지는 결코 진열되지 않는 그 가판대를 볼 때면 속은 답답해지고 배가 너무 아파서 거리를 다닐 땐 서점을 피해 다녔다.

《버디》의 첫 월급은 3만 원이었고, 1주년 기념호를 낼 때가 8만 원이었다. 《버디》를 유지하기 위해 강연을 하고, 외부 원고를 쓰고, 아르바이트 삼아 몇 달간 레즈비언 바를 운영하거나 레즈비언 사이트인 '티지넷' 운영을 잠시 맡기도 했다. 다른 단체 홈페이지 만드는 부업도 하고, 《버디》 후원회도 조직하며 여러모로 애를 썼지만 한국의 인터넷은 너무 빠르게 발달했고 잡지는 점점 더 안 팔렸다.

나는 무책임한 사람이 되고 싶지 않았다. 만약 내가 창간하지 않았다면 후에 더 훌륭한 사람이 더 멋진 '최초의 퀴어 잡지'를 만들 수도 있었을 텐데, 내가 그 기회를 날려버린 사람이 되지 않도록 적어도 금방 망해버린 최초의 잡지는 되지 말자는 목표를 세웠다. 그렇게 6년을 버텼다. 월간지로 13호까지 내고, 계간지로 바꾸었다가 결국 2003년 겨울호를 끝으로 종간을 선언했다.

힘이 들 때는 누군가 '내가 버디 살 돈 있으면 술을 한 잔 더 마시겠다'라고 했다는 말을 떠올리며 오기로 버텼다. '동성애만 다루면 금방 소재가 떨어져서 잡지 못 낼' 거라고 예언하는 이들에게 그 말이 틀렸음을 증명하려고 버틴 때도 있다. 어떻게든 버티겠다는 독한 마음을 준 건 사람들의 망언, 혹은 독설이지만 실제로 《버디》가 버틸 수 있었던 건 표지 모델과 표지 사진작가, 편집 디자이너, 일러스트 작가, 외부 필자, 기자, 광고 섭외 담당, 서점 영업 담당 등 많은 사람이 실제 받아야 할 '보수'와 상관없이 힘을 보태어주었기 때문이다. 이제 와 다시 《버디》를 보다가 오타를 발견하거나, 엉망인 편집이 눈에 들어오면 편집장으로서 쥐구멍에 들어가고 싶지만, 그 부끄러움은 나만의 몫이다. 그것만 빼면 《버디》는 대단한 잡지다. 6년간 많은 이들의 조건 없는 애정과 지원, 노고로 24권을 세상에 내어놓았으니까.

종묘회사를 닮은
인권단체

　'한채윤'이란 이름 이야기를 해보려 한다. 《버디》를 만들기로 결정한 후 본명이 아닌 필명으로 활동하기로 했다. 어릴 때부터 본명을 별로 좋아하지 않았다. 엄청 싫었던 건 아니지만 좀 더 멋진 이름을 갖고 싶은 욕심이 있었다. 하지만 예명, 필명 같은 건 작가나 연예인들이 갖는 것이다 싶어 감히 필명을 만들 수 없었다. 그런데 난 편집장이고 글도 쓸 거니 필명을 만들 명분이 생겼고, 그래서 어떤 이름을 쓸지 한참 고민했다. 오랜 꿈이었던 만큼 내가 좋아하는 세 개의 음절을 고민한 끝에 채, 한, 윤을 고른 뒤 순서를 조합했다. '한채윤'이란 배열이 가장 발음하기 좋아서 최종 결정.

　사실 처음엔 한자까진 생각하지 않았는데 막상 활동을 시작하니 기자들이 이름의 한자도 알려달라고 했다. 하는 수 없이 옥편을 펼쳐 마음에 드는 한자를 찾기 시작했다. 뒤지고 뒤져서 골라낸 한자는 큰 나무 한欄, 울타리 채茝, 햇빛 윤昀이었다. 대충 해석하자면 '커다란 햇빛 울타리'란 뜻이다.

이름에 이런 사연이 있다 보니 나에게 한은 성씨 개념이 아니었다. 간혹 "같은 한씨라 반가워요. 어디 한씨세요"라고 적극적으로 친밀감을 표현하는 분들을 만나면 그 반가움에 찬물을 끼얹을 수는 없어서 '아… 네…'라고 얼버무렸지만 등에선 식은땀이 흘렀다. 심지어 한씨 종친회에서 족보를 만드는데 누구 집 자손이냐고 묻는 전화가 사무실로 걸려온 적도 있었다. 또 페미니스트인데 왜 부모성 물려쓰기를 안 하냐는 질문도 받아봤다. 모두 이름을 만들 때만 해도 예상하지 못한 일이었다.

이런 정체성의 모호함은 나의 숙명일지도 모르겠다. 레즈비언이 왜 레즈비언 잡지를 만들지 않고 게이들과 함께 일하냐는 타박을 받기도 했고, 부치가 아니라 트랜스젠더 남성이냐는 의심도 종종 받았다. 나는 세상 사람들의 편견을 줄이는 방법으로 잡지가 유용하다고 생각해 인권운동의 방식으로 잡지를 택한 것이었는데 출판계에서 보면 인권활동가였고, 인권활동가들이 보면 잡지를 만드는 사람이었다. 이 모호함 때문에 종종 마음을 다치는 일이 있었다. 사람들은 편한 대로 어떤 때는 활동가니까 이걸 해야 한다고 했고, 어떤 때는 문화 쪽이라고 인권활동가에서 제외시켰다. 인권활동가로서 확실한 소속이 있어야겠다는 생각을 하던 차에 2002년 초 성소수자 커뮤니티에서 여러 사건 사고가 터졌다. 이 과정에서 평소 비슷한 문제의식을 가졌던 사람들끼리 모이게 되었고, 우리는 기존의 성소수자 인권운동에서 비어 있는 부분을 채우고자 했다. 미국에서 연구자와 변호사로 활동하는 이들도 있었기에 10여 명의 창립 멤버는 얼굴을 맞대며 만날 수는 없었지만 논의게시판을 만들어 소통하면서 단체 이름을 정하고 활동 기조를 세우고 로고와 홈페이지까지 척척 만들었다. 연구자와 인권활동가가 함께하는 조직, 문화운동을 통해 인권 향상을 도모하는 조직, 동성애자 중심에서 벗어나 보다 다양한 소수자들 사이의 연대와 협력을 꾀하는 조직으로서 '한국성적소수자문화인권센터'가 탄생했다.

센터는 제일 먼저 성소수자 비하 표현을 쓰지 않도록 기자들을 위해 〈미디어 취재 가이드라인〉을 만들어서 언론사에 배포했다. 국립보건연구원 에이즈 예방 정책의 허점을 찾아 반박하고 적극적으로 정책을 제안하는 에이즈예방팀의 활약은 2003년 최초로 정부 예산으로 운영되는 성소수자 에이즈예방센터 '동성애자 HIV/AIDS예방홍보사업팀(iSHAP)'의 발족으로 이어졌다. 여성이반미디어 활동가 양성교육 '주파수 L를 잡아라' 사업은 레즈비언 라디오 제작팀인 '레주파' 탄생의 밑거름이 되었고, 덕분에 2005년에 서울 마포구의 소출력 공동체 라디오 '마포FM' 내에

'엘 양장점'이란 프로그램에 생겼다. 최초의 레즈비언을 위한 라디오 방송이 전파를 탄 것이다. 2008년에 시작한 진보적 기독교인과 성소수자 인권운동의 만남이었던 '슘프로젝트'는 2010년에 《하느님과 만난 동성애》라는 책을 발간했다. 목사와 성소수자 기독교들인이 함께 쓴 책이다. 2007년부터 진행한 청소년 거리이동상담 사업 때 모인 상담가들을 중심으로 최초의 성소수자 전문 상담소를 표방한 '별의별상담연구소'를 결성할 수 있도록 기금을 끌어오고 상담실을 제공하는 등의 지원을 했다. 2013년엔 퀴어 뮤지션 '이반지하'의 앨범을 제작했다. 2009년부터 시작한 '퀴어 아카데미'에서 교육 사업을 더 전문화하여 2017년에는 젠더섹슈얼리티 전문 교육기관인 '교육플랫폼 이탈'을 만들었다. 트랜스젠더인권단체 인큐베이팅 사업을 3년간 진행해 2015년 12월에는 트랜스젠더 인권단체 '조각보'가 공식 발족했다. 가장 가깝게는 2022년에 성소수자의 나이 듦에 집중하는 프로젝트로 '큐라이프센터'를 띄우기도 했다.

단체를 인큐베이팅한 역사뿐만 아니라 센터는 사무실 공유의 역사도 엄청나다. 1.5평 남짓한 사무실에서 시작한 《버디》 사무실은 도서출판 해울의 사무실이기도 했고, 이후 한국성적소수자문화인권센터의 사무실이 되었다. 이후 몇 번의 이사를 거치는 동안 많은 단체가 슬그머니 들어왔다. 2006년부터는 오갈 데 없다며 은근슬쩍 서울퀴어문화축제 조직위원회가 사무실을 나누어

쓰자며 들어왔다. 2007년부터 청소년 거리이동상담 사업을 시작하면서 상담실 공간이 추가되었고, 2009년엔 '한국 퀴어아카이브 퀴어락'이 아카이브 공간을 구축했다. 2014년엔 '비온뒤무지개재단' 사무 공간과 별의별상담연구소의 상담 공간이 추가되었다. 지금은 트랜스젠더 인권단체 조각보까지 함께 쓰고 있다.

이 단체들이 독립된 사무실을 마련하려고 시도하지 않은 건 아니다. 독립 계획은 세웠지만 최소 수백만 원에서 수천만 원까지 하는 보증금 마련이 어려워 포기할 수밖에 없었고, 그 후로는 어떻게 하면 공간을 서로 잘 나누어 쓸 수 있는지를 고민하는 방향으로 관점을 바꾸었다. 전기세를 비롯한 공과금, 인터넷 비용, 복합기를 비롯한 사무 용품 비용 등 사무실을 함께 쓰면서 많은 경비를 아낄 수 있다는 장점이 있다. 지금은 비온뒤무지개재단의 보증금으로 구한 사무실의 월세를 단체들이 분담하는 형태로 공동 사무실을 운영 중이다.

센터는 2002년에 발족할 때부터 단체를 키우려고 하지 말고 그 시기에 필요한 일을 찾아서 할 것을 활동 기조로 삼았다. 그러다 보니 지금은 센터보다 인큐베이팅한 다른 단체들이 훨씬 더 크고 유명하다. 센터는 이름 자체가 유명해지긴 좀 어려운 면도 있긴 하다. 단체 통장을 만들려고 은행에 가서 단체 등록증을 내밀면 직원분들이 이렇게 물어봤다. "어머, 여기는 내신 1등급들이 모이는 단체인가 봐요." 성적소수자의 '성적'을 학교 '성적'으로 생각하고 던진 말이었다. 비슷한 여러 반응을 겪으면서 '단체 이름을 잘못 지었나'라는 고민도 했다. 단체 이름이 너무 길어 사람들이 단체명을 잘 기억하지 못하는 문제도 있었다. 단체명을 바꾸려는 시도를 여러 차례 했지만 희한하게도 막상 바꾸려고 하면 다른 이름을 생각해낼 수 없었다.

2000년대 중반의 어느 날, 센터 활동가가 전화로 보험 가입을 하는데 설계사가 지금 다니는 직장명을 말해달라고 했다. 긴 한글 단체명 대신 영어 약칭인 '케이에스씨알씨(KSCRC)'라고 말했다. 단체명이든 영어 약칭이든 보통은 단번에 알아듣지 못하고 두어 번 더 물어보는데 웬일인지 이분은 바로 알겠다며 전화를 끊어서 그 활동가가 기뻐했다. 우리도 다 같이 "와, 귀가 참 밝으신 분이구나"라고 감탄했는데 며칠 뒤 도착한 서류를 보고 모두 크게 웃었다. 거기엔 회사명이 'KS씨앗'이라고 적혀 있는 게 아닌가. 모종을 파는 회사가 된 거냐며 키득거렸는데 지금 생각해보니 맞는 말 같다. 센터는 씨앗을 심고, 틔우고, 키워서 분갈이하는 곳이기도 하니까. KS씨앗, 괜찮은 것 같다.

섹스토이로도
싸울 수 있다

　　동성애라는 단어를 들으면 많은 사람이 동성 간 섹스부터 떠올리지만, 사실 많은 동성애자가 섹스하는 법을 모른다. 어디서도 배운 적이 없으니까. 몰라서 못 하기도 하고, 알아도 죄책감 때문에 안 하기도 한다. 나만 해도 그랬다. 여성으로서의 내 몸에 대한 자각이 부족했던 것도 있지만, 이성 간 섹스에 관심이 없다 보니 성 자체에 무지한 상태를 아주 편안하게 유지했다. 사랑하는 연인과는 키스나 포옹으로도 육체적인 친밀감을 충분히 느낄 수 있었기에 더 알아야 하는 것이 있는지도 몰랐다.

　　그러다 25살 때 드디어 본격적으로 레즈비언 커뮤니티로 들어오면서 내가 무얼 모르고 있는지를 알게 되었다. 아직도 기억하는 날은 1996년 12월 24일이다. 레즈비언 바 레스보스에서 레즈비언 커플 행사가 있었다. 몇 명의 커플들이 나와서 게임도 하고 사람들의 질문에 답도 하는 자리였는데 그날 나는 '클리토리스'라는 단어를 처음 들었다. 생소한 말이니 바로 알아들었을 리도 없다. 클리? 뭐? 팔, 다리, 어깨, 무릎 같은 거 말고 사람의 신체를 지칭하는 그런 복잡한 단어가 있다고?

나는 공부를 해야겠다고 마음먹고, 서점에 가서 일단 이성애자 부부용으로 나온 섹스 가이드북을 샀다. 레즈비언 섹스 가이드북이란 없었으니까. 이성애자 부부용은 남성 중심적이란 문제가 있긴 했어도 내가 워낙 성에 대해 무지했기에 기초적인 도움은 되었다. 이후 또하나의사랑 내에 레즈비언 커플 모임이 만들어져서 서로의 고민과 경험을 나누게 되었고 회원제 웹 커뮤니티 버디마을을 운영하다 보니 자연스럽게 성 고민 상담도 하게 되면서 사람들이 무얼 몰라서 실수하고 무얼 헷갈리는지, 성관계 시 갖게 되는 두려움이나 고민은 어떤 게 있는지 빠르게 파악할 수 있었다. 실제로 소변이 나오는 요도와 질이 하나인 줄 아는 사람도 많았다.

그러다 책까지 쓰게 된 결정적 계기는 새벽에 걸려온 전화 한 통이었다. 전화벨 소리에 깜짝 놀라 깨서 받아 보니 친하게 지내는 또하나의사랑 회원이었다. 깨워서 미안하다고 하면서도 데이트를 하다가 모텔에 가자고 해서 오긴 했는데 어떻게 해야 하는 거냐고 물었다. 아니, 실전에 들어가기 5분 전에 전화로 설명해줘서 이게 될 일인가. 오랫동안 솔로였던 친구에게 서광이 깃드는 순간이기도 하니 최선을 다해 설명하긴 했는데, 상대가 알아들었는지는 자신할 수 없었다. 전화를 끊은 후에 결심했다. 레즈비언들을 위한 섹스 가이드북을 내자. 물론 책을 낼 절실한 이유가 또 있긴 했다. 《버디》 운영비를 마련하기 위해 팔릴 책을 만들어야 했다. (이런 전통에 따라 2019년에 개정판 《여자들의 섹스북》을 냈을 때도 책의 수익금은 모두 한국성적소수자문화인권센터 운영비로 가도록 했다.)

나는 단행본 출판을 배우기 위해 한겨레 아카데미 출판기획자 양성 과정에 등록했다. 출판기획서를 작성하는 법을 배우면서 과제로 구상 중인 책의 기획안을 제출해 피드백을 받는 일석이조를 노렸다. 책 제목을 '레즈비언 섹스 가이드북'이라고 하면 직관적으로 내용이 드러나겠지만 독자들은 책을 손에 드는 것조차 부담스러워할 것이다. 고민 끝에 당시 베스트셀러였던 《나의 문화유산답사기》 같은 느낌으로 책 제목을 '한채윤의 섹스 말하기'로 정했다. 책을 준비한다고 하니 도와주시는 분들이 있었다. 참고하라고 미국에서 나온 레즈비언 섹스 가이드북을 사서 보내주고 번역까지 해주기도 했다.

외부의 편견과도 싸워야 하지만 성소수자는 자신을 가두는 편견과도 싸워야 한다. 지금은 섹스토이를 편하게 구할 수 있지만 1990년대엔 그렇지 않았다. 한국의 동성애자들은 '딜도'가 있다는 건 알았지만 어디서 구해야 하는지 몰랐다. 몇몇 분들이 《버디》에 도움을 요청했다. 당시 일본에서 나온 게이 잡지를 보고 싶지만 집으로 우편물을 받아볼 수 없는 분들을 위해《버디》가 대신 받아서 전달하는 역할을 하고 있었기 때문이다. 레즈비언들을 위한 딜도도 이런 이유로 접근하게 되었다.

당시 레즈비언 커뮤니티 내에서는 딜도에 대한 복잡한 시선이 얽혀 있었다. 딜도를 쓰고 싶지만 이것이 혹시 남자 흉내를 내는 것은 아닌지 부담감을 느껴 저어하는 분들이 많았다. 나도 이 부분을 두고 한참을 고심했다. 딜도를 어떤 관점으로 봐야 할까. 생각하다 보니 이상한 점을 발견했다. '딜도=남자'가 아닌 다음에야 딜도를 사용한다는 것이 남자 흉내를 내는 것일 수 있을까. 어떤 여성이 딜도를 허리에 찼다는 이유로 남자가 되는 것도 이상한 일이다. 딜도는 도구일 뿐이고 여성이 쓰고 있다면 그것은 여성의 도구다.

페니스를 선망해서 가짜 페니스인 딜도를 쓴다고 말하기엔, 글쎄. 능력 면에서 보면 딜도는 페니스보다 한 수 위다. 오히려 페니스가 딜도를 선망해야 할 판이다. 조루와 지루 염려도 없고 임신 걱정도 없다. 위생적이며 크기와 굵기부터 색깔이나 모양까지 언제든 원하는 대로 바꿀 수 있다. 또 진동이나 온열, 피스톤 기능이 부가된 것도 있고 클리토리스나 애널 자극도 겸할 수 있다.

나는《버디》를 통해 안전하게 딜도를 구입하길 원하는 분들을 위해서 먼저 성인용품(1990년대 말엔 섹스토이란 말이 쓰이지 않았다) 도매상을 수소문해 괜찮은 곳을 찾았다. 그곳은 딜도, 바이브레이터, 젤, 콘돔, 핑거콘돔 등을 다루었고 사용 방법과 주의사항을 알려주는 안내문도 동봉했다. 2000년대 중반을 넘어서니 국내 섹스토이 산업 자체가 발전했고, 점차 레즈비언을 대상으로 하는 전문점들도 생겨나서 더 이상 내가 할 필요가 없다 싶어서 손을 뗐다. 이젠 아스라한 추억이지만 한 가지는 분명히 남았다. 섹스토이에 대한 인식을 바꾸는 것, 사람들이 자신의 성생활에 대한 인식을 바꾸는 것. 이것도 세상의 편견과 싸우는 방식의 하나였다고.

우린 춤추면서 싸우지,
그게 퀴어야

2001년에 퀴어퍼레이드를 보기 위해 호주 시드니에 가게 되었다. 호주에선 퀴어퍼레이드를 '마디그라'라고 부르는데, 뉴욕, 상파울루의 퀴어퍼레이드와 함께 마디그라는 퀴어퍼레이드 중에서도 손꼽히는 축제였다. 당시 재정 상황으로는 꿈도 못 꿀 일이었지만 외국에 가서 견문을 넓히고 오라며 레스보스의 윤김명우 사장님이 친구가 하는 여행사를 통해 보내주셔서 가능했다. 그 덕분에 마디그라도 만끽하고 동성애자로 거리낌 없이 산다는 것이, 자유로운 공기를 마신다는 것이 무엇인지 제대로 느끼고 돌아왔다.

이런 기분을 한국에 있는 동성애자들도 누릴 수 있었으면 좋겠다던 차에, 마디그라를 다녀온 직후 제2회 퀴어문화축제를 준비하자며 친구사이 박철민 대표가 연락을 해왔다. 제1회 퀴어문화축제를 열었던 집행위원회가 해산한 상태여서 다시 조직위원회부터 꾸려야 했기에 성소수자 인권단체와 활동가들이 모여 다음 축제를 기획하는 회의를 열었다. 그 회의 막판에 한채윤 씨가 마디그라도 보고 왔으니 축제 조직위원장을 맡는 게 어떠냐는 말이 나왔다. 얼결에 그러자고 했다. 이것이 퀴어문화축제 준비를 시작하게 된 배경이다.

지금까지 퀴어문화축제를 준비해오면서 가장 인상 깊었던 순간이 언제냐는 질문을 종종 받는데, 어디 한두 장면이겠는가. 떠오르는 장면은 많지만 그래도 신촌에서 열렸던 2014년 6월 7일을 먼저 손꼽을 수 있다.

2014년에 퀴어퍼레이드를 어디에서 해야 할지 한참 고심하던 때에, 마침 신촌 연세로가 '차 없는 거리'로 지정되었단 소식을 접했다. 신촌상인회를 만나 설득했고, 동의를 얻어 신촌을 퍼레이드 장소로 확정할 수 있었다. 도로 사용 허가와 교통 통제 협조까지 구청에 공문으로 약속받아 퍼레이드 준비는 순조로운 듯했다. 갑자기 혐오세력이 끼어들어 구청에 집단적으로 민원을 넣기 전까진 말이다. 민원 전화가 몰리자 구청의 태도가 갑자기 달라졌다. '국가적 애도 기간'이라는 이유를 들며 퀴어퍼레이드를 연기하라고 했다. 구청에서 기획했던 행사들은 모두 취소했으니 너희도 하지 말라는 식이었다. 나는 구청 공무원과 통화하면서 "정부가 잘못한 것이 많으니 공무원들의 행사는 취소하는 것이 맞겠지요. 하지만 시민들의 자발적 행사까지 취소시키려 하는 게 말이 됩니까?"라고 따졌다. 공무원도 내 말이 맞긴 하단다. "그렇긴 해도…"라고 뒷말을 붙여 우기는 걸 보니 위에서 지시가 떨어진 모양이다. 행사를 2주 앞두고 구청은 기어이 허가 취소를 통보했다.

우리는 이미 집회신고를 했으므로 이에 근거해 행사를 진행하겠다고 했다. 행사를 하루 앞둔 날엔 경찰서에서 전화가 왔다. 개신교의 여러 단체가 퀴어문화축제 주변으로 빙 둘러가며 집회신고를 냈다는 것이다. 경찰에게 집회신고를 받으면 안 된다고 화를 냈지만 법적으론 어쩔 수 없다는 대답만 들었다. 나는 대신 우리 행사에 방해가 되지 않도록 잘 막아달라고 경찰에 요청했다.

퍼레이드 날 아침 일찍 현장에 도착하니 개신교 단체가 무대를 설치해야 할 장소에서 알박기하듯 기도회를 진행하고 있었다. 자리를 비켜달라고 해도 꿈쩍도 하지 않았다. 그들을 쫓아내지 않고 꾸물거리는 경찰과 먼저 엄청나게 싸운 다음에야 그들을 내보낼 수 있었고, 예정보다 2시간 늦게 무대 설치를 시작했다. 그다음엔 부스를 세워야 하는데 차 없는 거리 사용을 불허했다며 서대문구청 공무원들이 막으려고 나왔다. 담당자와 한참 설전을 벌이다가 공무원들에겐 명분을 주고 우리는 실리를 얻기로 했다. 구청장에게 보고는 해야 하므로 일단 공무원들은 부스 설치를 막는 시늉을 해야만 한다고 해서, 그럼 우리도 설치하는 시늉을 하며 5분에서 10분 정도 실랑이를 벌이다가 부스를 설치하는 것으로 합의를 봤다.

겨우 무대와 부스 설치를 끝내고 퀴어퍼레이드를 준비하기 위해 출발지를 살피러 갔는데 순간 두 눈을 의심했다. 퍼레이드 행렬이 출발해야 할 도로에 1,000개는 족히 되어 보이는 의자가 빼곡히 깔려 있는 게 아닌가. 그 앞엔 길을 가로막고 세워진 11톤 윙카 차량에서 공연이 열리고 있었다. 의자가 깔려 있고 공연을 하니 굳이 인력을 동원하지 않아도 지나가던 행인들이 그곳에 앉아 자리를 채워주는 상황이었다.

　　혐오세력의 악랄함과 경찰의 무능함에 분노로 온몸이 부들부들 떨렸다. 연세로를 막을 수 있으니 그렇게 신경써 달라고 했는데 차량을 세우고 의자를 깔도록 내버려 두다니. 너무 화가 나도 눈물이 난다는 걸 알았다. 나는 5분 정도 뜨거운 눈물을 펑펑 흘리다가 마음을 다잡았다. 플랜A, 플랜B를 만들어 어떻게든 해나가면 된다. 경찰에게 연세로 대신 풍물거리 쪽으로 나가면 원래 예정된 행진코스와 만나는 지점이 있으니 그쪽으로 갈 수 있게 길을 열어달라고 했다. 풍물거리 쪽에서 어버이연합 집회가 있었지만, 경찰 말로는 어버이연합분들은 집에 저녁을 먹으러 가야 해서 5시 전엔 집회를 마친다고 했다. 그 말을 믿고 퍼레이드 출발 시간을 30분 늦추었다.

　　5시 정각이 되어서 선두 행렬이 움직이려는데 두 명의 남자가 나타나 앞을 가로막았다. 기획단에는 '혐오세력과 절대 몸싸움을 하지 않는다'는 대응 방침이 있었지만 행진을 더 늦출 순 없었다. 나는 그 두 사람을 동시에 두 팔로 안고 길 밖으로 밀어냈다. 급하니까 괴력이 솟아났다.

방해꾼들을 물리치며 앞으로 나가던 퍼레이드 행렬은 얼마 못 가 다시 멈출 수밖에 없었다. 우리가 경로를 바꾼다는 것을 눈치챈 혐오세력 수백 명이 몰려와 이번엔 풍물거리에 드러누웠다. 분명 코스를 바꾸기 전에 잘 막아야 한다고 경찰에게 여러 번 확인하고 다짐을 받았건만 또 막지 못한 것이다. 이 대치 상황이 너무 어이없었다. 스크럼을 짜고 누워 있는 이들을 경찰은 조금도 건드리지 않았다. 그렇게 길이 막힌 채로 한 시간이 흘렀다.

제1회 퀴어문화축제 집행위원회였던 모 영화감독이 내게 와서 골목길로 우회하자고 말했다. 나는 대답했다. 그 길로 가려면 5대의 차량을 포기해야 하는 데다 참가자들은 두 줄로 서서 지나가야 하는데, 만약 혐오세력이 그 골목길마저 습격하면 그땐 참가자들을 지켜줄 방법이 없어 위험해서 안 된다고 했다. 그는 내 말을 마뜩잖아 하며 돌아갔다.

시간이 흐르고 드러누운 혐오세력도 힘이 들었는지 경찰을 통해 협상이 들어왔다. 트럭을 버리고 사람들만 조용히 걸으면 길을 터주겠다느니, 노출 의상을 입은 사람들을 빼면 길을 열어주겠다느니 하는 제안이었다. 나는 이런 중재안을 들고 온 경찰에게 버럭버럭 소리를 질렀다. 지금 이게 양보하고 협상할 일이냐고. 집회신고까지 마친 퍼레이드를 저쪽에서 방해하면, 그걸 못하게 해야지 왜 우리에게 양보하길 요구하냐고.

트럭을 버리라는 요구, 조용히 걸어가라는 요구는 모두 우리를 춤추지 못하게 하려는 것이다. 우리가 스스로 우리의 존재를 즐겁게 축하하는 걸 막고 싶은 거다. 길을 걷는 것조차 큰 아량을 베푸는 것처럼 구는데 타협할 여지는 없었다. 우리가 준비한 음악과 사람들의 흥겨운 춤과 환호와 박수도 없이 좁은 길을 우회해서 신촌을 한 바퀴 도는 것이 어떤 의미가 있을까. 어디든 한 바퀴 도는 것이 퀴어퍼레이드의 목표인가? 대치하고 있는 이 순간은 그저 패배의 순간인가? 우회해서 가면 될 일을 내가 사람들을 고생시키는 것일까? 고민은 깊어가는데 어느새 밤 9시가 되었다. 이러다가 정말 밤을 꼬박 새야 할지도 모른다는 생각에 속이 타들어 갔다.

어떻게든 방법을 찾아야 한다. 초조한 가운데 어쩌면 연세로 쪽이 비었을지도 모른다는 생각이 문득 들었다. 혐오세력은 지금 우리 앞을 막는 데 집중하고 있고 연세로 쪽은 지나가던 행인들이 주로 앉아 있었으니 지금까지 사람이 남아 있을 리는 없다. 기획단원 한 명에게 연세로 쪽을 확인해달라고 하니 예상대로였다. 나는 경찰에게 다시 원래 코스대로 퍼레이드를 할 테니 연세로에 깔린 의자와 트럭을 치워달라고 요구했다. 경찰도 나의 작전에 동의했고, 빠르게 움직였다. 그렇게 밤 9시 30분에 연세로가 다시 열렸고 15번째 자긍심행진이 시작되었다.

나는 계속 행렬 선두에서 대치하고 있었기에 실제로 그 시각까지 신촌 행사장에 몇 명이나 남아 있었는지는 몰랐다. 예정된 코스대로 행진하고 출발지에 도착한 후 입구에 서서 들어오는 퍼레이드 참가자들을 차례차례 맞이했다. 그제야 알았다. 그 늦은 시각까지 수천 명이 남아 있었다는 걸. 어림잡아 5,000명은 될 것 같았다. 끝없이 들어오는 행렬을 보며 기획단은 서로 부둥켜안고 울었다. 감동이었다. 밤 10시가 넘은 시간인데도 사람들은 돌아가지 않고 기다렸다. 나중에 이야길 들어보니 대치 소식을 듣고 밤에 합류한 이들도 많았다고 한다. 역사적인 야간 퍼레이드를 해냈다는 감격이 모두의 가슴에서 일렁였다. 이 순간엔 퀴어퍼레이드 집행위원장으로서 사람들에게 인사를 드려야겠단 생각이 들었다. 처음으로 차량에 설치된 무대 위로 올라갔다. 그리고 마이크를 잡고 말했다.

"저, 느끼한 말 잘해요. 여러분! 너무 이뻐요."

부끄러워서 느끼한 말이라 예고하고 말했지만 정말 진심이었다. 이 세상에서 '이쁘다'라는 말이 담을 수 있는 모든 찬사와 깊이와 감동을 아마 그날은 그 자리에 있던 모든 사람이 서로에게 느꼈을 것이다. 하루 종일 폭언과 폭력에 시달려야 했고, 우리의 존재를 무시하는 이들의 얼굴을 정면에서 마주해야 했음에도 우리는 포기하지 않고 싸웠고, 버티어서 마침내 해냈다.

나는 혐오와의 싸움은 결코 단일 승패로 판단할 수 없다고 생각한다. 한두 판으로 끝날 일이 아니다. 어차피, 이 싸움은 누가 더 끈질기고 진심인가의 문제다. 이날 퍼레이드 차량의 운전 기사 님들은 계약된 시간이 지났다고 퇴근할 수도 있었지만, 대기하느라 밥도 제대로 못 먹은 상황에서도 불평은커녕 '어디 한번 끝까지 가보자'며 오히려 기획단을 응원해줬다. 무대 음향을 맡은 회사 직원 중에는 애인과 1,000일 기념일이어서 데이트 약속이 있었던 분, 예비 며느리와 첫인사를 나누는 약속이 있었던 분도 계셨는데 약속을 미루고 끝까지 자리를 지켜주셨다. 성소수자든 아니든 혐오를 목도했을 때 같이 싸워야겠다고 주먹을 쥔 이런 분들이 있으셨기에 밤 10시에 퍼레이드가 가능했던 것이다.

퀴어문화축제의 정신이 무엇일까. 퀴어퍼레이드는 무엇을 위해 열리는 걸까. 2000년에 50여 명으로 시작했던 퀴어퍼레이드였지만, 단지 참가자가 많아지고 규모가 커지는 것만이 퀴어퍼레이드의 목표일 수는 없다. 우리는 퀴어문화축제를 통해 이 세상의 그 어떤 시선과 압력에도 불구하고 광장에 모이고, 거리를 누비고, 서로의 존재를 축하하고 즐거워하는 것이 그 자체로서 얼마나 큰 저항인지를 표현하고 느껴왔다. 나는 이토록 선명한 방식의 투쟁을 사랑한다. 우리는 차별과 혐오에 상처받고 슬프고 화도 나겠지만, 광장으로 나와 춤을 출 것이다. 그것이 가장 강력한 저항, 절대 길들여지지 않을 퀴어라고 생각하니까.

경찰서 앞에
무지개가 뜨다

2015년 퀴어퍼레이드는 첫 번째 퀴어퍼레이드가 열린 대학로에서 하기 위해 차근차근 준비를 했다. 대학로 상인회와 접촉해 동의도 받았다. 경찰이 상인회가 동의하면 도로사용허가를 내어주기로 했기에 별 탈 없이 진행되는 듯했다. 하지만 개신교 혐오세력 쪽으로 정보가 새어나갔는지 예상치 못한 난관에 봉착했다. 혐오세력이 집회신고 1순위를 차지해버린 것이다.

집회신고는 경찰서마다 신고 접수 방식이 다른데, 집회신고가 많은 혜화경찰서는 선착순 접수가 원칙이었다. 집회신고는 행사 30일 전부터 할 수 있는데, 아직 퀴어퍼레이드가 두 달이나 남았는데도 혐오세력은 혜화경찰서 앞에 아예 텐트를 치고 24시간 상주했다. 눈앞이 깜깜해졌다. 홍대 앞 거리도, 신촌 거리도, 청계

천 거리도 할 수 없는 상태에서 마지막 희망인 대학로마저 막혀버린 것이다. 이때는 매일 회의를 열어 대응 방안을 논의했다. 모두 땅이 꺼져라 한숨만 쉬다가 혹시나 하는 마음으로 서울광장 사용 일정표를 확인하는데 6월 28일 일요일 하루가 비어 있었다. 서울광장은 3개월 전부터 사용 신청을 받으니 5월에도 비어 있다는 것은 아무도 사용할 계획이 없다는 의미다.

몇 년 전부터 서울시청은 서울퀴어문화축제 조직위원회가 서울광장 사용 신청서를 내면 다른 행사가 잡혀 있다는 이유로 승인하지 않았는데, 이런 상황이라면 그 핑계를 댈 수 없다. 천우신조란 이런 것 아니겠는가. 서울시는 울며 겨자 먹기로 허가를 해야만 한다. 축제 조직위는 바로 서울광장 사용 신청서를 냈고, 예상대로 바로 허가가 났다. 드디어 서울광장에서 퀴어퍼레이드를 할 수 있게 된 것이다. 기쁨의 환호성을 질렀지만 고난까지 끝난 건 아니었다.

5월 20일 오후 6시쯤 서울광장 사용 신고가 최종 완료되었는데, 놀랍게도 바로 그다음 날 오전 남대문경찰서 정보과 홈페이지에 뜬금없는 공지가 떴다. 6월 28일자 집회신고는 집회신고 접수일인 5월 29일에 남대문경찰서에서 선착순으로 접수받겠다는 내용이었다. 남대문경찰서는 원래 선착순 접수를 받는 곳이 아닌데 유독 퀴어퍼레이드가 열리는 날의 집회신고만 선착순으로 받겠다는 것이다. 경찰들은 내부 결정이었고 미리 정보를 준 적이 없다며 극구 부인했지만 신기하게도 그 공지가 뜨자마자 남대문경찰서 앞에 '나라사랑자녀사랑연대'에서 나온 사람이 1순위라며 의자를 가져다 놓고 앉아버렸다. 혜화경찰서 앞에 텐트를 친 단체와 동일한 곳이다. 이런 걸 '짜고 치는 고스톱'이라고 하는 거지.

우리는 아무것도 모르고 있었다. 나는 그날 오후에 제보 전화를 받았다. 우연히 남대문경찰서 앞을 지나다가 혐오세력이 줄선 것을 발견한 어느 눈 밝은 분의 연락이었다. 통화를 하는데 심장이 떨리기 시작했다. 침착해야 한다고 자신을 타일렀다. 올해 퍼레이드는 이미 축제 조직위 전체에 엄청난 스트레스였다. 예정에 없던 개막식을 하게 되었고, 공들였던 대학로는 물건너갔고, 메르스 유행까지 겹치면서 퍼레이드를 안전하게 개최하는 대책을 세우는 것만으로도 모두 심신이 너덜너덜해질 지경이었다. 이런 상태에서 차마 남대문경찰서 집회신고 1순위를 뺏겼고, 행사를 못 할 수도 있다는 이야기를 바로 공유할 수는 없었다. 적어도 먼저 상황을 자세히 파악하고, 어떤 대안이 있을지 고민해봐야 했다. 나는 일단 강명진 조직위원장을 밖으로 불러 이야길 나눴다. 모든 경우의 수를 검토해보았다. 더는 물러설 곳이 없으니 일단 우리도 줄을 서야 하고, 남대문경찰서가 갑자기 정책을 바꾼 것이므로 항의도 해야 한다. 지금은 혐오세력 한 명이 1순위를 차지하고 있지만, 그쪽이 2순위, 3순위까지 다 차지하면 정말 상황이 암담해지니 일단은 남대문경찰서로 가서 당장 줄을 서서 2순위라도 확보하고 그다음 전략을 짜야 한다. 집회신고까지는 9일이나 남았는데 단 1초도 자리를 비우면 안 되니, 화장실도 다녀오고 혐오세력 쪽 사람과 안전하게 나란히 있으려면 적어도 서너 명 이상이 상주해야 한다. 축제 조직위만으로는 불가능한 일이다. 성소수자 커뮤니티와 성소수자 인권 지지자들에게 도움을 요청해야 하는 상황이었는데, 전례가 없던 일이라 응답이 올지, 이런 도움을 요청해도 괜찮은지조차 자신할 수 없었다. 그보다 9일간의 노숙인데, 사람들이 고생할 걸 뻔히 아는 일을 싸움의 방식이랍시고 결정해도 되는 걸까. 그게 제일 마음에 걸렸다.

그래도 어쩔 수 없었다. 명진과 나는 마음을 단단히 먹기로 했다. 일단은 정보가 새면 안 되니 일단 믿을 만한 지인에게 연락해 바로 남대문경찰서로 가서 줄을 서달라고 부탁했다. 동시에 긴급 회의를 소집해서 기획단원들에게도 상황을 설명했다. 무사히 2순위 자리를 확보한 걸 확인한 후 도움을 요청하는 간곡한 글을 SNS에 올렸다. 신청자가 없으면 어떡하나 걱정했지만 정말 많은 분이 바로 달려왔다. 1순위는 혐오세력이 차지하고 있었지만, 그 뒤로 성소수자 20여 명이 이어서 줄을 섰다. 예상보다 많은 숫자였고 그래서였는지 1순위 단체 외의 다른 혐오단체는 아예 줄 서기를 포기했다.

수십 명의 시민이 경찰서 앞에서 노숙한다는 소문이 나자 언론에서 관심을 보였다. 대사관과 국회의원들도 남대문경찰서에 전화를 걸어 상황을 확인했다. 줄 서는 사람들은 바닥에 앉아 학교 과제를 하기도 하고, 책을 읽기도 했다. 줄 서기 업무를 맡은 팀의 기획력도 빛났다. 남대문경찰서의 치사함을 고발하는 차원에서 '치사' 번개를 하자고 공지를 올렸더니 사람들이 '치'킨과 '사'이다를 보냈다. 줄 서던 사람들은 한번에 이렇게 많은 브랜드의 치킨을 먹는 건 처음이라고 했다. 사람들이 모여서 치킨을 먹으니 혐오세력 쪽에서 신고를 했는지 경찰이 책임자를 찾았다. 나에게 '경찰서 앞에서 왜 이러시냐'고 묻길래 고개를 바짝 쳐들고 말했다. "저희는 치사한 남대문경찰서가 줄을 서라 해서 줄 서 있을 뿐이고, 너무 치사하니까 치킨에 사이다가 생각나서 먹을 뿐인데요. 무슨 문제라도 있을까요?" 경찰도 머쓱해하며 별말 없이 돌아갔다. 그다음엔 남대문경찰서가 짜증난다고 짜장 번개를 열었다.

　한편 점점 집회신고일이 다가오면서 줄 서기 외의 다른 대책도 필요했다. 여론은 우리 편이었지만 그렇다고 1순위를 뺏긴 현실이 바뀌는 건 아니니까. 축제 조직위뿐 아니라 여러 인권단체 활동가들이 이 문제를 어떻게 해결할지 함께 머리를 맞대주었다. 그 결과, 우리는 남대문경찰서뿐만 아니라 서울시경찰청에도 행진을 포함한 집회신고를 동시에 넣기로 했다. 중요한 건 우리가 서울시경찰청에 집회신고를 넣는다는 것을 혐오세력이 눈치채지 못하게 해야 한다는 것. 정보가 새지 않도록 주의하며 축제 조직위는 5월 28일에 두 곳의 경찰서에 접수할 두 개의 서류를 준비해놓고 날이 저물기만을 기다렸다. 서울시경찰청 접수는 처음이라 막상 당일이 되니 걱정이 되었다. 나는 남대문경찰서 앞에서 줄을 서고 계신 분 중 두 분을 은밀히 불러냈다. 혐오세력이나 경찰이 눈치채지 않아야 해서 (나 같은 사람이 가면 누가 봐도 티가 나니까) 부득이 이성애자 커플처럼 보이면서 신뢰할 수 있는 사람이라는 까다로운 기준으로 뽑았음을 설명드리고, 정찰 임무를 부탁드렸다. 오늘 밤에 서울시경찰청에도 집회신고를 넣을 건데 다른 일로 온 척하며 서울시경찰청의 상황을 살펴봐 달라고 했다. 스파이 역할을 맡으신 두 분이 출발한 뒤 조마조마하게 소식을 기다렸다. 그곳에도 혐오세력이 1순위로 집회신고를 내면 모든 것이 물거품이 되니까. 두 분은 즉석에서 맺어진 팀임에도 불구하고, 〈더 글로리〉의 문동은과 강현남 이모님처럼 은밀하고 정확하게 일을 처리해주셨다. 서울시경찰청에 집회신고를 위해 줄 선 사람은 아무도 없다는 정보와 함께 이따 밤에 서울시경찰청의 누구에게 어디로 가서 집회신고를 해야 하는지까지 알아내서 전달해주었다.

집회신고는 밤 12시 종이 땡 울리면 그때부터 접수가 시작된다. 결전의 날을 맞아 남대문경찰서 앞에서는 요란한 집회가 준비되고 있었다. 이날 하루만 무려 100여 명이 줄 서기에 동참했다. 남대문경찰서 앞을 무지갯빛 풍선으로 장식하고, 9일간 줄 서기에 참여한 분들의 명단이 빼곡하게 적힌 현수막도 펼쳤다. 기자들도 취재하러 모였다. 뒤늦게 집회신고를 하려고 온 보수개신교 쪽 사람들도 늘어서 더 북적대는 분위기였다. 나는 밤 11시까지 남대문경찰서 앞에서 어슬렁거리다가 슬쩍 빠져 서울시경찰청으로 향했다. 11시 40분쯤 서울시경찰청 정문 출입처에 도착해 집회신고를 하러 왔다고 밝혔고, 정보과 형사가 와서 접수를 받는다고 해서 잠시 기다렸다. 11시 50분에 내려온 정보과 형사와 이야기를 나누고 집회신고서를 보완해서 제출했다. 다시 남대문경찰서로 돌아왔을 때가 12시 20분이었다.

결론부터 말하자면 이리하여 집회신고 접수 시각은 서울퀴어문화축제 조직위원회가 서울시경찰청에 00시 00분, 나라사랑 자녀사랑운동연대는 남대문경찰서에 00시 01분이었다. 축제 조직위의 집회신고가 1순위로 효력을 갖게 된 것이다. 이런 작전은 혐오세력도, 경찰도 예상하지 못했던 일이었다. 그래서인지, 서울시경찰청에서 갑자기 서류에 문제가 있다며 퀴어문화축제의 집회금지통보를 했다.

성소수자 인권변호사들로 구성된 대응팀이 바로 법원에 집회금지통보 효력 정지를 신청했다. 경찰은 퍼레이드를 하면 교통체증이 예상되어서 안 된다는 말과 함께 강력한 근거랍시고 서울시경찰청에 집회신고가 접수된 시간이 00시 00분이 아니라 00시 10분이었다고 주장했다. 신고 시간을 잘못 기재했다는 것이다. 혐오세력보다 집회신고 시간이 더 늦었다는 근거를 만들기 위한 조작이었다.

이제야 사실을 말하자면, 서울시경찰청에서 집회신고를 접수한 시간은 사실 00시 02분이었다. 그때 접수받은 정보과 형사가 시계를 보면서 '그냥 12시 정각으로 쓸게요'라고 하며 접수증에 00시 00분으로 썼으니까. 하지만 판사 앞에서 집회신고서를 접수받은 정보과 형사가 12시 2분이 아니라 12시 10분이라고 허위 증언을 하는 걸 보면서 나는 안도의 숨을 내쉬었다. 다행이었다. 축제를 위해 양심을 팔진 않아도 되어서. 상대가 저리 크게 거짓말을 하면 나까지 거짓말할 필요 없이 그저 '12시 10분이 아님'만 증명하면 되니까.

나는 법원에 메신저 화면을 제출했다. 내가 축제 조직위 단체방에 서울시경찰청에 도착해 정보과 형사가 나오길 기다리고 있다고 메시지를 보낸 시간이 11시 48분, 이어 집회신고를 무사히 마치고 나와 남대문으로 가는 택시를 탔다는 메시지를 보낸 시간이 00시 09분으로 찍힌 화면이었다. 보너스로 거짓말도 하나 더 밝혀졌다. 단체방에는 나라사랑자녀사랑연대가 새벽 1시에도 서류 보완 작업을 하고 있어서 2순위인 축제 조직위는 아직도 대기 중이라는 메시지도 남아 있었다. 남대문경찰서가 쓴 접수 시간 00시 01분도 사실이 아니었던 것이다.

법원 판결은 빠르게 나왔다. 집회신고는 퀴어문화축제가 우선하고, 한 시간 정도의 퍼레이드 행진이 교통에 심각한 방해를 준다고 볼 수 없으므로 집회금지통보는 타당하지 않다고. 이런 우여곡절 끝에 2015년 6월 28일 일요일, 처음으로 서울광장에서 퀴어퍼레이드가 개최되었다.

비온 뒤에
무지개가 뜰 테니까

한국성적소수자문화인권센터는 2007년에 성소수자의 가족과 지인들을 성소수자의 지지자로 만드는 '지금 여기 함께'라는 프로젝트를 진행했다. 그때 심포지움에서 청소년 트랜스젠더 자녀를 두신 어머님과 잠시 인사를 나누었다. 그런데 2011년의 어느 날 그 어머님이 아주 오랜만에 연락을 주시고는 센터를 찾아오셨다. 자녀는 어느덧 대학생이 되었고 성별 정정까지 마치고 잘 지내고 있다고, 아이와 함께 보낸 시간에서 깨닫고 얻으신 것이 많았다며 성소수자를 위한 장학금으로 1년에 1,000만 원씩을 낼 테니 센터에서 장학기금을 운영해달라고 하셨다.

센터는 고심 끝에 기금의 이름을 '비온뒤무지개기금'으로 정했다. 이 기금으로 2012년부터 인권활동가들의 대학원 석사·박

사과정 등록금, 집안 사정이 어려운 성소수자들의 검정고시 학원비, 만화가를 꿈꾸는 분의 미술학원비 등을 지원했다. 또 트랜스젠더들을 위한 정보를 담은 책과 홈페이지를 만드는 사업을 지원해 '트랜스로드맵'이라는 홈페이지가 제작되고 전국의 법원 등에 책자가 배포되었다.

2012년 한 해 동안 기금을 운영하면서 이왕이면 전문적으로 모금하는 단체를 세워 더 많은 사람으로부터 후원금을 받아 어려운 단체들을 지원할 수 있다면 어떨까 하는 상상을 하게 되었다. 성소수자의 삶을 개선하고 사회의 인식을 바꾸는 의미 있는 활동을 상시적으로 지원하는 곳이 있다면? 성소수자들의 활동이 집중된 서울이 아닌 지역에서의 작은 활동까지 지원할 수 있다면?

'필요하면 만든다'라는 센터의 활동 기조에 따라 성소수자를 위한 공익 재단 설립 준비를 시작했다. 먼저 비온뒤무지개기금의 기부자인 이신영 님에게 성소수자를 위한 공익 재단 설립을 제안드렸다. 매년 1,000만 원의 장학금을 혼자 내시는 것이 아니라, 보다 많은 사람이 기부하여 더 많은 이들을 지원하는 재단을 만들어보자고. 이신영 님도 흔쾌히 동의하셨고 주변의 뜻있는 분들에게 설립발기인을 제안했다.

'비온뒤무지개재단'은 이름과 달리 재단법인이 아니라 사단법인이다. 재단법인은 설립하는 데 갖추어야 할 기본 재산이 사단법인보다 몇 배 많기 때문에 이름은 재단이지만 사단법인으로 준비했다. 2013년 한 해 동안 8,000만 원의 설립기금을 모았고 340명의 창립회원을 모아 2014년 1월 24일에 비온뒤무지개재단을 창립했다.

창립총회를 준비하면서 사단법인 등록을 위해 서울시 복지정책과에 전화했다. 성소수자를 위한 단체라고 설명하자 전화를 받은 담당 주무관이 정말 아무렇지도 않은 목소리로 말했다. "그건 미풍양속에 저해되어서 서울시 어느 과를 가든 등록이 안 될 거에요"라고. 나는 너무 어이가 없어서 웃음부터 났다. 미풍양속이 저해된다는 말은 차별적인 발언이라고 지적했더니 "저의 개인적 생각을 말한 게 아니라 실제 해석이 그렇게 될 거라고 한 것뿐이에요"라고 대답했다.

그다음엔 서울시 행정과 시민지원팀에 면담을 요청해 팀장을 만났다. 그는 성소수자 이슈는 인권 관련이니 서울시가 아니라 국가인권위원회에서 등록해야 한다고 말했다. 여성 인권, 장애인 인권 등 다른 인권과 관련된 사안은 모두 서울시에 등록하는데 왜 성소수자 인권만 서울시에서 못 하느냐고 따졌더니 여성, 장애인과 달리 성소수자와 관련된 사안을 전문적으로 다루는 과는 없으니 어쩔 수 없다고 했다. 그런 업무를 다루는 과가 없는 것은 서울시의 무능력과 무책임의 문제이지 왜 그걸 우리가 감당해야 하냐고 되물었다. 그래도 계속 어쩔 수 없다고만 해서, 한번 어떻게 되나 보려고 '성소수자'란 단어를 빼고 포괄적인 표현으로 정관을 만들어서 제출했다. 다양성을 존중하는 문화나 성 정체성 등과 관련된 시민의 권리 증진 같은 표현을 사용했다. 당황한 서울시는 3주간 답변을 미루다가 결국 다른 핑계를 댔다. "성 정체성"이 국가인권위원회법에 명시되어 있는 항목이니 국가인권위원회로 가라고 했다. 다양성 존중이나 시민의 권리 증진은 차별 시정 같은 활동에 해당하므로 평등과 권익에 관한 것은 국가인권위원회에 등록해야 한다나. 나는 평등이나 권익이란 단어가 정관에는 없다고 반박했다. 그러자 시민의 권리 증진이 곧 권익이란 뜻이고 '편견 없는'과 '다양성 존중'이라는 문구가 곧 평등이란 뜻으로 해석된다고 우기기 시작했다.

　질 수 없었다. 나는 국가인권위원회법에는 병력, 학력, 임신, 출산, 민족 등 정말 많은 단어가 포함되어 있는데, 그렇다면 이에 관한 내용은 전부 서울시의 업무가 아닌 거냐고, 그렇다면 서울시 행정과는 대체 무슨 업무를 하는 거냐고 따졌다. 행정과 공무원이 답하시길 행정과는 북한에 관한 활동이나 시민들의 봉사활동 등을 허가하는 곳이라고 대답했다. 너무 황당해서 "네? 북한은 되는데 남한에 사는 성소수자는 안 되나요?"라고 되물어도 하여튼 자신들에게 위임된 업무는 아니라고만 되풀이했다. 이렇게 억지를 부릴 정도로 서울시 산하의 사단법인에 성소수자 단체가 포함되는 것이 싫은 것일까. 그게 더 속상했다.

　서울시와 연관하여 쓴웃음 나는 비슷한 일화를 하나 더 소개하자면, 재단과 이런 설전을 한바탕 벌이고 몇 년 후인 2020년에 서울퀴어문화축제 조직위원회가 서울시에 사단법인 설립 허가 신청을 했다. 이때도 서울시는 조직위원회의 정관의 "모든 사람들이 평등하게 어우러지는"이라는 구절을 지목해 문화예술과 소관이 아니라고 다른 데로 가보라고 했다. "문화예술 컨텐츠를 개발하고 향유하고 소통의 장을 만드는 것을 목적으로 한다"라는 문장이 정관에 있지 않느냐고 따지니 '평등'이란 단어가 들어갔으니 인권에 관련된 것이라며 또 발뺌했다. 성소수자 단체의 사단법인 설립 허가 하나 해주지 않으려고 참 아무 말이나 잘 갖다 붙인다 싶었다. 서울시민이 평등하게 문화예술 활동에 참여하고 이를 향유할 수 있게 하는 것이 서울시의 문화예술 사업이 나아갈 방향이라고 생각하는 건 우리뿐인가 보다.

말머리를 다시 2014년 재단으로 돌려보자. 우리는 서울시와 싸우는 한편 국가인권위원회의 입장은 어떤지 확인해보기로 했다. 그런데 여기도 가관이었다. 당시 국가인권위원회 위원장은 '인권의 걸림돌', '인권외면위원회'라는 오명을 남긴 현병철이었고 상임위원들까지 완전 보수화되어 있을 때였다. 사단법인 담당자는 상임위원회로 올려봐야 거부당할 게 분명하니 시간을 허비하지 말고 다른 곳에 제출하는 편이 나을 거라고 조언했다. 상임위원회에서 반려하면 자기도 어쩔 수 없다며 마음만 먹으면 어떻게 꼬투리를 하나하나 잡아 계속 반려시킬 수 있는지 내 앞에서 직접 시범까지 보여줬다.

　재단 이사회는 장시간의 논의 끝에 법무부에 신청서를 제출하기로 했다. 서울시든 국가인권위원회든 법무부든 어디도 쉽게 허가해주지 않을 것은 분명한데, '성소수자 단체의 사단법인 설립 허가'라는 사례를 남길 거라면 법무부를 상대로 싸우는 것이 가장 의미가 클 거라 판단했다. 2007년에 차별금지법을 만들 때 혐오에 굴복해 법안에서 성적 지향과 성별 정체성 등을 빼버린 그 법무부 아닌가.

　2014년 11월 10일에 사단법인 설립 허가 신청을 했으니 원칙상 법무부는 11월 30일까지 답을 주어야 했다. 처음엔 우편이 도착한 날짜로부터 20일 후까지라며 12월 초로 넘기더니, 그다음엔 12월 '인권의 날' 때문에 바쁘다며 좀 더 기다려달라고 했고, 12월 말이 되니 연말이라 바쁘다는 핑계를 댄 후 1월이 되자 불허한다고 전화로 통보했다. 불허한다는 내용을 공문으로 달라고 하니 그제야 필요한 법적 검토가 남아서 공문을 작성하려면 시간이 걸린다며 기다려달라고 했고, 2월엔 인사이동이 생겨서 새 담당자가 부임할 때까지 못 한다고 했다. 3월엔 팀장, 부장, 과장이 전부 바뀌어서 새로 보고를 올려야 한다고 했다. 시간만 끌려는 수작임이 분명하다. 그래서 중앙행정심판위원회에 법무부의 의무 불이행에 관한 행정심판을 청구해버렸다.

　이제 법무부의 입장이 공식적인 서류로 나올 수밖에 없게 되었다. 2015년 4월 29일자로 설립 불허 공문이 도착했다. 거기엔 이렇게 적혀 있었다.

> 법무부는 국가 인권 전반에 관한 정책을 수립·총괄·조정하고 있으며 그와 관련한 인권 옹호 단체의 법인 설립 허가를 관장하고 있습니다. 귀 단체는 사회적 소수자 인권 증진을 주된 목적으로 하고 있는 단체로서 법무부의 설립 허가 대상 단체와 성격이 상이하여 법인 설립을 허가하지 아니하니 널리 양해하여 주시기 바랍니다. 끝.

기가 찰 노릇이다. 인권 옹호는 되는데 목표가 '인권 증진'이어서 안 된다는 것인가, 인권 전반과 관련되어야 하는데 사회적 소수자에 한정되어서 안 된다는 것인가. 어느 쪽도 말이 안 되는데 무려 대한민국 법무부에서 이런 공문을 보낸 것이다.

말이 안 되는 일은 말이 되게 해야 한다. 2015년 7월 27일 비온뒤무지개재단은 법무부장관을 상대로 성소수자 단체라는 이유로 사단법인 설립을 불허하는 것은 헌법 제21조에서 보장하고 있는 결사의 자유를 침해하여 위법하므로 취소해달라는 소송을 서울행정법원에 제기했다. 행정소송을 하면 재단이 이기든 법무부가 이기든 1심과 2심을 지나 대법원 3심까지 가기 마련이다. 법무부에서 3년 정도는 끌겠다는 말이 나왔다는 이야기도 전해 들었다. 이제 사단법인이 되는 결과가 중요한 것이 아니라 사단법인이 되는 과정 자체가 중요해져 버렸다.

　　2016년 6월 24일에 행정소송 1심에서 승소하자 예상대로 법무부가 즉각 항소했다. 2017년 3월 15일에 서울고등법원 2심 판결에서도 승소하자 법무부가 재차 상고했다. 2017년 7월 27일에 대법원이 상고를 기각함에 따라 법적 싸움이 종결되었고, 최종적으로 재단이 법무부를 이겼다.

　　이것으로 끝나지 않았다. 법무부는 겨우 사단법인 설립 허가를 두고 이런 서류 저런 서류를 추가로 내라고 하면서 시간 끌었다. 왜 빨리 판결대로 허가하지 않느냐고 물으니 법무부는 "일반 국민들의 반대 의견과 법무부 내부의 의견도 있어서 사단법인 설립 허가에 한 점의 의혹도 없도록 하겠다"라고 답했다. 사단법인 설립을 허가하는데 이렇게까지 까다롭게 하는 전례가 없었다. 유독 우리에게만 한 점 의혹 없이 하겠다는 것 자체가 괴롭힘이고, 법으로 정해진 절차 안에서 서류를 내는 것만으로 충분하지 않다며 허가를 미루는 것이 차별이다. 법무부가 허가를 미룬 진짜 이유는 2018년 4월에 있는 총선 때문이었다. 혹시나 현 정권에 불리할까 봐 미루고 미루다가 총선이 끝난 다음인 2018년 6월 20일, 사단법인 설립 허가증이 마침내 사무실에 우편으로 도착했다. 재단 설립 4년 만의 일이고 대법원에서 승소한 지 1년 후의 일이다.

마포 성소수자 현수막 문구
샅바싸움

'마포 성소수자 현수막 문구 샅바싸움'은 2013년 2월 21일 자 〈동아일보〉에 난 기사의 제목이다. 서울시의 마포구청과 마포구 주민 모임 사이의 갈등을 '샅바싸움'이라고 표현한 것이 인상적이다. 사실 샅바를 붙잡을 기회가 있기라도 했나 싶지만. 그래도 이 싸움은 널리널리 알리고 오래오래 기억할 만하다.

2010년 지방선거를 앞두고 마포구에 거주하는 성소수자 주민들이 모여서 '마포레인보우유권자연대'를 만들었다. 이후 단체의 성격을 선거에 대응하는 것에서 지역에 기반한 성소수자 모임으로 바꾸면서 '마포레인보우주민연대'로 이름을 바꾸었지만, 약칭은 '마레연'으로 동일했다. 주로 '퀴어밥상' 모임이나 에세이 낭송회 같은 일상적인 행사를 열었다. 2011년에는 지역에 거주하는 성소수자들에게 마레연의 존재를 알리려고 마을버스 내부에 마레연 광고를 게시하기로 했다. 혹시나 광고 게시를 거절당할까, 광고 게시 후에 혐오세력이 공격할까 걱정도 했지만 별문제 없이 광고도 걸리고 반응도 좋았다. 이에 자신감을 얻은 마레연은 성소수자들이 많이 거주하고 왕래가 잦은 신촌, 홍대, 합정 등지에 현수막을 게시하는 계획을 세웠다. 현수막 문구는 심플했다. "지금 이곳을 지나가는 열 명 중 한 명은 성소수자입니다"와 "LGBT, 우리가 지금 여기에 살고 있다".

십시일반 돈을 모아 현수막 제작·게시 비용을 마련하고 구청에 신청을 넣었다. 그러자 마포구청 도시경관과에서 현수막의 문구와 디자인을 수정해야 한다고 연락이 왔다. 'LGBT, 우리가 지금 여기에 살고 있다'가 적힌 현수막은 '우리가 지금 여기에 살고 있다'라는 문구 때문에 게시가 어렵고, '지금 이곳을 지나가는 열 명 중 한 명은 성소수자입니다'가 적힌 현수막은 배경이 9명의 남녀가 지나가는 그림이라서 문제라고 했다.

현수막 게시를 담당했던 다른 활동가에게 이 소식을 전해 듣고 도저히 납득할 수 없어 상황을 자세히 알아보려고 도시경관과 담당자에게 전화했다. 한국성적소수자문화인권센터 활동가라고 소속을 밝힌 뒤, 왜 현수막 게시가 안 된다고 한 건지 물었다. 그는 정확하게 이렇게 말했다.

"'여기에 살고 있다'라는 말은 너무 혐오스럽잖아요. 그거 혐오스럽게 생각하는 사람들 많아요. 민원이 들어올 텐데 우린 민원 하나만 들어와도 얼마나 힘든지 몰라요."

성소수자 단체 활동가라고 한 말을 제대로 안 들은 걸까. 그렇지 않고서야 혐오스럽다는 말을 당사자일 수도 있는 사람 앞에서 이토록 태연하게 쓸 수 있을까. 나는 무엇이 그렇게 혐오스럽냐고 재차 물었다. 그러자 설명하기 무척 곤란해하며 "그냥 그렇잖아요"라고만 되풀이했다. 그냥 그렇게 혐오스러운 존재가 된 나는 사람이 지나가는 그림은 왜 혐오스러운 거냐고 물었다.

"아 그건 그 사람들의 윗옷이 탈의되어 있어서 청소년들에게 유해하니까…."

세상에! 그림 속 사람들이 옷을 입지 않은 상태인 건 맞지만 머리부터 어깨 정도까지만 그려진 데다 옆모습이어서 이를 두고 청소년에게 유해할 정도의 '탈의'라고 하는 건 어이없는 일이다. 화가 또 났지만 참고 다시 물었다. "그럼, 그림에 옷을 입히면 괜찮겠습니까?" 생각은 해보겠지만 그래도 안 될 거 같다고 했다. 그럼 그렇지. 핵심은 탈의가 아니었던 것이다. 자기들이 봐도 선정적인 그림이 결코 아니니까. 오히려 성소수자를 너무 평범한 사람으로 그린 게 싫었던 것이다.

심지어 'LGBT, 우리가 지금 여기에 살고 있다'가 적힌 현수막은 특히 '여기'를 손가락 표시로 강조해서 혐오스럽다고 했다. '지금 이곳을 지나가는 열 명 중 한 명은 성소수자입니다'가 적힌 현수막의 배경은 사람과 사람 사이 대신 집 바깥을 지나가는 이미지라면 괜찮다고 했다. 성소수자가 자기 집 앞을 지나가는 건 어쩔 수 없다고 해도 마포구에 자신의 이웃으로 거주하는 것이 혐오스럽다는 의미다. 내가 계속 질문하면서 항의하자 담당자는 그냥 협의하라고, 너무 예민하게 굴면서 자기 고집만 부리지 말라고 했다. 이것이 현수막 게재 담당자였던 마포구청 도시경관과 광고물 팀장의 마지막 말이었다.

며칠 후 인권단체 활동가들이 마포구청 앞에서 시위도 하고, 구청 공무원들과 면담 자리를 만들었다. 활동가들은 절대로 화는 내지 않기로 서로 약속하고 들어갔다. 면담을 협상의 자리로 만들고자 했다. 자신은 절대 동성애를 혐오하지 않는다고 강조하시던 팀장님은 그 자리에서도 주옥같은 말씀을 남겼다. (마레연 현수막 차별하지 말라는) 항의 전화를 너무 많이 받으니까 자기가 오히려 역차별당하는 듯한, 정치적 음모에 빠진 듯한 느낌을 받는다는 심경을 토로하셨다.

또 다른 마포구청 공무원은 이렇게 말했다. 현수막 중에서도 가령 '떼인 돈 받아드립니다' 같은 현수막은 아무리 합법적인 회사에서 신청한 것이라고 해도 조폭 등이 연상될 수 있으므로 걸어주지 않는다며, 구민 중 한 사람이라도 불편해할 수 있는 문구라면 구청에서는 수정을 요구하거나 거부할 수밖에 없다고 했다. 나름대로 적절한 예를 들고 싶으셨겠지만 떼.인.돈이라니, 조.

폭.연.상이라니. 어이가 다시 사라지는 가운데 심지어 '살고 있다'가 반말이라 거북하니 '살고 있습니다'로 바꾸라고도 했다. 이런 분들을 만났으니 면담이 성과 없이 끝난 것은 당연했다.

현수막 게시를 심사하는 마포구청 심의위원회에서는 마레연의 현수막이 '성정체성의 혼돈'을 초래할 수 있으며, '청소년들이 인터넷 검색 등으로 직·간접적으로 왜곡된 유해성 내용들을 접할 수 있다'는 등의 이유로 게시 불허 결정을 내렸다. 청소년들이 현수막의 'LGBT'라는 글자를 보고 궁금해서 검색했다가 성정체성 혼란을 겪는다는 것이다.

이렇게 마포구청이 말도 안 되는 이유로 현수막 게시를 거부한 것이 알려지자, 다른 구에서 연대의 움직임이 일어났다. 현수막 게시를 거부한 것에 항의하기 위해 용산구에서는 '마레연을 지지하는 스트레이트 모임'이 똑같은 디자인으로 현수막 게시를 신청했다. 나는 사무실이 마포구에 있어서 마레연 소속이기도 했지만, 집은 은평구에 있었기에 은평구 주민들을 모아 은평구청에 현수막 게시를 신청했다. 은평구에선 무사히 현수막이 달렸다. 2013년 2월에는 성북구에서 주민 모임의 힘으로, 서강대에서 학생들의 힘으로 현수막을 걸리는 성과가 있었다.

또 박근혜 대통령이 당선되었던 바로 그 선거인 2012년 대통령 선거가 끝난 후 노동자를 대변해서 출마했던 김소연 선본은 다른 곳에 낙선사례 현수막을 걸지 않고 오로지 마포구에만 16개의 현수막을 달았다. 선거 종료 후 13일간 낙선사례 현수막을 걸 수 있는 대통령 후보의 권리로 마포구청이 거부한 마레연의 현수막을 마포구에 걸어주려 한 것이다. 현수막 제작 비용도 모두 선본이 냈고 낙선사례 아래에 마레연의 현수막 디자인을 그대로 넣었다. 감동적인 연대였다. 그런데 마포구청은 그 현수막이 불법이라면서 모두 철거해버렸다. 대통령 후보는 공직선거법 제118조 5항에 따라 낙선사례 현수막을 걸 권리가 있음에도 마포구는 이를 무시했다. 이럴 때 참 약자인 것이 서럽다. 하지만 철거를 했다 해도 김소연 선본이 이런 멋진 마무리를 했다는 사실까지 사라지진 않으니 괜찮다. 우리가 계속 기억하면 된다. 마레연 현수막 싸움의 의미는 성소수자 혐오와 차별의 현실을 사람들에게 널리 알리고 드러냈다는 점에 있다. 그리고 마레연이 요청하기도 전에 여러 곳에서 먼저 연대의 움직임이 있었다는 것까지.

마레연은 국가인권위원회에 마포구청이 성소수자를 차별했다고 진정을 냈고, 2013년 6월 21일 국가인권위원회는 "광고물의 내용이 성소수자와 관련됐다는 이유로 배제하는 일이 없도록 하고 직원들에게 성소수자 차별금지와 관련한 인권 교육을 실시하라"고 권고했다. 물론 마포구청이 인권 교육을 실시했다는 이야길 듣진 못했다.

동료 시민,
앨라이가 되자

방학 때 실시되는 교사 직무연수 과정에 강의를 나갔을 때의 일이다. 쉬는 시간이 되자마자 한 분이 물어보고 싶은 게 있다며 다가오셨다. 뭐든 말씀하시라고 하니 사연을 하나 들려주셨다. 사실은 오늘 이 연수를 같이 듣기로 한 동료 교사가 결혼하지 않고 동성 친구랑 살고 있는데, 얼마 전 그 친구가 암으로 병원에 입원하자 동료 교사는 간병을 위해 일찌감치 신청해놓은 연수를 포기했다고 한다. 승진에 필요한 점수를 얻으려면 이번 연수를 꼭 들어야 한다는 주변의 만류에도 연수를 포기했고, 친구 때문에 이런 중요한 기회를 포기한다고 혀를 차며 한심해하는 사람들도 있었다고 한다. 본인도 그런 사람 중 하나였다고. 그런데 오늘 강의를 들어보니 어쩌면 둘이 레즈비언 커플일지도 모르겠다는 생각이 들었고, 연수를 포기한 결정이 이해가 된다고 했다.

　나는 이 선생님이 혹시나 '두 사람이 레즈비언 커플이 맞을까요'라고 두 사람의 관계를 확인하는 질문을 할까 봐 살짝 경계하며 이야기를 들었다. 그런데 그다음 말씀은 예상외였다. 그 선생님은 나에게 이렇게 물었다.

　"제가 그분을 위해 무얼 하면 좋을까요? 어떻게 해야 도움이 될까요?"

　나는 일단 두 분이 레즈비언 커플인지 제가 알 수는 없지만 선생님의 말씀을 들어보면 연수를 포기할 만큼 서로를 아끼는 사이인 것은 분명하고, 주변의 반응 때문에 고립감을 느끼고 계실 수 있으니 동료로서 힘이 되어줄 방법을 찾으시는 것은 너무 좋은 일이라고 말씀드렸다. 홀로 친구를 간병하는 일이 가장 힘들겠지만 어차피 가까운 사이가 아니라면 선생님이 갑자기 간병을 도와주실 수는 없을 것이다. 대신 아픈 사람 앞에서 늘 괜찮은 모습을 보이려 애쓰고 밖에 나갈 틈도 없을 그분을 위해 선생님께서 자주 찾아가셔서 하소연도 들어주고 필요한 물건을 챙겨드리는 것만 해도 큰 힘이 될 거라고 말씀드렸다. 마지막엔 노파심에 두 분이 레즈비언 커플인지 물어보지는 마시라고 덧붙였다. 만약 커플이시라면 선생님의 진심이 느껴질 때 커밍아웃을 하실 거라고. 질문하신 선생님은 웃음과 함께 무슨 뜻인지 잘 알겠다는 표정을 지으셨다.

　2009년 여름에 있었던 이 일을 다시 떠올린 건 2016년에 비온뒤무지개재단에서 '나는 앨라이입니다'라는 캠페인을 준비하면서다. 2009년엔 나도 '앨라이Ally'라는 단어를 몰랐던지라 이 이름을 붙여드리지 못했지만 지금 생각해보면 질문을 하신 그 선생님은 강의를 들으시면서 자발적으로 앨라이가 되신 셈이다. 성소수자에 대한 지식을 갖고 '인권을 존중해야지'라고 막연하게 말하는 것에 머무르지 않고 바로 실천할 방법을 찾으셨으니 말이다.

동성 커플은 한 사람이 아프면 간병을 하는 것도 받는 것도 쉽지 않다. 두 사람 사이를 가족이나 연인으로 생각하느냐 친구 사이로 여기느냐에 따라 직장에서 휴가나 근무시간을 조정하는 등 편의를 봐주거나 배려하는 선이 다를 수밖에 없다. 이 때문에 동성 커플은 이중 삼중의 고통을 겪는다. 이런 현실을 조금이라도 빠르게 변화시키는 방법은 무엇일까. 당장 법과 제도가 달라지진 않더라도 동료 교사의 처지를 바로 헤아리던 그 선생님처럼 응원과 지지를 보내는 사람이 늘어난다면 힘이 되지 않을까.

활동을 하면서 간혹 성소수자 인권을 지지하는 일이 자신이 편견을 갖지 않는 것으로 충분하다고 생각하는 사람들을 만나곤 한다. 어느 대학 인류학 시간에 특강을 하러 갔을 때의 일이다. 두 시간짜리 특강은 평소처럼 진행되었고, 몇 주 후 나를 불렀던 교수가 와줘서 감사했다는 인사말과 함께 학생들에게 받은 강의 후기를 첨부한 메일을 보냈다. 별생각 없이 파일을 열었다가 꽤 큰 충격을 받았다. 거기엔 "강사가 자기를 동성애자라고 말할 때 역겨워 토가 나올 뻔했다" 같은 말들이 가득했다. 강의 내용의 오류를 지적하는 것이라면 모를까, 강사가 동성애자여서 싫었다는 평가를 내가 알아야 할 이유는 없다. 교수는 후기를 취합하면서 확인도 하지 않은 걸까? 아니면 다양한 의견을 듣는 것이 내게 유익할 것이라 생각해 그대로 보낸 것일까? 설마 내가 너무 잘 웃는 동성애자라서 엄혹한 현실을 모를 것 같아서 알려주려고 그런 것일까?

그 교수는 자신이 수업 시간에 동성애자를 초청할 만큼 성소수자 인권을 지지하는 사람이라고 했지만 메일의 그 어디에서도 인권 존중의 흔적을 발견할 수 없었다. 본인이 학생들의 후기를 먼저 읽었다면 그다음 수업 시간에 사람이 다른 사람의 존재를 두고 역겨움을 느끼는 문제에 대해 다루었어야 한다. 그 후속 이야기까지도 나에게 전해줄 것이 아니라면 날것 그대로의 후기만 달랑 보내면 안 된다. 학생들에게 후기를 특강 강사에게 보내줄 거라고 공지를 했을지조차 의심스럽다.

비슷하지만 결말은 다른 사례도 있다. 1998년 인천방송(지금의 경인방송)의 한 피디가 윗선의 반대를 무릅쓰고 〈껍데기를 벗고서: 동성애 잡지 《버디》를 만드는 사람들〉이란 다큐멘터리를 제작했다. 나를 비롯해 《버디》 편집진들이 대거 출연했고, 촬영이 끝나자 담당 피디는 영상을 편집하고 자막과 대본을 쓰는 과정, 그리고 내레이션도 직접 하면 어떻겠냐고 제안했다. 동성애를 다룬 시사 프로그램이 늘 관점의 한계가 있었던 것을 생각하면 당사자가 직접 내레이션을 하는 것도 괜찮겠다 싶어서 용기를 냈다. 그 덕에 나흘 밤낮을 집에 가지 못하고 방송국에서 지내야 했지만.

방송국 편집실에서 밤을 새우며 일하고 있는데 누군가 문을 열고 들어왔다. 때마침 나는 문 뒤에 서서 스트레칭으로 뻐근한 몸을 달래고 있었던지라 그는 나를 보지 못했다. 그는 담당 피디에게 "선배 뭐해요?"라고 물었다. 후배였던 모양이다. 담당 피디가 "응, 이번에 동성애 잡지 만든 사람들 다큐 만들어"라고 답하자 그 후배는 0.1초의 망설임도 없이 "에이, 선배는 왜 맨날 그런 더럽고 이상한 거 취재해요"라고 했다. 순간 담당 피디의 얼굴이 창백해졌다. 나를 발견하지 못한 후배는 말을 더 얹을 기세였다. 담당 피디는 헛소리하지 말고 나가서 커피나 마시자며 재빨리 후배를 끌고 나갔다. 이런 상황이라면 후배와 내가 아예 눈을 마주치지 않는 편이 더 낫다고 판단한 것이다. 현명했다. 이미 진심을 알아버렸으니 후배가 나에게 사과한다고 해도 내 마음이 편할 리 없다. 내가 더 상처받지 않게 후배를 데리고 나가 따로 말하는 것이 낫다. 이걸 보면 성소수자 인권을 지지하는 일도 쉬운 일은 아니다. 더럽다는 말을 당사자나 비당사자나 똑같이 들으니까.

그 다큐멘터리는 1998년 5월 27일에 방송되었는데, 아니나 다를까 방송심의위원회에서 '국민의 올바른 가치관 정립을 저해한다'는 이유로 피디에게 경고 조치를 내렸다. 잡지 만드는 과정을 보여주었을 뿐인데 국민의 올바른 가치관 정립을 저해한다니 얼마나 웃긴 말인가. 피디의 경력에 도움되지 않는 결과라 나는 미안했는데, 피디는 동성애자에 대한 편견이 얼마나 강한지 더 잘 알게 되었다고 말했다. 지금 생각해보면 이 피디도 소중한 앨라이였다.

성소수자가 살아가는 현실은 이러하다. '더럽다', '역겹다' 따위의 말을 나에게 던질 사람들이 어디서 튀어나올지 모른다. 이들은 어디에나 있기에 성소수자는 이들이 지금 바로 옆에 있을지도 모르는 순간순간을 살아간다. 이때 앨라이가 필요하다. 누군가 성소수자를 향해 역겹다고 말할 때, 그 말이 향하는 방향을 따라 성소수자를 쳐다보는 것이 아니라 그 말을 한 사람에게 시선을 돌려 "왜 그렇게 말하세요? 뭐 문제라도 있나요?"라고 말할 수 있는 앨라이가 필요하다. 주위 동료들에게조차 연수보다 친구의 간병을 우선하는 이상한 사람으로 찍힌 동료를 생각하며 "어떻게 해야 도움이 될까요?"라고 물었던 그 선생님처럼 말이다.

지금까지 정말 셀 수 없이 많은 인터뷰를 해왔다. 언론사 기자부터, 과제로 발표를 준비하는 고등학생과 대학생, 논문을 쓰겠다는 대학원생 등 만난 사람은 다양하지만 마지막 질문은 거의 비슷하다. 동성애자로서 이 사회의 주류 구성원들에게, 이성애자들에게 하고 싶은 말은 무엇이냐고. 나는 성소수자를 이해하고 존중해달라고 말하고 싶지 않다. 이 질문은 3인칭이 아니라 1인칭으로 접근해야 한다. 그들의 문제가 아니라 나의 문제다. 그들의 삶이 아니라 그들과 연결된 내 삶에 대한 이야기다.

"제가 드리고 싶은 말은 부디 한 번만이라도 자신의 문제로 생각해보시라는 겁니다. 그들을 어떻게 볼 것이냐가 아니라 내가 사랑하는 가족이, 나의 절친한 친구가, 나와 죽이 잘 맞는 직장 동료가 동성애자라면, 트랜스젠더라면 나는 그들의 가족으로서, 친구로서, 동료로서 그리고 이웃으로서 어떻게 할지 말이죠. 그리고 내가 살아갈 이 사회가 어떤 사회여야 할지 한번 생각해보세요. 정말 동성애 혐오가 강력해서 동성애자라면 돌을 던지는 사회가 살고 싶은 사회인지. 그렇게 사람이 사람을 따돌리고 괴롭혀서 스스로 자신의 존재를 부정하도록 만드는 세상에서 살고 싶으신지. 그들의, 성소수자만의 인권 문제가 아니라 나의, 우리 모두의 인권 문제로 이야기했으면 좋겠어요."

지금 한국 사회엔 앨라이가 필요하다. 좀 많이 필요하다. 동성애 혐오와 편견이 사회적 여론이고 국민의 의견인 양 힘을 행사하는 이들에게 맞서려면 그만큼 성소수자의 인권을 지지한다고 말하는 이들이, 혐오와 차별에 반대한다고 말하는 이들이 많아야 한다. 비온뒤무지개재단에서는 2016년부터 '앨라이'라는 단어와 개념을 소개하고 앨라이를 늘리는 캠페인을 시작했다. 2023년 현재 '나는 앨라이입니다' 선언에 참여한 인원이 1만 명을 넘었다. 이 숫자가 어서 2만 명, 10만 명, 100만 명이 되어서 언젠가는 앨라이란 단어가 필요 없는 시대가 오길 바란다. 앨라이 선언에 참여하고 싶으시다면 iamally.kr로 접속하면 된다.

퀴어 아카이브
만들기

어떤 싸움은 상대가 눈앞에 없을 때도 있다. 형체조차 없어 어디로 가야 할지, 어떻게 불러내야 할지 모를 때도 있다. 부당하고 서러운 건 맞는데 이유를 알 수가 없다. 그러니 맞서 싸우고 싶어도 허공에 주먹을 휘두르는 것만 같아서 의기소침해져 버린다. 주류 사회는 이런 교묘한 억압으로 소수자를 침묵시킨다. 예를 들면 소수자들의 역사를 지우고 무시와 무관심으로 일관하는 전략. 역사를 곡해하거나 삭제해버리곤 시치미를 뚝 뗀다. 원래 아무것도 없었던 것처럼.

동성애자들끼리 만나면 놀랍게도 다들 비슷한 말을 한다. 이 세상에 동성애자는 나뿐인 줄 알았다고. 동성애자의 역사에 대해서 들어본 적이 없으니까, 변태나 정신병자, 호모 새끼 같은 말만 들었으니까, 타락한 서구의 성적 문화가 잘못 들어와서 그런 거라는 소리만 들었으니까 당연한 일이다. 미국에서 에이즈가 확산되기 시작했을 때 우리나라에선 뉴스 앵커가 한국은 괜찮을 거라 말했다. 왜? 한국엔 동성애자가 없으니 에이즈도 없을 거라고. 동성애자에 대해 조사 한번 해본 적 없으면서도 어떻게 저리 확신했을까?

퀴어아카이브는 바로 이런 이유로 시작했다. 소수자들이 세상과 싸우는 방법 중 하나는 우리의 기록을 남기고 보존하고 공유하는 것이다. 주류 역사는 소수자에 대한 기록을 남기지 않는 방식으로 존재를 지운다. 그래서 우리의 역사는 우리가 남기자는 목표로 성소수자의 삶과 역사를 기록으로 수집하고 보관하는 '퀴어락'이 만들어졌다.

2006년에 한국성적소수자문화인권센터가 일단 자체적으로 아카이브 구축 사업을 시작했다. 우선 기존에 가지고 있던 오래된 자료의 먼지를 털어내고 벗겨지는 케이스의 포장을 바꾸는 등 급한 대로 보존 작업을 진행하고, 자료들을 꽂을 책장을 살 돈이 없어서 어디선가 벽돌과 합판을 구해다가 책장을 만들었다. (벽돌을 이고 지고 5층 사무실까지 올릴 때 인권활동이 이런 거냐고 힘들어 했던 동료들에게 아직도 미안하다.)

운 좋게 세계적인 성소수자 인권 재단인 아스트라이아AS-TRAEA 기금 공모에 선정되어 400만 원 정도를 지원받기도 했지만, 사실 턱도 없이 부족한 돈이었다. 하지만 길을 찾으면 또 찾아지기 마련이다. 나는 아름다운재단의 사업 공모 분야에 '공익 정보와 지식 아카이브' 부문이 따로 있다는 걸 우연히 발견했다. 뛸 듯이 기뻤다. 이건 될 거라는 확신이 있었다. 아카이브의 의미를 안다면 성소수자 아카이브를 만든다는 데 얼마나 지원해주고 싶겠는가! 프로포절을 쓸 때부터 심장이 두근거렸다. 제법 그럴싸한 아카이브를 만들 수 있을지도 모르니까. 지금까지 집과 사무실 이사를 할 때마다 그 많은 자료를 이고 지고 다닌 보람이 드디어 빛을 발하게 될지 모르니까.

간절한 소망대로 퀴어락은 아름다운재단 '공익 정보와 지식 아카이브' 부문에 3년 연속 선정되었다. 매년 1,500만 원의 기금을 받아 퀴어아카이브를 만드는 데 관심이 있는 사람들을 모아 기획단을 꾸렸다. 처음에 모인 기획단원은 11명이었고, 자원활동가들도 붙기 시작했다.

특정 주제만을 다루는 소규모 아카이브는 기존의 기록관리학 이론이나 아카이브 구축 방식을 그대로 적용하기는 어려웠다. 퀴어아카이브는 '퀴어'라는 특정 주제만을 다루기에 참고할 수 있는 아카이브가 많지 않았다. 그래서 분류 방식, 검색어, 등록 절차 등을 하나 정하는 데도 수많은 시행착오를 거쳐야 했다. 체계를 만들고, 부수고, 다시 만드는 과정을 반복하면서 퀴어락만의 방식을 찾아나갔다. 산을 넘고 넘어 사업 첫해인 2009년 12월 21일에 '한국퀴어아카이브 퀴어락'이 정식 오픈했다. (퀴어락 오픈 후 우리와 비슷한 고민에 빠졌던 '서태지기념사업회'에서 자문을 구하러 왔던 일도 뿌듯한 기억 중 하나다.)

지원금을 받는 3년 동안엔 상근자도 고용하며 유지할 수 있었지만, 지원 사업 종료 이후에는 운영이 어려웠다. 자료를 보관하고 수집하고 관리하려면 돈은 많이 들어가지만 아카이브가 이용자들에게 입장료를 받을 수도 없고, 설사 입장료를 받는다고 해도 수익이 될 만큼 이용자가 많을 수도 없다. 세계 최대 규모를 자랑하는 미국의 성소수자 아카이브인 '원 아카이브ONE Archives'는 어마어마한 재력가가 유산을 남겨주어서 만들어지고 유지될 수 있었다는 말이 이해가 된다.

하는 수 없이 센터는 2014년에 비온뒤무지개재단 설립을 준비할 때, 창립발기인들에게 퀴어락을 비온뒤무지개재단에서 부설기관으로 삼아달라고 요청했다. 재단의 대표적인 공익활동이 되길 바라는 마음이었다.

퀴어락엔 성소수자의 엄청난 역사가 쌓여 있다. 단행본이나 잡지뿐만 아니라 단체에서 나온 소식지, 회의 안건지 등의 문서, 리플렛과 현수막, 배지, 포스터, 사진 그리고 홈페이지와 음원 등 디지털 자료까지 수집한다. 성소수자 당사자가 쓴 일기, 편지, 그림, 사진 등 개인의 기록물도 수집 및 보관 대상이다. 퀴어락에 온다면 '옛날에도 동성애자가 있었어? 최근에 갑자기 늘어난 거 아냐?'라는 말은 아무도 하지 못할 것이다.

참, 퀴어락은 '한국퀴어아카이브 Korea Queer Archive'의 애칭이다. 'Queer'와 'Archive'를 조합한 'Queerarch'을 발음대로 읽은 것이기도 하고, 한자 '즐거울 락樂'의 의미를 담아 '퀴어의 즐거움이 되는 아카이브가 되자'는 의지를 담은 이름이기도 하다.

추모의 힘으로
싸운다는 건

 예전에 강의를 들은 적이 있다며 지역에서 활동하시는 분이 연락을 주셨다. 자신도 어찌어찌하여 알게 된 트랜스젠더분이 계신데 사정이 아주 딱한지라 도와줄 수 없겠냐는 요청이었다. 일단 그분과 통화를 했다. 핸드폰 요금을 낼 돈마저 없어서 전화를 받는 것만 가능하다고 하셨다. 말씀을 들어보니 사연이 너무 기구했다. 어릴 때부터 자신이 남자가 아니라 여자라고 생각했지만 트랜스젠더에 대해서도 몰랐고, 그렇게 받아들이기도 힘겨워서 자신을 바꾸려고 부단한 노력을 했다. 남들처럼 살면 괜찮아질 거라고 믿으며 결혼도 했지만, 오히려 자신이 남자가 아닌 사실만 더 절실하게 느끼게 되었다. 그래서 아내에게 힘들게 커밍아웃을 했다. 아내가 이혼을 원해서 원하는 만큼 재산을 주고 헤어져 지내는데, 아내에게 다시 연락이 왔다고 한다. 아내는 떨어져 생각해보니 이제는 이해할 수 있을 거 같다며 다시 같이 살자고 했단다. 그때도 여전히 트랜스젠더에 대한 정보와 지식은 없으셨고 혼자 살고 있었기에 아내의 제안이 고마웠다. 자기를 이해해주는 사람과 살면 그나마 나을 것 같아 다시 합쳤는데 이것은 아내의 속임수였다. 아내는 얼마 후 소송을 걸었다. 자기를 속이고 다시 살자고 했다며 위자료를 청구하는 소송이었다. 그는 법원에서 사실이 아니라고 항변했지만, 판사의 입장에서는 트랜스젠더가 아내를 두 번이나 기만한 것으로 보였다. 그래서 남은 재산마저도 위자료로 다 뺏겼다고 했다. 이렇게 그분은 빈털터리가 된 후 억울한 자신을 도와줄 변호사를 찾고 있었다. 전재산을 빼앗기고 삶의 무게에 휘청거리는 그분을 위해 내가 당장 할 수 있는 것은 좋은 변호사를 소개해드리는 것뿐이어서, 공익인권변호사 모임 '희망을 만드는 법'으로 연결해드렸다.

　인권변호사를 알게 되었으니 이제 괜찮아지리라 믿었는데, 얼마 지나지 않아 처음 나에게 연락했던 분에게서 다시 전화가 왔다. 그 트랜스젠더분이 돌아가셨다는 것이다. 혼자 사는 사람이 며칠 동안 인기척이 없는 것을 이상하게 여긴 이웃에 의해 발견되셨다고 한다. '사인을 정확히 알 수 없지만…'이라고 말꼬리를 흐리면서 조심스레 '아사'인 것 같다고 했다. 심장이 쿵 떨어지는 것 같았다. 뭐라 말을 더 이을 수가 없었다.

그리고 며칠 뒤, 인터넷 검색을 하다가 우연히 무료법률상담소에서 트랜스젠더 관련 상담 글을 발견했다. 제법 긴 분량의 글을 다 읽어보니 그분의 사연과 똑같았다. 아, 이분은 오래전부터 자신을 도와줄 곳을 이렇게 찾고 있으셨구나. 그제야 눈물이 왈칵 쏟아졌다. 손이라도 한 번 잡고 얼굴이라도 보면서 그동안 어떻게 살아오셨는지 이야기를 들었으면 좋았을 텐데. 서울에서 멀어서 바로 만날 약속을 잡지 못한 것이 후회되었다.

한국에 트랜스젠더 인권단체가 현재 없다는 사실이 새삼 더 아프게 다가왔다. 한국성적소수자문화인권센터가 트랜스젠더 인권활동을 펼칠 수도 있겠지만 장기적으로 본다면 트랜스젠더 인권을 전문적으로 다루는 단체가 있는 것이 훨씬 낫다. 그래서 트랜스젠더 인권단체 인큐베이팅을 구상했다. 단체 하나를 만들려면 활동가도 양성해야 하고 계속 운영해 나갈 기반도 있어야 하니, 역시 필요한 건 사업비다.

나는 아름다운재단 '변화의 시나리오' 사업 공모에 '트랜스젠더 삶의 조각보 만들기-인권지지기반구축 프로젝트'라는 제목으로 프로포절을 써서 냈다. 3년 연속 지원 사업으로 신청해서 다행히 매번 선정되었다. 먼저 트랜스젠더 인권단체 설립에 함께할 기획단 모집 공고를 냈다. 3년 후 센터에서 독립하여 단체를 만드는 것을 염두에 둔 기획단이 꾸려졌고 2015년 12월에 '트랜스젠더인권단체 조각보'의 창립식이 열렸다. 보다 자세한 '조각보'

의 준비 과정과 성과는 감히 내가 쓸 주제가 아니다. 조각보는 지금까지 활발하게 활동하고 있으니 트랜스젠더 인권에 관심 있는 분들은 조각보의 홈페이지를 한번 방문해보시면 좋겠다.

트랜스젠더 인권단체를 만드는 그 3년의 과정은 나에게는 얼굴 한 번 보지 못한 분이고 장례식에도 가보지 못한 분이지만, 홀로 너무 오랜 시간을 보낸 그분을 위해 내가 서 있는 자리에서 내가 할 수 있는 방식의 추모였다. 그분 앞에 그때는 드리지 못한 국화 한 송이를 이제 바칠 수 있을 것 같다.

성소수자의
나이 듦

20대 때 《버디》를 만들 때부터 사실 속으론 생각했다. 내가 만약 성소수자 인권활동을 계속한다면 나의 마지막 프로젝트의 주제는 '한국의 노년 정책'이 될 거라고. 인권활동가는 돈을 못 버니까 가난하게 늙어갈 것에 대한 걱정 때문도 있었지만, 나는 아무리 생각해도 국가가 국민의 노후를 제대로 책임지지 않는 것이 부당하다 싶었기 때문이다. 지금 폐지를 주워 하루의 생계를 유지하는 할머니, 할아버지도 젊은 시절엔 어디선가 일을 하고, 세금도 내고, 가족과 이웃을 돌보며 한국 사회가 돌아가는 원동력이 되었을 터이다. 그렇다면 국가는 고령자를 비경제인구면서 예산만 투입되어 부담이 되는 복지 대상자로 대하는 것이 아니라 이제는 편히 자신의 삶을 누려야 할 분들로 존중해야 할 것이 아닌

가. 이런 생각으로 늘 혼자 분개하곤 했다.

그러다 내가 점점 더 나이 들어가니 분개만 할 게 아니라 구체적인 액션이 필요하다는 생각이 들었다. 한국 사회가 고령화사회로 접어들면서 노인 정책이 하나둘 마련되고 있고, 노후준비 지원법도 제정되는 등 변화가 일어나고 있다. 이 과정에서 정책을 수립할 때 '성소수자 노인'을 고려하는지, 그들의 삶을 상상하고 포함하는지를 빨리 파악하여 문제점을 지적하고 성소수자 노인을 고려한 정책 방향을 제안해야 한다는 조바심도 생겼다. 아니, 국가정책까지 가지 않더라도 당장 주변 지인들의 투병과 돌봄, 장례를 지켜보면서 나이 듦과 죽음 앞에서 성소수자로서의 존엄을 지킬 현실적인 대책부터 세워야겠다 싶었다. 이런 이유로 한국성적소수자문화인권센터는 2021년부터 성소수자의 나이 듦에 관한 프로젝트를 시작했다.

우린 먼저 성소수자 노인에 관한 외국의 연구 보고서부터 살펴봤다. 제일 먼저 눈에 띈 문제점은 '다시 벽장으로 들어가기'였다. 젊었을 때 가족에게, 친구에게 커밍아웃을 하고 당당하게 지냈어도 나이가 들어 요양원에 들어가게 되었을 땐 정체성을 숨기게 된다는 의미다. 시설 직원이나 입주자 중에 동성애를 혐오하는 사람이 한 명이라도 있다면 안전하게 돌봄과 치료를 받을 수 있을까. 나이가 들면 살아온 날들에 대한 이야기를 더 많이 할 수밖에 없는데 요양원이나 공동주택 등에 입주했을 때 과거의 재미난 일들로 수다를 떨 수 없다면 얼마나 우울하고 힘들겠는가. 결혼도 하지 않고 자녀도 없는 박복한 팔자의 불쌍한 노인네 취급만 받는 다면 더욱더 싫을 텐데.

이뿐만이 아니다. 나이가 들면 혼자 목욕을 할 수도 없고, 생식기나 비뇨기관 질환으로 의료진으로 만나는 일이 훨씬 많아진다. 이럴 때 트랜스젠더 노인에겐 자신의 신체가 사람들의 예상에 들어맞는지, 법적 성별에 맞는지가 큰 스트레스다. 성전환 수술을 받았든 안 받았든, 법적 성별 정정을 했든 안 했든 모두 문제다. 성소수자인 것이 시설의 누구에게까지 밝혀질 것인지, 얼마나 소문이 날지 몰라 두렵다. 자신은 누워 있는데 간호해주는 파트너가 주변 사람들의 이상한 눈길을 받고 차별을 당하는 일이 생길까 봐 걱정도 된다. 평생을 벽장에서 살았다고 해도 걱정은 마찬가지다. 치매가 생겨서 실수로 커밍아웃을 하게 되면 어쩌지? 뒤늦게 사실을 알게 된 가족들이 자신을 버릴 수 있다는 공포가 있다.

센터는 한국의 상황을 파악하기 위해 2021년에 역사상 최초로 '성소수자 노후 인식 조사'를 실시했다. 성소수자 국민과 전체 국민의 차이를 비교하기 위해 한국사회보건연구원에서 만든 '노후준비 인식조사'와 동일한 설문도 포함시켰다. 그 결과, 흥미로운 차이가 보였다.

'소득, 돌봄을 포함한 건강, 주거, 고용·일자리, 가족, 여가, 대인관계, 기타'라는 8가지 정책 분야 중에서 '노후 준비 지원에 가장 중요한 정책' 3가지를 고르라는 질문에 성소수자들은 82.3%라는 압도적인 비율로 '주거'를 선택했다. 하지만 한국보건사회연구원에서 발표한 2020년 노후인식 조사 결과에서 1위는 69.7%를 받은 '돌봄을 포함한 건강'이고 '주거'는 46.9%로 4위였다. 왜 이렇게까지 차이가 나는 걸까.

　주택도시기금에서는 신혼부부 전세자금 대출과 신혼부부 주택구입자금 대출을 제공하고, 서울시에서는 서울시 신혼부부 임차보증금 지원 제도를 운영한다. 신혼부부 전용 임대주택 분양, 신혼부부 특화형 공공주택 '신혼희망타운' 등 신혼부부에 대한 주거 지원 제도는 서울시뿐만 아니라 지자체별로 다양하게 갖추어져 있다. 비혼자도 해당되는 청년 주거지원 정책이 있긴 하다. 만 19세~39세 청년을 위한 공공주택이 있는데 거주 기간은 최대 6년이다. 하지만 성소수자의 삶은 6년보다 길다. 1인 가구라도 주택 청약이 가능하지만 평수 제한이 있다. 커플이 살기엔 너무 작다.

　성소수자가 노년에 어려움을 겪는 것은 단순히 주거 지원의 문제만은 아니다. 집이든 복지시설이든 일터든 생애 전체에 걸쳐 내가 어디에 있든 학대나 차별의 두려움 없이 지낼 수 있는가가 핵심이다. 부동산으로 부자가 되길 바라는 것이 아니다. 그저 '내가 나여도 안전한 공간'을 바란다. 성소수자 국민을 염두에 둔 정책이, 성소수자 친화적인 복지시설과 의료 기관이 절실하다.

선거만 앞두면 노인 공약이 쏟아진다. 어떤 후보는 노인 일자리를 확대하겠다고 한다. 하지만 일하러 간 곳에 차별과 괴롭힘이 있다면 그 일자리는 좋은 일자리가 아니다. 어떤 후보는 경로당을 늘리겠다고 한다. 하지만 편견과 혐오가 있는 어떤 경로당도 성소수자 노인들은 이용할 수 없다. 이러한 걱정은 설문조사에도 나타났다. 노후에 어떤 점들이 가장 걱정되느냐는 질문에 '인권 향상이 되지 않아 나이 들었을 때도 성소수자라 무시하고 차별하는 사회일까 봐' 걱정된다고 응답한 비율이 29.9%였다. '집에서 혹은 요양원에서 돌봄을 받아야 할 때 성소수자로서 편하게 지낼 곳이 없을까 봐'는 13.5%, '병원에 치료받아야 할 일이 더 많아질 텐데, 마음 편하게 치료받을 수 없을까 봐'는 10.5%였다.

2017년 미국 워싱턴대학교 연구진이 발표한 연구 결과에 따르면, 50세 이상의 노인 중에서 성소수자는 2.7%였으며, 그들은 차별과 낙인으로 인해 보건 의료 혜택에서 심각한 불평등을 겪고 있다고 한다. 한국에서도 장애가 있으셨던 게이 할아버지가 요양보호사에게 커밍아웃을 했는데, 그 뒤로 오려는 요양보호사가 없어 어려움을 겪고 있다는 이야길 들은 적이 있다. 요양보호사가 나빠서가 아니라 게이 할아버지를 어떻게 대해야 하는지 모르겠다는 막막함과 불안감 때문이었다. 상상해본 적 없는 존재를 만나는 건 누구에게나 그러할 터이다.

성소수자들의 현실적 난관은 이뿐만이 아니다. 성소수자들이 커밍아웃을 하지 않는 가장 큰 이유는 부모에게 가급적 상처나 충격을 주지 않기 위해 돌아가시기 전까지는 '참겠다'는 것이다. 부모님을 배려해 자신을 숨기는 것은 자식으로서 효도하는 일일 수도 있지만, 지금은 백세 시대이고 부모님은 오래오래 사신다. 지금 20~30대 성소수자는 앞으로 50년 이상 더 부모님을 배려해야 한다. 그럼 애인에게 "우리, 칠십 넘으면 알콩달콩 신혼살림 차려 살자"라고 말해야 할지 모른다. 평균수명이 길어질수록 차라리 빨리 커밍아웃을 하는 편이 나을지 모른다. 하지만 말처럼 쉬운 일은 아니다.

'성소수자의 나이 듦'이란 주제는 파고들수록 바닥이 보이는 것이 아니라 더 넓어지고 깊어지고 있다. 그래서 성소수자의 나이 듦을 전문적으로 다루는 '큐라이프센터'를 띄웠다. 20대 때의 처음 생각대로 아마도 이것이 내가 새롭게 일을 벌이는 마지막 의제가 될 것 같다. 그 마지막이 이제 막 시작했다.

싸우자는
예쁜 말

2007년 10월 21일이었다. 밤 10시쯤 사무실로 법무부 사무관이라며 전화가 걸려왔다. 그날은 국가인권위원회에서 받은 연구용역 사업의 결과 보고서를 작성하느라 마침 야근 중이라 받을 수 있었다. 사무관은 동성애의 정당성을 보여줄 국내외 자료를 요청했다. 그것도 오늘 밤 안으로. 차별금지법 입법 예고 후 반대 민원이 너무 많아서 반박 자료를 급하게 준비해야 한다는 이유였다. 입법 예고 기간 마지막 날 하루를 남기고 이제야 자료를 모은다고? 그럼 더 일찍 연락하든지 밤 10시에 이게 무슨 짓인가 싶어 짜증이 확 밀려왔지만 법무부가 반박을 하는 데 필요한 거라니 차마 거절할 수는 없었다. 알겠다고 전화를 끊고 컴퓨터를 뒤져서 국내외 자료들을 찾아 정리해서 보냈다. 하지만 이때만 해도 나는 차별금지법이 제정되지 않는 미래가 펼쳐질 거라곤 상상하지 못했다.

차별금지법은 2003년부터 노무현 정부가 준비해서 꽤 오랫동안 다듬고 다듬은 법안이다. 고용에 있어서 학력이나 출신 지역, 외모, 결혼 여부 등으로 차별하는 행위를 금지하는 효과가 가장 큰 법이었기에 대기업 등 재계의 반대가 커서 조율하는 데 시간이 많이 걸렸다. 후퇴와 전진을 반복하면서 결국 처벌 조항은 거의 빠졌지만 대신 괴롭힘도 차별 행위에 포함하는 성과는 거두며 입법 예고까지 진행되었으니 곧 제정될 줄만 알았다. 정부는 새로 만들어질 차별금지법으로 관련 업무를 효율적으로 일원화하기 위해 2005년에 남녀차별금지법을 미리 폐지할 정도였으니까.

10월 16일부터 대한민국국가조찬기도회 등을 중심으로 '동성애 조항 삭제 청원 팩스 운동'을 벌였다는 사실을 안 것은 며칠 후였다. 상황이 심상치 않았다. 급기야 법무부가 기독교 측의 반발을 무마하기 위해 법안의 차별 금지 사유에서 '성적 지향'을 삭제하기로 했다는 정보도 입수되었다. 긴급하게 성소수자 인권단체 활동가들이 모여 회의를 했다. 몇 안 되는 단체 활동가들만으로 감당할 수 있는 사안이 아님에 모두 공감했고, 이 상황을 더 많은 이들에게 알리고 머리를 맞대 해결책을 찾자는 것에 뜻이 모아졌다.

그날 우리는 조선말 일제에 맞서기 위해 열렸다는 만민공동회를 떠올렸다. 이를 현대식으로 바꾸어 '성소수자 차별 저지를 위한 긴급 번개'라고 이름 붙였다. 번개라는 이름처럼 누군가는 번개같이 웹자보를 디자인하고, 또 누군가는 번개같이 커뮤니티 곳곳에 홍보했다. 급한 사정을 알고 기꺼이 강의실을 빌려준 인권실천시민연대 덕분에 번개 장소도 바로 마련했다.

2007년 10월 31일에 열린 번개에는 90여 명이 참석했다. 예상을 뛰어넘는 숫자였다. 어깨를 웅크린 채로 서거나 찬바닥에 앉는 것도 마다하지 않는 이들로 강의실은 빽빽하게 채워졌다. 성소수자 인권운동의 역사에서 이 정도 규모의 회의가 열린 것은 처음이었다. 법안 만드는 과정에 함께했는데, 국가인권위원회와 법무부가 이렇게 쉽게 성소수자를 버리는 것에 모두가 분노했다. 모인 사람들은 각자의 경험과 재능을 한껏 살려 어떻게 맞서 싸울지 의견을 내는 데 주저하지 않았다. 열기가 어찌나 뜨거웠는지 11월 5일에 다시 2차 번개가 열렸다.

2차 번개에서 참가자들은 바로 '차별금지법 및 성소수자 혐오·차별 저지를 위한 긴급 공동행동'을 결성했다. 그뿐만이 아니다. 100명이 넘는 참석자들이 자발적으로 헤쳐 모여를 시전하며 바로 12개 팀을 꾸렸다. 사무총괄팀, 디자인팀, 미디어기록팀, 국제연대팀, 기독단체연대팀, 국내인권시민단체연대팀, 온라인홍보팀, 오프라인행동팀, 정부국회팀, 대학생연대팀, 10대팀 그리고 다가오는 12월에 있을 대선을 염두에 두고 대통령선거 캠프를 중점적으로 공략하기 위한 대선대응팀까지 완벽한 구성이었다.

이날 나에게 가장 감동적인 순간은 사회자로서 참석자들에게 단체명에 차별 '반대'와 차별 '저지' 중 무얼 넣을지 물어봤던 때였다. 사람들은 망설임 없이 큰 목소리로 "저지!"라고 외쳤다. 내가 "반대와 저지는 의미가 다른 거 아시죠? 저지를 선택하면 얼마나 더 열심히 해야 하는지 아시죠?"라고 되묻자 모두 더 우렁차게 "네!!"라고 답했다. 얼마나 귀엽고 멋진 사람들인지. 그 대답만큼 2007년 겨울 내내 모두가 정말 열심히 싸웠다. 거의 매일 쪽잠을 자고 일하면서도 피곤한 줄 몰랐다. 싸움이 재밌고 즐거웠다.

우리는 차별금지법 이슈를 알리기 위해서 대형 현수막을 만들어 광화문 사거리에서 펼치기로 했다. 교통을 방해하는 대신 횡단보도에 서 있다가 초록불이 들어오면 10여 명이 뛰어서 현수막을 펼쳐 길 가는 사람들과 차에 탄 사람들의 눈에 들어오게 했다. 빨간불이 되기 전에 재빨리 현수막을 접고 돌아왔다가 신호등이 바뀔 때마다 뛰었다. '사람 차별하는 차별금지법 NO', '인권 정부는 물건너 가고 차별 세상 오겠네'라고 쓰인 10미터 길이의 현수막을 펼치는 이 액션을 우리는 '무지개 건널목 기습 시위'라고 불렀다. 10대팀은 대학로에 포스트잇을 붙이는 플래시몹을 펼쳤다. 동성애자풍물패연합은 풍물을 치며 종로를 걸으며 도보 행진 시위를 했다. 한국기독청년학생연합회는 한국기독교총연합회 건물 앞에서 '하나님은 사랑이시다—성소수자들과 함께하는 기도회'를 열었다. 대학생팀은 12월 24일 크리스마스이브에 인사동에서 '천박한 우리들의 순결한 첫 키스'라는 키스 퍼포먼스를 진행했다. 심지어 우리는 12월 25일에 크리스마스 예배를 보고 나오는 기독교인들을 대상으로 차별금지법을 홍보하는 계획도 세웠다. 서울의 대표적인 대형 교회인 영락교회 앞에서 예배를 마치고 나오는 교인들을 대상으로 전단지를 배포했다. 처음 10분 정도는 괜찮았지만 곧 눈치채고 나온 관리사무소 사람들과 '당장 멈춰라'와 '어떻게든 하겠다'를 두고 다툼이 벌어졌고, 몇몇은 경찰서까지 가기도 했다.

국회대응팀은 성적 지향과 성별 정체성 등 7개 항목을 삭제하고 발의한 정부의 차별금지법을 견제하기 위해 노회찬 의원 등을 통해 새로운 차별금지법안을 발의했다. 대선대응팀은 대통령 후보들에게 차별금지법 제정을 촉구했고, 국제연대팀은 외국의 인권단체들에 법무부에 항의해달라고 협조를 요청했다. 법무부 관계자는 이렇게 다양한 언어로 항의 팩스를 받은 건 처음이었다고 했다.

한번은 미국 최대 인권단체의 실무자에게 전화로 한국의 상황에 대해 설명해야 했다. 나는 영어를 못 해서 다른 활동가가 통역해주면서 스피커폰으로 이야기를 나누었다. 두 나라의 법체계, 사회 분위기와 문화가 무척 다른데 어떻게 말해야 지금 우리의 긴급한 상황을 잘 전달할 수 있을지 고민이 되었다. 도움은 필요했지만 '우리를 꼭 도와주세요'라는 식으로 애원하고 싶진 않았다. 모두가 한마음으로 이토록 열심히 싸우고 있는데 마치 어린아이가 어른에게 매달리는 것처럼 행동하긴 싫었다. 우리가 힘이 없고 약하니 도와달라는 것이 아니라, 이 싸움이 중요하니 너희도 함께 해야 한다고 말하고 싶었다. 게다가 통역자도 나만큼 긴장하고 있어서 통역하기 쉽게 문장을 고르는 것도 중요했다.

이런저런 말을 하다 보니 장황해지는 것 같았다. 그때 머릿속에 한 단어가 떠올랐다. 통역자에게 지금부터 한 문장씩 끊어서 말할 테니 한 문장씩 그대로 전해달라고 부탁하고 입을 열었다.

"지금 우리의 싸움은 한국의 스톤월 항쟁입니다. 지금까지 한국의 성소수자들이 이렇게 함께 분노하고 함께 움직인 적이 없습니다. 그만큼 지금의 일이 중요하다는 것입니다."

스톤월 항쟁에 비유하면 미국 활동가도 우리가 어떤 마음으로 싸우고 있지는 단박에 알아들을 것 같았다. 그런데 막상 비유하고 나니 가슴이 더 뜨거워졌다. '공동행동'의 자유 게시판에 바로 글을 하나 써서 올렸다.

1977년 프랑스에서 최초로 열린 동성애자의 거리행진에서는 이렇게 외쳤다고 합니다.
"우리는 부끄럽지 않다! 다만 두려울 뿐이다!"
차별금지법에서 성적 지향이 빠진다는 소식을 듣고 모인 열린 번개에서, 그 강당을 꽉 채운 사람들의 눈빛과 몸짓에서 우리는 알 수 있었습니다. 우리가 서로를 자랑스러워한다는 것을. 우리는 부끄러운 존재가 아니며 무시당해야 할 이유도 없으며, 우리는 당당히 인간으로서의, 국민으로서의, 시민으로서의 권리를 주장할 수 있다는 것을. 다만 종교적 가치관을 내세워 정치적 힘을 남용하는 것은 두려우며, 그렇기에 싸워야 겠다는 의지를 느낄 수 있었습니다. 지금 우리의 행동이, 실천이, 싸움이 1969년의 스톤월 항쟁과 같은 의미로 역사에 남았으면 좋겠습니다. 그렇게 되리라는 예감이 듭니다.

성소수자차별저지긴급행동! 우리가 직접 만든 이름으로 우리 모두 끝까지 함께 싸웁시다. 싸움은 나쁜 거라지만 요즘은 싸우자라는 말이 참 예쁘게 들립니다.

이후로 16년이 흘렀다. 어느새 2023년인데, 아직도 차별금지법이 제정되지 않았다는 것이 오히려 꿈만 같다. 차별금지법 제정을 위해 그동안 전국에서 얼마나 많은 활동가와 시민이 힘을 모으고 싸웠는가. 그런데도 2007년보다 혐오와 차별은 더 커지고 조직화되고 있다. 종교의 이름으로 이웃의 삶을 비난하고 저주하는 것이 어떻게 가능한지 여전히 이해할 수 없고, 정치인들이 자신의 이익에 따라 혐오의 정치에 동조하는 걸 보면 숨이 턱턱 막힌다. 싸우는 일이 지겹고 힘들 때, 뜨겁게 요동치는 마음으로 희망차게, 기쁘게 썼던 저 글의 마지막 문장을 떠올려본다. 모두가 한마음이었던 2007년의 겨울을 떠올려본다. 싸우자는 말은 원래 예쁜 말이었다. 그래, 어쩌겠는가. 하는 수 없지. 끝까지 예쁘게 살아야겠다.

괜찮아요.
당신이 당신이어도

　누구든 내게 성소수자 인권운동의 의미가 뭐냐고 묻는다면 나는 '괜찮아요. 당신이 당신이어도'라는 메시지를 전하는 활동이라고 답할 것이다. 내가 동성애자라는 나의 정체성을 받아들이는 과정이 그러했다. 《버디》를 만든 이유도 사람들에게 이 말을 전해주고 싶어서였고, 《버디》를 읽은 독자들이 주변 사람들에게 이 말을 건네주어 점점 퍼져나가길 꿈꿨다.

　1990년대 말에 하이텔, 천리안, 나우누리, 유니텔까지 4개 통신사에 상담서비스를 제공하던 '아지타토'라는 회사가 있었다. 나는 이곳을 통해 들어오는 동성애, 양성애, 트랜스젠더 관련 질문들을 도맡아 3년 정도 상담을 했었다. 이때 정말 다양한 이들의 사연과 고민을 접할 수 있었고, 나로서도 세상이 어떻게 굴러

가는지를 많이 배우는 시간이었다.

사실 질문의 대부분은 "이런 제가 동성애자인가요?"였다. '저는 남들에 비해 월경주기가 불규칙한 편인데 그래서 제가 레즈비언이 된 걸까요', '어릴 때 옥상에서 놀다가 떨어져서 머리를 다친 적이 있는데 혹시 그때 뇌의 어느 부분이 잘못되어서 동성을 좋아하게 된 걸까요', '아버지가 술을 마시면 엄마를 때려서 어릴 때부터 아빠를 죽도록 싫어했고 아빠 같은 남자는 만나지 않으리라 결심했는데, 그래서 제가 여자를 좋아하게 된 걸까요' 같은 내용이었다. 나는 누군가를 사랑하게 된다는 것은 몸의 호르몬이나 뇌의 기능, 가족 관계와는 아무런 상관이 없고, 나쁜 원인이 있어야만 동성을 좋아하게 되는 건 아니라는 말을 수도 없이 되풀이해야 했다. 자신이 동성애자가 아닐까 하는 생각하게 되는 계기는 가슴이 설레는 사람이 생기고, 그 설렘이 한순간으로 끝나지 않고 시간이 흐를수록 부정할 바 없이 강렬해지기 때문이다. 사랑이 시작되는 순간은 삶이 참 반짝거리는 순간이기도 한데, 행복과 황홀감 대신 내가 어딘가 잘못된 것이 아닌가 하는 불안과 자책에 시달리는 건 너무 슬픈 일이다.

동성애에 대해 물어볼 곳이 없어서인지 불쑥《버디》사무실을 찾아와 상담을 청하는 경우도 많았다.《버디》를 창간하고 얼마 되지 않았을 때 누군가 사무실 문을 열고 들어왔다. 일단 무슨 일로 오셨냐고 인사를 했다. 20대 중반 정도로 보이는, 말랐지만 단단한 체형의 그분은 아무 말도 없이 수첩을 꺼내서 무언가 적기 시작했다. 여기가 동성애 잡지를 만드는 곳이 맞느냐고, 자신도 동성애자인 거 같은데 이렇게 살아도 되는지 모르겠다는 내용이 었다. 처음엔 서로 필담을 주고받았지만 그분이 소리는 잘 듣는 것 같아서 그분은 쓰고 나는 말로 대답하는 걸로 바뀌었다. 그러다가 알게 되었다. 이 분은 말을 못 하는 게 아니라 안 하는 거라는 걸. 목소리를 내면 상대가 자신이 여성임을 알게 되는 것을 무척이나 두려워했다. 사랑하는 사람이 있는데 동성과 사귄다는 느낌을 받으면 자신을 떠나갈까 봐 걱정했고, 그래서 섹스를 할 때도 옷을 벗지 않으신다고 했다. 목소리만 내지 않으면 남성으로 보이는 외모니까 보통의 이성애를 하는 것처럼 보일 거라고 기대하고 있었다. 그렇게 세상 모든 사람에게 자신의 목소리를 닫은 채 살고 계셨다. 나는 아니라고, 나를 보라고 했다. 내가 그분만큼이나 남자로 보이는 외모를 가졌다는 것이 상담에 큰 도움이 되는 순간이었다. 동성애는 동성끼리 사랑하는 거니까 서로 동성인 것이 당연하다고. 그게 자연스러운 거니까 여성임을 숨기지 않으셔도 된다고 말했다. 괜찮아요, 동성애를 해도. 같은 여성끼리 사랑을 해도. 그분은 그 후로 몇 번 더 사무실을 방문하셨고 나중엔 수첩 없이 대화를 나눌 수 있었다.

여성 동성애자가 자신의 몸 자체를 긍정할 수 없는 경우가 많았다면, 남성 동성애자는 자신을 이미 타락한 존재, 악의 씨앗처럼 여기는 경우가 흔했다. 평소에 발랄하게 잘 웃던 20대 게이는 내 손을 붙잡고 펑펑 울면서 말했다. 어머니가 어릴 때 자기를 버리고 집을 나갔다고, 엄마의 사랑을 받지 못하고 자란 것이 한이 되어서 자신은 여자와 사귀지 못하는 게이가 된 것 같다고. 엄마에 대한 그리움과 원망이 게이가 되었다는 자책과 섞여 있었다. 하지만, 그럴 리가 있겠는가. 이런 이유로 동성애자가 되는 거라면 이 세상엔 지금보다 훨씬 더 동성애자가 많아야 한다. 폭력적인 아버지 때문에 레즈비언이 되고, 냉정한 어머니 때문에 게이가 된다면 말이다. 우리는 비슷한 배경에서 자랐지만 이성애자로 살고 있는 많은 사람을 알고 있다. 이성애자들은 그 누구도 가정폭력이 없어서 이성애자가 되었다거나, 부모님이 안 계셨지만 이성애자가 되는 데 성공했다고 말하지 않는다. 하지만 동성애를 혐오하는 사회에선 동성애자는 어떻게든 찾아야 한다. 동성애자가 될 수밖에 없는 불가항력적인 이유를.

언젠가 사무실을 찾아온 40대 남성도 그랬다. 체격은 컸지만 공격성이라곤 조금도 찾을 수 없는 분이었다. 작은 목소리로 천천히 말을 꺼낸 그분은 자신의 어머니가 음란한 여자였고 자신도 그 음란함을 물려받아서 음란한 게이가 된 것 같다고 말했다. 나는 의아해서 어머니의 음란함이 무엇이냐고 물었다. 자기가 어릴 때부터 어머니가 브래지어를 하지 않았다고 대답했다. 나는 이 논리적 비약에 속으론 깜짝 놀랐지만 더 캐물을 필요는 없을 것 같았다. 중학교 다닐 때 교사가 여학생들이 브래지어를 했는지 검열하던 기억이 떠올랐기 때문이다. 정숙한 여자는 속옷을 갖춰 입는다는 규범이 강력했던 시기가 있었다. 그분은 자신이 아버지 없이 자랐고, 어릴 때 엄마가 외출하시면 엄마의 치마를 꺼내 입고 놀았다고 했다. 나는 엄마의 직업에 관심이 없었고 이분이 지금까지 어떻게 살아오셨는지가 더 궁금했다. 본인이 동성애자인 건 어떻게 아셨냐고 물었다. 같은 남성에게만 끌리고 사랑을 느낀다고 했다. 혹시 동성과 연애해보신 적이 있냐고 물었다. 한 번도 없다고 했다. 성 경험은 있는지 물으니 마찬가지로 없다고 했다. 이미 음란한 존재인데 여기서 더 음란해지면 너무 큰 죄를 짓는 것 같아서 금욕하며 살았다고 했다.

어릴 때부터 바르고 도덕적인 사람이 되고 싶었던 사람일수록 동성애에 대한 혐오와 편견이 강한 사회에서 더 큰 죄책감을 느낀다. 동성에게 사랑을 느끼지 않으려 노력하는데 그 감정이 사라지지 않으니 당황스럽다. 사랑이란 원래 예기치 않게 다가오고, 인과관계를 설명할 수 없는 일임에도 원인이 있을 것만 같다. 동성을 사랑하게 된 원인을 자신의 과거를 샅샅이 뒤져서 찾는다. 이때 부모와의 관계가 제일 유력한 용의선상에 오른다. 만약 부모가 날 낳기 전에, 혹은 날 낳은 뒤에 잘못을 저질러서 그 영향으로 내가 동성애자가 된 거라면? 이것이 사실 최선의 결론일지도 모른다. 내가 나쁜 아이라서 나쁜 짓을 하는 것이 아니라 환경 때문이니까, 부모 때문이니까 어쩔 수 없는 것이다. 내가 동성애자인 것은 부모의 양육 방식이나 잘못에 의한 것이니 이제 와 바꾸기는 어렵다. 숙명처럼 짊어지고 살아야 한다. 부모님과 자신을 운명 공동체로 엮으면 덜 외로울 수도 있고, 조금은 자기 연민을 가져도 될 것 같다. 나는 불쌍한 아이니까 지금보다 죄를 더 짓지만 않는다면 괜찮을 거라고 생각한다. 사무실을 방문한 분은 딱 이런 틀에 자신을 가두고 40년을 넘게 사신 분이었다. 그래서 반복해서 말해주어야 한다. 당신이 동성애자인 것은 부모님의 잘못 때문도 아니고 당신이 나빠서도 아니라고.

가끔 부모님을 너무 아끼고 존경하고 사랑해서 자신을 학대하는 경우도 있다. 사무실로 찾아온 20대 남성 동성애자는 멋진 사람을 보면 심장이 뛰는데, 동성에게 그런 마음을 가지면 부모님에게 죄를 짓는다는 생각에 설렘을 억누르기 위해 그때마다 속으로 애국가를 부르거나, 부모님의 사진을 보면서 자신을 꾸짖으며 참는다고 했다. 항상 윗옷 안주머니에 부모님 사진을 넣고 다닌다며 내게 보여줬다. 나는 부모님께선 자식이 행복하게 살길 바라시지 않겠냐고 물었다. 그런데 지금 이렇게 자신의 마음을 꾹꾹 누르며 사는 게 행복하시냐고 물었다. 자신도 행복해지고 싶다고 했다. 나는 그럼 본인도 원하고 부모님도 원하는 삶을 살자고 했다. 부모님 세대는 남녀는 반드시 결혼하고 가정을 꾸려야만 정상인 줄 알아서, 그래서 '연애해라, 결혼해라, 며느릿감 데려와라'라는 말로밖에 표현하지 못하시지만, 그런 말의 속뜻은 다 행복하게 살라고 것이니 이제부터 제발 본인의 행복을 찾으시라고 했다. 동성애자로 행복하게 잘 살 수 있다고. 그러니 괜찮다고.

상담해보면 안다. 내가 하는 이런 말들을, 이 답을 그분들도 모르고 있지 않다. 다만 그걸 자기 혼자 결정하고 선택하면 이기적이고 독단적인 사람이 되는 게 아닐까 싶어 망설이는 것뿐이다. 동성애도 이성애와 마찬가지로 정상이라는 연구 성과를 소개하고, 외국에선 성소수자의 인권도 평등하게 존중된다는 뉴스도 중요하지만 가장 필요한 '괜찮아요'라는 말이다. 살아오면서 주변의 단 한 명도 그 말을 해주지 않아서 정말 이렇게 살아도 되는지 늘 불안했을 뿐이다.

언젠가 '동성애를 해도 정말 괜찮은 거냐'는 중년 여성의 전화를 받은 적이 있다. 어느 남성 동성애자 커플이 작은 카페를 빌려 결혼식을 올렸다는 신문 기사를 봤다고 한다. 그 기사를 쓴 기자에게 연락해 그 커플의 연락처를 알려달라고 했더니 이 번호를 알려줬다는 것이다. 제가 당사자는 아니지만 관련하여 궁금하신 것이 있으시면 설명은 해드리겠다고 했다. 그분은 평생 동성애는 잘못되고 나쁜 일이라고 생각해서 꽁꽁 숨기고 살았는데 공개적으로 서로 사랑한다고 밝힌 사람들이 있다는 걸 알고 너무 큰 충격을 받았다며 물었다. "동성애가 정말 나쁜 게 아니에요?" 나는 장난 전화가 아닌지 의심이 들었다. 지금은 19세기도 20세기도 아닌 21세기이고 유명한 연예인의 커밍아웃으로 한국이 떠들썩했고, 동성애 관련 뉴스가 심심찮게 쏟아져 나오는 시대에 '제가 그 사람들처럼 동성애자일까요?'도 아니고 신문에 동성애자에 관한 기사가 났다고 신기해서 건 전화라니! 하지만 대화를 이어가 보니 전화를 거신 분은 홍석천도 하리수도 모르는 듯했다.

지금 자신은 깊은 산골에 살아서 세상 소식을 거의 접하지 못하는데, 우연히 읍내에 나왔다가 그 신문 기사를 보게 되었다고 했다. 어릴 때 다른 사람과 달리 동성 친구에게 끌리는 자신을 너무 더러운 존재로 여겼다고 한다. 태어난 곳은 산과 강이 아름답기로 유명한 충청도 단양인데 자신이 청정한 고향을 더럽히는 것같아서 죽으려고도 몇 번 시도했으나 차마 죽진 못해서, 대신 깊은 산골에 들어가서 혼자 살고 있다고 했다. 그분은 수화기 너머 떨리는 목소리로 다시 물었다. "정말 동성애가 나쁜 게 아닌 건가요? 그럼 제가 고향을 더럽히거나 그러지 않는 거죠?" 괜찮다고, 나쁜 게 아니라고, 몇 번이나 나의 대답을 들으신 다음에야 조금 안심이 된다는 듯 고맙다는 말을 남기고 전화를 끊었다.

아름다운 자연을 망칠까 봐 스스로 유폐된 삶을 살다니! 나는 그분이 지난 시간 홀로 감당했을 삶의 무게를 가늠할 수 없었다. "당신이 당신 자신이어도 괜찮다. 그 누구여도 괜찮다"라는 말 한마디를 들어보지 못해 작은 숨구멍까지 닫아버린 이들이 어딘가 또 있지 않을까. 성소수자의 삶이 아름다움이나 순수함과 대치되는 양 묘사하는 혐오는 이토록 슬프고 잔인하다. 함께 살아갈 수 없는 존재로 만들어 세상에서 내치고 지워버린다. 이 지우개질에 맞서는 일이 성소수자 인권운동이다.

하지만 내 곁의 사람을 위해 진심을 다해 한마디 말을 건네는 일은 꼭 거창하게 인권활동가라는 타이틀을 달지 않아도 누구나 할 수 있다. 그러니 말하자. 한번 크게 말해보자.

괜찮아요, 동성애자여도. 괜찮아요, 양성애자여도. 괜찮아요, 트랜스젠더여도. 괜찮아요, 무성애자여도. 괜찮아요, 논바이너리여도. 괜찮아요, 당신이 그 무엇이어도 괜찮아요. 당신은 당신의 삶을 살아요. 그래도 괜찮아요.

3부

전환해야 하는 건 당신입니다

동성애자도
실연하면 슬픈가요?

1998년부터 사람들 앞에서 강의란 걸 하기 시작했다. 대부분 '동성애 바로 알기'와 같은 주제였다. 내가 커밍아웃을 하면 동성애자를 실제로 보는 건 난생처음이라고 말하는 분들도 많았다. 한번은 이런 일이 있었다. 교사 대상 강의였는데 분위기는 시종일관 진지하고 좋았다. 질의응답 시간이 되자 맨 앞줄에 앉아 계시던 선생님께서 못내 궁금한 얼굴로 손을 들었다.

"그럼, 강사님은 여자로서 화장도 하고 그런 생각은, 음… 그러고 싶다는 생각은 없으세요?"

"네? 아, 어릴 때부터 화장엔 관심이 없었어요. 커서 주변 사람들이 화장하라고 하니까 시도해본 적이 있긴 한데 얼굴이 너무 갑갑하게 느껴지고 불편해서 안 해요."

선생님의 질문은 여자라면 당연히 예뻐 보이고 싶은 마음이 있을 것이고, 예뻐 보이려면 화장을 해야 할 것이니 네가 여자라면 아무리 레즈비언이라도 화장은 하고 싶을 거 아니냐는 삼단논법에 따른 것이었다. 이런 질문을 받으면 두 가지 지점을 다 설명해야 한다. 성별과 상관없이 화장은 하고 싶으면 하고 안 하고 싶으면 안 하는 기호일 뿐이며, 내가 화장을 안 하는 것이 레즈비언이어서는 아님을.

"다른 여성이 화장을 하지 않으면 좋은 말로 참 수수하다고도 하는데, 제가 화장을 안 하면 남자가 되고 싶은 레즈비언이라고 생각해요. 화장을 안 하는 건 제가 레즈비언인 거랑은 상관없어요."

답을 잘했다고 생각했지만 애석하게도 그 선생님의 궁금증은 끝나지 않았다.

"그럼 여자로서 아이를 낳고 싶지 않으세요? 사랑하는 사람의 아이…."

"글쎄요. 사랑하는 그 한 사람으로도 충분해서. 그런데 이성애자라고 모두 아이를 낳고 싶어 하는 건 아니잖아요?"

이렇게 말하면 반드시 있다. 격렬하게 호응하시는 분들이.

"맞아. 맞아. 얼떨결에 생겨서 할 수 없이 낳기도 해."

강의실 곳곳에서 동조의 웃음이 터진다. 사랑하는 사람을 닮은 아이를 낳고 싶은 마음도 사랑의 표현 방식 중 하나겠지만, 나는 사랑하는 사람에게 사랑을 표현하는 것으로도 충분하다고 답했다. 이쯤 되면 물러설 법도 하건만, 그 선생님은 기어이 세 번째 질문까지 던지셨다.

"강사님도 애인과 헤어지신 다음에 가슴이 막 찢어지게 아프고, 그러니까 동성애자도 실연하면 힘들고 그런가요?"

유례가 없을 정도로 참신한 질문이었다. 입이 딱 벌어지려고 해서 입 모양에 신경 쓰며 답했다.

"당연하죠. 동성애도 사랑이니까요. 실연이란 사랑을 잃었다는 의미인데 사랑을 잃으면 누구나 아프고 힘들죠."

동성애를 사랑이 아니라 우정이라고 생각하셨던 듯하다. (우정이라도 해도 친구와 헤어지면 엄청 슬픔에도 불구하고) 이해를 돕기 위해 설명을 이어갈 수밖에.

"동성애는 우정을 사랑으로 착각한 게 아닌가 생각하시는 분들이 많으신데, 제가 정말 정확하게 말씀드릴게요. 동성 친구에게 느끼는 감정을 두고 사랑과 우정을 헷갈리는 건 오히려 이성애자들이에요. 생각해보세요. 선생님들은 이성애자라서, 지나가는 남자들이 다 좋으세요?"

모두 고개를 격하게 좌우로 흔드신다.

"아니죠? 이성에게 끌리는 이성애자도 구분은 되잖아요. 사귀고 싶은 남자, 그냥 직장 동료로 좋은 남자, 전혀 안 끌리는 남자. 똑같아요. 동성애자는 동성을 사랑할 수 있는 사람이니까 내가 느끼는 감정이 사랑인지 우정인지 잘 구분돼요."

　사실 이성애자든 동성애자든 무슨 상관이 있겠는가. 사랑과 우정의 구분이 딱 부러지게 나야만 하는 것도 아니지만, 일단 동성애자가 이성애자와 같은 감성과 판단력, 지성을 가졌다고 생각하지 못하는 경우가 많으니 이렇게라도 설명할 수밖에. 동성애든 이성애든 사랑 '애(愛)'라는 공통점이 있음에도 자꾸 방점을 '동성'에만 찍는다. 어느 대학의 특강에서는 한 남학생이 손을 들어 이런 질문을 한 적이 있다.

　"강사님은 만약에 집에 불이 나면 어머니와 아버지 중에 누굴 먼저 구하실 겁니까?"

　이 질문의 의도는 어릴 때 어른들이 장난 삼아 물어보는 엄마와 아빠 중에 누가 더 좋냐는 질문과는 차원이 다르다. 하다못해 "애인과 부모님이 물에 빠졌는데 구명조끼가 하나밖에 없다면 누굴 구하겠습니까?" 류의 애정 테스트도 아니다. 여자를 좋아하는 레즈비언인 내가 여자인 엄마를 먼저 구할지 남자인 아빠를 먼저 구할지가 궁금해서 던진 질문이었다. 나는 집에 불이 안 나길 바라는 마음이 제일 크지만, 불행히도 불이 났고 내가 누군가를 구할 수 있는 상황이라면 일단 두 분을 다 구하려 할 것이고, 한 사람씩 구할 수밖에 없는 상황이라면 구조할 수 있는 우선순위로 판단할 것이라는 지극히 상식적인 말을 대단한 이야기인 양 답변했다. 하긴 또 다른 대학에선 "레즈비언은 엄마랑 사귈 수 있나요?"라는 질문이 나온 적도 있다. 이 질문도 역시 남학생이 했었다. 내가 달리 뭐라고 할 수 있겠는가.

"제가 만약 '이성애자 남성은 엄마랑 사귈 수 있나요?'라고 질문한다고 생각해보세요. 괜찮으시겠어요? 동성애에 대해 궁금하시면 묻기 전에 한번 이렇게 해보세요. 동성애가 들어가는 자리에 이성애를 넣어보는 거죠. 그러면 묻지 않아도 대부분 스스로 답을 찾으실 수 있을 거예요."

그래도 지금까지 나간 강의에서 받은 전혀 예상치 못한 질문을 하나 꼽으라고 하면 이것이다. 맨 앞줄에 앉아 강의 시간 내내 정말 열심히 경청하던 여학생이 간결한 질문을 툭 던졌다.

"강사님. 애인 있으세요?"

내가 뭐라고 답했는지는 기억나지 않는다.

불편과 불행을
구분해주세요

성소수자에 관한 강의 때 많이 받는 질문 중 하나는 '어쩌다 동성애자가 되었나요? 다시 변할 수는 없나요?'와 같은 것이다. 나는 답을 하는 대신 종종 질문을 던져본다. "누군가 선생님에게 와서 동성애자로 살면 1억을 주겠다고 제안하면 동성애자로 사실 생각 있으세요?" 대부분 바로 단호하게 아니라고 답한다. "그럼 10억은요?" 잠시 동공이 흔들리지만 이내 고개를 젓는다. "그럼 100억이라면요?" 이쯤 되면 여기저기서 웃음이 터진다. "어휴, 그 정도면 얼마든지 바꿀 수 있죠." 강의실 분위기는 100억 원이 생긴다는 즐거운 상상 덕분에 한결 부드러워진다.

이미 수강생들에게 동성애자라고 커밍아웃한 나는 이어서 말한다. "그런데요. 저는 100억을 준다고 해도 이성애자인 척하며 사는 걸 택하진 않을 거예요."

내가 돈 욕심이 없어서가 아니다. 이미 진지하게 해본 상상이기 때문이다. 내가 동성애자임을 받아들인 순간은 동시에 동성애자이고 싶지 않다고 생각한 순간이기도 했다. 사람들에게 손가락질받을까 겁이 났다. 그렇다고 평생 나 자신을 속이고 살 자신도 없었다. 나의 성적 지향 때문에 내가 무엇을 포기하고 살아야 할지, 인생의 무엇이 바뀌게 될지 수천수만 번 계산했다. 마침내 내가 솔직하게 나 자신으로 사는 것은 그 어떤 가치와도 바꿀 수 없다는 결론에 도달했을 때 동성애자임을 긍정할 수 있었다.

내가 이런 고백을 하면 다른 분들도 진지해져서 새로운 답을 내놓는다. 아무리 100억 원이 생긴다 해도 거짓말하면서 살면 행복하진 않을 거 같다는 분도, 더 구체적인 조건을 물어보는 분도 있다. "그러면 동성애자는 아니지만 동성애자인 척만 하고 살아도 100억을 준다는 건가요? 그런데 누구에게 동성애자로 보이면 되나요? 속으론 좋아하는 이성이 있는 건 괜찮나요?" 옆에서 다른 분이 거드신다. "그냥 살아. 사랑하는 사람과도 못 살면서 100억이 뭔 소용이야." 그러면 또 다른 분이 나선다. "아휴. 사랑이 밥 먹여주나. 그냥 돈이 나아." 강의실이 갑자기 왁자지껄해진다.

자, 이제 우리는 진지하게 인간의 '성적 지향'에 관해 대화할 수 있다. 누군가에게 어쩌다 동성애자가 됐는지 묻고 싶다면 그전에 나는 어쩌다 이성애자가 됐는지부터 자문자답해야 한다는 것을 깨달았을 것이다. 성적 지향의 가치가 100억 원이 넘을 수도 있다는 것도 파악했으니 동성애가 어린 시절의 실수로 빠지게 된 늪이 아니라 삶의 길고 긴 맥락 안에 있는 사랑임도 아셨으리라.

물론 여전히 순수한 측은지심으로 이렇게 말하는 분도 있다. "동성애자로 사는 건 힘들 텐데 그냥 이성애자인 척하고 살면 안 되나요? 이성애자들도 사실 꼭 사랑하는 사람과 사는 게 아니라 그냥 결혼하고, 애 낳고, 가정 꾸리고 살다 보니 정들어서 사는 거 거든요." 나 역시 동의한다. 적당히 조건을 맞춰 결혼하고 징글징 글하더라도 정 때문에 한집에서 사는 건 동성애자들도 잘할 수 있 다. 반드시 이성애자가 돼야 할 수 있는 일이 아니다. 그러니 우선 동성 결혼부터 가능하게 하자. 이성애자인 척하고 살라고 하지 말 고 그냥 동성애자인 채로 결혼할 수 있게 해주면 된다.

동성애자든 트랜스젠더든 성소수자의 삶은 불행할 수밖에 없다고 전제하거나 그렇다는 확신에 찬 분들을 만날 때면 나는 말 한다. "불행한 게 아니라 불편한 거예요."

불행하다고 지적하면 그 책임은 온전히 당사자에게 있는 것 같지만 불편함에 주목하면 달라진다. 만약 어떤 건물에 계단만 있 어 휠체어가 들어갈 수 없다면 이건 불편한 일이다. 휠체어 탄 사 람의 잘못이 아니라 휠체어도 다닐 수 없게 만든 설계자들 잘못이 다. 이런 현실을 두고 장애인의 삶은 불행하다고 말한다면 책임회 피일 뿐이다.

불행은 어떤 이들의 삶을 끊임없이 불편하게 만드는 이들이 아무런 책임도 지지 않으려고 내세우는 방패다. 불편과 불행은 다르다. 불편은 변화와 개선으로 줄여나갈 수 있다. 이 말은 우리가 다른 사람을 더 편안하게, 더 행복하게 만들 수도 있다는 의미다. 불편과 불행을 구분한다면 말이다. 불편과 불행을 구분하자.

동성애를 인정하면
수간도 인정될까
걱정하는 이들을 위해

"동성애를 인정하면 근친상간과 소아성애, 수간을 하는 사람들도 자신을 인정해달라고 할 텐데 그 문제에 대해서 어떻게 생각하십니까?"

강연을 다니다 보면 워낙 자주 받는 질문이라 답변도 몇 가지 버전으로 준비해놓는다. 가장 짧은 버전은 혹시 근친상간이나 소아성애, 수간이라는 단어를 들었을 때 떠오르는 장면이 있지 않냐고 확인한 다음 양쪽의 성별이 다르지 않냐고 물어본다. 지금까지 단 한 번도 아니라는 답을 들은 적은 없다. 이제 다음 이야길 붙이면 된다.

"그럼 이성애를 인정하지 않아야 근친상간, 소아성애, 수간을 막을 수 있는 거 아닌가요? 이성 간에 벌어지는 일인데 이게 동성애랑 무슨 상관이 있죠?"

그러면 할 말을 잃은 표정을 짓는데 이렇게 끝내면 안 된다. 설명을 덧붙여야 한다. 이걸 허용하면 저것도, 그것도 다 허용해야만 해서 연쇄적으로 모든 것이 허용될 것처럼 호도하는 것을 논리학에서는 '미끄러운 경사길의 오류'라 한다고.

"이런 논리대로 따지자면 애당초 지금 동성애는 그 앞에 무얼 인정했기 때문에 벌어진 일인지 생각해야 하지 않을까요? 혹시 이성애를 인정하는 바람에 동성애도 인정해달라고 요구하게 된 게 아닐까요? 이성애를 금지하면 동성애를 막을 수 있지 않을까요?"

편견의 작동 방식은 이런 것이다. 이성애는 처음부터 쏙 빼고 시작하기! 그래서 함정에 빠지지 않으려면 항상 무엇을 전제했는지부터 살펴야 한다. 만약 조금 더 설명할 시간이 있다면 근친상간과 근친강간의 구별도 다룬다. 근친상간은 문화적 금기이고 근친강간은 형법상 성범죄다. 한국은 오랫동안 근친강간, 특히 아버지가 딸에게 저지르는 성폭력은 세상 밖으로 드러나지 않았다. '아버지가 딸에게 성욕을 가질 리가 있겠어?', '딸이니까 이뻐해준 거겠지?', '아무리 아빠가 좀 그랬다고 해도 딸이 아빠를 고발하다니 그게 말이 돼?' 같은 반응 때문에, 혹은 가족의 치부가 드러나는 것을 원치 않았던 다른 가족 구성원들 때문에 피해자는 자신의 피해 사실을 고발할 수 없었다. 하지만 이젠 시대가 바뀌었다. 가족이든 연인이든 낯선 사이든 상관없이 상대를 존중하지 않고 동의 없이 성적인 행위를 하는 것을 성폭력이라고 한다. 핵심은 평등한 관계에서 상대를 존중하며 동의를 바탕으로 했는가 아닌가이다.

"이렇게 본다면 수간은 단순히 동물과 사람 사이의 성관계를 의미하는 것이 아니라 명백한 폭력이죠. 우리가 동물과 평등한 입장에서 원활하게 의사소통하면서 합의를 할 수 없잖아요. 만약 정말 동물을 사랑한다면 더 좋은 사료와 맛있는 간식을 주거나 산책을 자주 하거나 동물이 기뻐하는 일을 많이 해주려 하겠죠. 상대가 원하는 걸 해주는 게 사랑이니까. '안녕 강아지야. 나는 너를 정말 사랑한다. 나랑 섹스할래?'라고 묻고 강아지가 '멍멍멍' 짖었다고 이걸 합의라고 할 수는 없어요. 인간이 의미하는 '섹스'를 강아지가 똑같은 의미로 이해하지 않을 테니까요. 수간은 법적으로 동물학대에 속합니다. 소아성애도 마찬가지예요. 아동을 좋아하는 것 자체는 문제가 아니겠지만, 아동을 속이거나 겁을 주고 구슬려서 성행위를 하는 건 폭력입니다. 우리의 판단 기준이 이러한데, 동성애자의 인권을 존중한다고 해서 왜 갑자기 온갖 폭력이 법적으로 허용되겠어요. 그렇지 않나요?"

이와 비슷하지만 꽤나 신선했던(?) 질문으로 이런 것도 있었다. 어느 대학교에 특강을 갔을 때였는데, 수업 내내 삐딱한 표정을 짓고 있던 학생이 질의응답 시간이 되자 손을 번쩍 들었다.

"강의 잘 들었습니다. 강의 중에 선생님은 인식의 전환이 필요하다고 하셨는데 그렇다면 지금 강간은 허용되지 않지만 왜, 강간도 일종의 본능이라고 하지 않습니까. 강간에 대해서도 사회가 인식의 전환을 해서 강간을 허용해야 한다고 주장한다면 어떻게 될까요? 그리고 동성애를 허용해서 모든 인간이 동성애를 하게 되면 종족 번식이 안 될 텐데 이런 일들이 사회에 정말 좋은 영향을 준다고 생각하십니까?"

오랫동안 강의를 했지만 동성애를 강간과 비교하는 질문은 너무 놀라워서 하마터면 "진심입니까?"라고 되물을 뻔했다. 하지만 친절하게 답해야 한다고 마음을 다잡으며 입을 열었다.

"네. 그렇게 생각하실 수도 있겠네요. 맞습니다. 강간에 대한 인식의 전환, 필요합니다. 사실 강간에 대한 인식의 전환은 벌써 일어나고 있죠. 예전에 청바지는 상대의 동의 없이는 쉽게 벗길 수 없는 옷이라는 이유로 판사가 피해 여성이 입은 청바지를 근거로 강간이 아니라는 판결을 내린 적도 있지만 이젠 피해자의 옷차림이 아니라 동의가 더 중요하다는 변화가 일어나고 있죠."

강간이 본능이라는 주장은 가해자들이 자신의 행동이 합리화할 때 주로 등장하는 변명임을 분명히 한 뒤 덧붙였다. 동성애에 대한 인식 전환이 필요하다고 말한 건 동성애를 선천적인 거라고 인식하라는 의미가 아니라 친구로, 이웃으로, 직장 동료로, 가족으로 잘 지내다가도 동성애자라는 걸 알면 갑자기 싫어하고 역겨워하는 바로 그 태도, 선입견, 편견, 미움 등을 이해와 사랑으로 전환하자는 의미라고. 그런 다음에 질문자에게 다시 물었다.

"모든 사람이 동성애자가 되는 일이 정말 가능할까요? 불가능하죠. 그런데 절대 일어날 수 없는 불가능한 전제를 근거로 삼아 동성애는 위험하다고 주장하는 건 이상한 논리 아닐까요?"

질문자는 설사 그렇다고 해도 한번 상상해볼 수는 있지 않느냐고 내게 항변했다. 마음 같아서는 당신의 그 한가한 상상게임 때문에 현실의 동성애자들이 억압받고 살 수는 없지 않냐고 소리치고 싶었지만 참았다. 대신 다시 물었다.

"혹시 본인은 동성애를 할 생각이 있으시거나 동성애자가 될 가능성이 있다고 생각하시나요?"

그러자 자신은 절대 동성애를 할 생각이 없다고 단호하게 말했다.

"다른 이성애자들도 마찬가지 아닐까요? 그런데 왜 다른 이성애자들은 동성애에 쉽게 빠질 거라고 의심하세요? 주변 이성애자들을 믿으세요. 동성애자가 차별받지 않으니까 나도 이제 동성애나 해볼까 하는 줏대 없는 이성애자들은 없을 거라고 말이죠."

가끔 다른 강의에서는 이와 비슷한 질문에 농담 삼아 이성애자들을 격려하기도 한다.

"이성애자분들, 자신감을 가지세요. 괜찮을 거예요. 동성애자가 나오는 드라마를 봐서, 친구가 동성애자라고 말해서 갑자기 동성애자로 변하는 일은 생기지 않을 거예요. 저도 이성애자들이 이렇게나 많고 강력하게 이성애를 권하는 사회에서 사는데도 이성애자로 변하지 않고 동성애자로 잘 살고 있거든요. 이성애자도 흔들리지 않고 이성애를 잘할 수 있을 거예요. 파이팅!"

아, 생각나는 강의가 또 있다. 가톨릭대학교에서 했던 특강이었는데 마지막으로 질문을 받겠다고 하자 한 학생이 손을 들었다. 그는 창조질서를 언급하며 동성애자끼리는 아이를 못 낳는데 이에 대해 어찌 생각하냐고 물었다. 질문 자체는 자주 나오던 주제지만 너무 조심스럽고 정중한 어조였던지라 나도 경건하게 답을 해야 할 것만 같았다.

"음. 맞아요. 저는 신께서 그래서… 이성애자도 함께 만드셨다고 생각해요."

전부터 생각해온 말이 아니라 나도 모르게 툭 튀어나온 말이었다. 가톨릭대학교 학생들이 어떻게 받아들일지 몰라 속으로 아차 싶었는데 감사하게도 학생들이 박수를 치며 동의를 표했다. 이심전심의 순간이었다.

이성애자를
정중히 사양할까요?

고용노동부에서 운영하는 구직구인 사이트에 게임 개발을 담당할 직원을 구하는 글 하나가 올라왔다. 서울에 위치한 작은 게임 회사라고 한다. 낙천적인 성격의 소유자, 솔직하고 털털한 분을 우대한다는 말과 함께 '동성애자는 정중히 사양합니다'라는 문구가 있었다. '사무실에 여직원이 없습니다'라는 말도 덧붙였다. 뜬금없다. 남자만 있는 사무실이니 동성애자가 있으면 안 된다는 뜻일까. 속내가 무엇인진 몰라도 한 가지는 확실하다. 이성애자와 달리 동성애자는 이력서조차 내지 못하게 하려는 것이니 명백한 차별이다. 아무리 정중하게 말해도 달라지지 않을 결과다.

사람을 척 보고 동성애자인지 이성애자인지 가려낼 방법은 없다. 지금 사귀는 사람이 있는지, 과거엔 누구를 사귀었는지, 앞으로 어떤 연애를 할 계획인지 등 사생활을 꼼꼼히 캐내야만 알 수 있다. 그런데 이걸 면접 때 물어볼 수도 없을 터. 아마 그래서 채용 공고에 명시했을 것이다. 바로 구별할 수 있다면 면접 때 거르겠지만 그럴 수가 없으니 아예 지원도 하지 말라는 거다.

이와 비슷한 일은 또 있었다. 2019년 4월, 대구구치소에 동성애자로 밝혀진 50대 수용자가 입소했다. 대구구치소는 그를 바로 독방에 배치했으나 수용자는 여러 사람이 함께 지내는 혼거실을 원했다. 그러나 대구구치소는 "동성애자이기 때문에 안 된다"라며 거부했다. '형의 집행 및 수용자의 처우에 관한 법률'에 따르면 원래 모든 수용자는 독거가 원칙이다. 대구구치소는 이런 원칙을 적용했을 뿐이라고 변명할 수 있지만, 역시 그 법에 따르면 수용자의 생명 보호나 정서적 안정을 위해 필요할 시 혼거를 허용하고 있다. 수용자는 자살을 두 차례나 시도할 만큼 독거를 힘들어 했다. 그럼에도 대구구치소는 그를 혼거실로 보내는 대신 자해와 자살 시도를 감시할 수 있도록 CCTV가 달린 독방으로 옮겼다. 동성애자와 이성애자는 절대 한 공간에 있으면 안 된다는 규칙이라도 있는 것일까. 아니나 다를까 구치소장은 대구 지역 인권단체들과의 면담에서 '혼거를 했다가 성적 사건을 일으키면 더 큰 문제가 된다'며 뜻을 굽히지 않았다. 자신이 몰랐으면 모를까, 이미 동성애자인 걸 '아는데' 혼거하게 할 수는 없다는 것이다.

구치소장의 이 발언은 의미심장하다. 구치소에 자기가 모르는 동성애자가 있다는 현실을 인정하면서 동시에 자기 눈에 띄는 한 가만히 있지 않겠다고 한다. 사건 사고를 미리 예방하는 것이 구치소장의 책임이니까. 그런데 이상하지 않은가. 구치소장의 우려대로 동성애자가 '성적 사건'을 일으킬 위험이 높다면 우리보다 앞선 시스템을 갖춘 외국의 교도소엔 동성애자가 입소할 때부터 구분하는 제도가 마련되어 있지 않을까. 하지만 그런 교도소가 있다는 이야길 들은 적은 없다. 만약 입소 전에 '동성 간 성행위'를 한 적이 있으므로 구치소에서도 같은 일을 할 수 있다는 이유로 독거를 해야 한다면, 살인이나 폭행을 저질러 입소한 이들이 혼거하는 것은 어떻게 허용되는가. 동성애에 대한 편견이 작동하지 않고서야 일어날 수 없는 명백한 차별이다. 게임 회사 사장도, 구치소장도 동성애자에게 '내 앞에서만 존재를 드러내지 마라, 그러면 아무 일도 벌어지지 않을 것이다'라고 주문만 외우는 셈이다.

　이런 상상을 해본다. 동성애자 단체에서 '이성애자는 정중히 사양합니다'라는 공지를 내면 어떨까. 부질없다. 이미 여러 성소수자 단체에서 이성애자 활동가들이 함께 일하고 있으니까. 동성애자들은 이성애자와 함께 일하는 것을 어려워하지 않는다. 정체성의 동일함에 의지하는 것이 아니라 서로 공유하고 있는 '모두를 위한 자유와 평등'을 향한 신념에 의지하기 때문이다. 우리는 차별주의자를 사양한다. 혐오와 편견이 우리 안에서 활개 치는 것을 사양한다. 나와 다른 사람을 미워하는 것이 아니라 그 차이를 흥미롭게 지켜보고 어울림을 찾아가는 너른 공동체를 원한다. 사람을 사람으로서 귀하게 여긴다면 누구나 이리 할 것이다. 이성애자들도 그러하길 바랄 뿐이다.

탈이성애자협회가
없는 이유

탈동성애. 동성애에서 벗어난다는 의미다. 퀴어퍼레이드를 할 때면 '돌아오라'라고 쓰인 피켓이 종종 보인다. 고향을 떠나온 이에게, 집을 나간 이에게 말하듯이. 지금 네가 있는 곳이 아무리 좋아 보여도 허상이고 거짓이니 탈출해서 원래의 장소로 돌아오라고 한다. 그런데 이상하다. 이성애를 해본 적 없는 동성애자가 탈동성애를 한다고 해서 어찌 저절로 이성애자가 된단 말인가. 게다가 사람들이 고향을 그리워하고, 나이가 들면 돌아가고 싶어 하는 건 그곳에서의 좋은 추억이 있기 때문이다. 그런데 동성애자들은 너무나 큰 고통을 겪다가 어렵사리 '이성애 중심적인 세상'에서 탈출한 사람들인데, 어찌 그곳을 아름답게 꾸며놓지도 않고 무작정 돌아오라고만 하는 것인지 알 수가 없다.

미국에선 1976년부터 탈동성애 사역을 했던 '엑소더스인터 내셔널Exodus International'이 사실은 탈동성애 성공 사례가 실제론 없으며 인권 침해만 했을 뿐이라는 사과문을 2013년에 발표하고 자진 해산한 바 있다. 그럼에도 같은 해 한국에선 오히려 탈동성 애 운동에 집중하는 '홀리라이프'란 단체가 설립되었다. 그들은 탈동성애 운동이 알코올 중독을 치료하듯 동성애라는 '성중독' 을 치료해주는 것이니 동성애자를 위한 진정한 인권운동이라고 주장한다. 치료라는 단어를 쓰니 꽤 전문성 있는 의학적 접근 같 지만 내용을 들여다보면 오직 복음, 성령, 성경으로만 치료할 수 있다고 한다. 특정 종교의 입장을 강요하는 것뿐이다. 이미 세계 적으로 쇠락하고 있는 탈동성애 운동이 한국에서 크게 목소리를 내는 건, 개신교가 소수자를 배척한다는 부정적인 이미지가 강해 지는 것을 피하기 위한 전략이다. 탈동성애 운동가들은 동성애자 를 단죄하고 내치고 돌을 던지라는 입장과 달리 죄인인 동성애자 도 포용하는 대범한 면모를 보인다는 점에서 자신들이 진정한 종 교인에 더 가깝다고 생각한다.

탈동성애라는 말은 탈북민이라는 말과 비슷한 문제가 있다. 누군가를 탈북민이라고 부르면 그 사람이 북한에서 탈출했다는 과거의 사실만 강조할 뿐, 지금 여기에서 우리와 함께 살아가는 사람이란 사실은 감춘다. 북한의 문제점을 드러낼 땐 전문가처럼 모시지만, 일상생활에서 원래부터 남한 사람이 아니었다는 점이 부각된다. 남한에서 산 지 10년, 20년이 지나도 여전히 탈북민이다. 탈동성애자도 마찬가지다. 탈동성애를 해서 이성애자가 되었다면 그냥 이성애자라고 하면 되는데 탈동성애자라고 말한다. 동성애가 있어야 탈동성애도 가능하고, 탈동성애가 가능해야 종교의 효용성도 증명된다. 어쩌면 진심으론 동성애자가 없어지길 바라지 않을 것이다. 동성애자가 있기에 돈도 벌고, 자신의 역할도 인정받을 테니까. 성소수자에 대한 혐오는 바로 이들의 이익을 위해 점점 강화된다.

2009년 영국 런던에서는 이런 일이 있었다. 런던의 명물로 불리는 이층 버스들이 "어떤 사람은 동성애자입니다. 받아들이세요!Some people are gay. Get over it!"라는 광고를 붙이고 런던 시내를 누볐다. 영국의 성소수자 인권단체 '스톤월Stonewall'이 낸 광고였다. 그러자 곧 기독교 단체인 '코어 이슈스 트러스트Core Issues Trust'에서 이에 대응하는 광고 문구를 만들었다. "과거엔 게이였지만 지금은 아니고, 그래서 자랑스러워요. 받아들이세요!Not Gay! Ex-Gay, Post-Gay and Proud. Get over it!" 똑같이 이층 버스에 광고를 게재하려 했으나 런던교통국에서 허가하지 않았다. 2012년 5월에는 영국심리상담협회가 동성애 전환치료를 하는 레슬리 필킹턴이라는 심리상담사의 자격을 정지한다고 발표했다. 협회는 필킹턴의 상담이 '무례하고 무모하며 독단적이고 비전문적'이었다며 '과실'이 있다고 판단했다. 이런 사건들만 보면 차별금지법이 만들어진 영국에서는 기독교인이 자신의 신념대로 상담할 자유와 권리는 없다는 생각이 들 수 있다. 탈동성애를 권하는 것이 그렇게 나쁘냐고.

역사적으로 보자면, 1952년 미국정신의학회가 《정신질환 진단 및 통계 편람Diagnostic and Statistical Manual of Mental Disorders》(이하 《DSM》으로 약칭)을 처음 만들었을 무렵엔 동성애가 정신질환의 하나였다. 그러나 이어지는 연구들로 동성애를 정신질환으로 볼 근거가 없음이 밝혀지고, 1973년, 마침내 정신질환 목록에서 삭제된다.

물론 여전히 의심 많은 학자들의 주장으로 《DSM-Ⅱ》에서 '성적 지향 장애sexual orientation disturbance'라는 새로운 병명이 들어갔다가 1980년에 나온 《DSM-Ⅲ》부터는 '자아이질적 동성애ego-dystonic homosexuality'로 바뀐다. '자아이질적 동성애'란 쉽게 말해 자신이 동성애자임을 받아들이지 못해서 괴로운 상태를 뜻한다. 학자들은 '자아동질적 동성애'는 치료할 필요가 없으나 자아이질적 동성애의 경우는 이질적인 상태로 환자가 고통을 호소하고 있으니 치료해야 한다는 궤변으로 이 병명만 남겨두었다. 그러나 이마저도 1994년에 《DSM-Ⅳ》 개정판에서 삭제되었다. 이로써 동성애와 관련된 모든 항목은 정신질환 목록에서 사라졌다.

그럼 왜 '자아이질적 동성애'도 삭제하기로 결정했을까? 정신의학자들이 깨달았기 때문이다. 자아이질적 동성애라는 진단을 받을 만한 상태가 되는 이유가 동성애 때문이 아니라 동성애를 차별하고 억압하는 사회 때문임을, 바꿔야 하는 것은 사회이지 동성애자가 아님을 말이다. 어떤 동성애자가 우울을 느낄 때 그 원인이 '동성애자이기 때문'이며 이를 극복하기 위해 '동성애를 하지 않으면 된다'고 처방하는 것은, 마치 일제강점기의 한국인이 겪는 우울증을 일본인으로 위장하면 낫는다고 하는 것과 같다.

코어 이슈스 트러스트의 광고 문구에는 바로 이런 문제가 있었다. 동성애자는 정신질환을 앓는 불행한 존재이고, 탈동성애를 하면 행복해진다는 관점이 전제되어 있는 것이다. 그래서 런던 시장은 이 광고가 인격 모독적인 광고라고 비판했고 런던교통국은 포용적이지 않은 광고라고 거부했다. 상담사 자격증을 박탈당한 필킹턴도 마찬가지다. 그는 동성애자가 되는 세 가지 이유를 낮은 자존감, 성적 학대, 동성애를 일으킬 만한 가족사라고 규정했다. 성적지향 전환치료의 문제점은 동성애를 나쁜 요인에 의한 나쁜 결과로서 나타난 것이라고 규정해서 내담자로 하여금 죄책감만 키우게 한다는 것이다. 어릴 때 성적 학대가 없었고 가족들과 사이가 좋았다면 이를 증명하기 위해서라도 동성애자면 안 될 것 같은 심리적 압박을 느끼게 된다. 이 치료를 그만 받으려면 '전 이제 이성애자가 되었어요!'라고 말하고 이성과 데이트를 하면 된다. 그러면 병이 나았다고 주변에서 기뻐하고 칭찬해주고 사랑스럽다고 말해준다. 주변에서 원하는 사람이 되니 사랑과 지지를 받을

수 있어 행복해서, 더 열심히 탈동성애에 성공했다고, 완치되었
다고 말하게 된다. 하지만 실제 효과와 상관없이. 엑소더스인터
내셔널이 해산을 결정한 건 자신들이 사람들에게 거짓으로 행복
한 척하게 했음을 깨달았기 때문이다.

　　탈동성애자 단체는 있어도 탈이성애자협회는 없다. 탈이성
애를 한 사람들이 없어서가 아니다. 탈동성애자든 탈이성애자든
모두 환영받고 사랑받고 살면 좋겠다. 탈출해야만, 탈출한 척 거
짓말을 해야만 사랑해주는 사람들 속에서 살지 말고, 지금 있는
자리에서 있는 그대로의 나를 받아들여 주는 사람들과 어울려 지
내길 바란다. 탈이성애자협회도, 탈동성애자협회도 필요 없다.
오로지 탈편견과 탈혐오만이 진정 우리를 구원할 것이다. 아멘.

왜 '알몸 축제'를 하냐고
묻는 분들에게

영양고추 핫 페스티벌은 도농 상생을 도모한다는 취지로 2007년부터 매년 서울광장에서 열리는 축제다. 영양고추를 홍보하면서 판매도 같이 하는 행사인데, 2017년에 의외의 사건이 하나 터졌다. 주최 측에서 두 명의 아동이 바지를 내리고 윗옷을 걷어 올려 거의 몸 전체를 드러낸 채 마치 소변을 보는 듯 자신의 음경을 손으로 잡고 있는 조형물을 서울광장을 찾은 시민들을 위한 음수대랍시고 설치한 것이다. 아동의 배꼽을 누르면 음경에서 오미자차가 흘러나온다는 안내문과 함께 종이컵이 비치되었다. 벌거벗은 아동의 배꼽을 눌러 음경에서 나오는 물을 받아 마시라니 주최 측은 기발한 아이디어라고 생각했을지 모르겠으나 비난을 받고 철거되었다.

이 글은 식물의 한 종류인 고추와 인간의 음경을 동일시하는 조형물이 옳은지 그른지에 대해 말하려는 게 아니다. 미학적으로 그다지 아름답지도, 귀엽지도 않은 조형물이었다는 점에서 안타깝기는 하다. 다만 고추를 인간의 음경과 동일시하며 서울광장에 가득 깔아놓고, 서울광장에서 상행위는 금지되어 있는데도 고추를 사고팔았을 뿐 아니라 낯뜨거운 조형물을 세웠다는 논란이 있었음에도 영양고추 핫 페스티벌을 두고 '음란축제'라거나 '불법축제'라고 지칭하지는 않는다는 것을 상기시키고 싶을 뿐이다. 이런 상식적인 태도는 퀴어문화축제에도 똑같이 적용되어야 한다. 수만 명의 참가자 중에 몇 명이 눈에 띄는 복장을 했다고 하여 축제 자체를 '음란축제'로 부르는 것이 기실 악의적인 괴롭힘에 지나지 않음을 알아야 한다.

서울퀴어문화축제에는 100여 개의 모임, 단체, 기관, 기업이 부스를 설치해 다양한 프로그램을 운영한다. 성소수자 인권 옹호를 호소하고, 성소수자에 대한 사회적 편견을 깨부수자는 메시지를 전달하는 이벤트와 퍼포먼스가 펼쳐진다. 그런데 2017년 축제 때 어느 문화예술인 모임에서 성에 관한 터부에서 벗어나자는 차원에서 성기 모양의 쿠키를 만든 적이 있다. (아주 조그맣고 귀여운 모양이라 이걸 보고 음란을 느끼기란 정말 쉽지 않다.) 이때부터 혐오세력들은 퀴어문화축제가 음란하고 청소년에게 유해하다고 주장했다. 그런데 이런 잣대를 들이대면 대한민국에 음란하고 청소년에게 유해한 장소가 얼마나 많은가. 이른바 '벌떡주'만 봐도 그렇다. 앞면은 돌하르방이 새겨져 있지만 뒷면은 귀두와 소대가 그대로 표현되어 있는 음경 모양의 뚜껑이 달린 술병으로 유명하다. 나는 제주도에서도, 통일전망대 앞에 있는 기념품 가게에서도 버젓하게 진열되어 판매되는 벌떡주를 본 적이 있다. 유아부터 청소년 등 연령대 가릴 것 없이 누구나 볼 수 있는 장소에서 판매하고 있다. 이 벌떡주는 2015년부턴 전주 한옥마을 내에서도 판매를 시작했다. 2016년에 아이들과 함께 보기 민망하다는 민원이 들어와 논란이 되었지만, 이에 전주시는 '단순히 술병의 모양이 성적이고 자극적이라는 이유만으로는 판매를 제재할 법적 근거가 없다'라고 답해 지금도 판매되고 있다. 제주 러브랜드의 빵집에서는 음경의 힘줄과 귀두까지 사실적으로 묘사한 '거시기빵'과 여성의 가슴과 유두까지 표현한 '조개빵'을 판다. 그렇다고 사람들이 러브랜드를 '음란랜드'라고 부르진 않는다.

노출 이슈도 마찬가지다. 퀴어문화축제는 신촌물총축제, 대구워터페스티벌, 대구컬러풀페스티벌, 보령머드축제 앞에서는 명함을 내미는 것조차 민망한 수준이다. 이들 축제는 비키니를 입거나 상의를 탈의하는 등 과감한 노출을 한 참가자의 수가 훨씬 더 많아서 노출이 자연스러워 보이고, 퀴어문화축제는 평범하게 차려입은 수만 명의 참가자 사이에서 몇몇 분들의 의상이 튀어 보여서 더 강렬한 인상을 남겼을 수는 있다. 그렇다 해도 똑같이 서울광장에서 펼쳐졌던 월드컵응원전이 '노출'이 연관 검색어가 될 정도였던 점을 떠올린다면, '음란응원전'이란 말은 없는데 음란축제가 되는 건 꽤나 억울한 일이 아닐 수 없다.

퀴어문화축제를 반대하고 혐오하는 보수개신교 진영에서는 퀴어문화축제 참가자들의 노출 수위가 너무 낮다고 생각했는지 참가자의 신체 일부를 일부러 모자이크 처리해서 마치 노출을 한 것처럼 보이게 하는 방법까지 쓰고 있다. 대만 등 아시아 지역의 다른 나라에서 열린 퀴어퍼레이드 사진을 서울퀴어퍼레이드의 한 장면인 양 쓰기도 한다. 이런 까닭에 퀴어문화축제를 사진으로만 접한 분들과 직접 참여한 분들이 갖는 이미지가 완전히 다르다. 축제 참석자들은 예상했던 것보다도 훨씬 더 즐겁고 행복한 행사였다고, 눈살을 찌푸릴만한 장면을 본 적도 없다고 입을 모아 말한다. 그도 그럴 것이 퀴어문화축제를 기획하고 매년 현장을 뛰어다니고 있는 나도 본 적 없는 참가자들이 보수개신교 진영에서 운영하는 언론, 네이버 카페와 블로그 등에 있을 때가 많기 때문이다. 사진이란 찍는 사람이 어떤 마음으로 렌즈를 들이대고 셔터를 누르냐에 따라 피사체가 예쁘고 아름답게 남을 수도 있고, 괴상하고 추하게 보일 수도 있다. 혐오를 담아서, 다른 사람들도 혐오를 했으면 좋겠다는 마음으로 찍었으니 이런 사진들만 봤다면 축제에 대한 오해와 비호감이 커질 수 밖에 없다.

엘리자베스 A. 시걸 교수는 저서《사회적 공감》에서 다음과 같은 심리학자 수전 피스케의 말을 인용한다. "어떤 사람이 힘이 없다는 것은 상세히 정확하게 알 필요도 없고, 알 수도 없고, 알기 원하지도 않기 때문에 고정관념의 대상이 된다. 권력을 가졌다는 것은 부하들로 하여금 권력자의 인상을 자세히 살피게 하고, 살필 수 있고, 살피길 원하기 때문에 고정관념의 대상이 될 가능성이 아주 낮다."* 시걸 교수는 권력자들이 타인에 대한, 자신이 속하지 않은 다른 집단에 대한 공감 능력이 낮은 이유를 분석하는 차원에서 이 말을 인용했지만 나에겐 똑같이 무대를 세우고 똑같은 의상을 입어도 왜 퀴어문화축제에만 음란과 알몸의 딱지가 붙는지를 설명하는 분석으로 읽혔다. 사람들은 더 자세히, 정확하게 알아볼 의지는 없이 몇 장의 사진만 보고 퀴어문화축제에 대해 판단한다.

혹자는 퀴어퍼레이드를 하는 건 괜찮지만 노출 등의 사안에 조금만 더 신경쓰면 사람들의 편견이 줄어들 거라고 조언한다. 진심으로 안타까워서 하는 말씀인 건 알지만 축제를 반대하는 이들은 성소수자들이 온몸을 칭칭 감싸고, 정장만 차려입고 나온다고 해도 퀴어퍼레이드는 하지 말라고 할 것이다. 이들이 진짜 싫어하는 노출은 신체가 드러나는 것이 아니라 성소수자 존재 자체를 노출하는 것이니까.

* 　엘리자베스 A. 시걸, 《사회적 공감》, 안종희 옮김, 생각이음, 2019, 171쪽.

많은 사람의 오해와 달리 퀴어문화축제는 이보다 더 건전할수 없는 축제다. 건전의 사전적 의미는 '병이나 탈이 없이 건강하고 온전함' 또는 '사상이나 사물 따위의 상태가 한쪽으로 치우치지 않고 정상적이며 위태롭지 않음'이다. 이 뜻에 따르자면 퀴어들은 매우 건전하다. 이토록 혐오와 편견이 난무하고 억압과 차별이 가해지는 세상에서 정신 똑바로 차리고 건강하게 매년 한 번씩 누구나 참여할 수 있는 축제도 열고, 춤추고 노래하고 또 멋진 퍼레이드를 하지 않는가. 사상이 한쪽으로 편향되어 다른 사람들이 즐기는 축제 공간 옆에서 일부러 집회를 열고, 귀가 아플 정도로 스피커를 크게 틀어 괴롭히는 이들이야말로 매우 불건전하다.

　　참, 정말 '알몸축제'라고 불러야 할 행사는 따로 있다. 일본의 3대 축제 중에 하나인 '하다카마쓰리裸祭り'다. '하다카'는 '알몸'을, '마쓰리'는 '축제'를 뜻하는 일본어이니 한국어로 그대로 옮기면 '알몸축제'가 된다. 매년 2월 셋째 주 토요일에 오카야마시의 한 사찰에 모여 흰색의 마와시(T자형 팬티와 유사한 훈도시)와 양말 외엔 아무것도 걸치지 않은 1만 명에 달하는 남성들이 복이 담긴 나무 조각을 쟁취하기 위해 불이 꺼진 곳에서 뒤엉키는 축제다. 알몸축제라고 부르려면 이 정도쯤은 되어야 하지 않겠는가.

연인이 나의 사망신고서를
작성할 권리

시신을 인수할 사람이 아무도 없는 상태의 죽음을 '무연고 사'라고 한다. 연고자가 없으면 한 사람의 죽음은 애도의 과정 없이 말 그대로 '처리'된다. 시신은 화장터로 옮겨져 화장된 뒤 유골함에 담겨 지정된 장소에 보관되다가 5년 동안 연고자가 나타나지 않으면 다른 무연고사 유골들과 합장된다. 연고자가 없어서 무연고사로 처리되는 것은 어쩔 수 없다고 해도, 연고자가 있는데도 무연고사로 처리되는 사례는 어찌해야 할까.

20년을 함께 지낸 부부였지만 아내가 죽은 뒤 시신을 인수할 수 없었던 남편이 있었다. 혼인신고를 하지 않아 법적 남편이 아니라는 이유였다. 아내에겐 전남편과의 사이에서 낳은 자녀가 있었지만, 연락이 끊어진 지 오래여서 찾지 못했다. 아내는 자연스레 무연고 사망자로 등록되었다. 남편의 유일한 소원은 5년의 기한이 지나기 전에 아내의 유골함을 받아 와서 조용한 곳에 뿌려주는 것이지만, 서류상의 부부만을 인정하는 현행 법률이 바뀌지 않는 한 이마저도 불가능하다. 혼인신고 하나를 하지 않았다고 설마 이런 일이 생길지 상상이나 했겠는가. 이럴 줄 알았다면 암 투병을 하던 중에라도 혼인신고서를 작성했을 거라고 남편의 한숨은 깊었다.

이 사례를 접하고 남 일 같지 않아서 사망신고서 양식을 찾아봤다. 다른 민원서류와 달리 사망신고서는 당사자가 직접 쓸 수 없다. 그러하기에 나를 가장 잘 아는, 나의 가장 소중한 사람이 작성해주면 좋겠다. 이런 바람으로 서식을 살펴보다가 가슴이 뻐근해졌다. 사망자의 혼인 상태를 기록하는 부분에는 네 개의 선택지가 있다. 미혼 / 배우자 있음 / 이혼 / 사별. 오랫동안 함께 살아온 사랑하는 파트너가 있으니 응당 내 삶은 '배우자 있음'으로 마무리되어야 할 터이다. 하지만 우리는 혼인신고 접수조차 되지 않는 동성 커플이다. 내 파트너는 이 칸에 체크할 수 없겠지. 더군다나 신고인의 자격도 '동거친족 / 비동거친족 / 동거자 / 기타'에서 골라야 한다. 동성 연인은 친족에 포함되지 않으며, '기타'는 사망자가 머물던 보호시설의 장이나 사망 장소 관리자 등을 의미한다. 그럼 하나의 선택지만 남는다. 동거자! 그런데 법적으로 8촌 이내의 친족 관계에 있는 사람이 동거자보다 사망신고에서 우선

순위를 갖는다. 그뿐만이 아니다. 사망신고를 하려면 사망의 사실을 증명하기 위하여 사망자의 진단서나 검안서를 첨부해야 하는데, 이 서류를 발급받을 수 있는 건 친족뿐이다. 사망진단서가 없으면 사망신고도, 장례식장이나 화장장 예약 등의 장례 절차도 진행할 수가 없다. 그러니 나의 오랜 연인은 나의 장례를 책임지고 치를 수 없다.

서류를 신청하고 접수할 친족이라도 있으면 다행일지 모른다. 만약 앞의 사례처럼 친족이 없거나 커밍아웃 이후에 사이가 나빠져서 가족과 연락이 끊긴 지 너무 오래된 동성 커플은 꼼짝없이 연인이 무연고사 처리되는 것을 지켜봐야 할 수도 있다. 이를 대비하려면 커밍아웃을 하든 안 하든 가족들과 좋은 사이를 유지하기 위해 노력해야 한다. 하지만 내가 죽고 난 뒤 가족들이 어떻게 행동할지는 알 수 없다. 그러니 타인의 호의에 막연히 기대지 않고 내 연인이 나의 사망신고서를 자연스럽게 작성할 수 있길 바란다.

미국의 동성 결혼 법제화도 바로 연인의 사망신고서를 작성할 권리를 위한 투쟁의 성과다. 20년을 함께 지낸 짐 오버거펠과 존 아더라는 게이 커플이 있었다. 2011년에 아더가 루게릭병을 앓게 되자 오버거펠은 아더가 좀 더 편하게 생활할 수 있도록 새로운 집으로 이사해 극진하게 간호했다. 더 늦기 전에 결혼을 하고 싶었지만 그들이 사는 오하이오주는 동성 결혼이 금지되어 있었다. 다른 주로 가려고 해도 아더가 몸을 움직이는 것이 거의 불가능했다. 고심 끝에 의료진과 친구들의 도움으로 작은 의료수송기를 구해서 동성 결혼이 가능한 메릴랜드주에 가기로 했다. 메릴랜드주 공항에 도착하자마자 비행기 안에서 결혼 서약을 했다. 10분 만에 다시 이륙해서 집으로 돌아와야 했지만, 그토록 꿈꾸던 결혼식을 올릴 수 있었다. 아더는 3개월 후 눈을 감았다. 문제는 오버거펠이 아더의 사망신고를 하려고 할 때 발생했다. 오하이오주는 다른 주에서 한 동성 결혼을 인정할 수 없다며 아더를 독신자로 기록했다. 오버거펠은 자신의 연인을 평생 혼자 산 사람이 되도록 내버려둘 수는 없었다. 그는 사망신고서에 배우자로 이름을 올리기 위해 법적 투쟁을 결심한다. 이렇게 시작한 싸움이 마침내 2015년 6월 26일, 미국 연방대법원의 동성 결혼 합법화 판결을 이끌어냈다. 연방대법원은 수정헌법 제14조에 따라 동성 결혼이 합법이었던 다른 주에서 한 동성 결혼을 모든 주에서 인정해야 하며, 동성 간의 결혼 역시 모든 미국 국민이 가져야 할 평등한 권리 중 하나라고 판결했다.

한번 생각해보자. 두 사람이 서로를 아끼고 헌신적으로 돌보며 아픈 한 사람의 약값과 치료비를 모두 부담하고 있을 때, 국가는 두 사람의 관계를 묻지도 따지지도 않았다. 하지만 죽음을 애도하려는 순간, 갑자기 자격을 물으며 애도의 기회를 빼앗는다. 살아서는 소중한 반려자였고 사랑하는 연인이었고 일상을 함께한 가족이었고 백년해로를 약속한 부부였으나 죽어서는 '남남'

으로 기록된다. 유족으로서의 아무런 권리도 인정되지 않는다. 동성 결혼 법제화나 생활동반자법이나 다양한 가족 구성권이 필요한 이유는 이것으로도 충분하다.

죽음을 삶의 끝이라고 하지만, 내 육신이 숨쉬기를 멈추었을 뿐 내가 사랑하는 사람들의 '삶'은 남는다. 원하는 만큼의 충분한 애도와 추모는 죽은 이를 위해서가 아니라 남은 이들을 위해서 필요하다. 죽음 이후의 삶도 지켜져야 한다.

에이즈에 걸려
죽는 줄만 알았지

에이즈에 관한 나의 첫 번째 기억은 미국의 유명 배우 록 허드슨이다. 정확히는 그의 사망 소식을 전하는 신문 기사에 실린 사진에 대한 기억이다. 흔히 배우나 가수 등 연예인의 부고를 전할 땐 가장 잘 나온 전성기 사진 한 장을 싣기 마련인데, 그 기사는 굳이 두 장의 사진을 배치했다. 미국 최고 미남이란 수식어에 걸맞은 눈부시게 빛나는 젊은 시절의 사진과 동일 인물임을 알아채기 힘들 정도로 두 볼이 푹 패이고 수척해진 사진이었다. 어린 마음에도 꽤 큰 충격이었다. '후천성면역결핍증AIDS은 정말 무서운 병이구나'라는 생각을 그때 처음 했다. 1985년 10월, 중학교 2학년 때의 일이다.

몇 달 후 해가 바뀌어 나는 중학교 3학년이 되었고, 첫사랑에 빠졌다. 같은 반 친구들이 둘이 동성애한다고 쑥덕댈 때, 나는 "그럼 내가 에이즈에 걸리기라도 한단 말이냐!"라고 화를 냈다. 더 이상의 소문은 돌지 않았다. 이것이 에이즈에 대한 나의 두 번째 기억이다.

그 뒤로 고등학교에 가고 대학을 졸업하고 나서까지 '동성애'를 멈춘 적은 없었다. 실로 파란만장하다고 할 연애사에서 에이즈가 떠오를 틈은 없었다. 사랑하는 사람이 나와 동성인 것은 맞지만 그렇다고 음란하거나 문란한 변태는 아니라고 확신했으니까. 흔한 남녀 간의 사랑이 아닐 뿐 나의 사랑은 '하늘이 허락한 매우 특별한 사랑'이라 믿었다.

하지만 대학을 졸업하고 오랜 연애가 파국으로 치달아 아픈 이별을 받아들여야만 했을 때, 나를 사랑한다고 했던 사람이 어떤 남자와 결혼해야겠다고 떠났음에도 내 마음을 어떻게 접어야 할지 갈피를 잡지 못할 때 새로운 불안이 생겼다. '하늘이 허락한 특별한 사랑'인 줄 알았는데 그게 아니라 나는 진짜 '동성애자'인 건 아닐까. 그럼 혹시 나에게도 어느 날 붉은 반점이 생기게 되는 걸까. 떠나간 사람에 대한 미련을 버리지 못하는 한 언젠가는 붉은 반점이 나타나는 게 아닐까. 막연한 두려움이 엄습했고 대책을 세워야 했다. 고민 끝에 결심했다. 만약 어느 날 내 몸에 정말 붉은 반점이 생긴다면 새벽에 몰래 집을 나오자. 태백산맥 산자락 어딘가로 가자. 시신이 절대 발견되지 않을 만큼 깊은 골짜기로 들어

가서, 거기서 죽자. 그 집 막내가 에이즈로 죽었다고 소문나는 것보다 차라리 딸이 실종되었다고 알려지는 편이 부모님에게도 더 나을 거라고 생각했다. 내가 할 수 있는 마지막 효도로서 부모님의 명예라도 지켜드리고 싶었다.

돌이켜보면 이렇게까지 비장했어야 할 일인가 싶다. 그저 어리석었을 뿐이다. 그때까지 나는 이른바 '섹스'란 걸 아직 한 번도 하지 않았었다. 키스와 포옹만으로도 충분히 심장 떨리는 교감을 나누었기 때문에 그것이 성행위의 전부인 줄 알았다. 더 솔직히는 성병이 뭔지도 몰랐다. 인터넷이 없었고, 에이즈에 대한 정보를 얻을 곳은 신문과 방송 같은 언론뿐이었던 시절이었다. 에이즈는 신이 호모들에게 내리는 형벌이라는 말만 반복해서 들리니 그 말을 정말 들리는 그대로, 문자 그대로 믿었다. 동성을 사랑하는 나는 피할 수 없이 에이즈로 죽을 줄만 알았다.

그러던 1996년 3월, 나는 우연히 동성애자 인권 모임 또하나의사랑을 알게 되었다. 매일 모임 게시판에 접속해서 많은 것을 배웠다. 에이즈는 혈액, 정액, 질액으로만 전염되며 콘돔으로 예방할 수 있다는 사실, 레즈비언 간의 성행위로 전염될 가능성은 거의 없다는 사실, 전 세계 통계로 보면 이성 간 성행위가 주요 감염경로라는 사실, 흔히 에이즈의 대표적인 증상으로 알고 있는 붉은 반점은 서양인에게 흔하고 한국인에겐 잘 나타나지 않는다는 사실, 동성애에 대한 편견이 오히려 에이즈 예방을 가로막는다는 사실 등을 알았다. 아, 지금껏 속고만 살았구나 싶지만 나만 그런 것도 아니다.

　1995년에는 한 중학교 교사가 자신과 딸의 몸에 난 붉은 반점을 에이즈로 착각해 4살 난 딸을 살해하고 자신은 자살 미수에 그친 사건이 있었다. 1998년에도 어느 40대 남성이 자신의 배에 붉은 반점이 생기자 에이즈라 믿고, 가족도 이미 전염되었을 테니 차라리 함께 죽는 게 낫겠다고 생각해 아내와 자녀를 차에 태우고 전신주를 들이박은 사건이 있었다. 결국 아내만 죽고 자녀와 남편은 중상을 입었다. 1990년대엔 이런 류의 사건이 많았다. 동성애를 하거나 성매매 등 문란한 성관계를 가지면 에이즈에 걸린다고 호도하던 시절이라 이성애자라 해도 붉은 반점이 생기면 두려워했다. 내가 동성애자 인권 모임에서 배울 수 있었던 지식을 알려주는 언론도, 교육 기관도 없었다. 대한민국 사람들에게 에이즈는 잘나가던 유명 배우의 처참한 몰락과 불명예로, 신의 형벌이란 공포로 각인되어 있었을 뿐이었다.

　나 역시 나중에 알게 된 사실이지만, 록 허드슨의 죽음은 결코 초라하지 않았다. 그가 죽기 전에 동성애자임을, HIV 감염으로 에이즈 치료를 받고 있음을 대중에게 공표한 것은 미국 사회에 큰 변화를 가져왔다. 1981년 미국 내 첫 에이즈 발병 이후 1만 명이 넘는 사망자가 나올 때까지 레이건 대통령은 단 한 번도 공식 석상에서 에이즈를 입에 올리지 않았다. 하지만 록 허드슨과 친했던 레이건 대통령은 더 이상 에이즈를 모른 척할 수가 없었다. 1985년 9월 17일 레이건 대통령은 드디어 공식적으로 에이즈를 언급했다. 록 허드슨의 친구이자 역시 유명 배우인 엘리자베스 테일러는 '엘리자베스 테일러 에이즈 재단'을 설립하고 에이즈 치료제 개발 등에 쓰일 기금 마련에 앞장섰다. 엘리자베스 테일러는 사람들이 에이즈를 두려워하고 비난만 할 뿐 적극적으로 해결하지는 않는 것에 특히 분노했다. 근처에만 가도 에이즈에 감염될까 봐 감염인을 피하기만 하던 때에 엘리자베스 테일러는 일부러 기자들 앞에서 쇠약해진 록 허드슨의 손을 잡으며 편견을 없애기 위해 적극적으로 노력했다. 이런 소식들까지 당시에 바로 전해졌다면 얼마나 좋았을까. 에이즈가 아니라 편견과 혐오가 무서워서 죽음을 택하는 일은 막을 수 있었을 텐데.

치료 가능한 질병임에도 불구하고, 그 병에 걸리는 것이 죽음보다 무섭게 인식되는 건 비극이다. 에이즈에 대한 편견을 줄이려고 노력하지 않는 건, 막을 수 있는 죽음을 방조하는 것과 다를 바 없다. 우리가 무서워해야 하는 건 질병이 아니라 편견이다.

남녀가 손잡으면
임신됩니다

당신이 주말에 모처럼 시내에 나왔다. 백화점 앞을 지나는데 '충격! 청소년의 손깍지, 10대 미혼모 양산으로 이어져'라고 적힌 피켓을 든 한 무리의 사람들이 캠페인을 벌이고 있다. 대한민국의 미래를 지키기 위한 1만인 서명에 동참해달라고 당신을 붙잡는다. 청원은 청소년이 볼 수 있는 시간대에 남녀가 무분별하게 손깍지를 잡는 장면을 마치 진정한 사랑인 양 내보낸 드라마의 방송 중단을 요구하는 내용이다. 당신은 고개를 갸웃하며 묻는다.

"저기요. 임신이 되려면 정자와 난자가 만나야 하는데, 어떻게 손만 잡고 임신이 되죠?"

캠페이너는 사뭇 심각한 표정으로 답한다.

"미국 하버드대 교수가 쓴 논문에 따르면 임신한 사람 중에

애인과 손을 잡은 경험이 있다고 답한 사람이 무려 99%라고 합니다. 남녀가 손을 잡으면 임신이 된다는 과학적 증거죠. 이런 위험한 일을 지금 우리 아이들이 하고 있어요. 학교에서 정신 나간 교사들은 심지어 손깍지를 껴도 괜찮다고 가르친답니다. 나라가 망하기 전에 손깍지가 확산되지 않도록 빨리 막아야 합니다."

자, 당신은 이 말에 설득되어 서명할 것인가, 아니면 논리적 비약과 오류를 지적하며 혐오와 공포를 조장하지 말라고 따끔하게 한마디를 날릴 것인가.

너무 말도 안 되는 상상 아니냐고 따지고 싶겠지만 정말 이와 유사한 캠페인이 있다. 2010년에 김수현 작가의 드라마 〈인생은 아름다워〉가 인기리에 방영될 때, 이 드라마를 보고 자신의 자녀가 동성애자가 되었는데 에이즈로 죽으면 책임질 거냐고 SBS방송국에 드라마 방영 중단을 요구하는 광고가 주요 일간지에 실렸다. 지금도 TV에서 동성애를 조금이라도 다룰라치면 방송국 앞에서 피켓을 들고 시위를 하며 방송이 중단되도록 압력을 넣는다.

에이즈의 원인은 동성애라고 말하는 것은, 개신교 목사들이 주도해서 열렸던 2021년 광복절 집회 이후 코로나가 확산되었을 때 감염 원인을 '신앙심'이라고 말하는 것만큼이나 헛소리다. 학교에서 코로나에 감염되었다고 해서 감염 원인이 '공부'라고 하진 않으며, 코로나 예방을 위해 교회와 학교를 없애버려야 한다고 주장하는 사람은 없다. 어디서 무얼 하든 마스크를 올바르게 쓰고 손을 깨끗이 씻자고 강조한다. 이런 상식적인 판단을 왜 에이즈와 동성애에 대해서만 하지 않는 것일까.

이성 간 성행위에 의한 HIV 감염 사례를 두고 언론에서 '이성애를 하다가 그만 에이즈에 걸려…'라는 식으로 언급하는 걸 본 적은 없다. 하지만 동성 간 성행위는 콘돔 미착용이 아니라 동성애 자체가 마치 바이러스를 생산내는 양 다룬다. 하지만 바이러스 입장에서 생각해보자. 바이러스가 동성애자와 이성애자를 구분할까? 궁금해하기라도 할까?

공기 중 비말로 전염되는 코로나를 예방하기 위해 전국민이 마스크를 썼다. 그렇다면 정액, 질액, 혈액으로 전염되는 에이즈를 예방하라면 뭘 써야 되겠는가. 바로 콘돔이다. 에이즈는 성병의 일종이고, 모든 성병을 예방하는 가장 확실한 방법 중 하나는 '자위'다. 타인에게 옮을 가능성 자체가 원천봉쇄된 성행위니까. 하지만 '난 지금 에이즈를 예방하고 있어'라고 뿌듯해하면서 평생 자위만 하라고 전국민에게 권장할 수는 없다. 현실적으로 가장 효과적인 방법은 콘돔인데, 한국 남성의 콘돔사용률은 너무 낮다. 2015년 질병관리본부 보고서에 따르면 남성(18세~69세) 중 성관계 시 콘돔을 항상 사용하는 비율이 11.8%라고 한다.

2017년에 HIV 감염인으로 밝혀진 여성이 불특정 다수의 남성과 성매매를 했다는 기사가 실린 적이 있다. 보도가 나가자 부산에선 에이즈 신속검사키트의 판매량이 갑자기 늘었다. 감염인

관리 체계에 구멍이 났다며 질병관리본부를 비난하는 목소리가 높았다. 마치 질병관리본부가 감염인의 사생활까지 다 감시하고 통제해야 한다는 듯 말이다. 에이즈 공포를 부추기는 기사와 대책 마련이 시급하다는 등 온갖 진단이 난무했지만 그중에 콘돔만 썼어도 괜찮을 거라며 누구든 당장 실천할 수 있는 예방법을 알려주는 기사는 없었다.

에이즈에 대한 막연한 공포는 이 사건이 장애 여성을 착취한 범죄였음을 보지 못하게 했다. 장애 여성을 성착취하여 돈을 벌려고 감염 사실을 알고도 모른 척한 포주 대신 성착취를 당하고 있던 피해 여성을 가해자로 바꾸어 놓았고, 불법임을 알면서도 성구매에 스스럼없었던 이들이 받았어야 할 질타를 '운이 없었던 남자들'에 대한 동정으로 바꾸어놓았다. 편견과 혐오의 쓰임새는 바로 이런 것이다. 마치 자물쇠를 풀 수 있는 열쇠의 끝을 구부리는 것과 같다. 좀 더 나은 세상으로 가는 문을 열지 못하도록.

자가검진키트, 예방약, 예방법, 치료제까지 다 개발되어 있는 질병임에도 에이즈에 대한 혐오와 차별이 이토록 강한 이유가 뭘까. 이건 정말 모두가 진지하게 답을 찾아봐야 할 숙제다. 꼭 한번은 혼자 곰곰이 생각해보길 바란다.

검출되지 않으면
전염되지 않는다

흔히 에이즈는 무서운 병이라는 말을 많이 한다. 사전을 찾아보면 '무섭다'에도 여러 가지 뜻이 있는데 '밤길이 무섭다'라고 말할 때처럼 '무슨 일이 일어날지 알 수 없기에 대처할 수도 없어 겁이 나는 상태'라는 의미가 있고, '무서운 호랑이'라고 말할 때처럼 '상대의 기세가 두렵고 놀라울 만큼 거세다'라는 의미도 있다. 그럼 에이즈를 두고 '무서운 병'이라고 할 때의 '무섭다'는 어떤 의미일까? 현재 에이즈는 원인도 밝혀져 있고 치료제도 개발되어 있으니 무슨 일이 일어날지 몰라 대처할 수 없어 겁이 날 이유가 없다. 기세가 두려울 만큼 거세다고 하기에도 민망하다. 한국은 에이즈 유병률이 OECD 국가 중에서 두 번째로 낮은 0.04%로, 세계적으로 HIV 감염인이 적은 국가다. 한국에서 에이즈는 희귀질환으로 분류되어 있다. 믿기지 않는다면 다른 통계 하나를 살펴보자. 한국은 26년째 결핵 발생률이 OECD 국가 중에 1위다. 그나마 감소 추세라고 하지만 2022년도 신규 감염인 수가 2만여 명에 달하고, 2021년도 사망자 수는 1,400명이 넘는다. 이에 비해 2021년도 HIV 신규 감염인 수는 975명이다.

아무리 봐도 에이즈가 한국에서 무서운 질병이 되긴 힘들어 보이는데도, 입을 모아 무섭다고들 한다. 이에 힌트를 얻기 위해 코로나가 유행하기 시작했던 때를 떠올려보자. 그때 사람들은 여러 이유로 코로나에 감염될까 봐 무서워했다. 코로나에 걸리면 극심한 통증과 후유증이 오는 것은 물론 죽음에 이를 수도 있었고, 일자리를 잃거나 나도 모르게 타인을 감염시켜 폐를 끼칠 수도 있다. 게다가 확진자를 향한 비난 여론도 상당했다. 어느 쪽이든 정말 두려울 만한 이유들이다. 그런데 에이즈의 경우엔 앞서도 언급했지만 예방약과 치료제가 개발되어 있어 감염되어도 건강하게 일상생활을 영위할 수 있고, 치사율도 극히 낮아 고혈압이나 당뇨병과 같은 만성질환에 속한다. 감염경로도 분명하기 때문에 나도 모르게 타인을 감염시킬 우려도 없다. 그러면 남는 이유는 딱 하나다. 주변 사람들이 나를 비난하거나 혐오할까 봐.

2017년부터 몇 명의 연구진과 함께 에이즈 감염인이 자신의 질병에 어떻게 인식하고 있는지를 살펴보는 'HIV 감염인의 인식조사'를 진행했다. 2020년 조사에 감염인으로서 감염내과 진료를 받으러 병원에 가기 힘들어하는 이유를 묻는 항목이 있었다. 중복 응답을 할 수 있도록 했더니 '아는 사람을 만날까 봐'라는 응답이 76.2%, 'HIV 관련 진료 기록이 남을 것 같아서'라는 응답이 70%로 압도적으로 높게 나왔다. 흔히 사람들이 병원에 안 가는 이유인 '시간이 없어서'는 23.8%, '비용이 부담스러워서'는 12.4%에 불과했다. 이건 무얼 의미할까. 질병에 찍힌 낙인이 가장 무겁게 느껴지고, HIV 감염인임을 다른 사람이 알게 되는 게 가장 두렵다는 뜻이다. 병은 소문낼수록 좋다는 말이 있는데, 이는 내가 어디가 아픈지 주변 사람들이 알아야 치료를 잘 받고 약도 챙겨 먹을 수 있도록 돌봄을 받을 수 있기 때문이다. 이런 따뜻한 관심과 돌봄이 HIV 감염인에겐 왜 일상이 될 수 없을까.

감염인의 삶이 감추어질수록, 감염인을 향한 사회적인 모욕과 혐오가 강해질수록 비감염인의 두려움도 커진다. 비감염인이 갖는 두려움이란 결국 '감염인이 되는 것'이기 때문이다. 이렇게 보면 우리의 나아갈 방향은 분명해진다. 우리는 병 자체를 무섭게 만들 이유가 없다. 감염인이 느끼는 두려움이 줄어든다면 비감염인이 느낄 두려움도 같이 줄어든다는 것을 분명히 알 수 있기 때문이다.

2008년에 스위스의 연방성건강위원회는 항레트로바이러스 치료제가 감염인의 혈중 바이러스 수치를 낮추며, 수치가 낮아짐에 따라 전염력도 낮아져 성행위를 통해서도 감염되지 않는다는 연구 결과를 발표했다. 처음엔 이 연구 결과를 모두 믿기 어려워했다. 다른 나라의 연구자들도 신중하게 대규모 임상실험을 거듭하며 검토했다. 모든 연구 결과가 같은 결론을 도출했고 마침내 2016년에 열린 국제 에이즈 컨퍼런스에서 감염인이 약을 잘 복용하면 혈중 바이러스 수치가 낮아지고, 정액이나 질액을 통한 전염도 발생하지 않는다고 공식 발표했다. 이것이 신뢰할 수 있는 과학적 사실이며, 효과적인 에이즈 예방 정책임을 천명한 것이다. 이를 '유 이퀄 유(U=U)'라고 부른다. 영어 'Undetectable = Untransmittable'를 줄인 것으로 직역하면 '검출되지 않음 = 전염되지 않음'이란 의미다.

HIV 감염인이 치료제를 6개월 이상 꾸준히 복용하면 혈중의 바이러스 수치가 검사를 통해 검출되지 않을 정도로 낮아지는데, 이때 전염력은 아예 사라지므로 감염이 일어나지 않는다. 치료제가 널리 보급되어 신규 감염이 없어지면 결국 에이즈도 점점 사라질 것이다. 즉 감염인이 건강하면 모두가 건강해진다.

미국 질병통제예방센터도 2019년 7월부터 "U=U" 메시지 사용을 공식 허가했다. 감염인을 존중하는 방식으로 예방 패러다임을 바꾸겠다는 것이다. 모든 사람이 이 메시지를 기억한다면 에이즈에 대한 강한 편견, 비하, 오명, 낙인 등도 줄어들 것이다.

에이즈를 예방하려면 감염인이 건강하게 잘 사는 것이 무엇보다 중요하다. 앞서 강조했듯이 한국은 HIV 감염인의 수가 세계적으로도 적은 국가여서 "U=U" 캠페인이 빠르게 정착될수록 더 큰 효과를 볼 수 있다. 그러니 외우자. 검출되지 않으면 전염되지 않는다. 감염인이 건강해지면 비감염인도 건강해진다. 혐오를 버리면 모두가 건강해진다.

당신의 쉬운
그 한마디

초등학교 고학년을 지나 중학생이 되자 친구들이 이런 하소연을 했다. 나와 함께 길을 걸어가는 걸 우연히 본 친구의 이웃집 어른이 '어린 것이 벌써부터 연애질하더라'라며 엄마에게 고자질하는 바람에 집에서 추궁을 당했다는 것이다. "아니야, 엄마. 걔 여자야"라고 해명했다는 말을 들을 땐 다 큰 어른들의 착각이 우스워서 깔깔대며 웃었지만, 혼자 있을 땐 마음이 편치 않았다. '애인이 아니야'가 아니라 '남자가 아니야'라는 말로 연애하는 사이가 아님이 해명되는구나. 애인이 여자면 안 되는구나. 그렇게 나는 내가 사랑하는 사람이 누구인지 아무에게도 말하지 않아야 한다는 걸 배웠다. 누군지 알면 '연애'가 아니라고 할테니까.

대학에 입학한 후엔 종종 "네가 남자였다면 너랑 사귀었을 텐데"라는 말을 들었다. 동기나 선배들에게 내가 괜찮은 사람으로 보인다는 의미인 것 같아 설레고 으쓱한 기분도 느꼈지만, 그건 한 순간이고 이내 마음이 쓸쓸해졌다. 저 말을 뒤집으면 내가 아무리 좋은 사람이어도 남자가 아니어서 사랑받을 수 없다는 뜻이 된다. 진담보다는 농담이 더 많이 섞인, 약간의 호감을 표하려고 쉽게 던지는 말이었지만 그때의 나에겐 세상에서 가장 슬픈 문장이었다. 나도 과연 알콩달콩 사랑을 나누는 평범한 일상을 누릴 수 있을까. 그렇게 20대 초반의 나는 사랑에 대한 불안을 배웠다.

그렇다고 이런 말을 한 사람들이 나빴다고, 잘못을 저질렀다고 말하려는 건 아니다. 누구나 쉽게 툭 던질 수 있는, 아무런 악의가 없는 말이다. 상처를 줄 의도가 없는 데다 미처 다른 가능성을 생각하지 못하고 편하게 한 말에 상처받지 않으려는 것도 내가 선택할 수 있는 대응이다. 다만 역지사지로 상대의 마음을 알아채고 그런 말들을 너무 쉽게 하지 않게 된다면 그것도 좋은 일이지 않을까.

한 트랜스젠더 남성에게 이런 사연을 들은 적이 있다. 주변 사람들에게 커밍아웃을 하고 자신을 '형'이나 '오빠'라고 불러달라고 했지만 다들 쭈뼛거리며 그렇게 부르길 어려워했다고 한다. 그러다 드디어 유방절제수술을 하게 되었다. 더 이상 압박 붕대로 가슴을 싸매거나 조끼로 가슴을 가리지 않고 입고 싶었던 옷을 맘껏 고를 수 있어서 좋았다고 한다. 주변 사람들도 축하해줬다. "이제 형, 진짜 남자 같아"라고 말하며 이전과 달리 스스럼없이 '형'이라고 불러줬다. 이런 순간들이 너무 기뻤고 수술하길 잘했다는 생각이 들었다. 그런데 며칠이 지나자 기분이 이상해지더란다. 수술 전후로 바뀐 것은 오로지 가슴뿐인데, 사람들이 자길 대하는 태도가 너무 달라져서. 마치 자기 신체의 일부일 뿐인 가슴이 오히려 자기보다 사람들에게 중요하게 대우받는 것 같아서.

어쩌면 사람들은 큰 용기가 필요한 수술을 드디어 해낸 것을 축하하고 격려하기 위해 '이제 진짜 남자 같다'라고 말했을지도 모른다. 외모가 본인들의 머릿속에 있는 전형적인 남자의 모습에 가까워지니 그제야 편하게 '형'이란 말이 튀어나온 건지도 모른다. 하지만 한 가지는 놓쳤다. 주변 사람들의 인정과 격려는 압박붕대를 감고 가슴이 드러나지 않는 옷이나 사이즈가 큰 옷을 골라 입고, 어깨를 펴고도 유방이 잘 보이지 않도록 몸을 숙여야 하는 어려움을 겪던 수술 이전의 시간들에 더 절실했음을.

출생 시 국가에 등록된 성별을 정정하는 절차를 간소화하는 것은 세계적인 추세다. 특정 수술을 받아야만 서류에 기입된 성별을 변경해주겠다는 건 국가가 국민들의 일부를 강제적으로 수술시키는 것과 다를 바 없다. 이것이 인권 침해라는 지적을 적극 수용한 결과, 2023년 2월에 핀란드는 복잡한 성별 정정 절차를 간소화하는 법안을 제정했다. 이를 두고 한국 대부분의 언론사는 '핀란드, 나는 트랜스젠더라고 선언만 하면 성별 바꿔줘'라는 제목으로 기사를 냈다.

처음엔 기쁜 마음으로 핀란드 관련 기사를 찾아보다가 수도 없이 반복되는 '선언만 하면'이란 문구에 점점 가슴이 답답해졌다. 종국엔 눈물이 터져서 책상에서 한참을 울었다. 누가 보면 이상하게 볼 일이다. 누가 죽은 것도 아니고 혐오 발언이 들어간 것도 아닌 기사를 읽고 울다니 말이다. 하지만 나는 속상했다. 핀란드의 변화는 '선언만 하면' 된다는 것에 핵심이 있지 않다. 기존의 법에서 명시한 성별 정정의 조건 중 반드시 생식기 제거 수술을 받고 전문가의 의학적·정신과적 승인을 받아야만 한다는 조항을 삭제하기로 했으니, 이 법 개정은 지금까지 사회가 성별을 이분법적으로 다루면서 사람들을 어떻게 억압하고 차별해왔는지에 대한 반성의 결과다.

애초에 성별은 다 선언이었다. 아기가 태어나면 의사가 부모에게 선언한다. 부모는 주변 친지들에게 선언한다. 처음부터 타인의 '선언'으로 할당된 성별을 보다 명확하게 본인의 선언으로 등록하는 것이 뭐가 문제겠는가. 자기 삶의 전문가는 바로 자기 자신이다. 타인이 내게 한 선언을 내가 나에 대해 하는 선언으로 바꾸는 일일 뿐이다.

이를 두고 '선언만 하면'이라고 표현하는 건 너무 '쉬운' 말이다. 너무 쉬워서 사람들은 더 쉽게 오해할 것이다. 그리고 이를 근거로 혐오를 쏟아낼 것이다

"선언이라니, 그건 그냥 아무나 할 수 있는거잖아", "그럼 기분에 따라 오늘은 남자 할래, 내일은 여자 할래 하고 아이들이나 청소년이 아무렇게나 말하면 어떡해? 그런 아이들을 어른과 사회가 잡아주지는 못할망정, 하라는 대로 다 해준다고?", "남자들이 여자라고 선언만 하고 여자 탈의실에 마구 들어오겠네. 피해받는 여성은 늘어나고, 여성 인권도 후퇴할 거야. 이건 법으로 막아야 하는 일이야. 트랜스젠더 여성이란 건 없어. 성별 정정 자체를 인정하면 안 되는 거라고" 같은 말들을.

사람이니까, 타인을 향해 쉬운 말을 하는 건 어쩔 수 없다고, 어쩌면 나도 그런 말들을 쓰고 살았을 거라고, 그러니 남 탓이나 내 탓만 하고 살 수는 없다고 토닥여보지만, 그래도 세상 사람들에게, 특히 기자들에게 부탁은 해보고 싶다. 너무 쉬운 말은 내뱉기 전에 한번 속으로 붙잡아 보라고. 그 말이 사람들에게 무엇을 배우게 할지를.

테스토스테론은 죄가 없다

　스포츠에서 성별은 늘 중요했다. 스포츠는 남성만의 것이어야 했기에 성별은 검열의 대상이었다. 고대 올림픽은 여성의 출전은 물론 경기 관람까지 금지했다. 1896년부터 열린 근대 올림픽도 마찬가지다. 근대 올림픽 창시자인 쿠베르탱 남작은 여자가 땀 흘리는 건 아름답지 않다고 생각했다. 이미 스포츠를 즐기고 있던 여성들이 이에 반발해 별도의 국제 대회를 개최하자 여성도 올림픽에 출전할 수 있도록 정책을 변경했다. 소련과 미국을 중심으로 세계가 양분되어 대립했던 냉전 시대에는 스포츠에서의 성별이 다른 이유로 중요해졌다. 올림픽은 국가 간 자존심 경쟁의 장이 되었고, 양쪽 진영은 더 많은 메달을 따기 위해 남자를 몰래 여자로 변장시켜 출전시킬지 모른다고 서로를 의심했다. 그래서

1950년부터 여자 선수들은 여성증명서를 가지고 경기에 출전해야 했고 자국에서 발급받은 이 증명서를 믿지 못할 땐 세 명의 여자 의사가 육안으로 외음부를 검사했다. 당연히 이 방식은 너무 모욕적이라는 반발이 계속 일었고 인권 침해라는 지적에 따라 1967년부터는 염색체 검사로 바뀌었다.

여기서 염색체 검사란 XX 염색체를 가졌는지 확인하는 것이다. XX 염색체를 가진 사람의 체세포 핵을 확대하면 바소체가 보이는 원리를 활용한 검사다. 이 검사가 도입되면서 실제로 출전이 금지되는 선수가 나오기 시작했다. 1964년 도쿄 올림픽에 출전해 금메달을 땄던 폴란드의 에바 크워부코프스카는 육안 검사에서는 문제가 없었지만, 1967년 염색체 검사에선 성염색체가 XX가 아니라는 판정이 나왔다. 에바가 그간 세운 기록들은 즉각 말소되고 선수 생활도 끝났다. 폴란드 정부가 국제적인 논란이 생기는 것을 원하지 않았기에, 에바는 모욕을 감수하고 조용히 사라질 수밖에 없었다. 에바는 체코슬로바키아에서 20년간 회계사로 일한 뒤 1990년대가 되어서야 고국인 폴란드로 돌아왔고, 이후 정부로부터 훈장을 받았다. 폴란드 최고의 육상 선수를 하루아침에 조롱의 대상이 되도록 내버려둔 정부가 뒤늦게 전하는 사과였다. 독자들을 위해 부연하자면, 에바는 평생을 여성으로 살았고 올림픽에서 쫓겨난 그다음 해 아들을 출산했다. 반드시 XX 염색체를 가져야만 난소와 자궁이 있는 건 아니기 때문이다. 이것도 자연의 원리이지만, 인간의 성별을 염색체로만 구분하려 한 스포츠계의 오만은 100m 달리기 세계신기록까지 세웠던 21세 청년의 꿈을 짓밟아 버렸다.

문제 많은 염색체 검사 방식이 폐기된 것은 또 다른 여성 선수의 치열한 싸움 덕분이었다. 마리아 마르티네즈 파티뇨는 스페인의 촉망받는 육상 선수였다. 1985년 8월 일본에서 열린 하계 유니버시아드에 참석하기 위해 비행기를 탄 후에야 마르티네즈는 여성증명서를 집에 두고 온 것을 알았다. 하는 수 없이 경기장에 도착해 성별 검사를 다시 받았다. 그런데 대회 관계자는 검사 결과를 알려주는 대신, 파티뇨에게 신체에 이상이 발견되었으니 출전하지 말라고 했다. 경기에 출전하지 못하고 스페인으로 돌아온 파티뇨는 뒤늦게 자신이 XY 염색체를 가졌다는 검사 결과를 통보받았다. 파티뇨는 검사 결과를 납득할 수 없었고, 1986년 1월 스페인 전국체전 허들 경기에 참가해 당당히 우승을 거머쥐었다. 그러나 남자가 여자 경기에서 뛰었다는 이유로 그는 선수 자격을 박탈당했을 뿐 아니라 선수로서의 기록을 모두 말소당했다.

마르티네즈는 부당함을 참지 않고 자신의 명예와 성별을 찾기 위해 싸웠다. 3년간의 싸움 끝에 1988년 국제육상경기연맹은 마르티네즈의 복권을 결정했고, 1992년에는 현장에서 실시하는 성별 검사 제도 자체를 폐지했다. 1999년에 이르러 올림픽에서도 성별 검사 제도가 완전히 사라졌다.

마르티네즈가 XY 염색체를 가진 것은 맞았다. 태어날 때부터 복강에 정소가 있었는데, 체내 세포들이 정소에서 분비된 테스토스테론에 반응하지 않아 자궁이나 정관, 정낭 등 내부생식기는 만들어지지 않았고 외부생식기는 소음순, 대음순, 음핵의 형태였다. 원래 정소는 에스트로겐도 분비하는데 체내 세포들은 에스트로겐엔 반응해서 유방도 발달했다. 국제육상경기연맹은 마르티네즈의 몸이 경기를 하는데 특별히 유리하지 않으며, 여자가 아니라고 할 근거도 없음을 인정했다.

에바와 마르티네즈는 잘못 태어난 사람들이 아니다. 인터섹스intersex는 인간이 타고 태어날 수 있는 자연스럽고 다양한 신체 중 하나다. 하지만 여자는 절대 남자보다 스포츠를 잘할 수가 없다는 편견을 유지하고 싶은 이들은 어떻게든 여자의 범위를 정하고 싶었다. 염색체, 생식기 등이 모두 좌절되자 이번엔 호르몬, 바로 '테스토스테론'이었다.

2000년대로 접어들면서 여자 경기 출전 자격은 체내 테스토스테론 수치를 기준으로 정해졌다. 혈중 테스토스테론 농도가 10nmol/L 이하여야 여자 경기에 출전할 수 있다는 새로운 기준은 선수의 법적 성별, 외부 생식기 모양, 염색체를 따지지 않고 오로지 혈중 테스토스테론 농도만 기준으로 한다는 점에서 이전 방식에 비해 인권 침해 소지가 적다고 여겨졌다. (참고로 올림픽위원회는 2003년에 트랜스젠더의 경우엔 반드시 성전환수술을 한 뒤 2년 이상 그 성별대로 살고 있음을 증명해야 출전이 가능하다는 규정을 만들어 2004년 아테네 올림픽부터 적용했다. 이로써 트랜스젠더도 올림픽 출전이 가능해지게 되었다. 2015년엔 외과 수술에 대한 강제 규정은 삭제하고, 테스토스테론 농도를 12개월 이상 10nmol/L 이하로 유지하고 경기 출전 후 4년 이내에 다시 남성으로 성별을 변경하면 안 된다는 규정으로 바꾸었다.)

　　하지만 인터섹스로 태어난 여성은 진짜 여성이 아니라는 편견은 여전히 강했고, 인터섹스를 배제하기 위해 규정을 고치고 싶어 했다. 국제육상경기연맹은 2011년에 별다른 근거 없이 테스토스테론 수치 기준을 10nmol/L에서 5nmol/L로 낮추려다가 2015년에 국제스포츠중재재판소에 의해 효력 정지 처분을 받았다. 국제스포츠중재재판소는 인간의 성별이 두 개라고 규정할 수 없으며 타고난 신체적 특징으로 선수를 경기에서 배제해서는 안 된다고 판결했다. 또한 테스토스테론이 경기력 향상에 영향을 미친다는 증거도 부족하다고 지적했다. 그러자 국제육상경기연맹은 연구 용역을 맡겨 테스토스테론과 경기 능력 사이의 관련성을 조사했다. 그 결과 테스토스테론이 경기력에 1.8~4.5%의 영향을 미친다는 결과가 나왔다며 2018년 11월 1일부로 테스토스테론 수치 기준을 낮추는 데 성공했다. 국제육상경기연맹 세바스천 코 회장은 이런 규정이 스포츠 정신을 살리는 '공정한 경쟁'을 위한 것이지 인터섹스를 차별하는 건 아니라고 말한다. 하지만 그 말을 곧이곧대로 믿기는 어렵다.

수치를 낮추는 근거가 된 연구 보고서의 정확성에 대한 의심도 있지만, 그것까지 고려하지 않는다고 해도 이상한 점이 있기 때문이다. 그 연구 보고서에서 테스토스테론에 영향을 가장 많이 받는 종목은 4.5%가 나온 해머던지기였다. 800m 달리기는 1.8%로 영향이 적은 편에 속했다. 그런데도 정작 출전 금지 종목에 포함된 것은 800m 달리기, 400m 달리기와 400m 허들, 1500m 달리기, 1마일(약 1.6㎞) 달리기였다. 공정함을 위해서라면서 왜 영향력이 적은 종목들만 포함된 걸까?

2012 런던 올림픽과 2016 리우데자네이루 올림픽에서 800m 달리기 금메달을 딴 남아프리카공화국의 캐스터 세메냐를 견제하기 위해 만들었다는 의혹이 있어 사람들은 이 규정을 일명 '세메냐법'이라고 부른다. 공개된 적은 없으나 세메냐의 혈중 테스토스테론 농도는 7~10nmol/L 정도로 추정되는데, 이에 맞춰 5nmol/L로 정한 것이다.

에바 크워부코브스카, 마리아 마르티네즈, 캐스터 세메냐, 두티 찬드 등 인터섹스 선수들은 그저 자연스러운 자신의 신체를 갖고 태어났을 뿐이다. 만약 타고난 신체적 특징을 활용하는 것이 스포츠에서의 공정성을 해치는 것이라면, 키가 2m가 넘으면 농구나 배구 출전을 금지하자는 주장도 나와야 한다. 하지만 이런 일은 벌어지지 않는다. 왜일까. 모두 이미 알고 있기 때문이다. 몸은 타고나는 것이어서 좋은 체격은 행운이자 축복일 뿐 공정성의 문제는 아니라고. 게다가 좋은 체격을 가졌다고 저절로 국가대표 급의 운동선수가 되지는 않는다. 고된 훈련 과정을 견뎌내고 큰 경기에서의 압박감을 극복하고 자기와의 싸움에서도 이겨야 한다는 걸 누구나 알고 있다. 만약 운동 능력이 테스토스테론 수치에 좌우된다면 남자 경기에서도 이런 기준이 필요하다. 남성의 혈중 테스토스테론 농도는 대략 7nmol/L~30nmol/L로 개인별 편차가 아주 크다. 이 차이는 세메냐와 다른 여자 선수들의 차이보다 훨씬 더 크다.

테스토스테론은 남성호르몬이라고 불리지만, 정작 이를 기준으로 끊임없이 평가받고 나뉘고 배제당하는 건 여성 선수들이다. 400m 달리기가 주종목이었던 나미비아의 크리스틴 음보마는 혈중 테스토스테론 농도가 5nmol/L 이상이어서 하는 수 없이 200m 달리기로 종목을 바꾸었다. 보통 주종목을 바꾸면 이전보다 좋은 성과를 내긴 어렵다. 그런데 음보마는 2020 도쿄 올림픽 200m 달리기에서 은메달을 땄다. 이를 본 국제육상경기연맹은 2023년 3월, 새로운 규정을 발표한다. 테스토스테론 수치에 따른 출전 제한 종목을 여자 육상 경기 전체로 확대하고 테스토스테론 수치 기준도 2.5nmol/L로 낮추었다. 갑작스런 규정 변경으로 음보마 선수는 2023년 8월에 열리는 세계육상선수권대회에 출전할 수 없게 되었다. 세메냐룰은 이제 '음보마룰'이 되었다.

국제육상경기연맹은 세메냐나 음보마와 같이 선천적으로 테스토스테론이 많이 분비되는 몸을 가지고 태어난 여성에게 수술을 받거나 호르몬 억제제를 먹어서 그 수치를 낮추거나 아니면 남자 경기에 출전하라고 요구한다. 출생 시 지정된 성별이 무엇이든, 성별 정체성이 무엇이든, 경기장 밖에서 평소에 어떤 성별로 살든 상관없다. 그럼 더 공정한 거 아니냐고? 국제육상경기연맹의 호르몬 규정은 성염색체가 XX인 사람에게는 적용되지 않는다. 성염색체가 XX라면 혈중 테스토스테론 농도가 5nmol/L 이상이어도, 10nmol/L 이상이어도 출전에 제한이 없다. 같은 신체적 특징이어도 결국 염색체로 차별을 하는 셈이다. 테스토스테론은 죄가 없다. 하지만 편견은 계속 죄를 저지른다.

스포츠의 공정성을 해치는
시스젠더들

처음에는 '트랜스젠더는 공정성을 해치지 않는다'라는 제목의 글을 쓰려 했지만, 아무리 생각해도 트랜스젠더에게 문제가 있는가 없는가를 두고 백날 천날 논쟁해봐야 공정성 문제가 해결될 리 없을 것 같아 바꾸었다. '트랜스젠더와 스포츠', '트랜스젠더와 공정성', '트랜스젠더 여성과 여성 선수 자격' 같은 말을 할수록 사람들의 머릿속에 트랜스젠더는 어딜 가나 트러블을 일으키는 존재라는 이미지만 굳어질 뿐이다. 이제 관점을 바꾸어 이 주제를 다루어 보자.

2022년 3월에 미국대학체육협회 주최 수영대회에서 리아 토마스라는 22살의 트랜스젠더 여성 선수가 500야드 자유형에서 1등을 차지했다. 트랜스젠더 선수가 우승하자 비난이 쏟아졌다.

남자 선수로 별 볼 일 없으니까 여자 경기로 옮겼다는 의심과 공격도 이어졌다. 이는 사실이 아니다. 리아는 2018년 2월에 아이비리그 챔피언십 남성 경기에 처음 출전해 1,000야드 자유형에서 6위를 했고, 2019년 2월엔 500야드, 1,000야드, 1,650야드 자유형에서 모두 2위를 차지한 유망주였다. 하지만 자신의 성별 정체성에 대한 고민이 점점 깊어지면서 급기야 수영장에서 공황 발작까지 겪었고, 코치에게 커밍아웃을 했다. 주변의 지지를 받아 2019년 5월부터 호르몬 치료를 시작했다. 그해 11월에 열린 대회엔 여자 수영복을 입고 남자 경기에 출전해야만 했다. 트랜스젠더 여성은 호르몬 치료를 1년 이상 해야 여자 선수로 출전할 수 있으므로 어쩔 수 없었다. 남자 경기에 여자 수영복을 입고 출전했으니 심리적 압박감이 얼마나 컸을까. 리아는 이날 200야드 자유형에서 554위에 머물렀다. 남자 선수로는 빛을 못 볼 것 같으니 여자인 척하며 여자 경기로 들어와 금메달을 훔쳤다는 비난의 근거는 바로 이 2019년 11월 경기의 성적을 근거로 한다. 편견을 버리고 리아의 이전 기록까지 살펴본다면 리아 토마스는 그저 수영에 재능이 있는 '사람'일 뿐이다.

리아 토마스는 남자로서 청소년기를 보내서 키와 체격이 여성보다 좋을 수밖에 없다고 주장하는 이들도 있다. 하지만 다른 시스젠더 여성 선수들과 비교해서 압도적인 신체를 지닌 것은 아니다. '여자 펠프스'라고 불리는 미국의 케이티 러데키의 키는

183cm다. 15살에 2012 런던 올림픽 800m 자유형에서 금메달을 땄고, 19살엔 2016 리우데자네이루 올림픽에서 무려 4개의 금메달을 목에 걸며 압도적인 기량을 자랑했다. 역시 같은 미국 수영 선수로 '미사일'이란 별명을 가진 미시 프랭클린은 100m·200m 배영 세계신기록을 보유하고 있으며, 키는 185.4cm다. 캐나다의 페니 올렉시액 선수는 2016 리우데자네이루 올림픽에서 100m 자유형과 접영에서 금메달을 땄으며, 키는 186cm다. 50m·100m 자유형과 100m 접영 세계신기록 보유자인 스웨덴의 사라 셰스트룀 선수의 키는 182cm다. 이러니 키가 185cm인 리아 토마스를 보고 트랜스젠더여서 키가 크고, 그래서 공정하지 않다고 할 수는 없지 않은가. 더군다나 리아 토마스의 기록은 기존에 수립된 여자부 세계신기록과 비교하면 한참 느린 편이다.

트랜스젠더 여성이 시스젠더 여성에 비해 체내에서 테스토스테론이 훨씬 많이 분비되는 사춘기를 보냈고, 그래서 골격계 발달이 더 우수하므로 여자 경기에 출전하는 것은 불공정하다는 주장은 어디까지가 사실일까? 이를 판단하기 위해 과학자들이 더 많은 데이터를 모으고 치밀하게 연구할 필요가 있다. 아직 관련 연구가 충분하지 않은 데다 명확한 결론이 나오지 않았다. 아무것도 확신할 수 없다면 어떻게 해야 할까? 명확해질 때까지 트랜스젠더 선수의 출전을 금지해야 할까? 트랜스젠더라는 이유로 스포츠를 할 수 없으면 연구 데이터는 어떻게 모을 수 있을까? 결국 이

런 결정은 트랜스젠더는 영구히 스포츠를 할 수 없는 결과로 이어
질 것이다. 변화가 생기려면 변화를 시도해야 한다.

트랜스젠더로서 스포츠의 높은 성별 구분의 벽을 넘어서기
위해 최초로 도전한 이는 미국 여자 테니스 선수인 르네 리처드
다. 안과의사로서 탄탄한 미래가 보장되어 있었지만, 끝까지 자
신을 속이고 살 수는 없었다. 오랜 고민 끝에 자신의 정체성을 받
아들여 수술을 한 뒤 성별 정정도 마쳤다. 그리고 어릴 때부터 좋
아했던 운동인 테니스를 계속하고 싶어서 프로 테니스 선수에 도
전했다. 르네가 트랜스젠더라고 커밍아웃을 하자 미국여자테니
스협회는 염색체 검사를 받고 통과해야 한다며 출전을 허가하지
않았다. 이에 굴하지 않고 르네 리처드는 협회를 고소했고 결국
뉴욕대법원이 르네 리처드의 손을 들어주면서 1977년 US오픈에
참가했고 1981년까지 선수 생활을 했다. 경기 때마다 관중들의
야유에 시달려야 했지만 세계 랭킹 20위까지 올라갔었다.

르네 리처드가 처음 커밍아웃했을 때도 트랜스젠더 여성의
출전을 인정하면 앞으로 남자들이 모두 성전환을 하고 여자 경기
에 출전할 거라며 반대하는 목소리가 높았다. 하지만 그런 일은
벌어지지 않았다. 르네 리처드 이후 두 번째로 커밍아웃한 트랜스
젠더 여자 테니스 선수가 나온 건 무려 30년이 넘게 지난 2009년
으로, 안드레아 파리데스라는 칠레 선수였다. 그리고 첫 경기에
서 져서 다음 경기에 나갈 수 없었다. 이런 과거가 있음에도 트랜

스젠더 선수가 한 명 나올 때마다 출전을 허용하면 시스젠더 여자 선수들은 불이익을 당하고 모든 걸 뺏기게 될 거라고 과장하며 트랜스젠더를 향한 혐오 발언을 쏟아낸다.

올림픽에서 트랜스젠더의 참가가 허용된 것은 2004년이지만, 트랜스젠더 여성 선수가 처음 올림픽에 출전한 것은 2021년이다. 사람들의 걱정대로 트랜스젠더 여성들이 여자 스포츠를 장악한다면 출전이 허용되자마자 쏟아졌어야 하는 게 아닐까. 너무 당연하게도, 트랜스젠더 여성이라고 해서 모두 경기에서 이기는 건 아니다. 시스젠더 여성에게 지고 저조한 성적을 거두는 경우도 많다. 다만 트랜스젠더가 시스젠더에게 졌다고 놀라워하며 보도되는 일이 없을 뿐이다. 오로지 이겼을 때만 대대적으로 알려지고, 불공정한 일이라다며 분노와 혐오 발언이 쏟아진다. 즉 모든 트랜스젠더가 시스젠더보다 뛰어나지 않으면 문제가 안 생긴다. 하지만 그것이 가능할까? 역사상 굉장히 뛰어난 시스젠더 스포츠 선수들이 많듯이, 트랜스젠더들 중에서도 뛰어난 운동 신경과 근력, 체력을 비롯해 정신력까지 갖춘 훌륭한 스포츠 선수가 있는 것 역시 자연스럽다. 그러니 가끔은 시스젠더를 이기는 트랜스젠더도 나올 수 있다. 이런 차이도 받아들이지 못한다는 건, 결국 시스젠더 여성만 우승해야 한다는 것과 뭐가 다른가.

스포츠 경기에서의 공정함은 모두 똑같은 신체 조건을 가져야 한다는 의미가 아니다. 올림픽에서만 수십 개의 금메달을 목에 건 미국의 수영 선수 마이클 펠프스는 수영 종목에 특화된 신체를 타고난 것으로 유명하다. 손목과 발목 관절의 뛰어난 유연성, 거의 오리발을 찬 효과를 낸다는 350mm의 큰 발, 자신의 키보다 더 긴 팔길이(쭉 펼친 팔 길이가 2미터를 넘는다), 하체보다 긴 상체 등 역대 최고의 신체를 타고난 선수라고 일컬어진다. 이런 몸은 그가 얼마나 축복받은 수영 선수인지 감탄하고 칭송하는 근거가 되지, 출전 금지 사유가 되진 않는다. 이뿐인가. 펠프스는 타고난 재능에 기대지 않고 지독할 정도로 성실하게 훈련한다며 입에 침이 마르도록 칭찬한다. 다른 선수는 엄두도 못 낼 특수 제작된 값비싼 수영복을 입고 특별한 훈련을 받아도 스포츠의 공정성을 깬다고 비난받지 않는다. 하지만 트랜스젠더 선수가 경기에서 좋은 성적을 내면 얼마나 노력했는지는 보지 않고 '원래 남자여서' 잘한다고만 할 뿐이다.

트랜스젠더로 커밍아웃을 하고 올림픽에 출전한 최초의 선수는 로렐 허버드는 2018년에 팔꿈치 부상을 입어 선수 생활이 중단될 뻔했지만, 이를 극복하고 국가대표로 선발되어 2020 도쿄 올림픽에 출전했다. 그런데 아무도 이런 사실에는 주목하지 않고 그저 남자가 일부러 고환을 제거하고 여자 경기에 출전했다는 식의 악의적인 조롱과 비난만 사람들의 다양한 의견인 양 기사화된다. 하지만 이런 폭언과 차별적 시선을 견디며 최선을 다해 연습하고 경기에 임하는 허버드의 모습은 보도되지 않는다.

트랜스젠더 여성의 여자 경기 참가를 반대하는 이들은 트랜스젠더를 혐오해서가 아니라 스포츠의 공정성을 지키기 위해서라고 말한다. 2023년 현재 미국의 20개가 넘는 주에서 트랜스젠더는 여자 경기나 청소년부 여자 경기에 출전할 수 없도록 규정한 조례를 만들었다. 국제수영연맹은 13세 이전에 성전환을 하지 않았다면 여자 경기에 출전하지 못하게 하는 규정을 제정했고, 국제사이클연맹도 2023년 3월 돌연 테스토스테론 기준을 강화한다고 발표했다.

엘리트 선수들의 세계에서만 이런 기준들이 적용될까? 트랜스젠더가 경기장에 들어서는 것 자체가 불공정하다는 인식이 퍼지면 취미로 스포츠를 즐기는 것도 어려워질 것이다. 나는 궁금하다. 공정함은 스포츠에서 중요한 가치라고 모두 입 모아 말하니 더욱 궁금하다. 시스젠더는 누구나, 자신이 원한다면 스포츠를 즐길 수 있는데 아무리 원해도 트랜스젠더 여성은 스포츠에 참여할 기회를 갖지 못하는 이 불공정은 어떻게 해결할 것인가.

올림픽에서 다른 국가가 메달을 더 많이 딸 것을 우려해서 여성들의 외음부를 육안으로 검사하는 것까지 마다하지 않았던 과거를 떠올려보라. 지금 이 논의는 메달을 따느냐 아니냐의 문제가 아니다. 트랜스젠더도 평범하게 일상에서 스포츠를 즐길 수 있느냐의 문제다. 트랜스젠더 청소년들도 꿈을 가질 수 있느냐의 문제다. 트랜스젠더는 스포츠를 즐기는 시민이 될 수 있는가의 문제다. 이 기회를 박탈하고 스포츠에서의 공정성을 해치고 있는 사람들은 과연 누구인가.

'생물학적 여성'만
입장 가능한 세상은

2020년 2월, 트랜스젠더 여성이 숙명여대에 합격했지만 입학하진 못했다. 입학을 반대하는 이들의 목소리가 너무 강했고 또 폭력적이어서 무탈하게 학교를 다닐 수 있을지 아무도 장담할 수 없었기 때문이다. 입학을 반대한 이들은 아무리 외과 수술과 법적 성별 정정을 마쳤더라도 남자로 태어났으므로 남자일 수 밖에 없다고 했다. 태아의 성별 감별이 가능해진 후 여아라는 이유로 배 속에서부터 살해 위협에 노출되고, 다행스럽게 태어나도 딸이라는 이유로 찬밥 신세가 되고, 여성에 대한 차별과 성폭력이 일상적으로 벌어지는 사회에서 불안하게 지내면서 매달 찾아오는 월경통을 겪지 않았기에 여성일 수 없다며, 트랜스젠더 여성의 입학은 남성이 여성의 공간을 침입하는 것과 같다고 주장했다.

그 후 몇 년 사이에 '생물학적 여성만 참석 가능'이라는 조건을 내건 행사들이 많아졌다. 나는 너무 답답한 마음에 페이스북에 이런 글을 쓴 적이 있다. '생물학적 여성'만 참석 가능한 행사를 주최하시는 분들, 그 행사에 동조해서 가시는 분들을 향한 글이었다. 자신이 '생물학적 여성'인지 아닌지 판단할 수 있도록 정확한 정의와 기준도 함께 명시해달라고. 나의 질문은 구체적이고 집요했으나 '생물학적 여성'인지는 딱 보면 알 수 있다는 댓글이 달렸다. 오, 그럴 리가. 그렇다면 왜 나의 '생물학적' 성별은 이토록 늘, 잘 숨겨지는가. '생물학적 여성'만 입장 가능한 행사에서 정작 입구에서부터 붙잡히는 건 그들이 말하는 '생물학적 여성'인 나다.

'생물학적 여성'만 입장 가능하다는 공지가 일상적으로 쓰이는 사회는 당장은 '생물학적 여성'들의 안전과 안위를 보장해주는 것처럼 보이겠지만 곧 그 바닥이 드러날 수밖에 없다. '생물학적 남성'이란 표현이 거의 쓰이지 않는 건, 여성이 남성보다 절대로 뛰어날 수는 없다는 전제가 있기 때문이다. '생물학적 여성'의 범주에 집착할수록 여성과 남성의 차이는 더 강화되고, 간극은 더 멀어진다. 남성은 무엇이든 될 수 있지만 여성은 무엇이 되어야 하는지, 무엇이 될 수 있는지 그 입지가 점점 더 좁아질 것이다. '생물학적 여성'이란 단일한 여성 범주를 만들어내고 싶은 욕심이 보수 정치세력과 결합하면 사회를 얼마나 후퇴시키는지는 지금 미국에서 벌어지는 일들만 보아도 알 수 있다.

2023년 4월, 미국 캔자스주에서는 트랜스젠더가 여자화장실, 운동시설의 탈의실, 가정폭력 보호소, 성폭력 위기 센터, 구치소 및 교도소 등을 이용하지 못하도록 하는 법을 만들었다. 현재 미국에서는 21개 주에서 트랜스젠더 스포츠 선수의 여자 경기 참여를 제한하는 법을, 15개 주에서 미성년자 트랜스젠더의 의학적 접근을 금지하는 법을, 7개 주에서는 트랜스젠더의 성별 정체성에 따른 시설 사용을 제한하는 법을 시행하고 있다.

이 배경에는 '독립한 여성의 목소리Independent Women's Voice' 등의 우익 여성단체가 만든 '여성권리장전Women's Bill of Rights'이 있다. 실제 내용은 반反 트랜스젠더 권리 선언문이다. 이 선언문에서 여성의 정의는 "태어날 때부터 난자를 생산하도록 만들어진 생식 체계를 지닌 사람"이다. 모든 법률은 '생물학적 성별'만을 인정해야 한다고 명시하며 다음과 같은 내용이 포함되어 있다.

- 성별 간의 생물학적 차이란 여성만이 임신하고, 출산하고, 모유 수유를 할 수 있음을 의미한다.
- 성별 간의 생물학적 차이란 평균적으로 남성이 여성보다 크고, 강하고, 빠르다는 것을 의미한다.
- 성별 간의 생물학적 차이로 인해 성폭력을 포함한 특정 형태의 폭력으로 남성보다 여성이 더 많은 피해를 입을 수 있다.

이러한 관점은 성폭력이 일어나는 원인을 사회에 만연한 성차별, 성별 고정관념, 성폭력을 용인하는 잘못된 관습과 문화 등이 아니라 생물학적 차이라고 보는 것이다. 그리고 남성보다 키가 크거나 힘이 센 여성이 존재할 수 있다는 것 자체를 의심하게 만든다. 여성을 임신, 출산, 모유 수유를 하는 존재로 정의하면 아이를 낳지 않거나 모유 수유를 하지 않는 여성은 '진짜 여성'이 아니게 된다. 더욱 끔찍한 건 이 권리장전은 백인과 흑인 시민이 버스도, 학교도, 분수대도 다 구분해서 사용해야만 했던 인종차별을 합리화할 때 사용한 논리인 "분리하되 평등하다separate but equal"를 다시 끌고 왔다는 점이다. 여성권리장전은 일부 시설과 조직을 '생물학적 성별'에 따라 구분하는 것을 두고 "성별에 따른 분리는 본질적으로 불평등한 것은 아니다"라고 주장한다.

인권을 파이 같은 것으로 여겨 이러한 관점에 힘을 실어주는 사람들도 있다. 그들은 트랜스젠더를 향해 '너가 내 파이를 먹으면 내 파이가(인권이) 줄어들잖아'라고 외치며 식탁에 앉기는커녕 아예 식당 안에 들어오지도 못하게 한다. 식당이 위험해진다며 자신의 안전을 지키기 위한 불가피한 조치라고 말한다. 이들은 트랜스젠더가 화장실에 들어오게 하는 것은 모든 남성에게 화장실을 개방하는 것과 같다고 주장하며 본질을 호도한다. 트랜스젠더가 자신의 성별 정체성대로 화장실을 선택할 권리를 보장해야 하는 것은 용변을 보기 위해 화장실을 갈 때 폭력에 노출되는 일이 없도록 하기 위해서일 뿐이다. 트랜스젠더 여성이 화장실에 용변을 보기 위해 들어가는 것과 시스젠더 남성이 범죄를 저지르기 위해 화장실에 침입하는 것조차 구분하지 않는 사회에서 여성은 정말 안전할 수 있을까? 지금 세계에서 매 분 매 초마다 트랜스젠더가 아닌 시스젠더들이 수많은 폭력과 범죄를 저지르고 있는 것은 차치하고 화장실에 용변을 보기 위해 들어오는 트랜스젠더를 위협적인 존재로 묘사하면 과연 여성에 대한 범죄를 예방할 수 있을까? 시스젠더 남성 범죄자가 트랜스젠더인 척하며 여성의 공간에 들어올까 봐 걱정할 수는 있지만, 트랜스젠더 여성을 배제하는 것이 해결책이 될 수는 없다. 이는 사기꾼이 변호사 행세를 할 것이 걱정되어 변호사라는 직업을 없애버리자는 주장과 같은 논리다.

숙명여대에서도 트랜스젠더 여성이 한때 남자였다는 이유로 입학하면 여성의 공간인 여대가 위험해진다고 했지만, 숙명여대엔 이미 시스젠더 남성들이 교직원으로 일하고, 교환학생으로 온 타대학 남학생들도 수업을 듣고 있었다. 남성중심적인 가부장제 사회에서 남성이 여성의 목소리를 지우고 여성의 안전을 위협한다면서 왜 오래전부터 주변에 있었던 시스젠더 남성에 대해서는 말하지 않고 한순간도 시스젠더 남성이었던 적이 없는 트랜스젠더 여성만 막으려는 것인가.

우리가 바로 지금 트랜스젠더 혐오에 맞서지 않는다면, '생물학적 여성만 입장 가능' 같은 규칙들을 허용한다면 시스젠더 여성의 삶 역시 틀에 갇히고 위험에 처한다. '생물학적 여성'이 누구인가에 대해서는 지구가 우주의 먼지로 사라지는 날까지도 깔끔하게 정의 내리지 못할 것이다. 생물학은 자연에 속한 일이고 여성이란 단어는 사회가 만들어내는 것이니까. 모양이 전혀 다른 두 조각을 들고 이가 맞도록 끼울 수는 없다.

나는
노력하지 않을 거예요

　사람들은 끊임없이 질문한다. "동성애는 후천적인 건가요? 선천적인 건가요?" 그럴 때마다 심드렁하게 '대체 그걸 알아서 어디에 쓰시게요?'라고 답하고 싶은 충동에 시달리지만 참는다. 대신 답을 같이 찾아보자고 제안한다. 어떤 일의 원인을 파악하려면 많은 표본을 살펴보며 연구하는 편이 유리한데, 동성애자는 그 수가 적은데다 잘 드러나지도 않는다. 동성애 연구의 가장 큰 약점은 표본이 적다는 것에 있으니, 먼저 표본이 많은 이성애의 원인부터 파악하는 게 더 빠르지 않을까. 이성애자가 되는 원인을 제외하면 동성애자가 되는 원인을 훨씬 쉽게 파악할 수 있을 테니. 그런데 아직 이성애자가 되는 원인에 대한 연구를 진행한다는 소식은 들려오지 않는다. 답답하니 우리라도 한번 해보자.

이성애자는 선천적으로 그렇게 태어나는 걸까. 이성에게 끌리도록 뇌나 심장에 무언가가 입력되어 태어나는 걸까. 유전자가 하는 일일까. 아니면 백지 상태로 태어났는데 후천적인 영향을 받아서 이성애자가 되는 걸까. 나는 강의 때 자신을 이성애자라고 밝힌 수강생들에게 종종 이성애자가 된 원인이 무엇인지 물어본다. 자신은 아주 어릴 때부터 이성에게 끌렸다며 선천적 이성애자라고 답하는 경우도 있고, 자라면서 당연히 여자랑 남자랑 좋아하는 거란 말을 들어서 별생각 없이 이성애자로 살아온 것 같다며 후천성에 좀 더 방점을 두는 분도 있다. 만약 동성을 사랑해도 되는 줄 더 일찍 알았다면 지금과 다른 삶을 살았을지 모르겠다고 아쉬움을 토로하는 분도 있다.

크게 이 세 가지 답변을 벗어난 적은 없으므로 이를 중심으로 분석해보자. 먼저 본인이 기억하는 아주 어릴 때부터 이성에게 끌렸으므로 선천적이라는 주장은 동성애자의 경우에도 똑같이 적용된다. 1998년에 《버디》 사무실에 자원활동을 하고 싶다고 찾아온 카이스트 학생이 있었다. 몇 달간 함께 일했는데 부모님에게 언제 커밍아웃을 했냐고 물었더니 유치원 다닐 때 했다는 게 아닌가. 깜짝 놀라 어떻게 그럴 수 있었느냐 했더니 자신은 유치원에 다니면서 다른 남자아이들이 여자아이를 좋아하는 것과 달리 남자아이를 좋아한다고 확실히 깨달았다고 한다. 부모님에게 말씀드려야 할 것 같아서 집에 있던 백과사전을 꺼내 자신을 설명할 단어가 있는지 찾아보다가 알맞은 단어를 발견해 부모님에게 가서 '저는 동성애자예요'라고 말했다고. 여자 친구에게 심장 떨린 기억은 나도 대여섯 살 때부터 있지만 백과사전을 찾아볼 생각은 못 했다. 아하! 어쩌면 나는 유치원을 안 다녀서 그럴지도 모르겠다. 또래의 이성애자 비교군이 없었으니까. 그러면 이해가 된다. 많은 이성애자들이 왜 자신의 성적 지향에 대해 궁금해하고 탐구해본 적이 없는지 말이다. 자신과 다른 사람을 만나본 적이 없기에 자신의 정체성이 궁금할 이유가 없었던 거다. 흥미롭지 않은가. 자신과 닮지 않은 사람을 만나야 비로소 자기다움을 들여다보게 된다는 것이. 이래서 '타인은 나의 거울'이라고 말하는 것일까.

아, 말이 샜다. 다시 본론으로 돌아가자. 우리는 지금 이성애는 선천적 기질인지 후천적 기질인지를 탐구하고 있다. 후천적 기질의 가능성을 넌지시 제시하는 두 번째, 세 번째 답변도 가만히 들여다보면 선천성의 증거가 된다. 남녀가 사랑해야 한다는 말에 별생각 없이 따른 이성애자가 넘쳐나는 세상에서 결코 이를 따르지 않은 동성애자가 있는 셈이니까. 국영수처럼 학습 능력과 효과가 사람마다 다르다고 하면 할 말이 없긴 하다. 누군가는 이성애를 굉장히 빠르게 잘 배우고, 또 누군가는 열심히 배우려 하지 않아 동성애자가 되었다고 한다면 말이다. (하지만 행복이 성적순은 아니지 않은가!)

중요한 것은 선천과 후천을 대립시키는 이들은 선천은 순수하고 좋은 것이고, 후천적인 것은 오염되고 변질된 것으로 여긴다는 점이다. 퀴어문화축제를 반대하려고 나온 분들은 피켓에 '사랑한다. 돌아오라'라고 쓴다. 동성애자를 혐오해서가 아니라 아끼고 사랑하는 마음에 좋은 길로 인도하기 위해서라며 말이다. 그들은 이성애자가 되려고 노력하면 될 수 있다고 말한다. 그렇다. 이 세상에 노력해서 안 될 일이 뭐가 있겠는가. 노력이란 그만큼 아름다운 말이다. 그런데 노력을 어느 방향으로 기울일 것인가도 중요하지 않을까.

나는 26살 무렵 언니에게 커밍아웃을 했다. 고향을 떠나 서울에서 지냈던 때라 언니와 자주 만나지 못했는데, 오랜만에 서울에 놀러온 언니와 밤새 수다를 떨다가 나의 마음속 이야기를 하게 되었다. 언니는 내가 동성애자란 말에 놀라워했지만 차분하게 이야기를 들어주었다. 나의 이야기가 거의 끝날 무렵 언니가 먼저 눈물을 흘렸다. 반대하거나 비난할 의도가 없었던 언니는 동생의 앞날이 험난할 것이라는 걱정이 앞섰던 모양이다. 떨리는 목소리로 언니가 말했다.

"동성애가 나쁜 건 아니긴 한데, 그래도 노력하면 안 되는 일이 없다고 하잖아. 왼손잡이가 노력하면 오른손잡이가 되듯이 너도 노력하면 이성애자가 되지 않을까?"

나도 울음이 터졌다. 서러웠던 것 같다. 사랑하는 사람이 생겼다는 이야길 했는데, 아주 어릴 때부터 그랬다고 말했는데. 언니도 아는 고등학교 때의 그 친구와도 사실은 애인 사이였고 아주 가슴 아프게 헤어졌다고, 사랑을 숨겨야 하다 보니 사랑을 지킬 수도 없었다고. 그래서 이제는 숨기지 않고 행복하게 살고 싶어서 커밍아웃을 했는데 노력해보면 안 되느냐는 말을 들으니.

"언니는, 지금 형부가 있는데도 굳이 다른 사람을 사랑하려고 노력할 수 있어? 나는 왜 노력해야 해?"

나는 이렇게 되물었다. 그리고 동시에 깨달았다. 아마 죽을 때까지 나는 내가 선천적 동성애자인지 후천적 동성애자인지 모를 것이다. 그건 조금도 중요하지 않다. 진짜 중요한 건 이건 사랑에 관한 이야기라는 점이다. 얼마나 진심인지가 가장 중요한 사랑 이야기. 그래서 나는 노력하지 않고 살 작정이다. 원인을 찾는 노력도, 사회가 원하는 연애에 부합하려는 노력도, 남들 사는 대로 평범하게 살려는 노력도 하지 않을 것이다. 물론 노력하지 않기 위한 노력은 좀 필요할 거 같지만.

전환해야 하는 건
당신입니다

　　뛰어난 정신의학자인 앤드류 솔로몬의 저작 중에 《부모와 다른 아이들》이란 책이 있다. 신동, 청각장애, 다운증후군, 자폐증 등 자신과 다른 특징을 지닌 자녀를 둔 부모들이 어떻게 자녀와 자신의 삶을 받아들이는지를 탐구하는 흥미로운 내용이다. 책에는 트랜스젠더 자녀를 둔 부모들의 이야기도 나온다. 특히 15살 자녀를 둔 아버지가 '트랜스 청소년 가족 모임'을 방문해서 상담하는 장면에 대한 묘사가 나에겐 인상적이었다. 그 아버지는 고민 끝에 모임을 찾아와 자녀가 지금은 자신을 여자라고 말하지만 아직 어린지라, 나중에 커서 마음을 바꾸면 어떻게 될지 걱정된다고 말했다. 그 말을 들은 모임의 대표는 이렇게 말했다.
　　"아들이 2살 때 기저귀 갈이대에서 자신이 여자라고 말했다고 방금 이야기하셨잖아요. 그리고 그 생각은 13년 동안 변하지 않았다고요. 당신은 미래의 일에 대해 걱정하고 있어요. 아이와 오늘 일에 대해 이야기하세요. 지금 당장이요."*

청소년 자녀가 커밍아웃을 하면 부모는 어른으로서 자신이 더 많은 것을 고려하고 살펴봐야 한다고 생각한다. 사랑하기에 걱정하는 것은 당연하다. 다만 한 가지 중요한 사실은 깜박했다. 자신이 조금만 더, 조금만 더 기다려보자며 유예하고 있는 오늘이 자녀에겐 이미 오래전부터 혼자 감당해온 미래였음을. 자녀의 말을 믿지 못하는 건 신중해서가 아니라 자기 안의 편견 때문임을.

이런 상상을 한번 해보자. 당신의 옆집에 어린 자녀를 둔 부부가 이사를 왔다. 새로운 이웃은 자신들을 소개하며 8살이 된 딸 하나를 뒀다고 말한다. 며칠 뒤 당신은 우연히 놀이터 옆을 지나다가 며칠 전에 소개받았던 옆집 부부의 아이를 만났다. 인사를 하고 이런저런 이야기를 나누는데 아이가 문득 "저는 남자예요"라고 말한다. 그때 어떤 생각이 들겠는가. 사람들은 양미간을 찌푸리며 8살은 너무 어린 나이고 아직 자기 자신을 정확히 알기엔 미숙하다고 의심할 것이다. 다른 문제가 있어서 착각하게 되었을 거라고 걱정한다. 만약 그 아이가 "저는 여자예요"라고 말했다면 어떨까. "너는 아직 자신의 성별에 확신을 갖기엔 어린 나이란다.

---

*   앤드류 솔로몬, 《부모와 다른 아이들 2》, 고기탁 옮김, 열린책들, 2015, 416쪽.

3부   전환해야 하는 건 당신입니다

커서 다시 생각해보렴"이라고 할까? 아니, 그런 일은 벌어지지 않는다. 8살쯤 되면 자신의 성별을 또박또박 말할 때라며 당연하게 여긴다. 결국 중요한 건 처음부터 나이가 아니었다. 우리는 사회가 정해놓은 성별대로, 내가 기대하고 있는 대로 말하는지에 따라 정상과 비정상으로 나눌 뿐이다.

흔히 트랜스젠더를 두고 성을 '전환'했다고 말한다. 하지만 트랜스젠더 입장에서는 자신의 그 무엇도 전환하지 않았다. 어쩌면 너무나도 지독하리만큼 자신을 속이지 않고, 자신의 성별대로 살고자 한 사람이다. 2살 때부터, 8살 때부터 자신의 성별이 무엇인지를 본인은 알고 있었다. 다만 10살, 20살, 30살이 될 때까지 주변 사람들에게 나의 성별에 대한 당신들의 인식을 바꾸어달라고 말하는 것이 어려웠을 뿐이다. 성공적으로 전환해야 하는 것은 성별이 아니라 가족과 친구, 이웃과 직장 동료들의 인식이다.

성별은 태어날 때 이미 결정되어 있다고들 말한다. 그렇다. 태어날 때 성별이 결정되어 있다면 그 성별이 무엇인지는 당사자에게 들으면 된다. 신생아의 외음부를 의사가 흘끗 보고 선언한 성별과 그 말을 듣고 작성된 출생신고서와 그에 따라 부여된 주민등록번호의 성별은 제3자가 생각한 성별, 의사가 생각한 성별이고 국가가 지정한 성별일 뿐이다. 태어날 때 가진 고유한 성별은 자라면서 나만의 언어와 행동으로 자연스럽게 표현된다. 어떤 이들은 트랜스젠더를 두고 자기 마음대로 성을 바꾼다며 힐난하지만, 오히려 다른 이의 성별을 자기 마음대로 추측하고 예단하는 일을 저지르는 건 누구인가.

《부모와 다른 아이들》에는 3살 때부터 치마 입기를 거부한 딸을 어떻게 이해해야 할지 몰라 힘들어 했던 한 어머니의 사례도 나온다. 오랜 상담 끝에 마침내 자녀를 트랜스젠더 남성으로 받아들인 날을 떠올리며 어머니는 이렇게 말한다. "나는 우울한 딸과 함께 들어갔다가 행복한 아들과 함께 나왔습니다."

전환이 필요한 건 과연 누구인가. 우리에게 필요한 질문은 이것이다.

4부

퀴어하게 세상 읽기

아담과 이브의
배꼽

    일전에 어떤 글에서 아담과 이브의 배꼽 이야길 읽은 적이 있다. 엄마의 탯줄을 끊고 태어나는 지금의 인간들과는 달리 신이 직접 흙을 빚어 탄생시킨 최초의 인류인 아담과 이브에게는 배꼽이 없어야 하지 않냐는 내용이었다. 일리가 있다 싶어 인터넷에서 아담과 이브 그림을 검색했다. 기원후 4세기 기독교가 로마의 국교로 공인된 이후 중세를 거쳐 지금까지 숱하게 그려진 아담과 이브에겐 배꼽이 있었다. 그럼 신학적으로 배꼽을 인정한다는 건가? 원래 아담과 이브에겐 배꼽이 없어야 맞지만 후세의 인간들의 몸과 다를 것을 배려해 미리 배꼽을 만드셨다는 해석도 있었다. 1950년대 미국에서는 아담의 배꼽을 그린 삽화가 들어갔다는 이유로 책이 전량 수거되는 일도 있었다고 하니 한 가지 해석으로 정리된 건 아닌가 보다.

　나는 아담을 신의 모습을 본떠 만들었다는 구절이 생각났다. '아! 하나님에겐 배꼽이 있었나?' 하나님의 모습을 어디서 보지 고심하다가 미켈란젤로의 〈천지창조〉를 떠올렸다. 두근대며 그림을 찾았는데 실오라기 하나 걸치지 않은 아담과 달리 하나님께서는 옷을 입고 계셨다. 배꼽의 존재 여부를 알 수 없어 하나님 옆에 있는 천사들을 유심히 살폈다. 확대에 확대를 거듭했다. 하나님의 왼팔 근처에 있는 천사(혹자는 탄생 이전의 아기 예수라고도 주장하는 천사다)의 배꼽이 명확히 보였다. 호기심에서 시작했는데 아담과 이브의 이야기를 진지하게 다시 살펴야겠다는 생각이 들었다. 이브가 선악과를 먹은 벌로 에덴동산에서 쫓겨나 출산의 고통을 겪는 것처럼 말하지만, 흙으로 창조하실 때 배꼽을 미리 만드셨다면, 그리고 천사들에게도 배꼽이 있었다면? 우리가 죄에 대한 해석을 잘못하고 있는 것인지도 모른다.

　나는 전부터 아담과 이브에 대해 많이 생각해왔다. 〈창세기〉에서 조물주의 행동은 분명 어딘가 미심쩍다. 신은 모든 동식물을 이미 암수 짝을 지어 창조하셨음에도 불구하고 인간만 짝 없이 만드셨다. 그러다 갑자기 '사람이 혼자 사는 것은 좋지 아니하니'라며 배필을 지어주겠노라 한다. 우리는 아담이 신에게 이브를 만들어달라고 부탁한 것이 아님을 상기해야 한다. 결국 '좋지 않았다'는 것은 신이 보시기에 그랬다는 의미다. 신은 대체 어떤 점이 새삼스레 좋지 않다고 생각하신 걸까.

　그뿐만이 아니다. 아담과 이브가 선악과를 먹었을 때 신께서 불같이 화를 내고 에덴동산에서 쫓아냈다고 알려져 있다. 중세의 화가들은 아담과 이브가 벌거벗은 채로 신체 일부만 잎사귀로 겨우 가린 채 울면서 에덴동산에서 내쫓김당하는 장면을 그렸다. 그런데 이는 성경 내용과 다르다. 〈창세기〉 3장 21절에는 "여호와 하나님이 아담과 그의 아내를 위하여 가죽옷을 지어 입히시니라"라고 쓰여 있다. 참 다정한 신이 아닐 수 없다. 화는 났지만 그래도 에덴동산 밖에서 살려면 옷이 필요할 거라고 직접 지어 입히기까지 하시니.

　아담과 이브는 에덴동산을 나와서야 비로소 사랑하고 노동하며 더 많은 인간을 낳고 기르는 생생한 인간의 삶을 살았다. 그렇지만 후손들은 무상급식, 무상주거 등 최상의 복지 시스템을 갖춘 곳에서 쫓겨난 것을 못내 아쉬워하며 되레 아담과 이브를 원망한다. 원래 자신들의 것이 아닌데도 '입주 자격'을 상실한 책임을 아담과 이브에게 지우고 싶어 한다.

　로마제국의 교부 철학자 아우구스티누스는 5세기 경에 원죄론을 설파했다. 아우구스티누스에 따르면 하느님의 말을 거역하고 선악과를 따먹은 '아담의 죄'는 성관계를 통해 태어난 갓난아기에게 그대로 전해진다. 그래서 모든 인간은 '원죄original sin'를 가지고 태어난다. 인간이 영생을 얻지 못하고 죽음에 이르는 이유도 그러하다. 인간의 탄생과 죽음을 자연의 섭리가 아니라 원죄로 말미암은 결과로 해석한다. 지금은 이 원죄론이 기독교의 핵심 교리가 되었지만 처음부터 그랬던 건 아니다. 같은 시기에 신학자 펠라기우스는 아담의 죄는 아담에게서 끝나고 모든 사람은 아담이 죄를 짓기 이전의 상태로 태어난다고 보았다. 그러므로 인간이 원죄에서 벗어나려고 유아세례를 받을 필요는 없으며 인간의 자유의지로 죄를 짓지 않고 신이 인간에게 부여해주신 선한 능력대로 살 수 있다고 주장했다. 아우구스티누스와 펠라기우스의 이런 논쟁이 만약 더 깊고 치열하게 펼쳐졌으면 어땠을까? 하지만 아우구스티누스의 정치적 수완이 더 뛰어났고 경쟁자 펠라기우스는 효과적으로 제거되었다. 당시 교황이었던 인노켄티우스 1세는 펠라기우스를 파문하고, 호노리우스 황제는 그를 이단자로 지정해 추방했다. 인간의 죄는 인간이 아니라 하나님이 정하시는 것이라 하면서도 결국 아담의 죄가 원죄인지 아닌지는 인간이 정한 셈이다.

　배꼽 논쟁을 따라가다 보니 예수님에게 배꼽이 있었냐는 질문과도 만났다. 당연하지 않을까? 마리아님을 통해 태어나셨으니. 만약 없었다면 이 엄청난 사실이 기록되지 않았을 리가 없다. 그런데도 이런 질문이 나오는 이유는 만약 예수님께서 마리아의 탯줄을 끊고 태어나셨다면 원죄론에 입각해 예수님도 원죄를 갖고 태어나신 것이 되기 때문이다. 게다가 인간의 모든 죄를 대신 짊어지기 위해 오신 예수님이 다른 인간들과 똑같을 수는 없다. 예수님은 인간의 몸을 빌려 태어나셨지만 원죄를 갖고 태어나는 보통의 인간은 아니어야 한다. 이 딜레마를 해결하기 위해 '무염시태' 논리가 등장한다. 예수님이 원죄가 없으려면 예수님을 낳으실 성모 마리아님부터 원죄가 없어야 한다. 무염시태란 마리아님만 특별히 하나님의 은총을 받아 원죄가 없는 상태로 태어나셨다는 이야기다. 나는 신학자가 아니니 이 교리를 보다 자세하게 분석할 수는 없지만, 무염시태 이야기를 읽으며 생각했다. 그럼, 원죄 없이 태어난 인간은 인류 역사상 마리아님이 유일하지 않은가! 이는 곧 원죄가 없는 유일한 인간은 여성이라는 의미다. 이건 어떤 남성 인간도 성취하지 못한 영광이다. 여자는 교회에서 침잠해야 하고 성직자도 될 수 없다고 주장하는 이들은 왜 이 사실을 쏙 빼놓고 이야기하는 걸까. 하나님은 나이가 좀 지긋한 남성으로, 예수님은 젊은 남성으로 묘사하는 데 익숙하다 보니 두 분을 남성 인간으로 착각하는 듯하다. 이에 대해서는 유명한 노예해방운동가이자 여성인권운동가였던 소저너 트루스가 남긴 말이 있다. "나는 여자가 아니란 말입니까"로 알려진 그 유명한 연설은 이렇게 마무리된다. "예수님은 어디서 왔죠? 신과 여성으로부터 왔잖아요. 남성은 예수님과 아무런 관련이 없어요."

사실 아담과 이브는 내가 강의할 때도 종종 등장한다. "만약 동성애를 인정하셨다면 신은 왜 아담과 이브를 만드셨을까요?"

라는 질문은 단골손님과 같다. 만약 태초에 신이 아담과 스티브, 이브와 제인을 만드셨다면 지금처럼 동성애를 혐오하는 대신 동성애를 권장하는 사회가 되었을까. 신은 동성애를 인정하지 않는다는 뜻을 강조하기 위해 일부러 아담과 이브를 만드신 것일까. 정녕 이렇게밖에 이해할 수 없는 걸까.

내 생각엔 신은 남자와 여자라는 두 항목의 조합은 남남, 여여, 남녀 이렇게 세 종류가 된다는 간단한 사실을 인간이 당연히 깨달으리라 기대하셨을 것 같다. 아담과 이브로부터 시작해 지금까지 태어난 인간의 수는 헤아릴 수 없을 정도로 많다. 사랑을 나누는 사람들 역시 저마다 피부색, 언어, 생김새, 성격, 혈액형 등이 다를 것이다. 그들의 특징이 아담과 이브와 일치하는지 하나하나 가려낼 방법도 없을 텐데, 유독 성별에 있어서만 단 하나의 조합만 가능하다고 우기는 걸까. 신이 아담과 이브를 짝으로 만든 것이 훗날 동성끼리 사랑한다는 이유로 누군가를 경멸하고 장작더미에 올려 불태워 죽이는 것을 허락하기 위한 의도적 설정이라도 된단 말인가. 나는 아담과 이브가 설사 최초의 이성애자였다고 해도 인류의 조상으로서 자신의 후손인 동성애자를 싫어하고 미워하진 않았을 것 같다.

성경에서 '죄Sin'라는 단어가 언제 처음 등장하는지 찾아본 적이 있다. 〈창세기〉에서 '죄'는 카인이 아벨을 죽일 때 처음 등장하지 아담과 이브를 내쫓을 때 등장하지 않는다. 아담과 이브는 신에게 잘못을 저질렀을지 모르지만 같은 인간에게 잘못한 적은 없다. 신은 카인이 동생에 대한 질투심으로 표정이 일그러질 때 그의 마음을 알아채시고 '죄'를 짓지 말라고 하셨다. 그렇다면 죄는 무엇일까. 신이 보시기에 인간의 가장 큰 죄는 무엇일까. 바로 인간이 인간에게, 인간이 신의 다른 피조물에게 저지르는 폭력, 혐오, 멸시가 아닐까. 아무리 생각해도 아담과 이브는 지금 많이 억울할 것 같다. 누군가 자기들을 핑계 삼아 여성과 성소수자를 차별하고 그들에게 폭력을 저지르고 있으니 말이다.

정치와 종교의 분리는
중요하다

대한민국 헌법 제20조 2항, 이른바 '정교분리의 원칙'은 다음과 같다. '국교는 인정되지 아니하며, 종교와 정치는 분리된다.' 그러나 이 원칙은 지금 이 땅에서는 작동하지 않는 듯하다. 정교유착이 훨씬 더 잘 어울린다. 차별금지법만 봐도 그렇다. 2007년에 처음 발의된 이 법이 지금까지 제정되지 못한 이유는 단 하나다. 보수개신교에서 반대하고, 정치권이 그들의 눈치를 보기 때문이다. 게다가 나서서 반대해보니 의외로 잘 먹힌다 싶었는지 차별금지법뿐만 아니라 가족, 청소년, 성평등, 인권과 관련된 법과 조례까지 범위를 넓혔다. 이젠 보수개신교의 입맛에 따라 제정과 개정이 무산되거나, 심지어 폐지·개악되는 실정이다.

동거하거나 사실혼 관계인 사람들의 권리를 보장하기 위한 진선미 의원의 '생활동반자관계에 관한 법안'(2014년)은 발의는 되었으나 보수개신교의 반대에 부딪쳐 국회에서 제대로 된 논의도 해보지 못한 채 사라졌고, 인권교육을 활성화하려는 '인권교육지원법안'(2014년) 역시 보수개신교의 엄청난 항의에 부딪쳐 결국 대표발의자인 유승민 의원이 법안을 자진철회했다. 박경미 의원은 '한부모가족지원법'(2016년) 개정 과정에서 발의자도 예상하지 못한 항의에 시달렸다. 법안의 '각급 학교에서 한부모가족을 비롯한 다양한 가족형태에 대한 이해를 돕는 교육'이라는 문구가 동성애를 조장한다는 것이다. '다양한 가족형태'에 동성결혼이 포함될 수 있다고 본 것이었다. 비슷한 이유로 남인순 의원이 발의한 '건강가족기본법'(2021년) 개정도 무산되었다.

지자체 단위로 살펴봐도 마찬가지다. 2014년 시민위원회의 합의를 통해 만들어진 '서울시민인권헌장'은 선언식만 앞둔 상태였지만 다음 시장 선거를 염두에 둔 박원순 시장은 보수개신교 세력의 반대를 의식해 '합의가 되지 않았다'는 터무니없는 이유로 발표를 취소했다. 2017년 포항시의회는 인권기본조례를 입법예고까지 해놓고 보수개신교의 반대에 부딪치자 철회했다. 경상남도 학생인권조례 역시 10년이 넘도록 제정되지 못하고 있다. 제주도의 인권 관련 조례 현황도 이와 비슷한 상황이다.

한편 대구 서구의 조례 제정 과정은 이런 반대가 얼마나 일관성이 없는지를 보여준다. 대구 달서구에서 2017년 청소년노동인권조례가 발의되었으나 이 조례가 동성애를 조장한다는 보수개신교 세력의 반대를 넘어서지 못해 제정이 무산되었다. 그런데 2021년 대구 서구에서 청소년노동인권조례와 동일한 내용의 '청소년 근로권익 보호 및 증진 조례'를 제정했는데 이번엔 항의 전화가 단 한 통도 걸려오지 않았다고 한다. 노동을 근로로, 인권을 권익으로 바꾸니 갑자기 동성애 조장 법안이 아닌 게 되었다. 그러니 애당초 동성애 반대가 목표가 아니었던 것이다. 조례 내용이 같은데도 조례 이름만 바뀌면 알아차리지 못하는 것은 누군가가 찍어주는 좌표에 따라 움직이기 때문이다.

대표적인 보수개신교 세력인 전광훈 목사가 광화문에서 집회를 열며 여당이 자신의 말을 따르지 않으면 새로운 정당을 창당할 것이라고 협박성 발언을 하는 것을 보면, 정치와 종교의 분리는 커녕 이미 특정 종교가 상당한 정치 세력이 되었음을 알 수 있다.

왜 이렇게 된 것일까. 오랜 세월 정치와 종교가 서로 이익을 주고받아온 탓이다. 이를 잘 보여주는 사례를 하나 살펴보자. 1926년 대한예수교장로회는 조선총독부에 기차를 이용할 때 특혜를 달라고 요청한다. 대한예수교장로회에서 총회를 열면 전국에서 사람들이 모여야 하니 당일 참석자들에게 승차권을 50% 할인해주고, 소속 목사들에게는 1년 내내 승차권을 50% 할인해달라는 것이다. 조선총독부는 당시엔 이 요청을 거절했다. 그런데 10년 후인 1936년에는 목사를 비롯한 포교자는 50%, 총회 참석자는 20%의 할인 혜택을 주는 정책을 시행했다. 왜 태도가 바뀐 걸까?

　　일본은 1937년 중일전쟁을 시작했고, 1938년에 국가총동원법을 시행한다. 즉 전쟁을 명분으로 노동력, 시설, 물자 등 모든 걸 마음대로 쓰겠다는 것이니 당연히 사람들의 불만이 커질 수밖에 없다. 외부에서 전쟁을 하는 동안에 이러한 내부의 저항을 줄일 대책이 절실했을 것이다. 실제로 대한예수교장로회는 이 시기부터 일본에 충성을 맹세하는 '신사참배'를 시작한다. 우상숭배를 금지한 교리에 어긋난다며 목숨을 걸고 신사참배를 거부한 기독교인들도 있었지만, 대한예수교장로회는 총회를 열어 신사참배는 그저 황국신민으로서 하는 애국 행위일 뿐이므로 교리에 어긋나지 않는다는 성명서까지 발표하며 신사참배를 강행했다. 이뿐만이 아니다. 창씨개명, 총회 기록을 일본어로 쓰기, 전쟁 물자 지원을 위한 헌금 모금, 전쟁 무기 제작을 위해 교회종 헌납, 황국신민 선서 제창 등 적극적으로 일제에 협력하는 행보를 이어갔다. 종교인으로서 전쟁을 반대하고 식민지배에 저항하는 대신 말이다.

　　해방 후에 정교유착과 친일행적을 부끄러워하며 종교의 본본으로 돌아가려고 했으면 좋았을 텐데, 잘못을 반성하는 대신 덮으려 하다 보니 정교유착은 더 매끄럽게 강화되었다. 그도 그럴 것이 이승만으로부터 박정희와 전두환으로 이어지는 독재 정권은 일제와 다를 바 없이 권력자를 칭송하며 정당성을 부여해줄 종교를 필요로 했고, 성직자들은 자신들에게 특혜를 주고 기득권을 유지하게 해줄 권력자가 필요했기 때문이다. OECD 국가 중 한국만이 2017년까지 종교인의 소득에 세금을 부과하지 않았다는 사실만 봐도 그렇다. 세법에 종교인이 면세 대상으로 명시된 것도 아닌데, 법적 근거도 없이 관례적으로 정부가 종교인의 소득에 세금을 부과하지 않았던 것이다. 아니, 감히 부과하지 못했다.

1987년에 대통령 직선제가 실시되고 1991년에 지방자치제도가 부활하면서 지자체장, 도의원, 시의원, 구의원 선거를 치르게 되어 선거 횟수가 크게 늘어났다. 이렇게 되자 정교유착에서 권력의 추가 종교 쪽으로 기울어졌다. 단 한 표 차이라도 1위를 차지한 당선자가 모든 것을 갖게 되는 선거 제도에서는 지역을 기반으로 하는 중대형 교회가 정치인들에겐 표밭으로 보였고, 목사들은 마치 교인의 수가 자신이 보장해주는 득표수인 양 어깨에 힘을 잔뜩 줬다. 지난 몇 년 동안 정책 건의를 위해 국회의원, 지자체장, 구청장, 시의원에게 몇 번이나 면담 신청을 해서 간신히 10분이라도 시간을 얻어 만나 보면 놀랍게도 비슷한 변명을 늘어놓았다. "아이고, 우리 교회 목사님이 전화해서 어찌나 뭐라고 하시는지 저도 힘들어요."

종교와 정치의 공통점을 하나 꼽으라면 사람들에게, 국민들에게 위안을 주는 역할을 한다는 것이다. 종교엔 사후세계가 있기에 인간이 지금 이 생을 어떻게 살아야 하는지 방향을 제시한다.

시대를 뛰어넘는 보편적 진리로서 사랑과 자비를 설파한다. 한편 정치는 다양한 공동체 구성원이 평등하고 공정하게 자신의 삶을 살아갈 수 있도록 살피고 법과 정책 등 그 토대가 될 수 있는 것을 마련하고 실시한다. 그런데 성직자는 신 가까이에 있지 않고, 정치인은 시민 가까이에 있지 않다면? 지금 보수개신교는 가난한 이들 곁에 서기보단 부의 축적과 권력에 더 관심을 갖고, 성직자들의 성폭력과 횡령 등에는 눈을 감으면서 사회적 소수자들을 지목해 악마라고 외치며 자신들이 마치 사회정의를 실현하는 양 포장한다. 정치는 국민의 삶을 '지금 당장' 실질적으로 개선하는 노력 대신 선거에서 다시 당선되기 위해 종교의 눈치를 보며 '다음에'와 '나중에'를 외쳐댄다. 정교유착은 종교의 타락과 정치의 무능이 유착하는 것이다. 이 악순환의 고리가 언제 끊어질지⋯ 기약할 수가 없다.

호기심이란 단어에
속지 마라

살다 보면 '호기심 때문'이라는 말을 일상에서든 언론을 통해서든 종종 듣는다. 어떤 사람이 왜 그런 행동을 했는지를 분석할 때나 그 사람이 자기변명을 늘어놓을 때 등장하는 '호기심'이라는 단어는 우리를 두 개의 함정에 빠뜨릴 수 있다.

첫 번째 함정은 호기심에 의한 행동이 '선택의 결과'라는 사실을 간과하게 만드는 것이다. 호기심은 누구에게나 언제든 생기지만, 실제 행동과 호기심은 별개다. 가령 눈앞에 작은 항아리가 있다고 치자. 뚜껑이 닫혀 있어 안에 무엇이 있는지 볼 수도, 만질 수도, 냄새를 맡을 수도 없다. 너무 궁금해서 열어보고 싶지만 그 항아리는 나의 소유물도 아니고, 열지 말라는 경고문까지 붙어 있다. 나에게 뚜껑을 열 권한이 없는 것이 명백하다. 그럼에도 열었다면 이건 열기로 선택한 것이지 호기심 때문이 아니다. 두 번째 함정은 사람에겐 호기심 외에도 양심, 자존심, 수치심, 의협심 등 다양한 마음이 있음을 깜박하게 만든다는 점이다. 누군가 호기심 때문에 잘못을 저질렀다고 할 때, 왜 다른 마음은 호기심만큼 충분히 작동하지 않았는지까지 마저 질문해야 한다.

2020년 4월 1일, 방송기자클럽 초청 토론회에 참석한 당시 미래통합당 대표 황교안은 텔레그램 'n번방' 회원 26만 명에 대한 신상 공개가 필요한지를 묻자 "호기심 등에 의해서 n번방에 들어왔는데 막상 보니까 부적절하다고 판단해서 활동을 그만둔 사람에 대해서는 판단이 다를 수 있다고 생각한다"라고 답했다. 소위 '박사방'이나 n번방에 들어갔다는 이유만으로 강력하게 처벌하는 건 과하다는 의견을 표출한 것이다. 보도가 나간 후 비판이 쏟아졌다. 호기심이란 단어 때문이었다. n번방이나 박사방에 접근하려면 텔레그램을 설치한 뒤 초대를 받거나 접속 링크를 갖고 있어야 하고, 일부 대화방은 암호화폐를 지불한 후 운영진의 확인까지 받아야 들어갈 수 있는 복잡한 구조를 갖고 있다. 호기심에 잠깐, 혹은 우연히 들어갈 수 있는 구조가 아니다. 정당 대표가 중요한 사회적 이슈에 대해 이토록 무지한 것은 성범죄 해결에 관심이 없어서가 아니냐고 뭇매를 맞자, 자당의 대표를 보호하려고 당시 미래통합당 최고위원 이준석은 '일반적인 음란물 열람 사건'과 착각해서 한 말이라며 변호했다. 어떻게 착각할 수 있는지는 차치하더라도, 정말 호기심이란 단어가 음란물과 잘 결합되는 단어일까?

국어사전에 호기심은 '새롭고 신기한 것을 좋아하거나 모르는 것을 알고 싶어 하는 마음'이라고 정의되어 있다. 음란물을 호기심 때문에 봤다고 주장하는 남성들은 태어나서 단 한 번도 여성을 보지 못한 사람들일까. 그럴 리 없을 터인데 무엇이 그토록 새롭고 신기하여 여성을 협박하여 불법으로 촬영한 영상을 보겠다고 큰돈을 기꺼이 내는 것일까. 여성과 아동을 괴롭히는 영상을 통해 이전까지 모르던 어떤 새로운 것을 알게 된단 말인가.

호기심이란 명분은 범죄자들에겐 유용한 방패가 된다. 조주빈과 문형욱 등 주요 가해자들이 검거된 뒤에도 동영상 유포가 중단되기는커녕 박사방에서 돌려보던 영상이라고 홍보하며 재배포하는 텔레그램방이 만들어졌다. 여기에 들어온 사람들이 경찰에 잡히면 그땐 뭐라고 변명할까. 세상천지에서 박사방에 대해 떠드니 호기심이 생겨서 들어와 본 것뿐이라고 할 것이다. 아니나 다를까 n번방 가입자 전원의 신상을 공개해달라는 청와대 국민청원이 순식간에 100만 명 이상의 동의를 얻자, 인터넷 법률 상담 게시판이나 몇몇 커뮤니티엔 '호기심에 박사가 운영하는 방에 들어가서 유료회원으로 가입하지는 않고 무료방에 올려진 영상만 봤는데, 이런 것도 처벌받나요?' 같은 질문이 올라왔다. 영상을 봤다는 것 자체에 대한 부끄러움이나 반성은 없다. 오로지 자신들이 처벌받게 되는지, 어떻게 하면 무죄나 집행유예를 받을 수 있는지에만 관심이 있다.

설령 진짜 호기심 때문에 한 행동이라면 뒤늦게라도 반성하고 다른 반응을 보여야 한다. 2018년 10월에 대한송유관공사 고양 저유소에서 발생한 화재 사건을 살펴보자. 이주노동자인 디무두 씨가 우연히 땅에 떨어진 풍등을 발견했고, 호기심에 다시 불을 붙여 날렸는데 그 풍등이 하필이면 고양 저유소 잔디밭에 떨어져 크게 불이 났다. 디무두 씨는 바로 경찰에 붙잡혔는데 그는 화재가 일어난지도 모르는 상태였다. 디무두 씨는 체포 당시를 회상하며 "얼마나 큰 사고인지 몰랐어요. 사람 다치면 안 돼요. 걱정됐어요. 돈은 지금 다시 벌 수 있어요. 사람 다쳤으면 큰일이에요"라고 말했다.

정말 호기심에 한 일이라면, 자신의 행동이 문제를 일으켰음을 깨달았을 때 제일 먼저 다른 사람에게 피해를 줬는지를 걱정해야 한다. 피해를 줄 거라고 상상도 못 한 채 한 행동이니까.

디무두 씨 자리에 나를 대입해본다. 내가 땅에 떨어진 풍등을 봤다면, 고무풍선도 아니고 헬륨 가스가 들어간 것도 아닌데 종이로 만든 등이 불을 붙이면 하늘을 난다는 것이 신기했을 것 같다. 마침 라이터도 가지고 있었다면 꺼진 풍등에 불을 붙여 날리는 것이 멀리 날아가길 바라며 먼저 풍등을 날린 사람에게도 좋은 일이 아닐까 싶다. 그런 마음으로 날렸는데 하필 그 풍등이 저유소에 떨어졌다. 또 하필이면 그 저유소는 외부에서 난 불이 옮겨붙지 않도록 예방하는 설비가 부실했다. 하필과 하필이 겹쳐서 나지 말았어야 할 불이 난 것이다. 이런 상황을 고려한다면 디무두 씨가 화재 발생 원인을 제공한 것은 맞지만 단순한 호기심에 한 행동을 이유로 범죄자로 몰아 처벌하는 건 과하다는 생각이 든다. 더군다나 애초에 그 풍등은 고양 저유소 근처의 초등학교에서 날린 풍등이다. 풍등을 날렸다는 이유만으로 처벌하려면 그 위험한 일을 먼저 실시한 초등학교의 관계자들도 책임을 져야 한다. 하지만 이주노동자인 디무두 씨만 잡혀갔다. 황교안 대표는 앞서 비판의 대상이 된 자신의 발언에 대해 '법리적 차원에서 처벌의 양형은 다양한 고려가 필요하다'는 뜻이었다고 해명했다. 이런 고려는 수십만 명이 오랜 기간 공모해온 끔찍한 성범죄가 아니라 디무두 씨의 풍등 사건에 적용되어야 하지 않을까.

다시 처음의 질문으로 돌아가 보자. 음란물과 호기심은 인과 관계로 연결이 될까. 카메라를 몰래 설치해 촬영한 것이 분명한 영상과 상대를 겁주고 협박하여 어떤 행동을 강요한 것이 명백한 영상을 유포하는 사이트나 텔레그램 대화방에 접근해 돈을 내고 다운받았다. 이 일련의 행위, 그 어디에 호기심이 끼어들 여지가 있는가. 백번 양보해 정말 우연히, 진짜 단순히 호기심이 발동해 봤다고 치자. 그 영상을 본 후에는 어떤 마음이 들어야 할까. 황교안 대표는 "적절하지 않다고 생각되어 활동을 그만둔 경우"라고 표현했다. 그런 영상을 본 후에 '아! 이건 정말 보기에 적절하지 않구나'라고 동영상의 멈춤 버튼을 누르면 그걸로 된 걸까. 수많은 불법촬영 영상, 성착취 영상을 공유하는 사이트, 텔레그램 대화방을 나와 그곳을 잊고 사는 것으로 충분할까. 아니 적절하지 않다고 판단했다면 경찰에 신고해야 한다. 이건 여가생활을 즐기려고 동호회에 들어갔다가 회원들과 성격이 맞지 않아 탈퇴하는 것과는 다른 차원의 일이다. 범죄 행위가 벌어지는 현장을 봤다면 신고해야 한다. 사람의 마음엔 호기심만 있는 게 아니다. 수치심이나 정의감 같은 것들도 분명히 있다.

호기심은 자연스럽게 생기는 것이지만 호기심으로 어떤 행동을 할 것인가는 의지가 개입된 선택이다. 책임은 호기심이 아니라 그 선택을 한 사람이 져야 한다. 책임을 진다는 것은 자신의 행동을 후회하고 반성하여 자신의 행동으로 인해 피해를 입은 이들에게 사과하고, 나아가 이 모든 것을 부끄러워하며 자신이 치러야 할 대가를 감수하는 것이다.

버스, 지하철, 거리, 화장실에서 불법촬영을 하다가 잡힌 남성들을 판사들은 '젊은 날의 혈기 넘친 실수'라며 감형해준다. 마치 성욕이 직접 카메라 버튼을 누르기라도 한 양 말이다. 하지만 카메라를 설치해 촬영하고, 그걸 편집해서 인터넷에 업로드하는 모든 과정에 성욕이 개입할 자리는 없다. 텔레그램 n번방과 같은 범죄가 발생하는 이유는 남성들의 참을 수 없는 성욕 때문이 아니다. "다른 남자들은 무엇을 보는 것일까. 엄청난 것을 혹시 나만 빼고 보고 있는 것이 아닐까. 무엇이길래 남자들이 그 많은 돈을 내고 보려는 것일까." 굳이 호기심이라 불러야 한다면 바로 이런 호기심이다. 남자의 본능이라고 우기는 이성에게 끌리는 성적 호기심이 아니라 같은 남성으로서 동질감을 느끼기 위해서라면 어떤 나쁜 짓이라도 저지르겠다는 마음이다. 그리고 이걸 이용해 누군가는 돈을 번다.

이제 혈기왕성, 본능, 호기심 같은 이유를 들어 불법촬영물을 제작, 유포, 구매한 사람을 초범으로 감형하는 일은 없어지길 바란다. 초범의 사전적 의미는 '처음으로 죄를 지음. 또는 그런 사람'이다. 죄는 촬영하고 다운로드하고 업로드한 횟수만큼 저질러졌다. 처음으로 지은 죄가 아니니 초범이 아니다. 호기심을 체포해 감옥에 가둘 수 없으니 호기심을 탓하지 말고 사람에게 책임을 묻자. 범인은 호기심이 아니다. 그러니 속지 말자. 속이지도 말자.

사람을 살릴 능력이
당신에게 있다면

남자가 여자에게 선의로 심폐소생술CPR을 했다가 범죄자가 될 뻔한 사연이라며 인터넷에 몇 년째 공유되는 글이 하나 있다. 글쓴이는 친구들과 계곡에 놀러 갔다가 물에 빠져 의식을 잃은 여중생을 발견했다고 한다. 급히 심폐소생술을 했더니 다행히 숨이 돌아왔고, 마침 도착한 구급차에 실어서 병원으로 보냈는데, 몇 시간 후 그 여중생의 아버지란 사람이 전화해서 성추행으로 고소하겠다고 협박하더란다. 그는 심폐소생술 과정에서 딸의 갈비뼈에 금이 갔으니 상해진단서도 제출하겠다며 합의금까지 요구했다. 어안이 벙벙해 있는데 오늘 경찰서에서 조사받으러 오라고 정말 전화가 걸려왔다며 자기는 이제 어떻게 해야 하는 거냐고 조언을 요청하는 내용이다. 제법 상세하게 당시의 정황과 현재의 심경을 써놓은 데다 꿈이 소방관인데 이번 일로 전과자가 되어 꿈을 이루지 못할까 걱정된다는 말까지 있어 절로 안타까움이 느껴지는 사연이다. 그래서인지 2016년에 네이버 지식인에 올라온 글이지만 지금까지 인터넷 게시판 여기저기에 '남자가 여자에게 심폐소생술을 하면 성범죄자로 몰린다'는 주장과 근거로 끝없이 인용되고 있다. 실화인지 거짓인지 확인할 수 없는 익명 게시물이라 어디까지 믿어야 할지 판단하긴 어렵다. 나 역시 글을 접하고 혼란스러웠다. 그래서 글을 몇 번이나 꼼꼼히 다시 되짚어 읽다가 깨달았다. 아, 이 글 어딘가 이상하다.

글쓴이는 자신을 응급구조학과 재학생이자 1급 응급구조사 자격증 소지자라고 소개했다. 그런데 1급 응급구조사 자격증 시험은 응급구조학과를 졸업해야 응시 자격이 생긴다. 글의 시작부터 앞뒤가 안 맞는다. 그래도 정말 1급 응급구조사였다고 치자. 그렇다면 물에 빠져 의식을 잃고 맥박과 호흡도 멈춘 사람에게 심폐소생술을 하다가 갈비뼈에 금이 간다 해도 응급의료에 관한 법률 제5조 2항에 의거해 민형사상 책임이 면제된다는 사실을 모를 리 없다. 이미 2008년에 법이 개정되었으니 말이다. 그럼 성추행은? 마찬가지다. 글쓴이는 심폐소생술을 하기 전에 먼저 119에 전화했다. 이는 심폐소생술이 응급조치의 일환임을 밝히는 객관적 증거가 된다. 더군다나 현장에 함께 있던 여중생 어머니의 동의를 받아 브래지어를 푼 후, 그 앞에서 심폐소생술을 시행했으니 형법상의 강제추행죄가 성립할 여지가 없다. 도리어 그 아버지란 작자가 돈을 뜯어낼 요량으로 협박하는 것이 너무 명백해서 법의 심판을 받도록 맞대응하기에도 충분하다.

그래서일까. 글쓴이는 며칠 후 댓글로 그 이후의 상황도 써놓았다. 경찰서에 갔지만 자신은 혐의가 없다고 밝혀졌고 그 아버지가 공무집행방해죄로 조사받는 중이라고 했다. 협박죄가 아니라 공무집행방해죄인 걸 보면 이 아버지란 사람은 경찰을 상대로 또 다른 행패를 부린 것이 아닌가 싶다. 이 글이 실화인지 창작인지는 여전히 알 수 없지만, 확실한 건 여성에게 심폐소생술을 한 것이 문제가 아니라는 점이다. 그 아버지가 나쁜 놈인 것이 진짜 문제이지 않은가. 그럼에도 이럴 때 '남자의 적은 역시 남자'라고 말하는 경우는 없다. '남자는 여자를 조심해야 한다', '함부로 여자를 살리려고 하지 마라' 따위의 결론이 교훈처럼 남는다.

이태원 참사 직후에도 직장인 익명 커뮤니티에 자기 경험이라며 여성에게 심폐소생술을 시도했다가 성추행범으로 몰려 합의금 800만 원 물었으니 함부로 심폐소생술 하지 말라는 내용 글이 올라왔다. 진위 여부를 조사하자는 댓글이 달리자 글쓴이는 글을 삭제하고 사라졌다. 이 행동 자체가 날조일 가능성을 남겼지만, 동시에 억울한 일을 당할 가능성이 1%라도 있다면 안 하는 게 낫다는 막연한 두려움도 남겼다. 죽은 사람도 살린다는 심폐소생술의 '기적'은 '고소당하면 인생 피곤해짐'으로 대체되었다. 슬픈 일이다.

오랜 프로야구 팬이라면 아마 2000년 4월의 비극을 기억할 것이다. 롯데 자이언츠의 임수혁 선수가 경기 도중 심정지로 쓰러졌다. 구급차가 올 때까지 주변의 아무도 심폐소생술을 하지 않았다. 병원으로 옮겨져 임수혁 선수는 다행히 맥박과 호흡은 되찾았지만 뇌로 산소 공급이 끊어진 시간이 길었던 탓에 뇌사 상태가 되었다. 이 사건이 계기가 되어 이후 야구장에 의료진과 구급차가 배치되는 변화가 생겼다. 또 응급처치의 중요성이 사회적으로 환기되어 심폐소생술 교육이 확산되고, 다중이용시설에 심장제세동기 설치도 의무화되었다. 특히 뇌 손상을 막을 수 있는 골든타임인 심정지 후 4분 이내에 실시하는 심폐소생술은 일반인도 불이익을 걱정할 필요 없이 할 수 있도록 법적 안전망을 마련했다. 이것이 앞서 언급한 응급의료에 관한 법률 제5조 2항, '선의의 응급의료행위에 대한 면책' 조항이다. 현재 이 면책 조항의 범위를 더 확대하는 논의도 국회에서 진행 중이다.

'물에 빠진 사람 구해주니 보따리 내놓으라 한다'라는 속담이 있다. 도움을 받아놓고도 큰소리를 치는 적반하장, 배은망덕한 사람들이 정말 있으니 생겨난 말일 것이다. 그렇다면 조상님들은 후손들에게 물에 빠진 사람을 보더라도 절대 구하지 말라는 가르침을 주려고 이 속담을 만들었을까? 그럴 리는 없다. 그렇다면 '보따리 없으니 일단 구해주시오'라는 팻말을 평소에 들고 다녀야 하는 세상이 되었을 테니까. 그게 아니라 옛 어른들은 이런 귀띔을 해주려고 한 게 아닐까. 어이없지만 세상엔 이런 사람도 있으니 그런 일이 있더라도 놀라진 말라고. 설사 그렇다 해도 사람의 생명은 구하고 봐야 하지 않겠느냐고.

나도 평소엔 관심이 없었지만 심폐소생술이란 단어로 뉴스 검색을 해보고 깜짝 놀랐다. 길거리, 식당, 기차, 편의점 등 일상 공간에서 심폐소생술로 사람을 살렸다는 미담이 예상보다 훨씬 많았다. 우연히 쓰러진 사람을 보고 망설임 없이 뛰어가 필사적으로 가슴을 누르며 살리려고 애쓴 이들은 편의점 아르바이트 직원, 열차 승무원, 우체국 직원, 간호사 등 직업과 성별도 다양할 뿐 아니라 초등학생부터 중장년까지 연령도 다양했다. 인터뷰를 보면 한입으로 이렇게 말한다. 살려야겠다는 생각만 들었다고. '거의 본능적으로' 몸을 움직였다고.

본능적이란 표현이 나에겐 특히 인상적이었다. 이런 본능이 작동하는 사회에서 산다는 건 얼마나 안심되는 일인가. 심폐소생술을 누구나 할 줄 알아야 하거나, 반드시 해야 한다고 강제할 수는 없겠지만 그래도 최소한 특정 성별만 겨냥해서 '하지 마라'라는 말이 대단히 실용적인 조언처럼 떠도는 사회는 아니어야 하지 않을까. 사람을 살릴 능력이 우리에게 있다면.

역차별은 없다,
성차별은 있다

    학교에 강의를 나가는 성평등 강사들이 현장에서 역차별에 대한 공격성 질문을 많이 받는다며, 이에 대처하는 방법에 관한 강의를 요청했다. 나는 일단 강사님들에게 학생들이 가장 많이 언급하는 역차별 사례를 적어달라고 했다. 답변지를 취합해 보니 여학생 탈의실은 있는데 남학생 탈의실은 없다. 체벌할 때 남학생들을 더 심하게 때린다. 여성긴급전화는 있는데 남성긴급전화는 없다, 남자를 잠재적 가해자로 취급한다. 여성가족부는 있는데 남성가족부는 없다. 남자만 군대 간다. 무거운 물건을 옮길 때는 남자만 시킨다 등의 의견이 주류를 이뤘다. 이외에 남자도 치마 입고 싶은데 왜 바지만 입어야 하느냐, 밖에 나가기 싫은데 남자는 왜 꼭 밖에서 뛰놀아야 한다고 내보내느냐, 남자에겐 왜 자기 몸을 지키는 방어술을 가르쳐주지 않느냐 등 일견 고개가 끄덕여지는 지적들도 있었다. 그런데 이 중에서 진짜 역차별에 해당하는 사례는 몇 개나 있을까.

역차별인지 아닌지를 알려면 먼저 역차별의 정의부터 정확히 알아야 할 테니 국어사전을 펼쳐보자. 역차별은 '부당한 차별을 받는 쪽을 보호하기 위하여 마련한 제도나 장치가 너무 강하여 오히려 반대편이 차별을 받음'이라는 뜻이다. 이를 초등학생들이 가장 많이 역차별로 지목한다는, 교사들이 무거운 물건을 옮길 때 남학생만 시킨다는 사례에 대입해보자. 역차별이 되려면 첫째, 부당한 차별을 받는 쪽을 보호하기 위한 제도나 장치가 있어야 하고, 둘째, 그 제도나 장치가 너무 강해 반대편이 차별받아야 한다. 만약 어느 학교에 그동안 차별받아 온 여학생들을 보호한다는 명분으로 여학생에겐 1kg보다 무거운 물건을 들게 하면 안 된다는 교칙을 제정하고, 이를 어길 시 교사는 3개월 감봉 처분을 받는다는 강력한 학칙이 있다고 치자. 그랬더니 교사들은 감봉 시비에 휘말리지 않으려고 1kg는커녕 100g밖에 안 나가는 물건도 무조건 남학생에게 옮기라고 하는 게 아닌가. 이런 상황이라면 남학생이 역차별받는다고 할 수 있다. 하지만 한국에 이런 교칙을 제정한 학교는 없다. 그런데도 교사들이 남학생에게만 물건을 옮기라고 시키는 건 왜일까? 그건 교사들의 머릿속에 '남자가 여자보다 힘이 세니 물건을 옮기는 건 남자가 해야 한다, 남자답게 자라려면 궂은일도 할 줄 알아야 한다. 여자는 힘이 없으니 괜히 물건 옮기라고 했다가 다치거나 하면 곤란해진다' 등의 성별 고정관념이 있기 때문일 것이다. 이런 이유로 남학생들만 물건을 옮기는 일을 도맡게 되었다면, 이런 차별을 뭐라고 해야 할까? 그렇다. 바로 성차별이다. 교사의 머릿속에 있는 성별에 대한 고정관념이 작동한 결과이니까. 만약 교사가 초등학생이 들 수 없을 정도로 무거운 물건을 옮기게 했다면? 이는 아동학대다. 만약 교사가 상습적으로 한 아이에게만 궂은일을 시킨다면? 이는 괴롭힘이다.

남학생들이 제기하는 성차별을 해결하려면 교사가 지닌 성별에 대한 고정관념과 편견을 없애야 한다. 학생들이 물건을 옮겨야 하는 상황이라면 교사는 성별과 상관없이 옮길 사람을 정하거나 협력해서 문제를 해결할 수 있도록 지도하거나 합리적으로 역할을 부여받을 수 있도록 교육해야 한다. 그러니 이는 역차별이 아니라 성차별로 분석해야 해결책을 찾을 수 있음을 보여주는 예다.

이 세상에 역차별이 전혀 없는 건 아니지만, 역차별은 실제로 발생하기가 쉽지 않다. 그런데도 지금 대한민국엔 역차별이라는 말이 홍수를 이룬다. 자신이 느끼는 억울한 감정을 '역차별당했다'라고 표현하기 때문이다.

또 다른 사례를 보자. 경찰공무원이나 소방공무원 채용 시험에서 체력시험 기준이 여성이 남성보다 낮은 것을 두고 여성에 대한 특혜이자 남성에 대한 역차별이라는 목소리가 높았다. 그런데 이 논쟁에서 간과하는 지점이 몇 가지 있다. 먼저 필기시험과 체력시험의 비중이다. 2022년까지 소방공무원 시험은 필기시험 75%, 체력시험 15%, 경찰공무원 시험은 필기시험 50%, 체력시험 25% 둘 다 나머지는 면접 점수가 배당된다. 소방공무원의 경우 필기시험 합격선은 통상 여성 응시자가 훨씬 높다. 여성 응시자의 평균합격선은 남성 응시자보다 2019년에는 56.29점, 2020년에는 29.49점, 2021년에는 32.77점 높았다. 예외적으로 남성 응시자의 합격선이 높았던 2022년을 감안하더라도, 이 정도 점수차라면 여성 합격자수가 훨씬 더 많아야 하지만 현실은 반대다. 애초에 성별을 분리하여 채용하기 때문이다. 그러니 체력시험 기준이 남녀 간에 차이가 있다고 해서 남성이 여성보다 불리할 것은 없다. 오히려 남성은 필기 점수가 여성보다 한참 낮아도 시험에 합격할 수 있고 적은 여성 합격자 수와 치열한 경쟁률을 보면 여성이 차별 받는다고 볼 수 있다. 여성을 너무 적게 뽑기 때문이다. 그 사이 여성 채용 비율은 소방공무원은 5% 내외에서 10%대로, 경찰공무원은 10%에서 20%대로 올랐다. 소방공무원의 경우 2019~2021년 여성 경쟁률은 남성에 비해 2배 이상 높았고, 2022년에도 소폭 높았다. 같은 기간 경찰공무원 시험 역시 필기시험 합격선은 여성이 압도적으로 높았으며, 경쟁률은 2019년을 제외하고 여성이 높았다. 여성이 남성의 합격에 영향을 미치는 것도 여성이 남성들이 기울이는 노력에 비해 더 적은 노력을 하고도 쉽게 시험을 통과하는 것도 아니다. 여기에 역차별이 개입될 여지란 없다.

 게다가 역차별이 되려면 남성의 체력 시험 기준이 높은 이유가 여성을 보호하려는 목적이어야 할 텐데 실제론 남성의 기준이 먼저 정해졌다. 이후 여성 기준을 잡을 때 남성보다는 약하다고 전제하고 남성 기준의 60~80%로 정한 것이다. 이런 불합리를 깨닫고 경찰청은 2023년부터 남녀분리모집을 폐지하고 남녀 통합으로 진행하며 성별 구분 없는 체력 기준도 정비하겠다고 밝혔다. 국가인권위원회가 2005년도에 경찰의 성별분리모집은 헌법의 평등권 위배라고 폐지 권고한 것을 뒤늦게 받아들인 것이다.

 남자만 군대 가는 것이 역차별이라고 주장하던 이들이 관심을 가질 부분은 오히려 그동안 경찰공무원 시험을 치르려면 병역을 이행했거나 면제받아야 한다는 군필 제한 규정이 있었다는 사실이다. 응시자격은 (차별이 없는 척) 만 18세부터 있다곤 하지만 실제로는 군대부터 가야만 시험을 칠 수 있었다. 이 불합리한 규정 역시 2020년 하반기 채용부터 사라졌다. 남성 사이의 불평등을 없애기 위해서다. 있지도 않은 역차별에 신경 쓰느라 정작 고칠 수 있는 차별을 너무 늦게 손본 게 아닌가 싶다.

 지하철여성전용칸도 곧잘 역차별 사례로 언급되는데 일단 이런 제도는 부산에서 실험적으로 시행되었다가 외면을 받고 폐지되었을 뿐 전면적으로 시행된 적은 없다. 그리고 역차별도 아니다. 그저 성폭력 문제의 본질을 파악하지 못한, 현실 감각 없는 어리석은 발상일 뿐이다. 여성 전용 주차 공간도 마찬가지로, 이는 여성들이 받는 차별을 줄이기 위해 만들어진 제도가 아니다. 공공 기관 외에 대형마트나 백화점은 어린아이를 동반하고 오는 어머니들의 이동 편의성을 높이고, 여성 고객을 우대한다는 이미지를 만들기 위해 분홍색 페인트로 여성 전용 주차 공간을 만들었다. 장애인 전용 주차는 공간은 법적으로 명시된 것이지만 여성 전용 주차 공간은 아니어서 주차할 공간이 없다면 주차해도 상관없다. 그러므로 어딘가에 갔는데 주차할 공간이 부족하다면 그건 여성 전용 주차 공간 때문이 아니라 그 건물의 주차 공간이 애초에 충분하지 않거나 차가 한꺼번에 몰린 탓일 뿐이다.

어떤 상황이든 너무 쉽게 역차별이라고 부르면 오히려 문제의 본질을 파악하지 못하고, 지금 누가 차별을 당하고 있으며 어떻게 시정해야 하는지를 알 수 없게 한다. 게다가 역차별이 아닌 걸 역차별이라고 부를 때, 자신이 힘든 건 모두 자기 옆에 있는 여자들 때문이라고 여기게 된다. 남자 청소년들이 자신이 느끼는 모든 불만과 억울함을 역차별이라고 잘못 생각하지 않도록 정확히 짚어줘야 한다. 자신보다 약자를 괴롭히고 혐오하면서 일시적 위로를 받고 기분을 푸는 것이 아니라, 자신이 겪는 차별을 해결하기 위해 스스로 노력할 수 있도록 말이다.

마지막으로 다시 정리해보자. 역차별은 없다. 그러나 성차별은 있다.

'여교사 대책'이라는
함정

나의 취미 생활 중 하나는 옛날 뉴스 뒤적거리기이다. 성과 관련된 검색어를 이렇게, 저렇게 바꾸어 넣어서 기사를 검색해보다가 1979년 8월 29일자 〈동아일보〉에서 중앙교육연구원이 〈여교사 대책에 관한 연구〉라는 보고서를 냈다는 기사를 보게 되었다. 여교사 대책이라니 알쏭달쏭한 표현이라 더 자세히 들여다봤다. 보고서의 요지는 근래 여자 교사들이 너무 많아져서 남학생의 기질이 여성화되는 문제가 있으므로 여자 교사 증가 추세를 둔화시킬 필요가 있다는 것이었다. 이를 해결하기 위해 교육대학에서는 남학생의 합격 점수를 낮추어서라도 더 뽑고 교육청에서 중등 교사를 신규 채용할 때 남자 교사를 우선적으로 뽑아야 한다는 제안이 보고서의 결론이었다.

대체 1979년에는 여성 교사 비율이 얼마나 높았길래 이런 대책까지 필요했던 걸까. 이번엔 1970년대 교사 성비에 대한 자료를 샅샅이 뒤졌다. 결과는? 놀랍게도 이 보고서가 발표된 1979년 당시 초·중등 교사의 여성 비율은 29.4%였다. 즉, 남자 교사가 70%이고 여자 교사가 30%밖에 안 되는 시점에 이미 여자 교사 증가가 심각한 문제라며 입시와 채용에 있어서 남성할당제를 실시하자는 보고서가 나온 것이다.

　　보고서에선 1955년 이후로 23년 동안 남자 교사는 2.5배 늘어났는데 여자 교사는 무려 8배나 늘었다며, 이런 추세를 내버려두면 안 된다고 '위기'가 닥쳤음을 강조했다. 근데 이 위기란 것이 참 이상하다. 보고서에 따르면 남자 교사가 2.5배 늘어나고 여자 교사가 8배 늘어 여자 교사의 비율이 약 30%였으니, 대략 계산해보면 1955년 무렵엔 전체 교사의 94% 정도가 남자였다는 말이다. 남자 교사 비율이 지나치게 높았던 시대였으니 여자 교사가 늘어나는 것은 학교에서 공부하는 여학생에게나 사회에 긍정적인 변화라고 볼 수 있다. 여성에게 교육과 직업 선택의 기회가 늘어났음을 보여주는 지표이기 때문이다. 그런데 '위기'라니. 남자 교사가 더 좋은 교사라는 전제가 있지 않고서야 나올 수 없는 분석이다.

　　백번 양보해 여자 교사가 늘어나는 만큼 남자 교사가 늘어나지 않은 것이 문제이고, 이에 대한 해결책을 찾아야 한다고 치자.

그러려면 먼저 원인부터 정확하게 분석해야 한다. 1970년대엔 지금처럼 임용고시가 없었다. 1963년에 개정된 교육공무원법에 따라 국·공립 교육대학교와 사범대학교 학생들은 등록금을 면제받았고 졸업만 하면 임용이 보장되었다(만약 졸업 후 교직에 종사하지 않으면 면제받은 등록금은 반납해야 했다). 엄청난 혜택이 아닐 수 없다. 그럼에도 교육대학교와 사범대학교에 진학하는 남학생의 수는 줄어든 것이다. 이는 1960년대 말부터 군사정권의 경제개발계획으로 산업화가 급속도로 진행되면서 남자들에게 교직보다 더 매력적인 일자리가 많았기 때문이다.

남자 교사가 줄어드는 이유는 여자들이 학교로 몰려와서 남자들의 자리를 뺏은 탓이 아니라 남자들이 교직을 이전만큼 선호하지 않은 탓이다. 문제를 해결하려면 남자들에게 교직이 매력적인 일자리로 보이게 하는 것이 순서다. 그런데 어이없게도 1983년에 문화교육부는 (이 보고서의 제안대로) 남학생을 정해진 비율로 뽑는 '교육대학교 신입생 선발 제한 모집 제도'를 시행하겠다고 발표했다. 이 제도는 초등학교 교사를 양성하는 많은 교육대학교에서 현재까지 이어지고 있으며, 한쪽 성별이 전체 합격자의 60~80%가 넘지 못하도록 제한하는 방식이다. 교육대학교 지원자 성비를 고려할 때 전체 합격자의 20~40%를 남학생에게 할당하는 남학생 입학할당제나 마찬가지다. 원인에 부합하는 정책이 아니니 결과는 당연히 '대실패'가 될 수밖에 없다. 1983년에 전체 초등교사 중 여성 비율은 39.9%였는데 2021년에는 77%로 올랐고, 2023년 서울 신임 초등교사 중 남성은 9.6%에 불과하다.

1979년의 보고서에서 여교사가 많아지면 남학생들이 여성화된다고 우려했던 점도 짚어보자. 당시 전문가들은 "국토양단의 남북 대치에다 통일 등 국가적으로 어려운 과제들이 산적돼 있는 우리의 현실에서 2세의 기질이 여성화되어 가는 것은 중대한 문제"라고 조언하거나 "가정의 어머니, 유치원 여교사, 초등학교 여교사 등 여성의 세계에서만 어린이들이 자라나게 하는 결손을 남성과의 접촉 유도로 균형 잡아 주어야 한다"라는 의견을 냈다.

전문가들이 말하니 엄청 전문적인 것 같지만, 가만히 되짚어보면 이상하다. '2세의 기질이 여성화되는 것이 중대한 문제'라는 문장에서의 2세는 오로지 남자만을 의미한다. 여자가 여성화될까 봐 걱정하는 내용은 없으니 말이다. 두 번째 의견도 마찬가지다. 여성의 세계에서 자라는 어린이들에게 결손이 발생한다고 되어 있는데 이 역시 남자를 기본값으로 한다. 여자아이도 함께 걱정했다면 70%에 달하는 남자 교사와 지내야 하는 여학생들에게 생길 결손을 염려하는 '남교사 대책 보고서'도 진작에 나왔을 것이다. 교사 대부분이 남성이었을 때 소녀들이 여자답지 못하게 자랄 것을 걱정하는 사람은 없었다. 그런데 여자 교사들이 늘어나자마자 어린 소년들은 성인 남자가 가르쳐야 진정한 남자로 성장한다고 주장한다. 성인 여자는 어린 소년을 남자로 성장시킬 수 없다는 시각은 여자 교사를 교사라는 전문직 종사자가 아니라 남자가 아닌 존재, 남자보다 못한 존재로 보는 것이다.

교사의 직무는 학생들에게 성역할을 가르치는 것이 아니다. 더군다나 교사가 학생의 성별 정체성을 마음대로 바꿀 수도 없다. 성별에 따라 교사의 능력에 차이가 생긴다는 어리석은 착각이 교육 현장을 지배한다면 교육의 질을 높일 기회를 놓치게 된다.

몇 해 전 남학생이 기간제 여자 교사의 뺨을 때리는 사건이 발생했을 때 신문이며 방송에서는 학생이 교사에게 폭력을 휘두른 사건이 아니라 힘이 센 남자와 약한 여자라는 성차 문제로 다루었다. 아무리 교사라도 여자는 어쩔 수 없다며, 남자 교사 부재로 인해 학교 폭력이 심화되고 있다는 증거라고 했다. 임용고시에서 남자를 우선해서 뽑는 할당제를 빨리 실시해야 한다고 설레발을 쳤다. 하지만 남학생들이 나이 든 기간제 남자 교사를 괴롭히는 영상이 유포되는 사건이 발생하자 분석이 달라졌다. 일련의 사건들에서 학생들이 정교사와 기간제 교사를 다르게 대한다는 공통점을 발견한 것이다. 언론에서도 학교 내에서 존중받지 못하는 기간제 교사의 취약한 위치가 근본적인 문제라며 보도했다. 남자가 남자에게 폭행을 당하니 그제야 구조의 문제로 접근할 수 있게 되었다.

교직에서 여자 교사의 비율이 너무 높다고 우려하는 말들이 쏟아지지만, 한국뿐만 아니라 미국이나 유럽 등에서도 교사는 압도적으로 여성 비율이 높다. 원인도 똑같다. 초중고 교직이 남자들에게 매력적인 직종이 아니라는 점, 다른 직업에 비해 월급 등 처우가 좋지 않다는 점 등을 짚고 있다. 그러니 임용 시 남성할당제를 실시하게 되면 문제가 해결되는 것이 아니라 여자 교사는 교사로서 적합하지 않다는 편견만 강화될 뿐이다.

이런 질문을 가져보자. 초중고 교직에서 여성 비율이 높은 것에 비해 대학교수는 여전히 압도적으로 남성이 많다. 정부가 발표한 〈2022년 공공부문 균형인사 연차보고서〉에 따르면 교사의 76.7%가 여성이지만 대학교수는 15.8%에 불과하다. 같은 원리대로라면 여성교수 할당제가 필요하다고 해야 하지 않을까? 한편, 유치원 교사의 경우 여자 교사의 비율이 98.3%나 되지만 유치원 교사 남성할당제가 필요하다고 주장하는 이들은 없다. 왜일까.

여자 교사가 늘어난다고 해서 '여교사 대책'이 필요한 건 아니다. 설사 남자 교사가 학교에서 성범죄를 저지르는 사건이 터졌다고 해서 남자 교사를 모두 없애야 한다는 대책을 세워도 안 된다. 단연코 필요한 건 성차별을 줄이고, 성적 편견과 성별 고정관념을 없애는 대책일 뿐이다.

혐오에
웃으면서 화내기

아주 먼 옛날, 어떤 잉글랜드인이 스코틀랜드인을 만났다. 잉글랜드인은 거들먹거리며 "듣자 하니 스코틀랜드인들은 귀리를 먹는다지요? 잉글랜드에서는 말이나 귀리를 먹는데 말입니다"라고 말했다. 그 말을 들은 스코틀랜드인은 웃으며 답했다. "네. 맞습니다. 그래서 영국에는 훌륭한 말이 많고 스코틀랜드에는 훌륭한 사람이 많죠. 하하."

나는 이 이야기를 아주 좋아한다. 이 스코틀랜드인의 말솜씨야말로 내가 늘 꿈꾸던 재능이지 않은가. 이야기의 출처가 궁금해서 온갖 자료를 뒤진 끝에 이 대화가 18세기 영국을 주름잡았던 작가이자 비평가였던 새뮤얼 존슨과 그의 친구인 제임스 보스웰의 티키타카였음을 알게 되었다.

새뮤얼 존슨은 자신이 편찬한 《영어사전 Dictionary of the English Language》(1755)에서 '귀리'를 잉글랜드에서는 말의 먹이로 쓰이고, 스코틀랜드에선 사람을 부양하는 것이라고 정의했다. 새뮤얼 존슨의 전기를 쓸 정도로 절친한 제임스 보스웰이 스코틀랜드 출신임을 감안할 때 진심으로 스코틀랜드를 비하하려고 쓴 설명이라고 확신하긴 어렵다. 그렇다 해도 제임스 보스웰의 응수는 혐오 발언에 효과적으로 대응하는 방법을 일러주는 교과서다. 모든 스코틀랜드 사람들이 귀리를 먹는 건 아니라거나, 잉글랜드에서도 귀리를 먹는 사람이 있다거나, 귀리가 당신이 생각하는 만큼 나쁜 건 아니라고 설득하려고 애쓰지 않는다. 그저 관점을 바꾸어 한마디를 던진다. '귀리는 좋은 것이고, 나에게도 좋으니 너에게도 좋을 거야'라고.

혐오 발언을 맞닥뜨리면 불끈 분노가 치밀어 오르기 마련이지만 대화란 먼저 화를 내는 쪽이 불리해지기 마련이다. 그렇다고 화를 꾹꾹 눌러 담는 것만이 해결책도 아니다. 그럼 화를 내야지. 대신 웃으면서. 상대가 벌겋게 달아오른 낙인을 들고 휘두를 때, 나를 비난하고 모욕을 주려 할 때 피하려고 하는 대신 한 걸음 더 바짝 다가가 눈을 똑바로 쳐다보며 말하면 된다. 씽긋 웃으며 그의 말머리를 잡아 방향을 바꾸어주면 된다.

2017년 대통령 선거 당시 자유한국당 홍준표 후보가 더불어민주당 문재인 후보에게 군대 내 동성애가 국방 전력을 약화시킨다고 주장하며 "그래서 동성애 반대하십니까"라는 질문을 던졌다. 이에 문재인 후보는 "반대하죠"라고 말했다. 예상과 다른 답변에 홍준표 후보가 재차 "동성애 반대하십니까?"라고 묻자 문재인 후보는 "그럼요" 하고 다시금 긍정했다. 이어 홍준표 후보는 "차별금지법이라고 이게 사실상 동성애 허용법이거든요. 분명히 동성애는 반대하는 것이죠?"라고 물었고 문재인 후보는 "네. 저는 좋아하지 않습니다"라고 웃으면서 말한 뒤 "저는 합법화에 찬성하지 않습니다"라고까지 덧붙였다. 이날 동성애에 반대하는 혐오 발언은 홍준표 후보가 먼저 꺼냈지만 토론회 다음 날 잘못된 발언을 했다며 사과문을 발표한 건 문재인 후보였다. 만약 그때 문재인 후보가 차별금지법에 반대한다는 홍준표 후보에게 '이 세상에 차별을 한 번도 겪지 않은 사람은 없다고 할 정도로 차별은 일상적으로 일어납니다. 우리나라 국민의 대다수는 이성애자죠? 모든 차별을 금지하는 법이 만들어진다면 당연히 대다수인 이성애자들이 가장 큰 혜택을 보게 되지 않을까요? 이런 법을 홍준표 후보는 반대하십니까?'와 같이 되물었다면 어땠을까?

국어사전적 의미로 혐오는 '싫어하고 미워하는 감정'이다. 그러니까 혐오는 '감정'이다. 어떤 감정을 가질지는 개인의 자유가 맞지만, 개인이나 특정 집단에 대한 자신의 혐오를 인터넷에 공개적으로 게시하거나 공공장소에서 발언하는 것은 결코 자유로 보장되어선 안 된다. 혐오를 공공연히 드러낸다는 것은 '나와 함께 저들을 싫어하고 미워하자'라고 제안하는 것이고, 실제로 혐오 발화에서는 이를 효과적으로 전달하기 위해 늘 불안과 공포를 자극하는 표현을 쓴다. 예를 들어 에이즈를 두고 동성애자에게 신이 내린 형벌이라고 말하는 이들처럼 말이다. 그럼 나는 이렇게 질문을 되돌려준다. "에이즈가 신이 인간에게 내린 형벌이라면 인간이 에이즈를 치료하는 건 감히 신의 뜻을 거스르는 것이 되겠네요. 그럼 지금 선생님은 에이즈 치료제 개발을 중단해야 한다는 의견을 내시는 건가요?"

이렇게 되물으면 치료제를 개발하지 말자고 답하는 사람은 아무도 없다. 그건 차마 할 수 없는 말이니까. 혐오는 편견, 고정관념과 함께 작동하기에 스스로 깨닫기 힘들 때도 많다. 사람은 낯설게 여겨지는 것을 잘못된 원인에 의해 생겨난 비정상적 존재라고 의심하는 경향이 있다. 내가 강의에서 동성애도 인간이 갖는 자연스러운 사랑의 하나라고 설명했을 때 어떤 분이 손을 들어 이런 질문을 던졌다.

"음, 아무리 그래도 이해가 안 돼요. 강사님, 제가 어떤 해외 기사를 봤는데요. 어떤 부부가 아이를 넷 낳았는데 넷이 모두 동성애자가 되었다고 해요. 이상한 일이지 않아요? 이런 걸 보면 양육 환경이 영향을 미치는 거 같아요."

나는 웃으며 답했다.

"오, 이 세상엔 자식이 둘이든 넷이든 여덟이든 몽땅 다 이성애자인 집도 있어요. 꽤나 많죠. 이건 안 신기하세요? 양육 환경

탓에 모두 이성애자가 된 건 아닐까요?"

궁금함을 견딜 수 없다는 듯 보였던 수강생의 얼굴이 깨달음을 얻은 표정으로 바뀌었다.

놀랍게도 가끔은 찬성하게 되는 혐오 발언도 있다. 인터넷에서 발견한, 동성애자를 멸종시킬 방법을 제시한 글이었다. 동성애자들이 자신의 정체를 숨기고 자꾸 이성과 결혼하다 보니 동성애자 유전자가 남는다며, 동성애자는 동성애자들끼리만 결혼하도록 법을 만들어 동성애자의 대를 끊어놓자는 것이었다. 참으로 기발한 대책이 아닐 수 없다. 나는 이 해결책에 찬성한다. 그래, 동성애자는 동성애자끼리 결혼하게 하자. 동성애자가 이성애자인 척하지 않으려면 동성애자라고 밝혀도 차별이 없어야 하니 얼른 동성애자 인권부터 존중해서 더 이상 동성애자들이 자신을 숨기고 살지 않게 하자. 이런 혐오라면 얼마든지 웃어줄 수 있다. 그래도 한마디는 해드려야 할 것 같다. 양성애자는 어떻게 하시려구요?

혐오에 웃으면서 화낸다는 건 말이 그럴싸하지 쉬운 일은 아니다. 그렇다고 해도 가능한 웃으면서 화내려고 노력할 필요는 있다. 어차피 혐오는 쉽게 사라지진 않을 것이고, 혐오와 차별에 저항하고 맞서 싸우는 것을 포기할 수도 없다면 오래오래 싸우기 위해 건강해야 하지 않겠는가. 하루하루 행복하게 살아야 한다. 그러니 웃자. 옛 어른들이 웃으면 복이 온다고 했으니, 그 복이라도 챙겨보자. 이 지난한 싸움의 밑천이 되도록.

호모사피엔스와
호모섹슈얼

　18세기 사람인 칼 폰 린네는 세상의 여러 동식물에 학명을 붙이고 체계적인 분류를 만들기 시작했다. 그는 인간의 특징이 생각하는 능력이라고 보고 '호모사피엔스Homo sapiens'라는 이름을 주었다. 이후 학자들은 땅속에서 아주 아주 오래전 현생 인류의 조상격인 뼈를 발견할 때마다 앞에 '호모Homo'라는 단어를 붙여 이름 지었다.

　오스트랄로피테쿠스는 인류보다는 유인원에 더 가깝다고 여겨서 호모를 붙이지 않았고, 이후 도구를 쓴 흔적이 있어서 호모하빌리스Homo habilis, 직립 보행을 해서 호모에렉투스Homo erectus 등의 이름이 만들어졌다. 현생 인류를 크로마뇽인이라고도 하는데 정식 학명은 호모사피엔스사피엔스Homo sapiens sapiens다. 직역하자면 '슬기롭고 슬기로운 사람'이다. 슬기롭다가 두 번이나 반복되니 어릴 땐 은근히 뿌듯하기도 했다. '아, 인류는 슬기롭구나, 나도 거기에 속하는구나' 같은 마음에 말이다. 그런데 이젠 모르겠다. 특히 동성애 앞에서만 서면 인간들에게서 슬기로움이란 게 싹 사라지는 것이 아닌가 하는 의심이 드는 순간이 한두 번이 아니다.

《버디》를 막 창간했을 때 겪은 일이다. 인쇄와 출판에는 초짜였으니 컴퓨터로 파일 편집까지는 했지만 필름 출력부터 종이 수급, 인쇄, 제본까지는 전문업체에 맡길 수밖에 없었다. 진보적인 곳이라며 기획사 한 곳을 소개받았는데 동성애에 편견 없는 태도도 감동이었고 영업담당 부장님이 엄청 친절해서 고마움도 컸다. 몇 달이 지났나, 정도 쌓이고 하니 부장님이 회식하자며 회사 앞으로 오라고 했다. 월급 10만 원도 못 받던 시절이었으니 얼마나 설레는 제안이었겠는가. 고마워서 식사라도 대접해야 하는 건 우리인데 오히려 밥을 사주다니, 그것도 횟집으로 데려가다니 우린 정말 정말 행복했다. 맛나게 먹고 마시고 술에 꽤 취해서 나왔는데 부장님이 2차로 노래방에 가자고 했다. 당연히 오케이를 했다. 익숙한 듯이 앞장서서 가더니 어느 건물의 지하로 들어갔다. 룸으로 안내받았는데 노래방 기계는 있었지만 조명은 너무 어두웠고, 맥주와 양주가 테이블에 깔렸다. 뭔가 이상하다 싶을 때 '언니들'이 들어왔다. 3명인가 4명이었는데 부장님은 그 언니들 중 한 사람은 자기 옆에 앉히고 다른 분들은 우리들 옆에 앉으라고 했다.

생전 처음 와보는 곳이니 분위기 파악이 어려웠다. 이곳이 말로만 듣던 룸살롱인가 싶기도 했고, 우리가 여기서 벌떡 일어나 나가면 지금 막 들어온 언니들은 괜찮은 건지, 혹 언니들이 무시 당했다고 생각하고 기분 나빠하지 않을지도 걱정되고, 부장님과의 관계는 어찌 되고 잡지는 낼 수 있는 건지 온갖 생각이 들어서 어떻게 해야 할지 몰랐다. 그사이 노래방 기계가 돌아가고 시끄러운 음악 소리에 대화를 나누기 힘들어지자 여기를 벗어나려면 빨리 노래를 부르고 빨리 술병을 비워서 빨리 일어서는 수밖에 없다고 생각했다. 우리는 돌아가며 쉴 틈 없이 마이크를 붙잡고 노랠 부르고 각자 자기 옆의 언니에게 "저희는 레즈비언인데요"라고 커밍아웃하고 "아무것도 안 하셔도 돼요. 그냥 편하게 계세요"라며 머리만 조아리고 있었다. 언니들은 레즈비언이든 뭐든 신경 쓰지 않으니 재밌게 놀다 가라고 했고, 자기 친구 중에도 동성애자가 있다는 말도 했다. 그런데! 술이 계속 들어가자 세상 점잖은 줄 알았던 그 부장님은 테이블 위로 올라갔고 언니 한 분도 따라 올라갔다. 익숙한 순서인 것 같았다. 부장은 혁대를 풀고 바지를 내렸다. 이쯤 되면 추태다. 더 이상 봐줘야 할 이유가 없을 거 같아서 우리는 그제야 자리를 빠져나왔다. 돌아오는 택시 안에서 한 친구는 펑펑 울었다.

이 사건을 계기로 내가 세상 굴러가는 원리를 모르는 게 아닌가 의심하게 되었다. 그래서 그 기획사의 친한 다른 직원에게 이전엔 감히 못 했던 질문들을 던졌더니 새로운 정보가 나왔다. 먼저 우리가 받은 것이 이 바닥의 흔한 '접대'라고 했다. 우린 우리의 일을 도와주는 분들이니 기획사엔 우리가 잘 보여야 하는 줄 알았다. 그런데 그게 아니라 우리가 그 기획사에 일거리를 주는 입장이니 갑이고, 그 부장의 업무는 갑에게 접대하는 것이라 했다. 그럼 그 접대비는 어디서 나오는데? 알고 보니 기획사가 중간에서 챙기는 수수료가 무려 월에 100만 원이나 되었다. 1998년이었으니 100만 원이 얼마나 큰 돈이겠는가. 게다가 우리는 밥 굶어가며 잡지를 만들고 있었는데! 수수료가 그만큼이나 나오는지도 몰랐다. 때마침 인쇄가 잘못되어 전량을 다시 제작해야 하는 일이 터지면서 우리는 그 기획사와 연을 끊고 종이 수급부터 인쇄, 제본까지 직접 을지로 인쇄골목을 뛰어다니며 맡기기 시작했다.

이 모든 과정에서 가장 화가 난 건 그 부장이 우릴 룸살롱에 데려간 이유였다. 우리가 레즈비언이니까, 여자를 좋아하는 여자들이니까 룸살롱에 데려가는 것이 접대라고 생각했다는 사실이다. 동성애에 대한 편견이 없다고 생각했는데, 그 부장은 레즈비언을 '그럼 나처럼 여자랑 섹스하는 거 좋아하겠네' 정도로 이해했던 것이다. 기가 막혔다.

이후로도 동성애에 대해 참으로 기발하게 이해하는 사람들을 만났다. 레즈비언인 걸 알고 처음 보는 사이인데 섹스를 하자고 청하는 남자도 여럿 있었다. 레즈비언과 한번 자보고 싶었다는 속내도 서슴없이 밝혔다. 레즈비언은 몸의 구조가 다른 줄 아는 사람들이다.

인터넷 서핑을 하다가 '전 세계 인구 중 10명에 1명은 동성애자라고 하네요'라는 글에 '헉, 누가 그래요 10명 중 1명이라니. 그럼 예전 고등학교 남녀 분반일 때 한 반에 40명이니까 4명, 반마다 2쌍의 커플이 생길 가능성이 존재했다는 말씀이십니까?'라는 댓글이 달린 걸 본 적이 있다. 글쓴이는 진심으로 깜짝 놀란 듯했다. 동성애자 100명이 모여 있다고 해서 50쌍의 커플이 생기는 건 아니다. 남녀합반 40명이라고 해서 18쌍의 이성애자 커플이 생긴다는 상상은 하지 않으면서, 동성애자들은 서로 눈만 마주치면 사귀고 섹스할 거라고 생각하는 걸까.

이쯤 되니 인류가 슬기로운 줄 모르겠다. 같이 일하는 사이에 왜 접대를 주고받는지도 모르겠고, 같은 사람을 성적 도구로 대하고도 왜 잘못을 깨닫지 못하는지도 모르겠고, 자기들의 사랑만 거룩하게 여기고 타인을 혐오하고 차별하며 잘난 줄 아는지도 모르겠다. 말 나온 김에 하자면, 호모사피엔스들이 호모섹슈얼인 것이 더 자연스럽지 않은가!

물론 말장난이다. 호모사피엔스 할 때의 'homo'는 라틴어로 인간이란 의미이고, 호모섹슈얼의 'homo'는 그리스어로 '같다'라는 뜻이다. 이성애자를 뜻하는 헤테로섹슈얼의 'hetero'는 그리스어로 '다르다'라는 뜻이다. 호모사피엔스가 호모섹슈얼을 하든 헤테로섹슈얼을 하든 같은 호모사피엔스에 속하는 건 변함 없다. 에잇. 이 간단한 원리도 이해 못하면서 대체 어디가 슬기롭 다는 건지. 다시 말장난이나 치고 싶다. 호모사피엔스는 호모섹 슈얼하는 게 더 자연스럽잖아.

신이 허락하고
인간이 금지한 사랑

　《좁은 문》,《전원교향곡》등의 작품으로 1947년에 노벨문학
상을 수상한 프랑스의 소설가 앙드레 지드. 그는 막 등단한 새내
기 소설가였던 1891년에 당대 최고의 인기 작가였던 오스카 와일
드를 만났다. 잘생기고 부유하고 천재성으로 반짝이던 오스카 와
일드를 만난 감동은 오래 가지 못했다. 불과 4년 후, 1895년에 오
스카 와일드는 사귀던 남자 친구의 아버지에게 자기 아들을 유혹
했다고 고발당해 재판을 받아야 했다. 동성애를 종교적 죄악, 사
회적 범죄, 정신질환처럼 다루던 당시 유럽 사회에서 오스카 와일
드의 재판은 전 유럽을 떠들썩하게 만든 스캔들이었다. 결국 유죄
판결을 받아 2년간 옥살이를 하고 나왔지만 국적까지 박탈당한
오스카 와일드는 궁핍하고 위태로운 상태로 파리에서 살다가 얼

마 지나지 않아 쓸쓸하게 세상을 떠났다. 이 과정을 지켜본 앙드레 지드의 마음은 정말 복잡했을 것이다. 앙드레 지드 역시 동성 애자였으니까.

앙드레 지드는 동성애자임을 최대한 숨기고 살았지만 왜 세상 사람들이 서로 사랑하는 두 사람을 성별이 같다는 이유만으로 이토록 괴롭히고 그들에게 화를 내는지에 대한 고민만은 멈추지 않았다. 앙드레 지드는 오스카 와일드가 숨을 거두고 24년의 시간이 흐른 후에 《코리동》이라는 소설을 발표한다. 앙드레 지드의 친구들은 '너에게 큰 피해를 끼칠 책'이라며 출간을 만류했다. 오로지 동성애라는 주제만을 다루는 책이었기 때문이다.

《코리동》은 소크라테스식 문답으로 이루어진 소설로, 동성 애자인 코리동과 동성애를 싫어하는 친구가 네 번의 설전을 벌이는 내용이다. 소설에 등장하는 1인칭 시점의 주인공 '나'는 직업이 기자로, 비정상적인 동성애를 왜 하는 건지 도저히 이해할 수가 없어 동성애자인 코리동을 만나 직접 이야기를 들어보기로 한다. 소설의 형식을 보면 '나'라는 화자가 작가를 대변하는 듯 보이지만, 앙드레 지드가 진정 하고픈 말은 좀 괴팍한 성격이지만 역사, 철학, 미술, 과학 등 분야를 넘나드는 박식함을 자랑하는 코리동의 입을 통해 쏟아져 나온다.

예를 들어 동성애는 비자연적이라고 주장하는 친구에게 코리동은 자연이 천편일률적이지 않다는 것엔 의심의 여지가 없으며 자연을 천편일률적으로 만드는 건 관습이라는 파스칼의 말을 인용한다. 친구가 발끈하며 "그럼 자네 말은 이성애가 관습이란 말인가?"라고 반박하자 코리동은 태연하게 덧붙인다. "내가 파스칼의 아이디어를 비틀고 있다고 생각하지는 않아. 중요한 건 자네가 자연을 거스른다고 말하는 대목에서 사실은 관습을 거스른다고 말하는 걸로 충분하리라는 거지."*

인류의 역사를 돌이켜보면 편견과 무지로 만들어진 관습은 너무 많다. 관습을 거스르는 움직임은 종종 세상을 더 나은 곳으로 만드는 데 기여했다. 자연이 아니라 관습의 관점으로 본다면 동성을 향한 진심 어린 사랑을 이해하는 것이 어렵지 않다. 이상하지 않은가. 동성끼리 함께 일하고 공부하고 춤추고 노래하고 밥을 먹거나 차를 마셔도 되는데, 사랑만은 하면 안 된다고? 기쁨과 노여움, 슬픔과 즐거움 등 인간 본연의 감정이 상대의 성별에 따라 달라지는 것도 아닌데, 애틋한 사랑의 감정만은 가지면 안 된다고?

엄격한 청교도 집안에서 자라 죄책감과 수치심 속에서 괴로워하던 앙드레 지드도 비슷한 생각을 하지 않았을까. 24살에 떠난 아프리카 여행에서 자신이 동성애자임을 인식했지만 오스카 와일드가 겪는 고초를 지켜보며 평생 숨기고 살아야 한다는 생각도 들었을 것이다. 하지만 앙드레 지드는 자신의 진심을 따르는

* 앙드레 지드, 《코리동》, 권기대 옮김, 베가북스, 2008, 34쪽.

삶에 대한 열망을 버리지 않았다. 동성애가 자연의 질서를 어긴다는 비난이야말로 가장 비자연적인 인간의 위선임을 간파하고, 코리동의 입을 빌려 이렇게 말한다.

"나는 블랙리스트 위에 오르는 것도 참을 수 있고, 인간의 법률과 그가 사는 나라의 당대의 관습에 의해서 불명예를 당하는 것도 받아들일 수 있지만, 자연의 언저리에서 사는 것은 도저히 수용할 수 없어. 개념상 그것은 말이 안 되거든. 만일 여기에 가장자리가 있다면, 그건 사람들이 너무 성급하게 경계선을 그어버렸기 때문이야."*

앙드레 지드는 자신과 같은 동성애자가 이 책을 읽을 것을 염두에 두었던 것 같다. 언제 누가 읽게 되든 위로의 말을 전하듯 이런 문장을 남겨두었다. 바로 동성애를 치료할 수 없냐는 '나'의 질문에 대한 의사인 코리동의 대답이다. "중요한 것은 치료를 받는 것이 아니라 병과 더불어 태연하게 살아가는 것이다."**

질병이 아닌 것을 질병이라 딱지 붙이고, 고칠 수 없는데도 치료하려고 드는 세상이 당장 바뀔 리는 없으니 어찌하겠냐고, 대신 괴로워하거나 부끄러워하지 말고 병과 함께 태연히 살아가라고 조언해준다. 많이 팔리지도 않았고 유명한 작품도 아니어서 앙

---

*   앙드레 지드, 앞의 책, 43쪽.
**   앙드레 지드, 앞의 책, 17쪽.

드레 지드의 대표작으로 언급조차 되지 않는 소설이지만 정작 앙드레 지드는 《코리동》을 두고 '내 생애 최고의 걸작'이며 '이 소설을 쓸 때보다 더 인류 진보에 쓸모 있는 사람이 된 적 없다'는 말을 남겼다.

앙드레 지드와 같을 수는 없지만 나도 내 방식대로 비슷한 마음을 표현한 문장이 하나 있다. 도서출판 해울을 운영하던 2003년에 다니엘 헬미니악 교수의 《성서가 말하는 동성애》를 출간할 때 고심 끝에 붙인 부제이기도 하다. 바로 '신이 허락하고 인간이 금지한 사랑'.

인간의 무지와 아집, 편협함이 그어버린 금지선은 이를 지키려 애쓰고 어길까 겁내면서 살 필요는 없다. 나는 보수개신교의 동성애 혐오와 억압이 강해질 때마다, 그들이 퀴어퍼레이드의 행진을 막을 때마다, 항의 민원을 폭탄처럼 던져서 내가 하는 강의를 취소시키려 할 때마다 속으로 생각한다. 신이 허락하고 인간이 금지한 사랑과 신이 금지하고 인간이 허락한 차별 중에서 이기는 쪽은 어디일까. 답을 찾기가 쉽진 않지만 내심 믿는 구석은 있다. 오, 부디 주의 뜻대로 하소서. 그 어떤 혐오도 거룩할 수 없음을 믿나이다.

왜 결혼을
독점합니까?

두 명의 여고 동창생이 있었다. 둘은 여고를 졸업한 후부터 함께 지냈다. 한 사람은 직장을 다녔고 또 한 사람은 집안 살림을 맡았다. 그렇게 40여 년을 보내며 60대에 접어들었는데 한 쪽이 병으로 쓰러졌다. 열심히 간병했지만 큰 수술에는 혈연가족의 동의가 필요했다. 평소 왕래가 없던 조카가 나타났고, 동시에 아픈 분의 아파트, 보험, 예금 등에 대한 권리도 그 조카의 몫이 되었다. 자신이 살던 집에서 계속 살려면 갑자기 나타난 조카의 허락을 받아야 하는 기막힌 처지가 된 것이다. 삶의 터전을 지키려 싸웠지만, 도리어 받게 된 법적 처분은 집에도, 병원에도 오지 말라는 접근 금지였다. 결국 40년을 함께한 이의 임종도 지켜볼 수 없는 슬픔 속에서 함께 살던 아파트 옥상에 올라가 그분 역시 스스로 삶을 마감했다. 2013년에 있었던 일이다.

이분들이 커밍아웃을 하신 것도 아니기 때문에 이 사례를 동성 커플이 겪은 사건으로 포함시키기엔 무리가 있다. 두 분이 애정이 아니라 우정으로 40년간 함께하셨을 수도 있다. 하지만 바로 이 점 때문에 결혼의 독점은 더 문제다. 두 사람 사이의 감정이 애정이든 우정이든 40년을 한 집에서 서로를 돌보며 사는 건 특별한 일이다. 그럼에도 한쪽이 세상을 떠날 때 그 공동체가 이룬 것을 남은 쪽이 이어받을 수 없는 건 폐쇄적인 결혼 제도 때문이다. 그것도 오로지 이성 간에만 가능하도록 한.

한국에서 이런 비극이 일어난 2013년에 미국에서는 정반대의 사건이 벌어지고 있었다. 1963년에 만나 40년이 넘게 해로한 에디스 윈저와 테아 스파이어라는 레즈비언 커플이 있었다. 2007년에 캐나다로 가서 결혼했고 이들이 사는 뉴욕주에서도 법적 부부의 지위를 인정받았다. 2009년에 테아 스파이어가 사망하고 에디스 윈저가 모든 재산을 상속받았는데 문제가 발생했다. 이 상속을 부부 간 상속이 아니라 친구 간 상속으로 간주해 엄청난 상속세 고지서가 발급된 것이다. '결혼은 남녀 간에만 가능하다'라고 못을 박은, 1996년에 제정된 '결혼보호법' 때문이었다. 이 법은 각 주에서 동성 결혼을 인정하는 법을 만든다고 해도 연방 차원에서 이성 부부에게 제공하는 세금 감면 등의 혜택은 적용받지 못하게 하려고 만든 법이었다. 윈저는 2010년에 이 결혼보호법이 부당하다는 소송을 제기했다. 3년에 걸친 법적 투쟁 끝에 2013년 6월, 연방대법원은 결혼보호법이 헌법이 보장하는 평등권을 침해한다며 위헌이라는 판결을 내렸다. 이로써 동성 결혼을 인정한 주에서는 동성 부부도 이성 부부와 재산 상속에 있어 동일한 권리를 갖게 되었다. 이 판결로부터 2년 후인 2015년에 연방대법원은 '동성 커플도 결혼을 할 기본권을 가지고 있다'라는 쐐기를 박는 판결을 내려 미국 전역에서 동성 결혼이 가능하게 되었다. 그리고 2022년에는 바이든 정부가 보수화된 연방대법원이 다시 동성 결혼을 금지하는 쪽으로 판결을 뒤집을 것을 우려해 어느 특정한 주에서 승인받은 동성 결혼은 다른 주도 존중해야 한다는 '결혼존중법'을 제정했다. 지금 미국에서는 결혼을 다시 이성 간의 결합으로만 축소시키지 않으려고 애쓰고 있는 것이다.

국제적 상황이 이런데도 한국 정부는 동성 결혼에 있어 내국인 차별까지 하고 있다. 한국은 2016년부터 미국의 요청에 의해 주한 미군의 이성 배우자뿐만 아니라 동성 배우자에게도 주한미군주둔군지위협정SOFA상의 지위를 인정하고 있다. 2016년 7월에 주한 미8군 부사령관으로 부임한 태미 스미스 준장은 미 육군 역사에서 커밍아웃을 한 최초의 레즈비언 장성이기도 하다. 커밍아웃 후 오랫동안 사귄 파트너와 결혼을 했고 한국에도 같이 왔다. 동성 결혼을 인정하지 않는 한국 정부는 태미 스미스 준장 커플을 어떻게 대했을까? 2016년 겨울 우연히 태미 스미스 준장을 만날 기회가 있어서 직접 물어봤다. 예우에 있어 이성 부부와 다를 바 없다고 했다. 미국인이 한국에서 누리고 있는 동성애자로서의 자유와 평등을 왜 한국인은 자국에서 누릴 수 없단 말인가.

전국을 돌면서 강의를 하고 많은 사람을 만나다 보니 신문에 실리진 않은 여러 동성애자의 사연도 듣게 된다. 어느 50대 레즈비언 커플은 주택 명의를 가진 파트너가 세상을 떠나자 그 혈연가족들이 당연하다는 듯 집을 처분하려는 것을 그 커플의 동성애자 친구들이 우르르 몰려가 가족들을 가까스로 만류하고 남은 분이 그 집에서 여생을 보낼 수 있게 설득한 일도 있었다고 한다. 어떤 동성 커플의 경우는 주택 명의를 가진 분이 사망했을 때 두 사람의 관계를 알고 있던 돌아가신 분의 형제들이 부모님을 설득해서 남은 파트너에게 유산 상속이 이루어지도록 했다고 한다. 이 두 사례 모두 설득의 핵심은 '두 사람이 그동안 어떻게 살았는지 생각해보라, 가족과 다를 바 없음을 알지 않느냐, 그러니 내쫓으면 안 된다'는 말이었다. 또 혈연가족들에게 커밍아웃을 하고, 평소 어느 정도 친분을 쌓고 지냈다는 공통점이 있다. 이런 정도의 배경 없이는 동성 커플이 권리를 보장받기 어려운 것도 문제지만, 결론적으로 가족들이 선의를 베풀어서 가능했다는 점에서 이 방식이 모든 동성 커플이 선택할 수 있는 최선이라고 할 수는 없다.

정부가 2021년 9월에 발표한 〈다양한 가족에 대한 국민인식조사〉에 따르면, 국민의 68.5%가 '법적인 혼인, 혈연관계가 아니더라도 함께 거주하고 생계를 공유하는 관계이면 가족'이라는 의견에 동의한다고 밝혔다. '사실혼, 비혼 동거 등 법률혼 이외의 혼인에 대한 차별 폐지'가 필요하다는 의견도 70.3%나 되었다. 국민 10명 중 7명의 의견이 이러하다면 국회에서 생활동반자법에 대해 논의할 당위는 충분하다. 지자체가 조례를 만드는 것부터 시도할 수도 있다. 그동안 결혼이 독점해온 가족을 구성할 권리에 대한 상상력을 넓히면 가능하다. 생활동반자법이 만들어진다고 해서 결혼이 사라지진 않는다. 비극이 사라질 뿐이다.

동성 결혼이 허용되지 않을 이유는 없다. 이성 간에 가능한 것을 동성 간에도 가능하게 해달라는 것이 아니라, 왜 이성 간에만 혼인신고가 가능하도록 자격 범위를 좁혀 놓았는지, 왜 결혼을 이성 간에만 독점하는지를 질문해야 한다. 동성 커플이 배우자로 인정받으려는 건 이성애자와 동일해지거나 낡은 결혼 제도에 어떻게든 편입하려는 시도가 아니다. 동성 결혼 법제화 투쟁은 필요하지만, '동성애자도 결혼할 권리'를 획득하는 것이 목표는 아니다. 필요한 건 시민으로서 누려야 할 동등한 권리이고, 지키려는 건 최선을 다한 삶에 대한 애도와 존중이다. 그리고 사회보장제도가 제대로 작동되는지에 대한 문제 제기다.

국가가 모든 국민을 부자로 만들 필요는 없다. 가난해도 인간으로서 최소한의 존엄성은 존중받는 사회를 만들면 된다. 국가가 모든 국민을 결혼시킬 필요는 없다. 누구나 평등하고 평화롭게 사랑을 나누며 지낼 수 있는 사회를 만들면 된다. 국가가 모든 국민을 이성애자로 만들 수도 없다. 우리의 삶은 훨씬 더 다양하고 복잡하고 또 자유롭다. 누구나 자기의 삶을 스스로 결정하며 살아갈 권리가 있다. 이를 위해서는 내 삶과 죽음까지 나눌, 그런 가족을 구성할 권리를 누구에게나 인정하는 법이 필요하다. 결혼의 독점을 폐하라.

혈연가족의
비밀

국어사전에서는 '혈연血緣'을 '같은 핏줄에 의하여 연결된 인연'이라고 설명하고, '가족'을 '주로 부부를 중심으로 한, 친족 관계에 있는 사람들의 집단. 또는 그 구성원. 혼인, 혈연, 입양 등으로 이루어진다'라고 설명한다. 이 두 단어를 합쳐 같은 핏줄로 이루어진 가족이라는 의미로 '혈연가족'이라는 표현을 흔히 쓰고, 남남 사이를 두고 '피 한 방울 안 섞인 사이'라고 한다. 바로 피가 섞였는가를 기준으로 가족과 남을 가르는 것인데, 정말 가족은 피를 나눈 사이일까?

엄밀하게 과학적으로 따지면, 부모 자식 간이라도 해도 피는 단 한 방울도 섞이지 않는다. 아기는 엄마와 아빠의 피가 섞여서 태어나는 것이 아니라 정자와 난자의 핵이 결합하여 태어나기 때문이다. 엄마와 탯줄로 연결된 태아도 마찬가지다. 이때도 역시 엄마의 피는 태아에게 단 한 방울도 흘러들어 가지 않는다. 그러니까 이 세상에 피가 섞인 사이는 헌혈과 수혈을 한 사이뿐이다.

가족이나 친척 간에 닮은 점을 발견할 때 흔히 쓰는 '역시 피는 못 속인다'라는 말도 마찬가지다. 피는 애당초 그 누구도 속일 의도가 없었다. 가족이라서 서로 닮았다면 유전자 덕분이고, 가족인 줄 몰랐지만 친자 확인 검사를 통해 가족임을 알게 되는 것도 유전자 덕분이다. 그러니 '유전자는 못 속인다'라고 표현해야 정확하다. 이렇게 혈연가족을 유전자 중심으로 설명하면 아버지와 아들을 중심으로 가족의 대를 잇는다는 개념 역시 과학적이지 않음을 알 수 있다. 조금 머리가 아플 수도 있겠지만 이를 최대한 쉽게 설명해보려 한다.

인간의 염색체는 46개다. 염색체의 숫자는 종마다 다른데 가령 고양이는 38개, 개는 78개, 침팬지는 48개다. 세포분열에서 중요한 것은 이 염색체의 숫자를 유지하는 것이고, 이런 세포분열을 '동수분열'이라고 한다.

흔히 난소 안에는 난자가 있다고 말하지만 정확히 말하면 난원 세포가 들어 있다. 난원 세포엔 염색체가 2개씩 한 쌍을 이뤄 총 23쌍, 즉 46개의 염색체가 있다. 난원 세포는 두 번의 세포분열을 통해 23개의 염색체를 가진 4개의 난자로 나뉜다. 눈치챘는가. 염색체 수가 줄어드는 세포분열, 즉 감수분열을 한 것이다. 정소

안에도 정원세포가 있고, 감수분열로 정자를 만든다. 인간의 몸을 이루는 세포 중에서 감수분열을 하는 건 유일하게 이들 생식세포뿐이다. 왜일까? 정자와 난자의 염색체 수가 절반으로 줄어들어야 수정되었을 때 태아가 46개의 염색체를 가질 수 있기 때문이다.

이 말은 즉, 엄마 쪽이든 아빠 쪽이든 아무리 애를 써도 자신의 유전자를 자녀에게 물려줄 때 50% 이상을 물려줄 방법은 없다는 뜻이다. 그러니 어머니는 소외시키고 자녀들이 아버지의 대만 잇는 것처럼 말하는 건 과학적이지 않다. 게다가 누가 아버지의 유전자를 더 많이 물려받았느냐를 기준으로 보면 모든 아버지는 아들보다 딸에게 더 많은 유전자를 남긴다.

염색체는 여러 개의 유전자가 배열된 끈이라고 생각하면 되는데, 염색체의 크기가 클수록 담고 있는 유전자의 수도 많다. 이 원리로 보면 Y염색체는 X염색체의 약 3분의 1 크기여서 X염색체엔 약 1,500개의 유전자가, Y염색체는 약 500개의 유전자가 있다. 그러니 딸은 아버지에게서 22개의 상염색체와 약 1,500개의 유전자 정보가 담긴 X염색체를 받지만, 아들은 아버지에게서 22개의 상염색체와 약 500개의 유전자 정보가 담긴 Y염색체를 받을 뿐이다. 그러니 아버지들은 아들보단 딸에게 더 심리적 친밀감을 느끼는 것이, 아버지의 대는 딸이 잇는 것이 자연의 이치에 맞지 않을까?

혹 자신의 아버지에게 물려받은 Y염색체를 다시 아들에게 물려준다는 특별함이 있으니, 비록 유전자 숫자는 적다고 해도 Y염색체를 공유하는 사이로서 아들과 아버지가 더 긴밀하다고 말하고 싶을 수도 있다. 그렇다. 그렇게 생각할 수도 있다. 하지만 딱 그만큼일 뿐이다. 만약 부모의 무엇을 공유하는가로 따질 참이라면 어머니에 비해 아버지는 불리한 조건이 또 있으니까. 바로 미토콘드리아다. 이는 사람의 세포 안에 있는 아주 중요한 세포소기관이다. 한자로는 활력체活力體라고 부른다는 점만 봐도 인간의 생명 유지에 얼마나 중요한지를 눈치챌 수 있을 것이다. 아들이든 딸이든 상관없이 미토콘드리아는 오로지 어머니에게서만 물려받는다. 난자에는 미토콘드리아가 있지만 수정할 때의 정자 안에는 미토콘드리아가 없기 때문이다. 이렇게 따지면 대를 잇는 계보는 모계로 잡는 편이 과학적이고 합리적이라고 할 수도 있다.

이참에 아버지의 Y염색체와 트랜스젠더 자녀와의 관계도 생각해보자. 자신의 Y염색체를 이어받아 태어난 아이가 반드시 아들이자 남성이 되는 건 아니다. 염색체는 그 자체로 인간의 성별 정체성에 관여하지 않는다. 그러니 아버지의 X염색체를 이어받은 자녀가 본인을 트랜스젠더 남성이라고 커밍아웃한다고 해서, Y염색체를 물려받은 자녀가 트랜스젠더 여성이라고 해서 딱히 이상할 것도 없다. 어차피 아버지와 어머니에게 물려받은 것은 각각 50%이니 아버지를 닮은 성별이 되든 어머니를 닮은 성별이 되든 그리 이상할 것도 없지 않은가.

실제론 피 한 방울 안 섞인 사이지만, 피는 물보다 진하다거나 피는 속일 수 없다거나 등의 표현은 인류 역사 내내 쓰였다. 이런 애틋함이라면 자녀가 성소수자라고 해서 부모가 받아들이지 못할 이유도 없을 것 같다. 이성애자 부모가 동성애자를 낳았고, 시스젠더 부모가 트랜스젠더를 낳았다. 혈연가족이니까… 닮았으면서 동시에 다를 수도 있는 것이다. 부디 핏줄로 얽힌다는 것이 넉넉한 다정함으로 얽힌다는 의미가 되길 바란다.

노년 담론을 이끌
새로운 주체

언젠가 식당에 앉아 혼자 밥을 먹을 때였다. 테이블이 3개밖에 없는 아주 작은 식당이어서 옆자리에서 나누는 대화가 들으려하지 않아도 귀에 꽂혔다. 네 분의 중년 여성이 식사하던 중이었는데, 한 분이 다른 친구들에게 자식 키우는데 너무 돈 쓰지 말고 노후 자금을 착실히 모아야 한다는 훈계를 늘어놓고 있었다.

"옛날엔 자식이 서넛 되니까 서로 눈치를 볼 수밖에 없어서 부모를 돌봤지만 이젠 자식도 하나잖아. 부모를 돌보든 내팽겨치든 누가 뭐라고 하겠어. 안 그래? 이젠 자식도 못 믿어. 늙어서 자식한테 봉양받을 생각들 말고 부지런히 돈 모아."

실제 최근 20년 사이 1인 가구와 부부만 사는 2인 가구의 비중이 늘고 자녀와 사는 가구 비중은 크게 감소했다고 한다. 이러한 가족 구성의 변화는 국민들이 이성애자와 동성애자라는 차이로 분열되거나 '자식복'이라는 개인 팔자의 문제로 한정하지 않고 노후 문제를 사회 복지와 인권의 차원에서 논의할 수 있는 가능성을 열어준다.

자식에게 기댈 수 없다면 동성애자든 이성애자든 '혼자 늙었을 때의 적적함'과 '아플 때 옆에서 약 사주고 죽 끓여 줄 사람 없는 외로움'이 제일 무서울 것이다. 2019년 65세 이상 노인 자살자 수는 3,600명이니 하루에 10여 명이 스스로 목숨을 끊는 것이다. 자살 원인으로는 뭐니 뭐니 해도 경제적 어려움이 가장 크지만 외로움, 인간관계가 좁아지다가 단절되는 등 마음 둘 곳이 없어져 스스로 삶을 포기하는 경우도 종종 생긴다. 게다가 점점 줄어드는 젊은이가 점점 늘어나는 노인을 부양해야 한다는 계산식만을 강조하는 요즈음의 저출산 고령화 담론은 마치 일찍 죽어주는 게 사회에 기여하는 건가 싶을 정도로 냉정하다. 하지만 그런 식으로 '애국 시민'이 될 수는 없는 법. 늙는다는 것은 점점 무능력한 국민이 되어간다는 뜻이 아니다.

2022년 3월 8일 발표된 통계청 자료에 따르면 처분가능소득을 기준으로 한 2020년 65세 이상 노인 인구의 상대적 빈곤율(노인빈곤율)은 38.9%로 집계됐다. 이는 역대 최저 수치로, 처음으로 30%대를 기록한 것이었다. 그러나 OECD 평균 13.5%(2019년 기준)에 비하면 약 3배 정도로 세계 최고 수준이다.

노인빈곤율이 높은 것을 개인의 게으름이나 무능력 탓으로 돌리면 세계에 유례가 없다고 할 만큼 눈부신 지난날의 경제 성장을 설명할 수 없다. 지금의 노인들이 젊은 시절에 일군 성과인 것은 분명하기 때문이다. 늙는다는 것에 대한 시각 자체를 바꾸지 않는 한 노인들이 겪고 있는 지금의 어려운 상황을 개선할 수 있는 제대로 된 대책을 마련할 수 없다.

　노후 대책의 대부분은 늙기 전에 미리 준비해야 하는 것들이다. 늙어서 쓸 돈을 일찌감치 모으고, 늙어서 궁핍하게 살기 싫으면 지금부터 주식이든 부동산이든 재테크를 해두라고. 늙기 전에 미리 건강관리 해두라고 한다. 젊은 시절이 늙음을 대비하는 시간으로 쓰이는 것은 적절한 일일까. 젊음을 젊음으로 온당하게 누릴 수는 없는 것일까. 사람은 태어나는 그 순간부터 나이가 든다. 오로지 죽음만이 노화를 멈출 수 있다. 그런데도 살아 있는 동안 늙지 않으려 하고, 늙음을 하찮게 여긴다. 나이 들지 않거나 늙지 않을 수 없고, 신체 기능은 서서히 떨어지기 마련인데도 말이다. 게다가 모두가 부자거나 일하지 않아도 먹고살 만큼의 재산을 가질 수는 없으니, 우리는 나이 든 신체로 삶을 영위해야 한다. 이는 변하지 않는 사실이다. 그럼 우리는 무엇을 변화시켜야 할 것인가.

　어쩌면 우리는 변할 수 없는 것을 바꾸려 애쓰고, 변화시킬 수 있는 것엔 무관심한지도 모른다. 늙지 않으려고, 돈을 더 많이 벌려고 발버둥 치는 것보다 국가의 노인 복지 정책에 관심을 갖고 변화시키는 편이 훨씬 현실적이지 않을까. 이미 시행되고 있는 고용보험, 산재보험, 국민연금, 건강보험 등 4대 사회보험은 소득재분배효과가 있어야 함에도 불구하고 영세사업장일수록, 비정규직일수록, 여성일수록, 저소득층일일수록 배제당하거나 적합한 보호를 받지 못하고 있다. 이런 모든 것이 가지지 못한 이들의 노후를 더욱 불안하게 만든다. 노인복지는 개인의 팔자 문제가 아니라 사회가 책임져야 하는 복지의 문제이며 또한 존엄한 인권의 문제다. 개인이 노후 대책을 세워 이를 해결하려 하면 그 무게는 계속 무거워질 뿐이다. 대신 나이 듦을 바라보는 관점을 바꾸는 것에서 해결책을 찾아야 한다.

노인을 지금 늙은 사람으로 보면 안된다. 노인은 어리고 젊었던 사람이고 아직 죽지 않은 사람이다. 노인이 빈곤한 것도, '노인빈곤율'이라는 개념도 당연하지 않다. 노인은 젊은 세대에게 빌붙어 사는 사람이 아니다. '늙음'을 '애석하고 안타깝게도 늙어버리고 말았다'는 식으로 바라봐서는 안 된다.

미국의 페미니스트 정치학자 아이리스 매리언 영은 《차이의 정치와 정의》에서 노인차별주의와 동성애 혐오가 서로 맞닿아 있음을 설명한다. 인류 역사에서 19세기 전에는 죽음과 노령이 연결되어 있지 않았다. 죽음은 어떤 연령대의 사람에게든 불시에 찾아오는 것이었고, 아이와 젊은이도 죽음을 피할 수 없었기에 오히려 노령은 '죽음에 대한 승리이자 덕의 신호'로 인식되었다. 무사히 나이 들었다는 것 자체가 존경과 공경의 근거가 될 수 있었다면, 점점 생존 연령이 늘어나면서 "노령은 퇴락 및 죽음과 연결되었고 대부분의 사람들이 늙을 때까지 살 것으로 기대되는 시대에는 노인의 존재는 경계 불안을 창출"*하게 되었다. 이제는 노인은 미래의 내 모습이고 죽음을 의미하기에 노인을 응시하고 함께 있는 것도 회피하려고 한다. 이는 이성애자들이 동성애자가 자기 옆의 이웃이나 동료로 있는 것을 꺼리며 자신이 동성애자가 될지도 모른다고 두려워하는 동성애 혐오와 닮아 있다.

동성애자가 사회적 소수자이기 때문에 중요한 사회적 사안의 논의에도 항상 비주류로 머물러 있어야 하는 것은 아니다. 오히려 주류가 보지 못하는 것을 먼저 발견하고 분석해 대안을 제시할 수도 있다. 동성애자는 일찌감치 혈연가족 중심의 사고방식을 벗어난 사람들이므로 노후 문제에 있어 개인과 국가가 나누어 짊어져야 할 적절한 책임의 분배선을 명확하게 인지하고 제시할 수 있다. 나는 동성애자야말로 기존의 가족 중심의 복지 제도와 성정체성의 한계에 갇히지 않고 보다 많은 사람의 공감대를 형성하는 폭넓은 노후 담론을 열어가며 새로운 관계 맺음까지 제시할 수 있는 주체라고 믿는다.

* 아이리스 매리언 영, 《차이의 정치와 정의》, 김도균·조국 옮김, 모티브북, 2017, 320쪽.

누가 정자에게
총을 쥐여주었는가

2012년 5월 14일자 〈조선일보〉에 정자의 이동 방식에 관한 연구 결과를 소개하는 기사가 실렸다. 영국 버밍엄대학교와 워릭대학교 공동 연구팀은 머리카락 굵기의 관을 만든 뒤 여기에 정자를 넣는 실험을 했다. 정자가 질 안에서 어떻게 난자를 찾아 이동하는지 관찰하기 위해서였다. 최단거리를 찾아 헤엄칠 것이라는 예상과 달리 실험관 속 정자들은 벽에 착 붙어서 기어가기 시작했다. 관이 휘어진 곳에선 방향을 자연스럽게 틀지 못해 벽에 부딪히거나 길을 잃어 헤매는 걸 보고 연구진도 깜짝 놀랐다는 내용이었다.

나도 처음엔 '오호!' 하고 신기해했지만 가만히 생각해보면 정자에게 날개가 달린 것도 아니니 날아갈 수는 없을 테고, 질과 자궁 안이 수영장처럼 물로 가득 찬 것도 아니니 물고기처럼 유유히 헤엄치지 못하는 것이 당연하다. 달랑 꼬리 하나밖에 움직일 수 없으니 벽을 길잡이 삼아 이동하는 것이 가장 현명한 선택이지 않겠는가. 그런데 〈조선일보〉의 생각은 달랐나 보다. 기사의 제목을 '난자 향해 헤엄치는 정자? 알고 보니 낮은 포복'으로 붙이고, 독자의 이해를 돕는 삽화엔 '정자'라는 글자가 적힌 방탄 헬멧만 쓴 채 군복은커녕 아무것도 걸치지 않은 알몸의 남자 여러 명이 한 손엔 총을 들고 포복 자세로 기어가는 장면을 그렸다.

'포복'은 군사 용어다. 전투에서 몸을 낮추어 기어서 적에게 접근하는 전진 자세를 의미한다. 정자 한 마리 한 마리가 각각 한 명의 온전한 남자이자 군인으로 의인화된 것에 비해 난자는 의인화는커녕 아예 등장하지도 않는다. 대신 여성의 신체 일부가 마치 '정자 군인'들이 점령해야 할 고지처럼 그려져 있다. 세상에! 정자가 난자를 만나러 가는데 살상용 무기인 총을 들고 가는 상상이라니. 더군다나 우글우글 남성들이 떼를 지어 여성을 향해 가는 장면으로 묘사하다니. 언뜻 보면 실험 결과를 익살스럽게 표현한 것 같지만 자세히 볼수록 섬뜩해진다.

누가 정자에 총을 쥐여줄 생각을 했을까. 정자가 헤엄친다고 생각할 때는 올챙이 모양의 정자들이 신나게 꼬리를 돌리는 모습으로 그려도 괜찮았는데, 벽에 붙어 기어간다고 하니 갑자기 자존심이 상해서 '포복 자세'라는 명분이라도 필요했나 보다. 포복을 표현하려면 총이 등장해야 한다. 정자가 총을 들고 기어가려니 꼬리가 아니라 팔다리가 다 있어야 했을 터이다. 어쩔 수 없이 실제 정자의 모습과 상관없이 사람의 형태로 그렸는데 아차! 독자들이 정자란 걸 알아채지 못하는 문제가 발생한다. 군복도 입지 않은 알몸의 정자 군인에게 '정.자.'라고 적힌 헬멧을 씌울 수밖에. 이제 난자를 그려야 하는데 또 문제가 발생한다. 전투 상황을 전제했으니 난자도 응당 총을 가져야 하겠지만 차마 그럴 수는 없고, 생략하자니 포복 자세로 접근할 목표가 있어야 한다. 결국 팔다리도, 얼굴도 없지만 여성임은 확실히 드러나도록 외음부 주변 신체만 덩그러니 그려놓게 된 것이다.

학자들의 연구 내용과는 조금도 일치하지 않는 삽화를 나는 한참 바라봤다. 어떻게 이런 수준의 그림이 편집 과정에서 걸러지지 않고 그대로 실리게 되었을까. 가장 빠르고 튼튼한 1등 정자가 난자를 차지한다는 식의 설명이 급기야 정자를 총을 든 군인으로까지 변신시켰다. 이것이 과학적 사실을 쉽게 이해할 수 있도록 의인화한 것일 뿐일까. 정말 그렇다면 과학자들의 최신 연구 결과를 토대로 다시 정확히 설명해보겠다.

정자가 열심히 난자를 향해 움직이는 것은 사실이다. 하지만 정자는 자기 힘만으로 이동하는 것이 아니라 질벽과 자궁벽이 정자를 밀어 올리듯 운동하는 덕에 나팔관까지 빠르게 이동할 수 있다. 그리고 가장 먼저 도착한 정자가 수정되는 것도 아니다. 선택은 난자가 한다. 난자는 자기 주변으로 모여든 많은 정자 중 하나를 골라 그 정자의 세포핵과 자신의 세포핵을 하나로 합친다. 이 과정을 '수정'이라고 부르며, 우리는 이때부터 난자를 수정란이라고 부른다. 그러니 굳이 비유하자면 정자는 소멸하고 난자는 위대한 수정란이 되는 것이므로 난자가 정자를 '인수합병'한 것으로 설명하는 편이 더 어울린다.

　사정 1회 분량의 정액 안에는 약 1억~3억 마리의 정자가 포함되어 있다. 이렇게 많은 정자 중 한 마리만 수정이 되니 정자끼리 치열한 경쟁을 한다고 설명한다. 그런데 이것도 사실이 아니다. 일단 알칼리성 정액에 담겨 있던 정자는 산성도가 높은 질 내부에서 많은 수가 죽는다. 하지만 이 덕에 산성이 중화되어 살아남은 정자들이 자궁경부까지 갈 수 있다. 배란기의 자궁경부는 평소 끈끈한 점액으로 봉해두었던 자궁 입구를 정자가 통과할 수 있도록 느슨하게 열어둔다. 하지만 자궁경부 주변엔 낯선 세포가 들어오면 잡아먹는 대식세포가 있어 정자의 일부는 대식세포에 먹히지만 다른 일부는 무사히 통과해 나팔관으로 간다. 이렇게 보면 정자들은 경쟁을 한다기보다 협력을 한다고 보는 게 맞는다. 정자는 각각 고유한 이름이 붙거나 식별 가능한 개체로 다루어지지 않으니, 자신이 수정되든 자기 옆의 다른 정자가 수정되든 결론은 똑같다. 아무런 영광도, 기록도 얻지 못할 정자들이 굳이 경쟁할 이유가 없다. "너 말고 내가 먼저 갈 거야. 저리 비켜"라며 옆의 정자를 밀쳐내고 시기와 질투를 할 이유가 없다. 어차피 마음대로 의인화해서 정자들의 속마음을 연출할 참이라면 차라리 "네가 먼저 가. 나는 여기서 너를 위해 산화할게"라든지 "네가 갈 수 있도록 내가 뒤에서 밀어줄게"라고 협력과 희생이 정자의 본성이라고 하는 것이 더 아름답고 교육적이기까지 하지 않겠는가.

정소에서는 매일 1억 마리씩 정자가 생산되고, 체외로 분비되지 않는 정자는 체내에서 흡수되어 사라진다. 만약 정말 정자에게 그토록 강한 공격성과 경쟁심이 있다면 사정은커녕 정소 안에서 흡수되어 사라질 때 크게 분노하지 않을까? 여성의 몸 안에서만 갑자기 정자들끼리 치열하게 경쟁 레이스를 펼치고 점령군처럼 총까지 들고 나타난다고?

사람들은 정자를 남성화하고 난자를 여성화하는 일에 익숙하다. 그래서 정자는 거침없이 앞으로 돌진하는 용사처럼 묘사하고, 난자는 두 볼이 발그레해진 채로 수줍게 누군가를 기다리는 소녀인 양 그려낸다. 정자와 난자를 이렇게 먼저 성별화해버리면 정자와 난자의 수정을 통해 태어난 아기들이 장차 마동석이 되고, 유재석이 되고, 이효리가 되고, 장미란도 되는 걸 설명할 수 없다. 한 명의 고유한 인간이 태어난다고 여기기 전에 여자다움, 남자다움이라는 고정관념에 빠져서 인간을 두 종류로만 나누게 된다.

만약 새로운 생명체를 탄생시키는 생식으로서 정자와 난자를 다룬다면 임신과 출산, 양육까지를 포함해서 남녀 모두의 동등한 책임으로 설명해야 한다. 임신과 출산은 난소와 자궁을 가진 여성의 생식기에서 벌어지는 일이지만, 임신의 전 단계로서의 수정, 출산의 다음 단계로서의 양육은 여성만의 몫이 아니다.

흔히 남자 청소년들에게 임신은 '정자 제공'의 과정으로, 출산은 '나의 유전자를 이어받은 아이'의 탄생으로, 양육은 '돈 벌어와야 할 가장'의 책임으로 다가온다. 성교육 교재에 종종 등장하는 아기를 안은 엄마와 그 옆에 든든하게 서 있는 아빠 그림이 이런 인식을 자연스럽게 만든다. 임신과 출산은 자신과 별개로 벌어지는 일이라고 믿는 동시에 남자 청소년들은 섹스를 잘하고, 많이 하고, 일찍 할수록 더 대단한 남자가 된다는 문화를 공유한다. 또 여성은 9개월만 고생하면 되는데 남성은 양육에 대한 책임으로 평생 등골이 휘게 일해야 하므로 계산이 공평하지 않다고 생각한다.

정자와 난자의 결합은 성교육 시간에 배우고, 나머지는 성폭력 예방교육에서 다루는 일이 많다 보니 청소년들도 혼란스러울 수밖에 없다. 통합적으로 자기 인생에 있어서 '성'이 어떤 의미인지, 어떤 가치인지 생각하기 어렵다. 사실 성관계부터 임신, 출산, 양육의 과정은 단순하지 않다. 사랑하는 사람과의 정서적이고 낭만적인 관계, 다정함과 친밀함, 열정과 질투, 집착과 외로움 등 복잡하고도 오묘한 인간의 '감정'이 큰 맥락 안에 같이 소용돌이친다. 또 피임을 비롯해 성관계를 어디서 어떻게 할지에 대한 논의 및 합의 과정과 두 사람 각자의 인생 계획은 무엇인지 세심히 나누는 일도 모두 포함된 문제다. 총을 든 정자로는 어떤 문제도 해결할 수 없다.

누구나 급할 땐
화장실에 갈 수 있는 세상

　화장실은 크게 두 종류가 있다. 자신이 사는 집 안에 있는 화장실과 외출했을 때 가는 화장실. 용변은 내가 마음대로 조절할 수가 없는 것이어서 산책을 하다가도, 쇼핑을 나왔다가도, 출근길과 퇴근길에도 갑자기 화장실에 가고 싶어질 수 있다. 이때 다시 집으로 돌아갈 수는 없으니, 바깥에도 화장실이 있어야 한다. 우리는 이를 공중화장실이라고 부른다. 그렇다면 공중화장실이 갖추어야 할 가장 큰 미덕은 무엇일까? 이 질문에는 다들 비슷한 단어를 떠올릴 것 같다. 깨끗함! 어린 시절 공중화장실은 갈 수밖에 없지만 가고 싶지 않은 곳이었다. 방 청소를 안 하면 어른들에게 '여기가 공중변소냐'라고 야단맞을 정도로 불결함과 난장판의 상징이었으니까. 그러나 88년 서울올림픽을 계기로 공중화장실은 달라졌다. 외국인들 보기에 부끄럽지 않아야 한다며 대대적으로 수리되어 싹 바뀌었다. 2002년 월드컵을 앞두고는 '화장실 문화시민연대'가 만들어졌다. '공중화장실 에티켓'이라는 캠페인도 펼쳐졌는데 "아름다운 사람은 머문 자리도 아름답습니다"라는 유명한 문구가 여기서 나왔다.

공중화장실이 가져야 할 또 다른 미덕은 무엇일까. 그렇다. 누구나 갈 수 있어야 한다는 것이다. 만약 공중화장실을 이용할 수 없다면 외출할 때마다 불안하고 불편할 것이다. 1960년대 미국의 NASA에서 일하는 세 흑인 여성의 분투기를 다룬 영화 〈히든 피겨스〉에서는 주인공이 촌각을 다투는 중요한 업무를 하다가 화장실에 가야 되니 서류 뭉치를 든 채 800미터를 전력질주하는 장면이 나온다. 사무실 근처 화장실은 백인 전용이었기 때문이다. 그 모습을 보고 있으면 '너무하네. 적어도 화장실 가지곤 차별하지는 말지'라는 소리가 절로 나온다. 게다가 화장실 이용이 불편하면 은연중에 물을 마시지 않게 되고 용변을 참는 것이 일상화되어 방광염이 생길 확률이 높아지고 건강에도 이상이 생긴다.

화장실 차별의 역사는 피부색에만 있지 않다. 1973년 하버드대학교에서는 일명 '항의 오줌 싸기' 투쟁이 있었다. 설립 이후 300년이 넘도록 남성만 입학할 수 있었던 하버드대학교는 1973년부터 여성도 입학 시험을 치를 수 있게 허용했다. 로렐홀 건물에서 입학 시험을 치던 여학생들은 남학생과 달리 건물 밖으로 나가 길 건너편 화장실을 이용해야 했다. 그 때문에 시험에 집중할 수 있는 시간이 15분이나 차이가 났다. 하버드대학교가 여자화장실을 설치해달라는 요구를 거부하자 당시 인권변호사로 유명했던 케네디 플로렌스를 비롯한 시위대는 '오줌을 싸느냐 마느냐 그것이 문제로다', '학장은 여성에게 화장실을 쓰게 할 것인가' 등의 문구가 적힌 피켓을 들고 행진을 하다가 로렐홀 계단에 모여서 병에 담아온 노란색 액체를 쏟는 퍼포먼스로 차별에 항의했다. 그리고 총장에게 경고했다. 여자화장실을 설치하지 않으면 다음엔 진짜 오줌을 뿌릴지도 모른다고.

이 투쟁에서 가장 인상적이었던 대목은 하버드대학교 총장이 '300년 넘게 남자들만 다닌 학교이다 보니 여자화장실이 없을 수밖에 없다'고 해명하자 플로렌스 변호사가 하버드대학교엔 이미 수많은 여성 노동자가 근무해왔는데 무슨 소리냐고 받아친 부분이다. 이런 구조적인 문제를 남자 교수, 남학생, 남자 직원들은 아무도 모르고 지냈다는 것이니 참으로 어마어마한 차별의 시간이 속절없이 흘렀던 것이다.

이뿐만이 아니다. 휠체어를 탄 장애인이 이용할 수 있는 공중화장실도 만들어진 지 얼마 되지 않았다. 우리나라는 1997년 관련 법이 제정되어 1998년부터 공공건물과 공원 등에 장애인화장실 설치가 의무화되었다. 물론 여전히 장애인화장실을 창고로 쓰거나 커다란 건물에 장애인화장실은 1층에 단 한 개만 있는 등의 문제가 고발되고 있지만 조금씩 나아지고 있다.

그보다도 늦게 만들어진 것이 어린이를 위한 화장실이다. 변기와 세면대가 성인을 기준으로 만들어지다 보니 어린이가 사용하기엔 높았다. 어른과 동행하지 않으면 공중화장실을 이용할 수 없었고, 비좁은 화장실칸에서 어른이 아이를 들어올려 변기에 앉히려면 문을 열어두어야 하는 경우도 많았다. 낮은 높이의 변기를 설치하거나 혼자서 올라갈 수 있도록 설계한다면 어린이 혼자 용변을 볼 수 있을 텐데 말이다. 이런 문제 제기에 따라 2006년부터는 개정된 법에 따라 일정 규모 이상의 공중화장실에는 어린이용 대·소변기 및 세면대를 각각 1개 이상 의무적으로 설치해야 한다.

이러한 역사를 보면 공중화장실은 누구나 자율적으로 안전하게 이용할 수 있는 방향으로 발전하고 있다. 그러니 성중립화장실로의 변화 역시 자연스러운 연결선상에 있다. 이 새로운 형태의 화장실은 칸마다 변기와 세면대가 배치되어 있고, 기존의 남녀화장실과 달리 문이 바깥과 직접 연결되어 '1인용 화장실'이라고도 한다. 이에 더해 휠체어 이용자를 위한 설비, 기저귀 갈이대, 간소한 샤워기까지 설치하면 휠체어 이용자부터 유아와 함께 외출한 보호자, 몸이 불편한 고령자나 장애인과 그 동반자, 장루 주머니를 교환해야 하는 사람 등 모든 사람이 자유롭게 이용할 수 있어서 '모두를 위한 화장실'이라고도 한다.

그런데 성중립화장실 설치는 엄청난 반대에 부딪쳤다. 성중립화장실은 남녀가 모두 출입할 수 있어 남녀분리화장실에 비해 여성에 대한 성범죄가 발생할 위험이 높다는 것이다. 이는 성중립화장실에 대한 잘못된 인식과 정보가 널리 퍼졌기 때문에 발생한 오해다.

먼저 기존의 남녀분리화장실이 다 없애버리고 성중립화장실로 대체하자는 것이 아니라, 성중립화장실을 추가로 설치하자는 것이다. 예를 들어 혼자 화장실에 가기 어려워하는 어린 자녀와 외출한 부모나 장애인이나 노인과 그 활동보조인의 성별이 서로 다른 경우 남녀분리화장실을 이용하는 것이 어려울 수 있다. 이때 성중립화장실이 있다면 편하게 이용할 수 있다. 또 머리가 짧고 치마를 입지 않고 키가 큰 여성들은 여자화장실을 이용하려다 곧잘 제지당하는데, 이렇듯 전형적인 남성·여성의 외모를 하지 않아서 공중화장실 이용할 때마다 눈치를 봐야 했던 이들의 마음을 편하게 해줄 수 있다.

트랜스젠더 여성 혹은 남성도 마찬가지다. 어느 트랜스젠더 여성이 회사에 휴직계를 낸 뒤 성전환수술을 마치고 복직했는데, 남자화장실과 여자화장실 어느 쪽도 이용할 수 없게 되었다는 이야길 들은 적이 있다. 성전환수술을 마쳤으니 남자화장실을 사용할 수 없는데 다른 여직원들이 이전에 남자였던 사람과 화장실을 함께 쓰고 싶지 않다고 거부한 것이다. 그래서 자신이 트랜스젠더란 걸 모르는 사람들만 있는 다른 건물로 가서 화장실을 이용해야 했다. 이처럼 트랜스젠더의 경우, 자신이 트랜스젠더임을 주변 사람들이 아는지부터 외모가 사람들에게 어떤 성별로 보이는지, 외부 성기 수술을 했는지, 호적상의 성별이 정정되었는지까지 화장실 사용에 불편을 주는 요인이 많다. 게다가 자칫하면 폭력에 노출될 수도 있다.

미국에서는 2010년에 캘리포니아주립대학교에서 한 트랜스젠더 여성이 여자화장실을 이용하려다가 집단 구타를 당하는 일이 발생하면서 성중립화장실의 필요성이 사회적 이슈로 떠오르게 되었다. 2011년 4월에는 미국 볼티모어시의 한 맥도널드 매장에서 트랜스젠더 여성이 화장실을 이용하려다가 10대 여성 두 명에게 구타당하는 사건도 발생했다. 당시 이를 말리려고 한 것은 할머니와 여자 직원 한 명뿐이었고, 다른 직원들은 폭행 장면을 재밌다는 듯 휴대폰으로 촬영했다. 곳곳에서 비슷한 사건들이 벌어지는 가운데 2015년 오바마 대통령은 백악관의 화장실 중 하나를 성중립화장실로 바꾸었다. 미국에 차별없는 화장실 문화가 필요하다는 메시지를 전달하는 상징적인 조치였다.

성중립화장실은 정말 남녀분리화장실보다 성범죄에 대한 위협이 클까? 한국에선 성중립화장실 이야기가 나오자마자 지금도 가뜩이나 여자화장실에 카메라를 설치하는 불법촬영이 끊이질 않는데 성중립화장실까지 생기면 더 심각해질 것이라며 반대하는 목소리가 나왔다. 몰래 들어가야 하는 여자화장실에도 불법촬영 카메라가 이토록 많은데, 아무나 막 들어와도 된다면 더 쉽게 설치하지 않겠느냐는 것이다. 과연 그럴까? 불법촬영 범죄가 발생하는 이유는 화장실에 쉽게 들어가 카메라를 설치할 수 있기 때문이 아니라, 불법촬영 영상을 아무렇지도 않게 공유하는 잘못된 문화와 이를 유통하여 범죄 수익을 얻는 구조까지 여러 문제가 복합적으로 작용한 결과다.

2016년 5월, 서울 강남의 남녀공용화장실에서 일어난 살인 사건을 두고 모든 공중화장실을 남녀분리화장실로 만들어야 한다는 의견이 대두되었다. 2004년 이후 지어진 일정 규모 이상의 건물은 남녀분리화장실 설치가 이미 의무화되어 있지만, 이슈에 편승하기 위해 당시 새누리당의 심재철 의원이 '살인방지법'이라며 모든 화장실을 남녀분리화장실로 바꾸라는 법안을 발의하며 관심을 끌었다(하지만 실제로 제정되진 않았다). 정말 모든 화장실이 남녀분리화장실로 바뀌면 더 안전해질까? 화장실이 남녀공용이어서 범죄가 발생하는 걸까?

2022년 신당역에서 일어난 살인사건은 남녀분리화장실에서 발생했다. 공중화장실에서 범죄가 발생하는 것은 공중화장실이 건물의 가장 후미진 곳에 설치되는 데다가 안에서 무슨 일이 일어나도 알아채기가 쉽지 않은 탓이다. 오히려 화장실 구조를 생각하면 화장실에 혼자 들어가 볼일을 해결한 뒤 손까지 씻고 나오는 구조의 1인용 화장실, 즉 성중립화장실이 기존의 공중화장실보다 안전하다. 성중립화장실은 남녀가 공간을 함께 쓰는 남녀공용화장실과 다르다. 기존의 화장실이 남녀분리화장실이다 보니 '성중립'이라는 표현을 사용한 것이지 남녀가 한 공간에서 동시에 이용한다는 의미는 아니다.

성중립화장실은 낯설어서 쉽게 받아들일 수 없다고 하지만, 사실 우리 일상에 이미 깊이 들어와 있는 익숙한 화장실이다. 집에서 쓰는 화장실을 떠올려보라. 화장실 안에 좌변기와 세면대가 모두 있어 안에서 볼일을 해결하고 바깥으로 바로 나오는 구조인데다 성별을 구분하지 않고 같이 쓰고 있지 않은가. 집에서 쓰는 화장실이 바로 성중립화장실이다.

직장에서 일하고, 학교에서 공부하고, 거리를 산책하고, 쇼핑을 다니고, 영화관에 가고, 카페에서 차를 마시고 여행을 떠나기도 하는 현대인은 집 안보다 집 밖에서 보내는 시간이 훨씬 길며, 그만큼 현대인의 삶에서 공중화장실은 중요한 공간이다. 성중립화장실 논의는 이 공간을 어떻게 만들면 더 안전하고 편리할지 상상해보자는 제안이다. 모두가 행복해질 수 있는 이 상상 자체를 좀 더 즐길 수 있으면 좋겠다. 유언비어에 속아 혐오하고 반대부터 하지 말고.

《백범일지》에 남은
동성애

    주류와 비주류의 차이는 한마디로 기록의 차이라고 정리할 수 있다.《조선왕조실록》을 보면 알 수 있듯 왕에 관한 기록은 세세하게 작성되어 보관된다. 그 남겨진 자료를 너도나도 나서서 번역하고 거기에 풍부한 해석까지 덧붙인다. 그러나 소수자에 대한 기록은 잘 남지도 않을뿐더러 남은 것도 사라지기 쉽다. 과거에 동성애자들이 어떻게 살았는지를 찾으려면 역사의 기록들을 샅샅이 뒤지고, 발견한 단서도 먼지를 털어내야만 작은 겨우 삶의 조각 하나를 찾을 수 있다. 혹은 우연히 주류 역사의 어딘가에 슬쩍 묻어서 희미하게 남겨진 흔적을 발견한다든지. 지금부터 소개하려는《백범일지》에 남은 동성애 기록이 바로 이런 케이스다. 김구 선생은 크게 의도하지도, 의식하지도 않았겠지만 우연히 19세기 말 조선의 성소수자에 대한 기록을 자서전에 남겼다.

아마 《백범일지》를 읽은 적이 있는 이들도 "응? 동성애에 대한 이야기가 있었다고?"라며 그런 대목을 읽은 적이 없다고 할 수도 있다. 기억도 더듬어볼 겸, 읽은 적 없는 분들에게 소개도 할 겸 그 대목의 내용을 요약해보겠다. 그러니까 때는 1896년, 당시 21세였던 김구는 황해도 안악군에 있는 '치하포'라는 곳에 머물렀다. 중국으로 건너가 반일 운동을 하려고 했는데 계획이 어그러진 상태였다. 묵었던 여관에서 한 일본인을 만났는데 김구는 그를 명성황후를 시해하는 데 가담한 일본군으로 오해하고 그 자리에서 죽여버린다. 게다가 "국모의 원수를 갚기 위해 해주에 사는 김창수(김구의 본명이다)가 죽였다"라고 직접 포고문을 써서 붙여놓고 고향으로 돌아갔다. 3개월 후에 체포된 김구는 재판에서 사형을 선고받고 인천의 감옥에 수감된다.

비록 엉뚱한 사람을 죽이긴 했으나 일본에 저항하겠다는 '의기義氣'를 드러냈기에 김구는 영웅으로 대접받았다. 고종 역시 차마 김구를 죽일 수 없어 사형 집행을 미루었기에 김구는 내심 자신이 언젠가는 풀려날 거라고 기대하며 감옥 생활을 아주 성실하게 했다. 많은 책을 읽으며 학업에 매진할 뿐 아니라, 억울하게 들어온 죄수들을 위해 고소장을 대신 써주고, 한글과 한문도 가르쳐주었다. 그러던 어느 날, 10년형을 받아 복역 중이던 조덕근이 은밀히 김구를 붙잡고 탈옥시켜달라고 간청한다. 조덕근에겐 김구가 뭐든지 할 수 있는 '슈퍼 히어로'처럼 보였기 때문이다. 김구는 처음엔 말도 안 되는 소리 말라며 거절한다. 하지만 조덕근이 포기하지 않고 계속 조르자 김구의 생각도 조금씩 달라진다. 벌써 2년째 복역 중이고 만약 이러다가 감옥 안에서 죽게 된다면 일본에게만 좋은 일이라는 데까지 생각이 미치자 탈옥하는 게 낫겠다는 결심이 선다.

김구는 계획을 세웠다. 먼저 조덕근에게 돈을 넉넉히 준비하라고 시켰다. 조덕근의 집은 부자여서 어렵지 않은 일이었다. 그 다음엔 감옥에서 다른 죄수들을 감시하는 역할을 맡고 있는 같은 죄수인 황순용을 포섭했다. 황순용은 3년형을 언도받고 곧 출소를 앞둔 죄수였는데 김백석이라는 17세 소년을 무척 아꼈다. 김백석은 절도죄로 10년형을 받은 상태였고 형기가 많이 남았으니 황순용 입장에선 무척 마음이 쓰였을 것이다. 김구는 바로 이 점을 이용하기로 했다. 김구는 조덕근에게 은밀히 김백석을 부추기라고 시킨다. 김백석이 황순용에게 살고 싶으니 탈옥시켜달라고 조르면 마음이 약해진 황순용이 김구를 찾아와 탈옥을 부탁할 것이라는 계산이었다. 예상은 적중했다. 얼마 후 황순용은 김구를 찾아와 울면서 '자신이 할 수만 있다면 징역이라도 대신 살겠으니 백석이를 살려달라'고 간청한다. 김구는 처음엔 매몰차게 거절한다. '더러운 정' 때문에 하는 말을 어찌 믿냐면서. 그래도 황순용이 계속 애원하자 그제야 진심을 믿어주겠다며 탈옥시켜줄 테니 자신이 하라는 대로만 따르라고 약조를 받는다.

드디어 탈옥의 날. 김구는 다른 죄수들에게 술과 고기를 쏘고 싶다면서 간수에게 미리 확보해둔 돈을 건넨다. 그러고는 간수에게 아편을 하라고 슬쩍 돈을 더 챙겨준다. 이렇게 모두 술과 아편에 취해 정신이 없는 틈을 타, 김구는 감옥 바닥의 벽돌을 뜯어내고 빠져나와 조덕근, 황순용, 김백석, 양봉구와 함께 담장을 넘어 도망친다. 1898년 3월 19일의 일이다.

아쉽게도 김백석과 황순용 이야기는 여기서 끝이다. 김구가 비록 황순용과 김백석 사이를 설명할 때 남성 간의 성행위에 초점을 맞춘 '남색男色'이란 표현만 썼지만, 그렇다고 해서 황순용에게서 '사랑'을 발견할 수 없는 건 아니다. 만약 정말 황순용이 김백석을 성적 욕구를 푸는 대상으로만 대했더라면 김구 역시 출소를 겨우 2주일 정도 앞둔 황순용을 회유하려는 계획을 세우진 못했을 것이다.

감옥 안 두 남성 간의 사랑이라고 하면 떠오르는 유명한 소설이 있다. 바로 아르헨티나의 반체제 작가인 마누엘 푸익이 1976년에 발표한 《거미여인의 키스》다. 아르헨티나가 복잡한 국제 정세 속에서 정치적으로 매우 불안정했던 1970년대, 혁명을 꿈꾸는 20대 청년이자 마르크스주의자인 발렌틴은 정치범으로 붙잡혀 부에노스아이레스에 있는 감옥에 수감되는데, 그 방에 30대 동성애자 몰리나가 들어온다. 너무나도 다른 두 사람. 발렌틴은 혁명 전사로서의 자부심이 높았기에 몰리나를 속물 부르주아로 여기며 한심하고 더럽다며 무시한다. 몰리나가 자신이 본 영화 이야기를 들려주면 발렌틴은 사사건건 비판하면서 싸우는데, 이 과정에서 두 사람은 조금씩 서로를 이해하기 시작한다. 어느 날 발렌틴이 갑자기 복통에 시달리고, 그만 자리에 누운 상태로 설사를 하게 된다. 몰리나는 발렌틴이 수치심을 느끼지 않도록 배려하면서 보살펴주고, 마침내 발렌틴도 마음의 문을 연다. 사실 몰리나는 발렌틴에게서 게릴라 조직원에 대한 정보를 빼주면 가석방시켜주겠다는 교도소장의 제안을 받았다. 세상에서 유일하게 자신을 보듬어주는 병든 어머니를 돌보기 위해 하루라도 빨리 감옥에서 나가야 할 절실한 이유가 있었던 몰리나였지만 발렌틴을 사랑하게 된다. 소설은 가석방이 된 몰리나가 발렌틴의 부탁을 들어주려다 게릴라 조직원의 총에 맞아 죽고, 발렌틴은 지독한 고문을 받다가 숨을 거두기 직전 환상 속에서 몰리나를 만나는 것으로 끝난다.

　나는 《백범일지》를 읽다가 《거미 여인의 키스》를 떠올렸고, 다시 황순용과 김백석의 삶을 상상했다. 김구는 같이 탈옥했던 네 사람 중에서 조덕근과 양봉구에 대해서는 후일담을 적었지만 황순용과 김백석에 대해서만 아무 언급도 하지 않았다. 일부러 뺀 것인지 아무 소식도 못 들어서인지는 알 수 없다. 다만 무소식이 희소식이려니 여기고 싶다. 조덕근은 다시 잡혀서 매질을 당하다가 눈알이 빠지고 다리가 부러졌다고 하니 말이다. 두 사람은 다시 잡히지 않고 숨어서 오래오래 잘 살았다고 맘대로 믿고 싶다.

물론 되짚어 보면 김구는 탈옥하기 위해 그저 황순용이 필요했을 뿐이다. 어쩌면 김백석도 감옥에서 나가기 위해 황순용을 이용한 것일지도 모른다. 그래서 탈옥하자마자 황순용을 버리고 혼자 더 멀리 달아났을지도 모른다. 혹은 급히 도망치는 와중에 잡은 손을 놓쳐 다시는 못 만나고 지냈을지도 모른다. 그렇다고 한들 황순용이 김구에게 증명해 보였던 진심의 가치가 사라지는 것은 아니다. 황순용의 입장에서는 모른 척하고 자신만 먼저 출소하거나 탈옥하려는 죄수들이 있다고 밀고해 포상을 얻을 수도 있었겠지만, 김백석을 위해 그러지 않았다. 사실 그 덕에 독립운동가 김구가 역사에 남지 않았는가. 그래서 다시 이런 상상을 해본다. 황순용과 김백석은 그 후로 생사고락을 함께했고, 그러다 함께 탈옥했던 '김창수'가 대한민국 임시정부의 주요한 독립운동가 김구인 것을 알고 은혜를 갚고자 독립자금을 몰래 보냈을지도 모를 일이라고.

감옥에서 핀 사랑이라고 해서 이성 대신 동성끼리 성적 쾌락에 빠진 것이라고 치부하지 말자. 몰리나는 주변 사람들에게 왕따를 당하던 게이였고, 발렌틴은 영웅이 되기엔 너무 일찍 잡혀버린 이름 없는 게릴라였다. 하지만 그들이 차가운 감옥에서 짧게나마 느낀 행복은 죽음도 아깝지 않을 만큼 삶의 의미 있는 한 순간으로 빛나지 않는가. 그렇다면《백범일지》에선 한 귀퉁이에 잠깐 등장했다 사라진 단역이지만 우리가 밑줄 한 번 긋지 못할 건 없다. 사랑이 어디 저절로 되는 것이며, 말처럼 그리 쉬운 것인가. 서로를 위해 목숨을 걸 정도였다면 애써 사랑이라 못 할 것은 또 무엇이겠는가. 그래서 나도 여기에 기록해둔다.《백범일지》엔 두 남성 간의 사랑에 대한 기록이 남아 있다고.

나쁜 남자와 사랑에 빠질 자유와 성적자기결정권

2022년 최고의 드라마로 극찬을 받은 〈이상한 변호사 우영우〉. 방영되는 회차마다 화제를 모았지만 그중에서도 내겐 장애인의 성적자기결정권을 다룬 10화와 11화가 인상적이었다. 작가가 보물찾기를 하듯이 여기저기에 퍼즐 조각을 숨겨놓아서 하나하나 되짚어가며 추리하듯 새롭게 분석하는 재미가 있었다고나 할까.

극중에서 장애인 단체에 봉사하러 온 비장애인 양정일과 지적장애인 신혜영은 사귀는 사이다. 드라마는 양정일이 지하철에서 '장애인 준강간죄'로 체포되는 장면으로 시작한다. 우연히 그 자리에 있었던 우영우가 양정일의 변호를 맡게 되는데, 처음엔 진심으로 신혜영을 사랑했고 성관계는 합의된 것이라는 양정일의 말을 믿는다. 하지만 양정일이 불과 1년 전에 어떤 여성 장애인과 사귀면서 돈을 쓰게 만들어 고소를 당했고 피해자와의 합의로 전과가 남지 않았을 뿐임을 알게 된다. 양정일을 신뢰할 수 없게 된 우영우는 변호인을 사임하려고 했지만, 신혜영이 자신은 양정일을 사랑하고 있고, 엄마가 시켜서 고소를 하게 된 것이라며 양정일이 감옥에 가지 않게 해달라고 부탁해 마음을 바꾼다. 이쯤 되면 시청자들도 헷갈린다. 양정일이 정말 나쁜 놈 같기도 하고, 딸을 보호한다는 명분하에 연애 생활까지 간섭하고 지나치게 강압적으로 대하는 어머니가 사랑하는 두 사람을 갈라놓는 것 같기도 하다. 양정일은 무죄일까, 유죄일까.

쟁점을 하나씩 살펴보자. 먼저 재판에 출석한 신혜영의 담당 정신과 의사는 이런 전문가 소견을 내놓는다.

"우린 누구나 사랑하고 싶고 사랑받고 싶습니다. 그건 지적 장애인도 마찬가지예요. 아니, 그 욕구가 더 크죠. 평소 남들로부터 원하는 만큼 관심이나 애정을 받기 힘든 경우가 많으니까요. 신혜영 씨의 이 간절한 사랑 표현만 봐도 알 수 있지 않습니까? 문제는 지적 장애인의 경우 불순한 목적을 가진 접근을 자신에 대한 순수한 애정이라고 착각하는 경우가 많다는 거예요. 정상적인 관계와 부당한 관계를 구별할 수 있는 힘이 약하기도 하고요. 그런 면에서 신혜영 씨에게 온전한 성적자기결정권이 있다고 보긴 어렵습니다."

이 회차의 옥의 티는 온전한 성적자기결정권이 있다기 보기 어렵다는 의사의 증언이다. 지적장애인이라고 갑자기 비장애인에겐 있는 성적자기결정권이 제한되거나 박탈되는 건 아니다. 성적자기결정권은 인권이자 헌법에 명시된 국민의 기본권이므로 누구나 태어날 때부터 갖는 권리다. 의사의 말은 신혜영이 장애인이어서 '정상적인 관계와 부당한 관계를 구별할 수 있는 힘' 즉, 성적자기결정'능력'이 부족할 수도 있다는 의미였을 것이다. 권리가 있다고 보기 어려운 것이 아니라.

그럴 수는 있다. 능력이란 천부적인 인권과 달리 태어나면서 저절로 가질 수 없다. 삶에서 직간접적인 경험과 학습을 통해 배우고 향상시켜야 한다. 만약 신혜영에게 그럴 만한 충분한 기회가 주어지지 않았다면 성적자기결정능력이 부족할 수도 있다. 하지만 그 부족함이 장애인이기 때문만은 아니며 바꿀 수 없는 것도 아니다.

작가는 장애인은 성적자기결정권이 없다고 쉽게 말하는 사람들에게 다시 한번 잘 생각해보자고 제안을 하듯 10화와 11화에 걸쳐 최수연 변호사의 연애 이야기를 살짝 끼워 넣었다. 같은 법무법인의 동료인 우영우와 이준호의 연애를 눈치챈 최수연은 자신도 연애를 하고 싶다는 열망을 갖는다. 소개팅을 열심히 나가보지만 마음에 드는 사람을 만나지 못해 속상해서 친구를 붙잡고 신세 한탄을 한다. 친구는 그러지 말고 클럽에 가서 원나잇이라도 하라며 '어차피 죽으면 썩어 문드러질 몸, 아끼다 똥 되지'라고 조언한다. 그 한마디에 큰 깨달음을 얻었다는 듯 클럽으로 직행하는 최수연 변호사. 그곳에서 이정권이라는 남자를 만나 하룻밤을 보내고 바로 데이트를 시작한다. 그렇게 설레는 마음으로 함께 간 고급 레스토랑에서 이 남자에게 이미 5,000만 원을 사기당한 의사를 만나 이정권이 의사, 변호사 등 고소득 직종의 여성만 골라 돈을 뜯어내는 '사짜 킬러'란 걸 알게 된다. 좋은 남자인 줄 알고 드디어 자기도 인연을 만났다고 생각했는데 최수연은 실망하고, 분노하고, 그렇게 쉽게 속은 자신의 어리석음을 탓한다.

비장애인이라고 해서 불순한 목적을 가진 접근과 순수한 애정을 구별하는 능력을 저절로 갖는 건 아니다. 마침 나타나 경고해준 이가 없었다면 최수연에게도 어려운 일이었다. 그럼, 신혜영에겐 누가 있었을까?

극중에서 신혜영의 어머니는 우영우에게 화를 낸다. "나는요. 이 거지 같은 세상에서 우리 혜영이 지켜야 해요. 순진하고 만만하다 싶으면 득달같이 달려들어서 우리 애 몸이고 돈이고 마음이고 다 뽑아 먹으려는 나쁜 새끼들한테서 우리 새끼 어떻게든 지켜야 한다구요. 엄마 마음도 모르면서, 뭐요? 장애인의 사랑할 권리?"라면서 큰 소리를 지른다. 보통 착한 주인공을 괴롭게 하는 인물은 욕을 먹기 마련인데 해당 장면이 올려진 유튜브 영상에는 이런 엄마의 마음과 행동도 이해가 간다는 댓글이 주르륵 달렸다.

어머니로서는 충분히 그럴 수 있지만 우리는 여기서 멈추지 말고 조금 더 고민을 밀고 나가보자.

사실 우영우가 양정일의 변호를 맡기로 결심한 배경에는 신혜영과 진심으로 사랑하는 사이였다는 양정일의 말이 사실이면 좋겠다는 개인적인 기대도 있었다. 비장애인이 장애인을 진심으로 사랑할 리 없다고 여기는 세상에서 자신도 사랑을 할 수 있을 거라는 희망을 발견하고 싶었기 때문이다. 우영우는 법정에서의 증언을 앞두고 있는 신혜영에게 양정일을 사랑했다면 그렇게 증언하라고 요청한다. 신혜영은 엄마가 안 된다고 할 거라고 주저한다. 이때 우영우는 한국 드라마 역사에 길이 남을 만한 대사를 던진다.

"아시다시피 양정일 씨는 제비 같은 사람입니다. 나쁜 남자예요. 하지만 장애인한테도 나쁜 남자와 사랑에 빠질 자유는 있지 않습니까?"

나쁜 남자와 사랑에 빠질 자유! 이런 자유가 있다고? 그럼 친구가, 자녀가 나쁜 놈에게 속아서 상처받고 이용당하는 사랑을 해도 내버려두란 말이냐고 화내는 목소리가 들리지만 나는 이 자유를 인정하는 것도 중요하다고 말할 수밖에 없다. 나쁜 남자와 사랑에 빠질 자유는 좋은 남자와 사랑에 빠질 자유와 같다. 자유가 있다는 말은 나쁜 놈에게 이용당해도 가만히 내버려 두라는 의미가 아니다. 누가 누구와 사랑을 할 것이냐를 국가가, 사회가, 제

3자가 결정할 수 없으며, 결정하려 해서도 안 된다는 의미다. 바로 그렇기 때문에 국가는, 사회는, 제3자는 항상 위험을 예방하려고 노력하고 도움을 주려고 애써야 한다. 삶의 중요한 결정들을 내가 아니고 다른 사람이 내리면 '명령'과 '복종' 말고는 없는 세상이 된다. 물론 스스로 결정할 때 늘 좋은 결정만 내릴 수는 없다. 나쁜 놈을 만날 수도 있다. 그러니 학교에서는 남의 권리를 침해하지 말라고 가르치고, 시민들은 가해 행위를 목격하면 막으려고 애쓰고, 우리 사회는 피해를 입으면 자신을 탓하지 말고 적극적으로 신고하라고 말하는 것이 아닌가.

신혜영이 진심으로 양정일을 사랑했다고 해서 양정일이 무죄일까? 양정일이 유죄 선고를 받은 것을 두고 '봐라. 남자만 늘 억울하게 당한다'라는 식으로 해석하는 이들도 없진 않았다. 작가는 이런 반응까지 염두에 두었던 모양이다. 우영우와 이준호의 첫 데이트도 바로 10화에서 시작한다. 양정일과 이준호를 비교해보자. 이준호는 우영우를 '우영우'라는 사람으로 대하려 노력한다. 장애인이라는 틀 안에 넣어 고정관념을 가진 채로 대할까 봐 걱정되어 우영우의 마음을 넘겨짚지 않고 하나하나 물어보고 확인한다. 그렇다고 해서 자신이 원하는 것을 숨기진 않는다. 자기 생각도 밝히고 제안하고 협의한다. 극중에서 양정일은 자신이 원할 때에 신혜영이 성관계를 갖지 않으려 하자 그건 찐사랑이 아니라며 심리적 압박을 가한다. 또 모텔비를 비롯해서 모든 데이트 비용을 신혜영이 부담하게 했다. 신혜영이 사용하는 카드는 어머니의 카드였으니, 결국 양정일은 신혜영이 자신을 사랑한다는 이유로 신혜영의 어머니 돈을 마구 쓴 셈이다. 양정일이 정말 신혜영을 아끼고 사랑하고 존중한다면 할 수 없는 행동이다. 연인 관계라 해도 금전적·성적 착취를 일삼으면 사회적·법적 '죄'가 성립한다. 그래서 재판부도 양정일의 행동이 유죄라고 판단한 것이다.

다시 처음의 주제로 돌아가보자. 비장애인에게도, 장애인에게도 나쁜 남자를 사랑할 자유와 성적자기결정권이 있다는 주제 말이다. 만약 이 자유가 상대를 한 명의 인격체로 존중함을 의미한다는 걸 알았다면 신혜영의 어머니도 자기 말을 안 듣는다고 법원 복도에서 27살이나 된 딸의 등짝을 때리면서 화를 내지는 않았을 것이다. 신혜영은 엄마가 무서워서 진심으로 양정일을 사랑한다는 말을 하지 못한다. 엄마는 딸의 진심을 궁금해하지 않는다. 자신이 모른다는 사실조차 모른 채 그저 딸을 지키겠다고 말한다. 딸에게 "니가 느끼는 그 감정은 사랑이 아니야"라고 윽박지르기보단 설사 네가 느끼는 감정이 사랑이라 하더라도 양정일의 행동은 너를 존중하고 사랑하는 것이 아니라고 알려주었으면 더 좋았을 것이다. 그래야 나중에라도 신혜영이 좋은 남자와 사랑에 빠질 수 있다. 이런 경험들을 통해 옥석을 가려내는 능력이 쌓일 테니까.

그러고 보면 10화와 11화는 나쁜 남자와 사귀거나 결혼한 여자들의 이야기라는 공통점이 있다. 11화에서도 아내를 업고 다닐 정도로 다정한 남편인 척했지만 로또에 당첨되어 큰돈이 생기자마자 그동안 자신을 먹여 살린 아내와 이혼해서 혼자 잘살려는 남편이 등장한다. 이 아내도 남편을 진심으로 사랑했지만, 남편은 그 사랑을 이용하기만 했다. 남편의 배신을 먼저 눈치챈 우영우는 아내를 도와주려 애쓰고, 덕분에 아내는 위기를 모면한다. 우리의 복잡다난한 삶에 필요한 건 선입견과 편견에 기반해 나와 가까운 이의 삶을 통제하고 참견하는 것이 아니라 믿음과 존중을 갖고 힘이 되는 사람으로 곁에 있는 것이다.

마지막으로 한마디만 더 보태자. 10화엔 이준호의 친구가 이준호에게 장애 여성과 사귀는 건 연민을 사랑으로 착각하는 거라며 "그거 사랑 아냐"라고 단정지어 말하는 장면이 나온다. 우영우도 슬픈 목소리로 이준호에게 "장애가 있으면 좋아하는 마음만으로는 충분하지 않은 것 같습니다. 내가 사랑이라고 해도 다른 사람들이 아니라고 하면 아닌 게 되기도 하니까요"라고 말한다. 이 장면을 보며 동성애자의 처지랑 비슷하다는 생각을 했다. 아무리 사랑이라고 해도 사람들은 우정을 착각하는 거라고 단정 짓거나 타락하고 음란한 짓이라며 정신 차리라고 하니까. 마치 자신들만 진짜 사랑을 할 수 있다는 듯 구는 그 오만함까지 닮았다. 〈이상한 변호사 우영우〉를 보며 시청자들이 우영우와 이준호의 사랑을 응원했듯이 이 세상의 별나고 이상하지만, 아름답고 가치 있는 퀴어들의 사랑도 응원했으면 좋겠다.

신과 맞짱을 뜬
릴리스처럼

태초에 신이 세상을 만들 때 아담과 똑같이 흙으로 릴리스란 여성을 만드셨다는 이야기가 있다. 릴리스는 섹스할 때도 여성 상위 체위를 원했고 늘 자신은 아담과 동등하다고 생각하고 행동했다. 하지만 아담은 남성 상위 체위만을 고집하며 사사건건 릴리스를 억압하려 했다. 화가 난 릴리스는 아담에게 결별을 선언하고 에덴동산을 떠나버렸다. 아담은 신에게 릴리스를 돌아오게 해달라고 간청했고, 신은 릴리스에게 에덴동산으로 돌아가라고 명령했다. 릴리스가 이를 거절하자 신은 화를 낸다. 신은 말을 들을 때까지 릴리스가 낳은 자식들을 매일 차례대로 죽이겠다고 경고했지만 릴리스는 뜻을 굽히지 않았고, 마침내 릴리스의 자식들은 모두 죽임을 당한다. 릴리스에 질려버린 신은 이번엔 순종적인 여성을 만들 요량으로 흙이 아닌 아담의 갈비뼈 하나를 빼서 이브를 만들고, 아담과 짝을 이뤄 살게 한다.

이런 비하인드 스토리가 있었다고? 〈창세기〉를 다시 읽어보면 릴리스 이야기를 삭제한 것 같은 느낌도 든다. 〈창세기〉 1장 27절에서는 '하나님이 자기 형상 곧 하나님의 형상대로 사람을 창조하시되 남자와 여자를 창조하시고'라고 했지만 〈창세기〉 2장에는 세상을 다 창조하고 아담이 모든 들짐승과 공중의 새에게 이름을 붙이는 것까지 지켜보신 후 '사람이 혼자 사는 것이 좋지 아니하니 내가 그를 위하여 돕는 배필을 지으리라 하시니라'라고 하며 이브를 창조하는 대목이 나오니까. 〈창세기〉 1장과 2장이 반드시 시간 순서대로 서술된 것은 아니라고 하면 할 말은 없지만, 처음에 아담과 릴리스를 같이 창조했다가 릴리스가 떠난 후 아담의 기억을 모두 삭제해버리고 이브를 창조하셨다고 봐도 어색하지 않은 전개다.

그래서일까. 릴리스에 대해 전승되어온 여러 이야기 중에는 릴리스가 원래 사탄인 사마엘의 아내였는데 사마엘이 너무 난폭해 그를 떠나 에덴동산으로 들어갔다는 버전, 에덴동산에서 나와 홍해로 가서 다른 악마들과 여성 상위 섹스를 즐기면서 살다가 악마의 왕과 결혼해 모든 악마의 어머니가 되었다는 버전도 있다. 한편 자기 자녀들이 모두 죽어가는데도 자신의 고집을 버리지 않았다는 점에서 모성애가 없는 잔인한 여성으로 여겨져, 밤에 나타나 사람들을 괴롭히는 괴물로 전해지기도 했다. 중세엔 릴리스가 아기들의 생명을 뺏어간다고 믿어서 이를 막을 수 있도록 천사의 이름과 형태가 새겨진 팔찌가 부적으로 만들어질 정도였다.

릴리스에 대한 기록은 유대교 문헌에서도 찾아볼 수 있는데 이야기의 기원은 고대 바빌로니아까지 거슬러 올라간다. 성경에 도 릴리스가 등장하긴 한다. 구약 〈이사야〉 34장 14절에 히브리어로 딱 한 번 등장하는데, 영어로 번역하면서 릴리스(히브리어 발음으로 릴리트)라고 쓰지 않고 주로 요괴, 밤의 괴물, 부엉이, 도깨비 등으로 번역해놓아서 성경을 열심히 읽었다 해도 릴리스에 대해 모를 수 있다. 오히려 보다 널리 알려진 것은 1972년에 미국의 페미니스트 잡지 《미즈》에 릴리스를 주체적인 여성으로 재해석하는 글이 실리면서부터다. 아담과 평등하다고 외친 최초의 여성이라니! 1976년엔 유대인 페미니스트들이 모여 《릴리스》라는 잡지를 창간하기도 했다.

릴리스에 대한 자료를 찾다 보니 이런 생각이 들었다. 대체 아담은 왜 이렇게 옹졸하지? 이제 보니 아담은 선악과를 따먹자고 꾀는 이브의 유혹에 넘어간 순진남이 아니라 신의 옷자락을 붙잡고 "쟤가 내 말 안 들어요, 혼내주세요"라고 칭얼거리는 마마보이, 아니 '갓보이'지 않은가. 게다가 신도 마찬가지다. 릴리스를 떠나가게 만든 아담에게 화를 낼 수도 있을 텐데 왜 일방적으로 릴리스에게만 화를 낸 걸까? 자기 말을 듣지 않아서? 둘이 싸우고

집(에덴동산)을 나간 것이 괘씸해서? 아담처럼 자기에게 매달리지 않아서? 그렇다면 마음의 쪼잔함에 있어서는 신과 아담은 차이가 없지 않는가.

성교육자로서 읽어도 참 답답하다. 섹스가 평생 한 번만 할 수 있는 것도 아니고 마음만 먹으면 하루에도 몇 번이나 할 수 있는 것이니 아담과 릴리스가 체위를 매번 바꾸자고 협의한다면 깔끔하게 정리될 일이다. 애당초 오로지 하나의 체위만 하겠다고 우길 필요가 없다. 이런 중재안은 신도 내어놓을 수 있었다. 또한 체위는 체위일 뿐이다. 여성 상위 체위를 한다고 해서 여자가 남자보다 우등한 인간이 되고, 남성 상위 체위를 한다고 해서 여자가 남자에게 굴복하는 것도 아니다. 릴리스는 여성 상위 체위를 고집했다기보다는 아담이 특정 체위만 강제하는 것에 저항했던 것일지 모른다. 또는 여성 상위 체위가 남성 상위 체위보다는 피임의 효과가 좀 더 높다는 점에서 (당시 콘돔의 역할을 할 도구가 없었다면) 이미 많은 아이를 출산한 릴리스로선 필요한 선택이었을 수 있다. 게다가 신이 창조한 인간은 릴리스와 아담뿐이니 릴리스가 자신을 아담과 동등한 피조물로 여긴 것은 당연하다. 아담도 릴리스에게 고분고분하라고 요구하고, 이를 지키지 않는다고 기분 나빠야 할 까닭이 없다. 문제는 평등 의식이라고 조금도 없는 아담에게 있는데 어찌하여 릴리스가 악마, 악녀, 요괴가 되었을까? 유구한 역사 속의 지긋지긋한 가부장제, 남성우월주의 탓을 하지 않을 수 없다.

하지만 이런 생각도 해본다. 릴리스를 여성의 대표로 여길 필요는 없다. 그러니 자꾸 아담이 자동으로 남성의 대표 자리를 꿰찬다. 이 세상에 인간이 단둘일 때 완전히 다른 판단력과 행동을 보였다면, 이건 다양한 인간형의 모델로 볼 수 있다. 그러니까 릴리스는 '갓보이' 타입의 아담과 달리 신과 맞짱을 뜬 최초의 인간이다.

그리스 로마 신화만 봐도 신에게 개긴 인간치고 무사했던 이가 거의 없다. 길쌈을 잘해 좀 우쭐거렸다고 거미가 된 아라크네, 여신의 나체를 볼 뻔했다는 죄로 사슴으로 변해 사냥개에 물려 죽은 악타이온이 있고, 자식들을 너무 자랑스러워한 니오베는 그 벌로 자기 눈앞에서 자식들이 처참하게 죽는 걸 지켜봐야 했다. 그런데 릴리스는 한두 명도 아니고 100명도 넘는 자신의 아이들이 모두 죽어가는데도 결코 복종하지 않았다. 이쯤 되면 응당 신의 뜻을 거역한 본보기로 그 비참한 말로가 자세히 전해 내려와야 할 터이다. 그런데 좀 다르다. 살해당한 자식들에 대한 복수로 갓 태어난 아기들을 죽이는 악령이 되었거나 악마들의 어머니가 되었다는 식의 전설로 남았다. 릴리스는 여전히 신과 맞짱을 뜨고 있으며, 릴리스의 버릇을 고쳐달라고 신에게 조르기나 했던 아담의 후손들은 릴리스를 두려워하고 있지 않은가. 그러니 릴리스와 아담은 성별이 아니라 독립형 인간과 의존형 인간으로 나눌 수 있다. 아담은 뭐든지 신에게 간청한다. 혼자라 외로우니 짝을 달라고 했으면서도 짝과 호흡을 맞추기 위해 노력하기보단, 왜 자기 입맛에 안 맞느냐고 칭얼대기만 했다. 선악과 역시 자신은 안 먹겠다고 거절하면 될 일을 주는 대로 맛있게 먹어놓고, 이게 다 이브가 유혹한 탓이라고 고자질한다. 신이 릴리스의 자식들을 죽였다는 대목에서도 그렇다. 그 자식들은 아담의 자식이기도 하니 아담이 적극적으로 나서서 아이들은 살려달라고 간청해야 했을 텐데 아무 말도 하지 않았다. 릴리스만 자식이 죽든 말든 자기 이익을 챙긴 비정한 어머니로 매도하는 건 이상한 일이다. 아담은 대체 언제쯤이면 작은 책임이라도 질 것인가?

아담이 남자의 대표가 되면서 아담처럼 행동하는 것이 마치 남자의 본성인 것처럼 비추어진다. 아니 그럴 리가 없다. 어찌하여 모든 남자가 아담 같단 말인가. 그러니 우리, 이제 성별 말고 다른 기준으로 나누어보자. 이 세상엔 뭐든 남 탓하고 권력에 착 붙어 있는 아담형 인간과 불평등에 저항하고 다양성과 자유를 존중하는 릴리스형 인간이 있다고. 아담형 인간들이 릴리스에 대한 악담을 만들어 유포하지만 릴리스를 닮은 인간들이 인류의 중요한 시기마다 혁명을 일으키며 역사를 여기까지 끌고 왔다고. 물론 여전히 아담형 인간들이 현실세계에서 더 잘 사는 것 같지만 그래도 릴리스형 인간들이 사라지진 않았다고.

이렇게 뛰어난 릴리스라면 먼 훗날까지 자신의 이야기가 제대로 전해지지 않고, 잊히고 지워지리라 예상해 후손들을 위해 대비책까지 세웠을 것 같다. 인간으로서 자유롭고 주체적으로 살아갈 수 있는 인간의 원형을 잊지 말라는 메시지를 전달하기 위해 제 몸을 잘디잔 알갱이로 나누어 지구상에 뿌려두었을지도 모른다. 그 무수한 알갱이들은 지금도 끊임없는 환생을 거듭하며 살아있는 것이다. 나는 감히 꿈꿔본다. 나도 릴리스가 뿌린 작은 조각 중 하나이길. 그래서 릴리스처럼 살아갈 수 있길.

5부

나는 행복하니까
당신도 행복하길

남들 사는 대로
남다르게 살기로 했다

1996년 봄이었다.

S에 대한 마음을 정리하는데 꼬박 1년 정도가 걸린 것 같다. 나는 다친 속을 알코올로 소독하듯이 매일 술을 마셨다. 목이 말라도 물 대신 술을 마셨다. 때마침 니콜라스 케이지가 알코올 중독자로 열연을 펼쳤던 〈라스베가스를 떠나며〉가 극장에 걸렸다. 시도 때도 없이 술을 들이켜다가 서서히 죽어가는 영화 속 주인공이 부러웠다. 영화를 본 다음 날, 대형마트에 가서 술을 종류별로 사다가 침대 밑에 재어놓고 마셨다. 매일같이 술을 마셔대니 하루는 같이 사는 큰언니가 내 방문을 열고 빼꼼히 들여다보며 한마디 툭 던졌다. "너 실연당했냐? 별로 연애하는 것도 같지 않더니만." 그렇다. 내가 연애하는 걸 봤을 리가 있나. 내 사랑은 사람들의 눈

에 보이지 않는다. 유일하게 그 사랑을 같이 본 이가, 같이 느끼던 이가 이별을 고했으니 아픔을 털어놓을 데도 없이 술잔도 혼자 비울 수밖에 없었다.

S는 나를 사랑하지만 부모님의 기대를 저버릴 순 없다고, 평범하게 결혼하는 삶을 살 거라고 했다. 세상에서 가장 설득력 있는 이별이었다. 마지막으로 S를 볼까 하고 부산으로 내려갔지만 차마 만나자고 할 수 없었다. 다시 기차를 타고 강릉으로 갔다. 경포대 모래사장에 주저앉아 소주 한 병과 함께 해가 뜨는 걸 바라보며 눈물만 흘렸다. 취기가 오를수록 나의 지나간 모든 사랑이 원망스러웠다. 대체 무엇이 문제였을까? 모두들 하나같이 진정 사랑하는 건 나라고 하면서도 왜 끝내 안녕을 말하는 걸까. 사랑하면 사랑만으로 살 수는 없나? 평범하게 사는 것이 그렇게 중요한가?

그 순간엔 그냥 미쳐버리면 좋겠다 싶었다. 한 움큼 쥐어봐도 금세 손가락 사이를 빠져나가는 모래알이나 내 삶이나 다를 게 뭐가 있나 싶어 아예 목 놓아 울었다. 그렇게 울고 울다가 오기가 생겼다. 이렇게 비참해지고 싶지는 않다는 오기. 살고 싶었나 보다. 사람들이 미워지니까 보란 듯이 살아야겠다는 생각이 들었다.

S의 마지막 편지를 비닐봉지에 넣고 작은 돌멩이들도 주워 담았다. 꼭꼭 잘 봉해서 힘껏 바다로 던졌다. 파도가 그 편질 어디로 몰고 갈지는 모른다. 바닷물이 삼켜주면 내게로 돌아올 리는

없을 것이다. 편지를 쓰면서 묻었을 그 아이의 슬픔도, 편지를 읽으면서 떨어졌을 나의 슬픔도 다 녹아 사라질 것이다. 그렇게 이별도 묻고 슬픔도 묻고 비밀도 묻고 나는 경포대를 떠났다.

집으로 돌아온 나는 도서관을 찾았다. 집에서 전철로 한 시간 정도 걸리는 영등포도서관에 갔다. 대학교 3학년 때 사귀던 사람에게 평범하게 결혼하겠다고 헤어지자는 말을 처음 들었을 때는 그럴 수도 있겠다고 생각했었다. 고등학교 때 만난 사이였으니 우리 사랑을 풋풋하게 남기고 싶었을 테고, 그녀는 나보다 먼저 사회생활을 시작했기에 남들처럼 살아야겠다는 현실 감각도 먼저 강해져서 내린 결정으로 이해하려 했었다. 그런데 두 번째도 똑같은 이유로 떠나는 이를 더 이상 붙잡을 수 없게 되니 이건 좀 아니라는 생각이 들었다. 나도 확 남자랑 결혼이나 해버리자 싶었는데, 또 막상 진지하게 생각해보니 결혼은 싫었다. 남자와 함께 사는 것을 내가 원하지 않는다는 것이 점점 분명해졌다. 그전까지 한 번도 신문이나 잡지에 나오는 '호모'나 '동성연애자'가 나라고 생각해본 적 없었지만, 어쩌면 평범한 삶을 살 수 없는 사람일지 모른다는 생각이 들었다. 의심을 해결하기 위해 동성애에 대한 자료를 찾아보기로 했다.

도서관을 샅샅이 뒤졌지만 동성애에 대한 자료는 단 한 줄도 찾을 수 없었다. 역사, 문화, 의학, 심지어 윤리학까지 서가를 몇 번이고 뒤지다가 다리가 아파서 잡지 열람실에 털썩 앉았다. 실망스러웠다. 포기하고 잠깐 연예 기사로 머리를 식히려고 서가에 꽂힌 잡지 하나를 뽑아 펼쳤는데, 예상치 못하게 그 잡지에서 '한국 최초로 커밍아웃한 게이 서동진'이란 사람이 쓴 책을 소개하는 기사를 발견했다. 책 제목은 《누가 성정치학을 두려워하랴》였다. 성정치학이 뭔지도 커밍아웃이란 단어도 몰랐지만 게이란 단어만 보고, 이 사람이 쓴 책을 읽으면 동성애에 대해 알 수 있을 것 같았다. 그 길로 일어나 근처에 있는 영등포문고로 갔다. 이번에는 서점을 샅샅이 뒤졌다. 몇 바퀴를 돌았지만 책을 찾지 못했다. 책 제목과 출판사를 알고 있으니 직원에게 요청하면 해결될 일이지만 차마 물어볼 용기가 나지 않았다. 이 책을 달라고 하면 직원이 '흠, 동성애자가 책 사러 왔군'이라고 생각할 것 같았다. 나는 아직 동성애자가 아니지 않은가. 그냥 좀 알아보려는 거지. 오해받고 싶지 않아서 물어볼 수 없었다. 결국 책을 못 사고 집으로 돌아왔다. 그래도 운명의 신은 나를 버리지 않았다. 얼마 뒤 나는 PC통신에서 동성애자모임을 발견해 새로운 세상으로 들어섰다.

또하나의사랑에 가입하고 이런저런 정보와 지식을 습득하면서 동성애가 나쁜 것이 아니란 건 알게 되었지만, 그렇다고 당장 나를 레즈비언이라고 인정하는 건 어려웠다. 어쩌면 앞으로 이성애를 하게 될지도 모르는데 스스로 가능성을 죽이는 것이 될까 조심스러웠다. 이런 고민과 갈등으로 또 열심히 술을 퍼마셨다. 그러던 어느 날이었다. 침대에 누워 공상을 하기 시작했다. 생각이 꼬리에 꼬리를 물면서 점점 구체적인 상황을 그려보았다.

'자, 나에게 사랑하는 사람이 생겼다 치자. 그 사람이 여자라고 치자. 동성애자가 되는 거지만 사랑하니까 그냥 사랑하고 지내자. 그렇게 알콩달콩 이삼십 년을 사이좋게 살다가 상대가 나보다 먼저 죽은 거야. 사고일 수도 있고 병일 수도 있겠지. 나는 혼자 살다가 나이가 들면 경로당이나 노인대학 같은 곳을 가겠지. 그런데 거기에 엄청 핸섬한 할아버지가 있는 거야. 처음으로 심장이 뛰는 남자를 만난 거지. 아, 그런데 그 할아버지도 내가 좋다고 고백을 하네. 그럼 나는 어쩌지? 나이 들어 만난 것도 인연이라고 프로포즈를 받아들일까? 평생을 레즈비언으로 살다가 이제 와서 무슨 남자냐며 그냥 마음을 접을까?'

나이 칠십 먹은 레즈비언이 할아버지를 만나 사랑에 빠진다고? 어쩌지? 정말 진지하게 고민했다. 한참 고민하다가 마침내 결정했다. 평생 레즈비언으로 살았다 해서 지금 가슴 뛰는 사람을 만났는데 포기할 건 없잖아. 그냥 사귀는 거야. 이렇게 핸섬한 할아버지와 눈맞는 것까지를 상상하는 순간. 번쩍! 해골물을 마신 것을 깨달은 원효대사처럼 대오각성이 일었다.

'잠깐, 만약 내가 그때도 사랑을 느끼면 조건이나 남들 눈치 보지 않고 사랑한다는 기준으로 사랑을 선택한다면, 지금부터 똑같은 기준으로 사랑하며 살면 되잖아. 이성애를 할지 동성애를 할지 선택하는 게 아니라 그냥 내가 사랑하는 사람과 산다고 결정하면 되는 거잖아. 그렇다면 지금의 나를 레즈비언이라고 못 할 이유가 있나? 내가 지금까지 사랑한 사람은 모두 여자였고 지금도 그러니 레즈비언 맞잖아. 미래에 남자를 사랑할 일이 생긴다면 그건 미래에 생각하면 되고, 지금은 지금의 나로 살아야지. 우연히 이성을 사랑하게 되어도 받아들일 거라면 우연히 동성을 사랑하게 되어도 받아들여야지.'

나는 성적 지향을 두고 더 이상 고민하지 않기로 했다. 레즈비언이란 정체성을 긍정한다고 해서 달라질 건 없다. 불안하고 두려워할 필요도 없다. 원칙을 지키며 살면 된다. 내가 사랑하는 사람과 살겠다는 원칙, 이거 하나! 그리고 지금까지 이 원칙대로 살고 있다.

평범하게 산다는 말에 대해 다시 생각해봤다. 평범하게 남들처럼 산다는 게 뭘까. 부모의 기대에 부응하기 위해 나를 떠난다던 아이는 실제론 꽤 오랫동안 결혼하지 않았다. 왜 결혼하지 않냐고 물었더니 마땅한 남자가 없다고 했다. 아무하고나 얼른 결혼하거나 하다못해 다른 동성이라도 사귈 줄 알았는데 왜 여태껏 혼자 지내냐고 물었더니 고개를 흔든다. "그러면 내가 너랑 헤어진 게 억울하잖아."

아, 이 아이도 삶의 단단한 원칙이 있었구나. 사랑하지만 헤어질 수밖에 없다던 그 말이 진심이었구나. 평범하게 살고 싶다고 했지만 그게 세상과 타협하겠다는 의미는 아니었구나. 이런 대화를 나눈 그날 이후로 지금까지 다시 만난 적은 없다. 결혼해서 아이를 낳고 잘 지내고 있다는 소식만 몇 번 전해 들었다. 아마 치열하게 살았을 것이다. 늘 최선을 다하며 사는 사람이었으니까. 30년 전쯤의 이야기가 된 그때를, 평범하게 살아야만 될 것 같았던 그때를 이제 와 둘이 함께 돌이켜 본다면 살아 보니 세상에 평범한 건 없는 거 같다는 대화를 나누지 않을까.

남들처럼 살라는 말을 곱씹다 보면 그 '남'이 누군지 모르겠다. 사실 나도 다른 사람에겐 남이지 않은가. 그럼 내 삶도 '남들의 삶'에 포함되어야 하지 않은가. 내가 남들처럼 살지 않는 것이 아니라 남들이 나처럼 살지 않는 것이다. 그렇다면 남들처럼 산다는 건 결국 남과 다르게 사는 것이다. 우리는 이미 모두 다르게 살고 있다. 어차피 아무도 똑같게 살아갈 수 없는데, 남들처럼 살지 못할까 봐 불안하고 힘들기만 했던 게 아닌지. 20대 때 이걸 알았다면 우린 좀 덜 슬프고 덜 아팠을까.

어느 스님의
사랑 이야기

책상 정리를 하다가 소중하게 따로 챙겨둔, 너무 고이 챙겨두어서 오히려 잊고 있었던 편지 한 통을 발견했다. 여성을 사랑하는 여성으로 살았지만 레즈비언이란 단어는 몰랐던, 동성끼리 사랑하면 안 된다고만 알았기에 운명을 거부하고 지내던 분이 나에게 보낸 것이다.

두 사람이 있었다. 짐작건대 1950년대 말에서 1960년대 초 사이에 태어나신 듯하다. 두 사람은 깊이 사랑했지만 19살에 그만 어른들에게 그 사랑을 들키게 된다. 한 사람은 말 그대로 잡혀가서 억지로 선을 보고 결혼했다. 남은 한 사람은 그 길로 고향을 떠났다. 자신이 사라지는 것이 그녀의 앞날에 도움이 되리라 생각하고.

타지 생활은 외로웠고 괴로웠다. 그렇게 홀로 15년을 살아왔는데, 어느 날 회사에서 부장님이 신입 사원이 왔다며 인사를 시켰다. 고개를 들어 보니 그녀였다. 15년 전 헤어졌던 사람. 떨리는 손으로 이력서를 펼쳐보니 한 남자의 아내이자 두 아이의 엄마가 되어 있었다. 이제 와서 어쩌란 말인가. 만나면 안 되는 사이이지 않은가. 고향을 먼저 떠나왔듯이 이번에도 그 길로 회사에 사직서를 내고 작은 사찰을 찾아 들어갔다. 하지만 이번엔 그녀도 피하지 않았다. 기어이 숨은 사찰을 찾아내 매일매일 찾아왔다.

하는 수 없이 산에서 내려와 직장을 구하고 같이 지냈다. 그녀는 남편이 있는 집으론 돌아가고 싶지 않다고 했다. 두고 온 아이들이 보고 싶어서 밤마다 눈물을 흘리면서도 다시 결혼생활로 돌아갈 바에야 죽어버릴 거라고 했다. 하지만 동성 간의 사랑은 이 세상이 허락하지 않는 줄만 알았던 두 사람은 이번 생에 이루지 못한 사랑은 다음 생에 이루자고 약속하고 동반 자살을 시도했다. 어릴 적에 같이 결혼식을 올리자고 약속했던 강원도의 그 바닷가에서 수면제를 먹었다.

운명의 신은 왜 이리 심보가 고약하고 또 동시에 다정할까. 두 사람은 마침 지나가던 스님에게 발견되어 목숨을 건지게 되었다. 두 사람의 기구한 사연을 들은 스님은 지금부터 열심히 기도하면 다음 생에 사람으로 다시 태어나 만나게 될 거라고 했다. 그래서 한 분은 다시 스님이 되어 절에 들어갔고, 다른 한 분은 절 근처에 작은 식당을 차렸다. 출가를 했으니 모른 척 지내야 했지만 차마 그럴 수는 없었다. 잘 지내는지 궁금하고 걱정되어서 저녁 예불을 마치면 몰래 내려가서 얼굴을 보고 오곤 했다. 하지만 꼬리가 길면 밟히는 법이라고, 결국 주지스님에게 들켜 절에서 쫓겨나고 말았다.

이제 마지막 남은 방법은 함께 살되 부처님에게 계속 간절히 기도를 드리는 것밖에 없다고 생각했다. 매일매일 부처님께 기도하고 또 기도드렸다. 그녀를 지켜줄 수 있게 도와달라고, 아무것도 바라지 않으니 함께 살아갈 수 있게만 해달라고, 그 외는 어떤 죄도 짓지 않겠다고, 음욕의 죄도 저지르지 않겠다고. 다만 우리가 죽으면 다음 생엔 꼭 부부로 태어나게 해달라고 기도하며 살았다고 한다.

그러다가 우연히 《버디》를 읽게 되신 거다. 큰 충격을 받았고 편지를 쓰지 않을 수 없다고 하셨다. 힘들고 어려운 일일 텐데, 다 욕하고 나무라기만 하는 동성애자들을 위해서 일하는 사람도 있다는 걸 알고 감탄했다고 하셨다. 그리고 마지막엔 이렇게 덧붙였다. 자기에게도 꿈이 있다고. 동성애자들이 당당하게 부처님 앞에서 예식도 올리고 언제 어떤 모습으로라도 찾아올 수 있는 곳을, 동성애자들이 부부로서 연등을 달고 발원문을 올리는 절을 만들겠다는 꿈을 품고 산다고.

이 편지가 《버디》 사무실에 도착한 것이 2003년 7월이다.

1998년에 창간했으니 이 두 분이 《버디》를 만나는 데 5년이 걸린 셈이다. 《버디》를 접지 않고 버티길 잘했다 싶었다. 숨어 있는 동성애자들에게 동성애자 인권운동에 대한 소식이 가닿는 데 얼마나 많은 시간이 걸리는지, 지금보다 훨씬 더 많이 세상에서 떠들어줘야, 훨씬 더 유명해져야 겨우 한 사람이라도 더 만나게 되는지도 알았다. (이런데도 성소수자들은 퍼레이드도 하지 말고 조용히 살라고? 절대 그럴 수 없다.)

두 분은 계속 부끄러워하며 죄를 짓는다 생각했다지만, 이 두 분의 사랑이야말로 뜨겁고, 강하고, 아름답고, 순수하지 않은가. 어릴 때 어쩔 수 없이 헤어지고, 또 어쩔 수 없이 도망쳤지만, 다시 만나 두 손을 꼬옥 잡았으니까. 우리는 우리들의 사랑 이야기들을 기억하려 애써야 한다. 소수자들의 삶을 지우고, 침묵시키려는 세상에서 시대에 부딪히고 깎이면서도 버틴 더 많은 사랑 이야기를 발굴하고, 기록하고, 기억하는 일이야말로 억업하는 세상에 맞서 싸우는 것이니까. 지금의 성소수자들이 어떤 시간을 지나 여기까지 왔는지를 알아야 또 다른 미래도 꿈꿀 수 있을 테니.

우리,
서로 자기 마음만 책임져요

1998년 5월 18일, 레스보스에서 하이텔, 나우누리, 천리안의 통신 3사 레즈비언 합동 정모가 열렸다. 내가 또하나의사랑에 가입하고 열리는 첫 정모였던지라 일단 참석 신청을 했지만 당장 뭘 입고 가야 할지부터 고민되었다. 나 외에 레즈비언을 처음 보는 자리이지 않은가. 다른 레즈비언들은 어떻게 생겼을지 상상했을 때 어쩐지 가죽 잠바를 입고 우락부락한 사람들이 많을 것 같았다. 가서 기가 눌리면 안 될 것 같아서 일단 미용실에 가서 머리를 더 짧게 잘랐다. 청바지도 새로 사고, 입고 나갈 옷은 다림질을 해서 각을 딱 잡았다. 얼마나 준비를 잘했는지 그날 외출하는 나를 보고 어린 조카가 해맑게 말했다. "이모, 삼촌 같아."

당시 레스보스는 서울시 마포구 공덕동 홀리데이인 호텔 뒤

쪽 골목에 있었다. 게시판에 올려진 약도를 종이에 옮겨 그려 왔지만, 부산 촌놈이 복잡한 서울 도심의 바를 단박에 찾아내긴 어려웠다. 한참을 헤매다가 겨우 작은 레스보스 간판을 찾았다. '여성전용바'라고 쓰여 있었다. 이제 문을 열고 내려가기만 하면 되는데 문고리를 잡을 용기가 나지 않았다. 좀 무서웠다. 저기 지하에, 대체 어떤 사람들이 모여 있을지 알게 뭐람. 그냥 돌아갈까? 아직 모임 시작까지는 한참 시간이 남아 있었다. 돌아서서 전철역을 향해 걷다가 다시 몸을 돌려 문 앞에 섰다가, 다시 전철역까지 갔다가를 반복하다가 출발 전 게시판에서 본 공지 한 줄이 문득 떠올랐다. 지각하면 벌금이 있다고 했다. 일찍 와놓고도 이렇게 망설이다 결국 늦게 들어가서 괜히 벌금을 내면 억울할 거란 생각이 들자 갑자기 용기가 생겼다. 에잇, 이왕 온 거 가보자! 크게 심호흡을 하고 문을 열었다.

지하로 뻗은 계단을 조심스럽게 내려가니 작은 홀이 나왔다. 테이블이 6~7개 정도가 있는, 크지도 작지도 않은 아담한 바였다. 이미 또하나의사랑 회원들 십여 명이 한쪽 테이블을 차지하고 모여 있었다. 나도 인사를 하고 앉았다. 모두 반갑게 맞아주어서 긴장은 금세 풀렸다. 낯선 사람을 만나는 어색함보단 그 자리에 모인 사람 중에서 내가 제일 '보이시'한 외모라는 사실이 더 민망했다. 누가 레즈비언은 다 가죽 잠바 입는다고 했는가! 이날 산산조각 난 내 고정관념은 이것만이 아니었다. 레즈비언 합동 정모를 축하하기 위해 또하나의사랑 대표 시삽과 부시삽이 인사하러 왔다. 두 사람 다 남성 동성애자였는데 함께 술잔을 기울이며 이야기를 나누면서 나는 속으로 생각했다. 세상에, 이렇게 핸섬하고 젠틀한 남자들이 게이라고? 누가 게이들은 다 변태라고 했는가! 이런 이성애자 남자가 있다면 이성애도 할 수 있지 않을까 하는 생각이 머릿속을 스치고 지나갈 정도였다.

그리고 난 또 하나의 믿음도 깼다. '첫눈에 반하는 사랑'은 믿지 않는 사람이었는데 그날 처음 본 사람에게 마음을 뺏겼다. 그 사람이 다른 사람과 키스하고 있는 장면을 봤는데도 속으로 '너는 앞으로 나랑 사귀게 될 거야'라는 밑도 끝도 없는 예언을 했다. 그리고 95일간의 짝사랑 끝에 '사귀자'는 말을 들었다. 그 덕에 지인들 사이에서 자타공인 '작업의 고수'가 되었다. 동성애자로서의 각성과 더불어 최대치를 찍은 연애의 낭만에 취해 서강대학교 교수식당을 빌려서 200여 명의 하객이 참석한 가운데 공개 결혼식도 거행했었다. 부모님에겐 커밍아웃할 수 없었지만 형제들은 초대했는데, 오빠는 참석을 거부했고 두 언니는 결혼식에 참석하여 기꺼이 혼인 서약의 증인이 되어 주었다.

결혼식까지 했던 그녀와는 8년을 함께 살았고, 영원할 줄 알았지만 결국 헤어졌다. 대단한 사랑일 거 같았는데 사랑은 그저 사랑일 뿐이다. 이성 간이든 동성 간이든 사랑은 그 자체로 아름답지만, 또 잔인하기 마련이다. 따뜻하고 포근하다가 차갑고 비릿해지기도 하는 것이지. 나는 헤어지자는 그 사람을 붙잡을 수가 없다. 사랑에 대해서라면 '척척박사'를 자부했었지만 이후론 사랑이 뭔지 모르겠다는 말을 입에 달고 살게 되었다. 둘의 사랑 이야기를 올리는 전용 게시판이 있을 정도로 레즈비언 커뮤니티 내엔 꽤 알려진 커플이었기에 우리의 결별에 많은 사람이 충격을 받았고, 나에게도 충격이 오래 남았다. 이런저런 구설수에 오르내리는 일을 몇 차례 겪으면서 나는 앞으로는 공개 연애는 하지 않아야겠다는 결심을 했다.

돌이켜보면 사랑은 빗나가라고 있는 것 같다. 고등학교 때부터 꽤나 애틋한 사이였지만 사귀자는 말은 하지 않았던 친구가 결혼 날짜를 잡았다는 말과 함께 건넨 말은 "남편이 널 닮았어"였다. 고등학교 때 내가 헤어지자고 하면 자기는 당장 옥상에서 뛰어내릴 거라고 말하던 친구는 결혼하더니 동성애자 인권운동을 하는 나에게 "너, 아직도 동성애 하니?"라고 했다. 누구는 자기가 먼저 헤어지자고 해놓고선 내가 다른 연애를 시작하자 "평생 기다릴 줄 알았는데 안 기다리네"라고 했다. 또 한 사람은 헤어진 뒤 "죽을 줄 알았는데 죽진 않네"라고 했다. 내겐 심장을 파고드는 말이었지만 아마 그들은 지금쯤 다 잊었을 것이다. 설사 남았다 해도 머릿속에 남아 있는 그 말에 대한 해석도, 그 시절의 사연도 다를 것이다. 이젠 원망도 없고 다 행복하게 건강하게 잘 지내고 있길 바랄 뿐이다. 그래도 나에게 교훈 하나는 남았다. 아무래도 내가 잘못한 것 같았다. 상대에게 너무 믿음을 준 잘못. 잠시 딴 사람에게 갔다 와도 괜찮을 거란 믿음 말이다. 그래서 내가 얼마나 사랑하고 있는지 알면서도 내 앞에서 '다른 사람을 사랑하게 되었어'라고 말할 수 있었던 것 같다.

그런데, 난 기다린 적이 없다. 영원히 사랑한다고 맹세했지만 헤어졌다가 다시 만나고 싶다고 말할 땐 안 된다고 거절했다. 한번 떠나간 사람이 다시 떠나지 않을 거라 믿지 못할 테고 내내 불안할 테니까. 생각해보면, 중학교 3학년 때의 첫사랑과 헤어진 뒤 다시 사귀자는 말을 들었을 때도 단칼에 거절했었다. 그런데도 난 왜 계속 영원히 사랑하겠다고 다짐하고 약속하고 스스로도 그리 믿었을까. 이건 나의 숙제 거리가 되었다.

사랑이 뭔지 모르겠다며 방황하는 시간이 흘러갔다. 그러다가 만났다. 지금의 '그분'을. 서로 통성명하고 알고 지낸 지는 10년도 넘었지만 딱히 인연이 닿을 거라 생각한 적은 없었다. 그런데 차별금지법에서 성적 지향을 삭제하고 법을 발의하려는 정부에 맞서기 위해 광범위한 연대의 장이 펼쳐지는 과정에서 '그분'을 오랜만에 다시 만났다. 분명 일 때문에 만났는데, 어찌된 일인지 뜨거운 투쟁이 진행되는 동안 그 사람을 향한 마음도 점점 뜨거워졌다. 겁이 났다. 호감으로 끝내야 하는 것인지, 사랑으로 발전시켜야 하는 것인지 고민에 빠져있을 때 '그분'이 먼저 진심을 보여줬다. 나는 처음엔 뒷걸음쳤다. 그런데 이내 몸을 돌려 옷자락을 붙잡았다. 놓치면 안 될 것 같았다. 다시 사랑에 상처받아도, 사랑에 속아도 이 사랑을 시작해보고 싶었다.

　'그분'과 사귀고 1년쯤 되었을 때였나. 나에게 물었다. 변치 않는 사랑을 약속해줄 수 있냐고. 옛날의 나 같으면 크게 '당연하지'부터 외쳤겠지만 사람은 상처받은 만큼 성숙해지기 마련이다. 나는 달라진 내 사랑관으로 답했다. 우리 그런 맹세 같은 건 나누지 말자고. 각자 자기 마음만 잘 책임지기로 하자고. 나는 당신을 사랑하는 지금의 내 마음을 잘 가꾸고 간직하기 위해 노력할 테니 당신도 당신의 마음을 늘 돌봐달라고. 이 대답을 '그분'도 마음에 들어했다. 우리는 자기 마음을, 사랑하는 마음을 각자 잘 책임지기로 했다.

　사랑은 약속을 믿고 하는 것도, 약속이 없다고 할 수 없는 것도 아니다. 그저 매일매일 스스로 자신의 사랑을 지키고 가꾸며 살아가야 할 뿐이다. 처음 사랑에 빠졌던 그 순간을 기억하며, 그날과는 또 다른 색깔로, 감촉으로, 모양으로 매일매일 자신의 마음을 전하는 것이다. 그렇게 각자 자기 마음을 지키며 지금까지 16년째 우리, 잘 사랑하고 있다.

우리
귀엽게 늙어가자

사랑하는 '그분'과 한 해를 마무리하며 술잔을 기울이다가 문득 생각이 나서 말했다. "제목이 뭐였더라. 아주 오랫동안 함께한 할머니랑 할아버지가 나오는 영화 있잖아. 그런데 할머니가 알츠하이머에 걸려서 할아버지도 잊어버리고 요양원에서 다른 할아버지랑 잘 지내는 내용이라던데. 그때는 설정만 들어도 너무 슬플 거 같아서 차마 영화를 보진 못하겠더라고. 내가 사랑하는 사람이 나와 사랑했던 시간을 다 잊어버리는 건 너무 맘 아프잖아. 그런데 있잖아. 내가 방금 상상해봤는데 만약 나이가 더 들어서 당신이 알츠하이머에 걸려 요양원에서 지내게 됐는데, 면회하러 온 내가 누군지 전혀 못 알아보는 거야. 그런데 거기에 있는 다른 할머니나 할아버지랑 사랑에 빠져 가지고 막 딴 사람에게 사랑한다고 고백하고 있는 거야. 근데 그 모습이 너무 귀여울 거 같아. 너무 귀여워서 다른 사람 손 잡고 있어도 막 사랑스러울 거 같아."

그동안은 알츠하이머 등의 병으로 내가 사랑했던 사람이, 나를 사랑했던 사람이 나와 함께한 수십 년의 시간을 잊어버린다면, 그래서 나에 향한 사랑이 멈춘 상태라면 너무 슬플 것 같다고만 생각했다. 이런 이유로 〈내 머릿속의 지우개〉나 〈노트북〉처럼 기억을 잃어버리는 연인이 나오는 영화는 보지 않았다. 그런데 다시 생각해보니, 그 사람이 나에게 헤어지자고 한 것도 아니고 내가 그 사람을 지켜줄 수 있는 상황이라면 그 사람이 살아 있다는 것 자체는 다행이지 않을까. 그 사람의 머릿속에서 설사 나를 사랑한 기억은 사라졌다고 해도 내가 매일 매일 사랑한다고 말하는 것은 가능할 테니. 혹여 지워진 기억 위로 새로운 사람에게 사랑을 느낀다고 해도, 첫사랑에 빠진 소녀처럼 볼 빨간 설렘을 드러내는 할머니라니! 게다가 행복해서 방긋 웃기라도 한다면 얼마나 이쁠 것인가.

"나는 여전히 사랑하고 있고 함께한 시간을 기억하고 있을 거니까, 당신이 마치 다시 태어난 듯 새로운 시간을 보내는 모습을 내가 곁에서 지켜볼 수 있다면 그건 오히려 인생의 마지막에 주어진 보너스가 아닐까? 내가 당신을 만나기 전에 당신의 어린 시절 모습을 본 적이 없는데 당신의 다른 모습을 보는 셈이니까. 이렇게 생각하면 설사 나 아닌 사람에게 사랑을 느낀다 해도 당신이 행복하게 웃으면 다행일 거 같아. 나를 알아본다고 해도 아파서 힘없이 병원에 누워만 있는 것보다야 천만 배 나은 일일 것 같아."

이런 내 생각을 말해주니 '그분'은 굉장히 좋아했다. 정말 사랑받는 느낌이라고. 그러곤 호쾌하게 한마디를 더 날렸다. 입장이 바뀌어 당신이 그렇게 되어도 귀여워해주겠다고.

어느 책에서 이런 글귀를 읽은 적이 있다. 앨런 굿맨이란 사람의 말이라고 한다. "사람들은 서로 성격이 맞아서 혹은 서로에게 관심이 남아 있어서 혹은 친절해서 혹은 운이 좋아서 계속 같이 산다고 말하지만, 사실은 용서하고 고마워하는 것이 주된 이유다."

맞는 말이다. 오래오래 사랑하려면 고마워하는 것이 중요하다. 그리고 또 하나. 귀여운 것이 진짜 중요하다. 잘생기고 돈 많고 몸 좋고 이런 것들도 사람을 끄는 매력이 되겠지만, 내 생각에 세상만사 그 무엇보다도 가장 오래 유지되면서 결코 질리지 않는 매력은 단연코 귀여움이다. 가끔 안 귀엽게 행동하는 걸 용서하고, 귀엽게 행동할 때 깨알같이 놓치지 않고 귀여워하고, 여전히 귀여운 걸 고마워하며 지내면 된다. 사람은 육십이든 팔십이든 귀여운 게 최고다. 부디 우리 죽을 때까지 귀엽자. 귀엽게 늙어가자. 사랑하는 사람아.

장미소년,
우리 끈질기게 행복하자

'장미소년玫瑰少年'은 대만의 인기 가수인 차이이린蔡依林(채의림)의 노래 제목이다. 예융즈葉永鋕(엽영지)라는 실존 인물을 지칭하는 말이기도 하고 청소년 성소수자를 상징하기도 한다. 15살 중학생이었던 예융즈는 2000년 4월 20일, 학교 화장실에서 쓰러진 채 발견되어 병원으로 이송되었으나 다음 날 사망했다. 학교는 경찰이 도착하기 전에 화장실을 깨끗하게 청소해버렸고, 부검에서 타살과 자살 어느 쪽으로 확정할 수 있는 증거가 발견되지 않아 정확한 사망 원인은 미궁에 빠졌다. 하지만 한 가지 사실만은 확실했다. 바로 예융즈가 쉬는 시간이 아니라 수업 시간에 화장실을 가야 했던 이유다.

예융즈는 중학교에 입학한 뒤 줄곧 괴롭힘을 당했다. 여성스럽다는 이유로 여러 명의 급우가 그의 바지를 벗기고, 놀리면서 때리곤 했다. 예융즈의 어머니는 여러 차례 학교에 대책을 요청했지만 교사들은 별다른 관심을 갖지 않았다. 대신 아무와도 마주치지 않도록 수업 시간에 화장실에 다녀오는 걸 묵인해주었다. 그날도 여느 때처럼 예융즈는 수업 도중에 화장실에 갔고, 다시 돌아오지 못했다. 하필 음악 수업을 하던 교실과 화장실은 멀리 떨어져 있었다. 머리를 다쳐 피를 흘리는 예융즈를 다른 학생이 발견한 건 쓰러진 지 한참 후였다.

사고 원인을 밝히는 데도 오랜 시간이 걸렸다. 무려 6년에 걸친 재판 끝에 학교가 화장실 물탱크 관리를 소홀히 한 탓에 그날 마침 바닥으로 물이 새었고, 빨리 교실로 돌아가려고 서두르던 예융즈가 미끄러지면서 사고가 발생한 것으로 결론이 났다. 시설 관리를 소홀한 죄로 학교 관계자들은 처벌을 받았다. 하지만 정말 사고의 원인은 물탱크 관리 소홀일까? 만약 예융즈가 다른 학생들처럼 쉬는 시간에 화장실을 이용할 수 있었다면 어땠을까? 넘어지지 않았을지 모른다. 다쳤어도 빨리 치료를 받아 살았을지 모른다. 게이니, 트랜스젠더니 하며 급우를 괴롭히는 일을 학교가 막아주었다면 일어나지 않을 비극이었다. 이런 의미에서 예융즈의 죽음은 단순 사고사가 아니다. 물탱크를 수리하거나 학교 관리자가 벌을 받는다고 해결될 일도 아니다.

근본적으로 대만 사회에 책임이 있다고 판단한 교육부는 바로 움직였다. 2000년 당시 마침 양성평등교육위원회가 생겼는데, 예융즈 사건 후에 '성별평등교육위원회'로 명칭을 바꾸었다. 2004년엔 성적 지향과 성별 정체성까지 포함하여 자기 자신을 이해하고 타인을 존중하는 법을 배울 수 있도록 지원하는 성별평등교육법을 제정했다. 그리고 2018년, 인기 가수 차이이린은 '장미소년'이란 노래를 발표했다. 동성 결혼을 법제화할 것이냐를 두고 국민투표가 열리던 그때였다.

'장미소년'에는 명확하게 예융즈를 추모하는 다음과 같은 가사가 있다. "장미소년으로 내 마음에 기억될 거야. 우린 절대 잊지 않을 거야." 그리고 현재를 살아가고 있는 성소수자들에겐 "가시 없는 장미가 어디 있어. 아름다움이 완벽한 복수이고 가장 아름답게 피어나는 것이야말로 반격이지"라는 가사로 위로를 전한다. '장미소년'은 2019년 대만의 대중가요 시상식에서 '올해의 노래'로 선정되었다. 한국에서는 상상할 수 없는 일이다. 최고의 인기 가수가 성소수자의 인권을 지지하면서 노래로 성소수자의 인권에 대한 사회적 메시지를 던지고, 사회가 이에 공감해서 함께 의미를 부여하는 일. 대만이 아시아 최초로 동성 결혼을 인정한 것은 우연이 아니다.

한국의 성소수자 커뮤니티는 너무 많은 죽음을 목도하고 있다. 공적인 애도의 장을 만드는 것조차 쉽지 않다. 상실을 반복해서 경험하는 건 힘든 일이다. 하지만 버텨야 한다. 우리는 이대로

질 수 없고, 또 복수도 해야 하니까. 성소수자로 살아가니 불행할 것이라고 속단하는 이들, 자꾸만 성소수자를 사회 밖으로 밀어내려는 이들을 상대로 이기는 방법은, 그들이 제일 싫어할 일을 하는 것이다. 그것도 방긋방긋 웃으면서.

그들이 싫어하는 건 우리가 그들의 뜻대로 살지 않고, 우리의 뜻대로 우리답게 사는 것이리라. 그러니 우리를 괴롭히는 이들이 가장 싫어하는 일을 더 뻔뻔하게, 그리고 더 아름답게, 또 우아하게 해치워 버리자.

나는 행복이란 말을 자주 쓰는 편이지만, 낭만적으로 포장하고 싶기 때문은 아니다. 사실 삶은 대체로 힘들고 고통스럽다. 그저 가끔, 행복한 순간이 찾아올 뿐이다. 그러니까, 그래서 말이다. 우리는 더욱더 그 행복한 순간을 누리는 것을 망설이지 않아야 한다. 부끄러워하지 않고 조금이라도 더 행복해지길 포기하지 않아야 한다. 자신들이 말하는 기준에 맞춰 살지 않으면 불행할 거라 겁주는 이들에게 속지 않아야 한다. 지금 삶이 힘든 건 남자답지 못해서, 여자답지 못해서라고 말하는 이들, 이성애를 하지 않아서라고 말하는 이들과 타협할 필요가 없다. 살아남자. 떠난 이들을 기억하고 기리는 자로서 끝까지 살아남자. 우리, 행복하자. 끈질기게 행복하자.

고양이 비욘드의
가르침

비온뒤무지개재단의 마스코트는 비욘드^{beyond}라는 이름의 고양이다. 영어로 '저편에'라는 뜻처럼 이 고양이님은 집사들을 이전과는 완전히 다른 세상으로 데리고 갔다. '집사들'이라는 복수형에서 눈치챘겠지만 비욘드는 여러 명의 집사를 거느리고 있어 집도 여러 채다. 다주택 소유자인 이 부자 고양이에게 없는 것은 바로 고양이 전용 모래 화장실이다. 필요가 없어서다. 비욘드는 뒷다리를 쓰지 않는 후지마비 고양이다.

비욘드가 어떤 연유로 후지마비가 되었는지는 알 수 없다. 태어날 때부터 그랬는지 사고를 당해서인지도 모른다. 망원동의 어느 뒷골목에서 발견되었을 때부터 두 다리는 딱딱하게 쭉 뻗은 상태였다. 생후 3개월도 안 된 아기 고양이의 뒷다리와 엉덩이엔

거친 길바닥에 쓸려 피딱지가 앉은 상태였다. 누군가 불쌍하게 여겼는지 상처 자리에 약을 발라준 흔적은 보였지만, 어미도 없이 홀로 살고 있었다.

자동차 아래에 숨어 있다가 밥을 얻어먹으려고 기어 나온 비욘드를 발견한 건 당시 마포 '민중의집'의 토끼똥공부방 선생님이었다. 장애가 있다는 걸 인지하고 어찌해야 할지 한참을 망설이다가 일단 구조해 병원에 데려갔다. 의사는 척추가 손상된 채 이미 굳어버려서 치료는 불가능하고, 스스로 배변을 볼 수 없을 테니 사람이 24시간 옆에 있으면서 돌봐줘야 한다고 했다. 365일 24시간 내내 집에서 고양이와 지낼 수 있는 집사가 있을까? 구조는 했지만 어디로 입양을 보내야 할지 막막했을 것이다.

민중의집 정경섭 대표는 나에게 귀여운 아기 고양이가 있다며 보러 오라고 카톡을 보냈다.'24시간 돌봄이 필요한 고양이라서 1인 가구는 안 되고, 여러 사람이 책임을 나눠야 하는데'로 시작하는 긴 문장의 카톡이 의미하는 바를 눈치채기 어렵진 않았다. 당시 한국성적소수자문화인권센터 사무실은 일반 주택 형태였다. 후지마비 고양이가 뒷다리를 끌고 다녀도 다치지 않을 수 있는 환경까지 갖춘 데다, 활동가가 여럿이니 서로 돌아가며 고양이를 돌볼 수 있지 않겠냐는 무언의 압력이기도 했다.

일단 고양이를 사랑하는 센터의 홀릭 활동가가 민중의 집으로 갔다. 아기 고양이는 홀릭을 처음 봤는데도 최선을 다해 기어와서 홀릭의 무릎 위로 올라가 앉았다. 홀릭이 그 사진을 센터 단톡방에 올렸는데 다른 활동가들도 집단 최면에 걸린 듯 말을 쏟아냈다. 우리 저 아이 입양할까? 진짜? 가능해? 사무실에서 함께 지내는 것이니 동료로 입사하는 것으로 하자. 월급은 줘야 하나? 그래야 사룟값이랑 병원비가 나오겠지. 그럼 일해? 무슨 일을 하지? 홍보대사? 마스코트? 꺄! 좋아요. 이렇게 우리는 공동입양을 결정했다. 2013년 7월 21일이었다.

당시 센터가 준비하고 있던 가장 중요한 프로젝트가 비온뒤무지개재단을 창립하는 것이어서 이름은 재단의 영문 명칭에서 따와 '비욘드'라고 지었다. 이렇게 아기 고양이는 센터가 입양했지만 바로 재단의 마스코트로 입사했다. 사무실에서 지내는 고양이라서 신입 사원인 셈 쳤다. 부를 땐 편하게 '욘드'라고 부른다. 태어난 지 3개월이 채 안 되었을 거라는 의사 선생님의 말을 참고해 우리는 욘드의 생일을 5월 1일로 정했다.

반려인이 되겠다고 결정할 때 각오는 했지만 후지마비 고양이와 함께 사는 건 예상보다 훨씬 더 힘들었다. 하정우가 〈범죄와의 전쟁〉을 찍었다면 센터 활동가들은 '오줌과의 전쟁'을 찍었다. 어린 욘드는 자는 시간을 제외하고 움직일 때마다 오줌을 조금씩 흘렸다. 우리는 욘드의 뒤를 따라다니며 바닥을 닦아야 했다. 의사는 방광을 깨끗하게 비우면 흘리지 않을 거라고 했지만 사실 그것도 쉬운 일이 아니었다. 오줌을 누일 때 욘드를 어떻게 들어 올려야 하는지, 어디를 자극하고 어느 정도로 압박을 가해야 하는지 등을 연구했다. 여러 자료를 찾아보니 후지마비 고양이들은 변비에 잘 걸린다는데 다행히 욘드에게 변비 증상은 없었다. 소변은 못 누지만 대변은 신기하게도 스스로 힘주어 밀어내는 것이 가능했다. 이 말은 즉, 똥도 아무 데나 싸놓기 때문에 재빨리 찾아내서 치우지 않으면 고양이든 인간이든 둘 중 하나는 똥밭을 뒹굴게 될 수 있어서, 우리는 사무실 안을 걸어 다니면서 늘 욘드의 작은 똥덩어리를 유심히 살펴야 했다.

한 시간 간격으로 오줌을 뉘어야 하는데 밤새 챙길 수는 없으니 밤이 되면 기저귀를 채우고 퇴근했다가 새벽에 일찍 나와 오줌을 뉘어주기로 했다. 의사는 방광염을 줄이려면 새벽에도 자주 오줌을 뉘어줘야 한다고 해서 결국 주로 홀릭이, 가끔은 내가 집으로 데려갔다가 아침에 같이 출근하길 반복했다. 욘드가 어릴 때는 몸이 가벼워서 함께 출퇴근하는 것이 괜찮았는데 조금씩 성장하니 가방 무게까지 더해져서 욘드와 함께 출퇴근하는 것이 꽤 고강도의 노동이 되었다. 다행히 같은 고양이 집사로서 이 상황을 매우 안타깝게 생각한 친구가 욘드의 출퇴근용으로 쓰라고 홀릭에게 자신의 자동차를 빌려주었다. 홀릭의 복인지 욘드의 복인지는 몰라도 고마운 축복인 것 만큼은 틀림없다.

비욘드는 몇 년 전부터 출퇴근하지 않고 재택근무를 한다. 주택이 아닌 곳으로 사무실을 옮겼기 때문이다. 그리고 고양이는 성장하면 배변을 보는 시간 간격이 점점 넓어진다. 1시간에서 2시간으로, 점차 5시간, 6시간으로 늘어났고 지금은 10시간이 지나도 오줌을 흘리지 않게 되었다. 욘드는 두세 달의 한번씩 거주지를 바꾼다. 욘드와 함께 지내면 외출이 자유롭지 않기 때문에 한 집사의 집에 계속 머무를 수는 없다. 집사들도 자유 시간이 필요하기에 집사들끼리 일정을 조율해 욘드를 모시고 왔다 갔다 한다. 그래도 너무 자주 옮기면 스트레스를 받을까 봐 집사가 소소하게 며칠간 여행으로 집을 비워야 할 때는 다른 집사가 그 집으로 배변 방문을 간다. 그러니 집사들끼리 집 비밀번호를 공유하는 것은 당연한 일. 결국 집사의 집은 다 욘드 집인 셈이다.

처음 욘드를 데려왔을 때 사람들이 그랬다. 후지마비 고양이는 오래 못 산다고. 길어야 2~3년이라고. 후지마비 고양이는 특성상 방광을 완전히 비울 수 없어 늘 잔뇨가 남고, 그것 때문에 방광염이 생기기 쉽다. 방광염이 생기면 혈뇨를 누게 되는데 정말 붉은 오줌을 뚝뚝 흘린다. 처음 욘드가 혈뇨를 눌 때면 집사들은 죄책감에 펑펑 울었지만 이젠 좀 침착해졌다. 욘드가 때때로 방광염에 걸리는 것을 완벽히 피할 수 없음을 받아들이고, 목표를 방광염이 재발하는 간격을 최대한 늘리는 것으로 바꾸었다. 다행히 욘드는 나이가 들수록 건강해져서 몇 달에서 이젠 몇 년 단위로 간격이 늘어났다.

올해로 욘드는 10살이다. 아무리 생각해봐도 욘드의 건강 비결은 무심함이다. 애교라곤 1도 없는 고양이인데 처음 홀릭의 무릎에 올라왔을 때 우리는 잠시 착각했었다. 욘드는 결코 무릎냥이가 아니었다. 욘드가 자발적으로 사람의 무릎 위로 올라온 건 홀릭이 민중의집에 간 그날이 처음이었고, 지금까지도 유일한 기록이다. 그래도 서재에서 밤새 원고 마감이라도 하고 있으면 어서 자라고, 안 자고 뭐하는 거냐고 가늘고 낮은 목소리로 냥냥거리는 정도의 관심은 보여준다. 그러다가 책상 근처에서 잠드니 이 고양이의 츤데레한 매력에 반하지 않을 수가 없다.

한번은 〈매거진C〉란 잡지에 욘드와 비온뒤무지개재단을 취재한 기사가 실린 적이 있다. 댓글에 욘드를 응원하는 글이 많이 달려서 기쁜 마음으로 읽는데 어떤 댓글이 눈에 확 들어왔다.

"이 고양이도 장애를 극복했듯이 재단의 동성애자들도 하루빨리 동성애에서 벗어나길 바란다."

참으로 불쌍한 사람이다. 아름다운 걸 보고도 아름다움을 향유하질 못하니. 욘드가 장애를 극복했을까? 욘드와 하루만 같이 지내봐도 안다. 욘드는 자기 몸에 불만이 없다. 그저 욘드가 방문 턱에 부딪치면 아플까 봐 우리가 턱이 없는 집으로 이사를 갔다. 욘드가 바깥 구경을 하고 싶을까 봐 우리는 베란다 통창 옆으로 긴 단을 쌓고, 욘드가 마음대로 오갈 수 있도록 슬라이드 스텝을 설치했다. 햇살이 좋은 아침이면 욘드는 거기서 볕을 쬔다. 또 우리는 틈날 때마다 욘드의 귀 뒤쪽을 긁어준다. 욘드가 다른 고양이들처럼 뒷발을 올려 귀 뒤쪽을 긁을 수 없다는 사실을 깨달은 후부터다. 욘드에게 정말 필요한 일인지는 몰라도 시원해하는 표정을 짓는 걸 보면 헛짓은 아닌 듯하다.

변해야 하는 건 욘드가 아니다. 우리가 욘드를 유심히 바라보면서 무엇을 바꾸면, 어떻게 대하면 좋을까를 충분히 고민해야 하는 것이다. 누군가와 함께 살려면 상대의 있는 그대로의 모습부터 바라볼 수 있어야 한다. 이것이 고양이 욘드가 우리에게 가르쳐준 것이다. 욘드는 아주 오래전부터 이미 우리를 있는 그대로 바라보며 아무 잔소리 없이 곁에 머물러주고 있다.

만약 용기를
글로 전할 수 있다면

영화 〈윤희에게〉 속 윤희는 공장 급식소에서 일하는 조리원이다. 남편과 이혼했고 하나뿐인 딸, 새봄과 함께 지방의 작은 도시에서 살고 있다. 새봄은 고등학교 졸업을 앞둔 어느 날, 우편함에서 엄마에게 온 편지를 발견한다. 집과 직장을 오가는 것 외엔 세상과 단절하다시피 사는 엄마에게 일본에서 국제우편이 온 것이다. 새봄은 윤희 몰래 편지를 열어본다. 엄마의 옛 친구 '준'이 20여 년 만에 보낸 안부 편지였고 짙은 그리움이 배여 있었다. 엄마에게 이런 애틋한 우정을 나눈 친구가 있다는 이야기를 누구에게서도 들어본 적이 없었다. 엄마의 편지를 다시 우편함에 넣어둔 새봄은 윤희에게 자신이 서울에 있는 대학에 가면 떨어져 지내야하니 모녀끼리 겨울방학 때 해외여행이라도 가자고 조른다. 그리곤 준이 사는 일본의 오타루를 여행지로 정한다. 아무것도 모르는 척하면서.

이런 설정으로 시작하는 영화 〈윤희에게〉는 2019년 부산국제영화제 폐막작이자, 가장 뛰어난 퀴어 영화에 주는 '퀴어카멜리아상' 수상작이기도 하다. 2021년 제41회 청룡영화제에서 감독상과 각본상도 받았다. 임대형 감독은 한국과 일본이라는 국적을 뛰어넘은 두 중년 여성의 오래고 질긴 사랑을 오타루의 흰 눈을 배경으로, 그야말로 눈이 시리도록 아름답게 그려냈다.

윤희의 옛 친구 준은 한국인 어머니와 일본인 아버지 사이에서 태어나, 어린 시절을 엄마와 한국에서 보냈다. 같은 고등학교를 다녔던 준과 윤희는 서로를 깊이 사랑했지만 윤희 가족의 극렬한 반대로 헤어질 수밖에 없었다. 사랑의 상처를 안고 준은 아빠가 있는 일본으로 갔고, 20년 넘도록 결혼하지 않고 고모 마사코와 살고 있다. 윤희를 향한 그리움을 꾹꾹 누르며 사는 준은 너무 참기 힘들 때면 윤희에게 결코 부치지 않을 편지를 쓰곤 했다. 어느 날, 마사코는 준의 방을 정리하다가 우연히 준이 윤희에게 쓴 편지를 발견한다. 겉봉에 주소까지 써놓고도 부치지 않은 편지를 본 마사코는 망설이다가 편지를 가지고 나가 우체통에 넣어버린다. 일본에서 준 몰래 마사코 고모가 보낸 편지를 한국에선 윤희 몰래 새봄이 먼저 열어본다는 설정이 인상적이다. 감독은 사랑이 이루어지려면 당사자들의 의지만이 아니라 주변 사람의 묵묵한

응원도 필요하다는 걸 말하고 싶었던 것 같다.

　몇 년 전, 한국퀴어영화제가 주최한 〈윤희에게〉 특별 상영회 때 나는 '감독과의 대화' 사회를 맡았었다. 관객 중 한 분이 이런 질문을 던졌다.

　"영화에서 새봄은 남자 친구가 있는 이성애자로 나오는데, 어떻게 동성 간의 사랑을 편견 없이 그렇게 잘 받아들일 수 있었던 걸까요?"

　예상하지 못한 질문이었는데 임대형 감독의 답변은 한 치의 망설임도 없었다.

　"자신의 사랑을 소중하게 여기니까 다른 사람의 사랑도 소중한 걸 알지 않을까요? 저는 그게 자연스럽다고 생각했어요."

　아! 그렇다. 이성애를 한다는 것이 곧 동성애를 이해하지 못할 이유는 아니다. 오히려 그간 우리가 놓쳤던 질문은, 이성애자들은 그렇게 많은 사랑을 하면서 어찌하여 동성애라는 사랑만은 이해하지 못하는지가 아닐까. 감독은 자신을 부정하고 살아온 동성애자로서의 삶을 상징적으로 표현하기 위해 윤희를 왼손잡이로 설정했다고 덧붙였다. 오른손잡이 중심의 세상에서 왼손잡이인 윤희도 오른손을 더 많이 사용하지만 영화에서 윤희는 늘 왼쪽 손목에 통증을 느끼며 왼쪽 손목을 습관적으로 주무른다. 일하면서 많이 쓰기 때문이 아니라 쓰지 않으려 억누르고 지냈기에 늘 아픈 것이다. 마치 윤희의 사랑처럼.

"내가 이 편지를 부칠 수 있을까. 나도 용기를 내고 싶어." 영화의 마지막 장면에 나오는 윤희의 내레이션이지만 실제로는 새봄과 함께 오타루로 떠나기 전 윤희가 준을 그리워하며 쓴 편지의 내용이다. 그러니 시간의 흐름대로 정리해보자면 윤희는 편지를 부치는 대신 더 큰 용기를 내어 준을 직접 만나겠다고 결심하고 새봄과 여행을 간 것이다. 그래서 오타루에 도착한 윤희는 새봄에게도 말하지 않고 몰래 숙소를 빠져나와 준의 집 앞까지 찾아가지만, 막상 준이 출근하기 위해 집을 나서는 모습을 보자마자 숨어버린다. 용기를 내겠다는 결심만으로 용기 있는 행동을 할 수 있는 건 아닌 것이다. 그래서 윤희는 숙소로 돌아가는 택시 안에서 울음소리를 삼키며 오열한다. 만약 끝까지 준을 만나지 못했다면 윤희는 한국으로 돌아와 계속 다치지도 않은 왼쪽 손목을 주무르며 평생 고독하게 살았을지 모른다. 하지만 새봄이 용기를 냈다. 새봄은 우연을 가장했지만 준과 윤희의 재회를 사랑의 필연성으로 끌어냈다.

이 영화의 미덕은 용기를 강자에 맞서 약자가 가져야 할 태도로 다루지 않는다는 점이다. 어느 한쪽의 용기로만 세상이 변할리 없다. 19살의 윤희는 용기를 내어 처음으로 사랑하는 이의 이름을 말했었다. 하지만 부모는 축복해주는 대신 윤희를 정신병원으로 끌고 갔고 윤희는 결국 오빠의 친구와 원치 않는 결혼을 해야 했다. 사랑이 주는 행복을 깨달았던 사람은 그 사랑을 뺏긴 후엔 어떻게 살아가게 될까. 윤희는 사랑하는 사람을 지켜주지 못한 죄책감에 자신은 행복해질 자격이 없다고 여긴다. 자신을 벌주는 심정으로 살아가지만 아무도 그 사실을 눈치채지 못한다. 이렇게 20여 년의 세월을 보낸 윤희를 두고 비겁하다 할 수 있을까. 편견에 맞설 용기를 내지 않았다고 탓할 수 있을까. 아니, 용기가 필요한 건 윤희가 아니다. 윤희의 부모, 오빠, 남편, 그저 남들처럼 사는 게 가장 좋은 거라고 합리화하며 윤희의 고통은 모른 척하는 이들이야말로 용기를 내야 한다. 있는 그대로의 윤희를 바라볼 용기를.

한 사람의 용기로 세상이 바로 변하진 않겠지만, 한 사람의 용기가 또 한 사람의 삶에 변화를 가져올 수는 있다. 용기는 약자가 홀로 감당해야 할 몫이 아니며, 약자의 삶에 필요한 건 강자의 관용이 아니다. 정말 우리에게 필요한 건, 편견 없이 아름다움을 지켜볼 수 있는 용기다. 사랑에 솔직했던 19살 윤희의 용기는 20여 년이 흘러 19살의 새봄에게 전해졌다. 그리고 다시 새봄의 용기는 메마른 나뭇가지 같던 윤희가 다시 오롯하게 살아갈 용기를 갖는 계기가 되었다. 여기엔 마사코 이모가 편지를 대신 보내는 용기도, 새봄의 계획을 옆에서 도와주기 위해 일본까지 따라온 경수의 용기도 있다. 삶을 따뜻하게 만드는 용기는 아주 크고 대단하지 않아도 된다. 그저 내 옆의 사람에게만 전해지는 작은 용기여도 충분하다.

그래서 나도 바람을 가져본다. 만약 용기를 글로 전할 수 있다면, 이 지면을 빌려 이 땅의 모든 '윤희'와 '새봄'에게 용기를 보내고 싶다. 내가 잘못하지 않은 것에 부끄러워하지 않을 용기를, 다른 이의 사랑을 존중할 용기를, 나와 다른 삶의 방식을 비난하지 않고 바라볼 용기를.

당신은 아무 잘못이 없다. 당신의 사랑엔 잘못이 없다. 우리는 서로의 곁에 머물며, 서로의 아름다움을 발견하고 어울리며 살아갈 수 있다. 우리가 날 때부터 가졌던 건 인간으로서의 존엄성이지 타인에 대한 편견이나 혐오가 아니다. 편견 없이 타인의 삶을 지켜볼 용기를 우리는 모두 가질 수 있다.

우린 춤추면서 싸우지

1판 1쇄 발행 2023년 6월 30일

지은이 · 한채윤
펴낸이 · 주연선

(주)은행나무
04035 서울특별시 마포구 양화로11길 54
전화 · 02)3143-0651~3 | 팩스 · 02)3143-0654
신고번호 · 제 1997—000168호.(1997. 12. 12)
www.ehbook.co.kr
ehbook@ehbook.co.kr

ISBN 979-11-6737-318-2 (03810)